ハヤカワ文庫NV
〈NV1420〉

真夜中の閃光

W・ブルース・キャメロン
真崎義博訳

早川書房

8077

THE MIDNIGHT PLAN OF THE REPO MAN

by

W. Bruce Cameron

Translated by

Yoshihiro Masaki

First published 2017 in Japan by
HAYAKAWA PUBLISHING, INC.
This book is published in Japan by
arrangement with
TRIDENT MEDIA GROUP, LLC
through THE ENGLISH AGENCY (JAPAN) LTD.

W・チェイス・キャメロン

わが息子にして最高の男

目次

真夜中の閃光

登場人物

ラディック・マッキャン（ラディ）……車の回収屋（レポマン）
ジェイク……………………………………ラディの飼い犬
ベッキー……………………………………ラディの妹。〈ブラック・ベア〉のオウナー
ジミー・グロウ……………………………ラディの親友
ミルトン・クレイマー……………………ラディの上司。金貸し
カーミット…………………………………ミルトンの甥
クロード・ウォルフィンガー……………〈ブラック・ベア〉の常連。自動車整備士
ウィルマ……………………………………クロードの妻。郡庁舎勤め
ジャネル・ルイス…………………………〈ブラック・ベア〉の常連。寡婦
アルバート・アインシュタイン・クロフト……債務者
ドリス………………………………………ガチョウ
モーリーン…………………………………銀行員
アリス・ブランチャード…………………銀行頭取の妻
ネイサン・バービー………………………葬儀場の支配人
フランクリン・ウェクスラー……………会社役員
バリー・ストリックランド………………シャールヴォイ郡保安官
ドワイト・ティムズ………………………同保安官助手
リサ・マリー・ウォーカー………………チアリーダー
ケイティ……………………………………素敵な女性
アラン・ロットナー………………………声

プロローグ

怖い。

怖い。でも理由はわからない。

フロントガラス越しにあたりを見回す。もし何か危険が迫っているとすれば、いま車が弾みながら進んでいるこの道の向こうからやって来るはずだ。落ち葉で覆われた地面にでこぼこした轍《わだち》が残っているのは、幌馬車でも通ったんだろう。ということは、二本の車輪の跡は、そのうち昔の噂ばなしのように消えてしまい、私はオールズモビルのステーションワゴンでミシガンの森の中、木と岩をめがけて突進するんだろう。ほかには誰もいないから、もし車が壊れたら、ハイウェイまで長い道のりを歩いて戻るはめになる。

いやいや、気になっているのはそのことではない。いま走らせているのはゼネラルモーターズの車で、製造されたのは国じゅうで鉄が余っていた時代にちがいない――先端が戦艦の船首のように突き出ているのだ。何かに突っ込むためにデザインされたのだろう。衝突しても、なにも怖くはない。

怖いのは、もっと基本的で、もっと原始的なこと、潜在意識の奥深くから聞こえる恐ろしい声だ。そのせいで急に脈が速くなり、思わず目を見開いてしまうような声。小高い丘の上まで来たところでブレーキにそっと足を置き、うなるような音を立てて車を停める。

そこから見えるのは、見わたすかぎり広がる、みごとなカシとカエデの森だけだ。燃えさかる残暑の太陽に照らされた木々の枝葉は穏やかな風に揺れ、美しく色づいた雨のように葉が音を立てて散っていく。どこへ通じているかわからない道にどんどん入り込んできたが、引き返すには少なくとも四マイルはバックしなければならない——車がそれに耐えられるかどうかだが、私の首も耐えられそうもない。だが本能は、戻れ、ここから逃げ出せ、と急き立てている。内なる声が、逃げろ、と囁《ささや》くのだ。

何から?

なんとか本能を抑え込み、車を進める。取り乱したことを誰かに詫びるように、目をぐるりと回してみる。天気のいい日だ。いま向かっているのは、川沿いの景色の良い場所で、そこでは木々の葉が澄んだ水面に映り、色とりどりの群れを成して舞っていることだろう。さっき極度の緊張に襲われるまでは、到着が楽しみだった。

急カーブを曲がると、目に入ってきたものにビクッとした。男が二人、ピックアップ・トラックのそばに立っている。通り過ぎながらのんき気に手を振ろうとしたが、二人ともまったく応じず、顔を上げてじっとこちらを見つめている。ふと、そのひとりは知っている、と思ったが、名前は思い出せない。びっくりしたような表情を浮かべていたから、どちらの男も会う約束をしている相手ではないだろう――それに、顧客は妻を連れてくると言っていたではないか。

そこから九十ヤードも行かないうちに道は行き止まりになり、目的地に着いた。十年近く前に焼け落ちた山小屋の跡だ。錆ついたベッドスプリングと潰れたブリキの缶がガラスの破片に埋もれているのを見ると、キャンプに来た人がガラクタだらけの煙突を見つけてそこで火をおこし、そのあとはわざわざ片づけはしなかったのだろう。ただ焼け残った煙突は年月とともに崩れかけているが、いまもなお開き直ったようにそびえている。私は黄色く枯れた雑草の中を徐行し、正面のドアがあったと思われる場所で停めた。エンジンを止めたとたんにあたりが静かになり、思わずもう一度かけたくなった。相変わらず不安だし、その理由もわからないままだ。

車から降り、一瞬ためらったが、雑草の中に横たわる旧式冷蔵庫の壊れた取っ手のほうへ二、三歩近づき、じっと見つめた。川のほかには見るものなどないし、川までは十ヤードしか離れていないので、土手まで歩いていって深緑色の水の中をじっと覗き込んだ。

一瞬、金色に輝く物に目を引かれた。なんだろう。手を伸ばしてみた。流れる水は、手首に触れるとしびれるほど冷たい。

拾い上げてみると卒業記念の指輪だった。カルカスカ高校のものだ。きっと持ち主にとっては大事なものだろう――それをポケットに入れた。今度その小さな町に行くことがあったら、校長室に立ち寄って渡すことにしよう。指輪の内側にはイニシャルが刻印されている。たぶん、これを取り戻したい人がいるだろう。わざわざ指輪を届けるなんて自分が誇らしく、気分が良くなった。

傾斜を登り、すっかり崩れ落ちた山小屋の焼け跡へと引き返した。約束した夫婦はまだ来ていない。ひどいでこぼこ道に怖気《おじけ》づき、車のサスペンションが壊れるのを恐れて道の分岐点まで戻っていなければいいのだが。できれば、これ以上こんなところにひとりでいたくない。

ふと振り向いて思わず息を呑み、意気地のない笑みを浮かべた。トラックのそばにいた二人の男が後をつけてきていたのだ。今度は妙に真面目な顔つきでこちらに向かって歩いてくる。おそらく、私が不法侵入したと思っているのだ。二人に取引のことを説明しなければ。

「どうも」咳払いをして声をかけた。「最高の天気だな」

二人の男は二十ヤードまで近づいていた。知り合いのほうの男――なんて名前だっけ？――は、中ぐらいの身長で三十代半ばだ。なぜ名前を思い出せないのかわかった。いつもと見かけが違うからだ。いまはふさふさした黒髪だが、いつだったか前に会ったときには少ない毛束で頭皮を覆っていた。ということは、かつらだ。飼い猫の死骸が頭に覆いかぶさっているようにしか見えないが、話しかけるときはじろじろ見ないようにしなければ。

かつらの男の連れは背が低くてがっしりしている。目は緑色で、夏に外で働いていたのか肌にはまだ日焼けが残っている。労働者のようだ。町で延々と続く道路工事に携わっていた顔見知りのひとりかもしれない。しかも役にふさわしい格好をするかのように、小さいシャベルまで手にしている。

二人の男は互いに視線を交わし、こちらに近づいてくる。どちらも黙ったままだ。そうだ、思い出した。怖いと思っていたのはこの男たちのことだったのだ。労働者らしき男のほうがシャベルで殴りかかってきた瞬間、私はとっさに片方の腕を前に出した。前腕でシャベルを受け止めたものの、自分の車の横に激突した。もうひとりの男が手を伸ばしてきたが、必死に逃れ、痛みを忘れてよけつづけた。地面に倒れ込んで転がり回り、シャベルは狙いを外して泥土に突き刺さった。

二人の男がすぐ目の前に迫っていたが、かつらの男が泥に足を取られた隙に、すばやく立ち上がった。あまり役に立たないかもしれないが、感覚のない腕を振って走った。二人はすぐうしろを追ってきた。追いかけながら低くうなったり、喘《あえ》いだりするのが聞こえる。だが、二十ヤード、三十ヤードと走っていくと、やがて二人とも見えなくなった。

意外に思ったが、霧のように混乱した状況から抜け出してみてわかった。走れる。走るのは得意だ。足元を見ると、ランニングシューズを履いている。まだ恐怖が全身を駆けめぐっているが、むしろ楽しさを覚えるほど脚は力強く、そしてリズムよく上下に動いている。あの二人よりも速く走れる。より速く、より遠くまで。つまりは、逃げ切れるということだ。

猛スピードで道路を駆け下りながら、シャベルを持った男のことを思い浮かべた。無表情でこちらをじっと見つめる緑色の目。私の頭の一点に狙いを定め、シャベルを叩きつけようとしていた。殺そうとしていたのだ。どうしてこんなことに？　なんでこんなことが起きるのだ？

やがてトラックの音が聞こえ、肩越しに振り向いた。私はバカみたいに道路を走っていた。そしていまも路上にいるじゃないか！　彼らはもう三十ヤードまで迫り、どんどん近づいてくる。向きを変え、右側の森へ逃げ込んだ。茂みの枝で脛《すね》を打ってよろけ、湿った落ち葉の上で滑って転ぶ。大丈夫。平気だ。持ち直せる。捕まることはない。森のあちこちに散在する切り株や倒木につまずいたが、かがんだり避けたりしながら進んだ。

すると、また激しく倒れ込み、立てなくなってしまった。右脚が完全にしびれている。ふらつきながらなんとか立ち上がろうとしたが、動けそうにない。右脚が役に立たない。えっ？　信じられない思いで、ズボンのふくらはぎの部分が血でまっ赤に染まっていくのを見つめた。そこを押さえると筋肉が裂けているように感じ、指で探ってみるとズボンに小さな穴が開いているのがわかった。

撃たれたのだ。

ずるい、卑怯だ。泣きたくなった。だが、何が起きたかはわかっているのだから、対処できるはずだ。歯を食いしばり、左脚だけで跳ねながら前に進む。ゆっくりとしか動けない。

拳銃など、卑怯だ。

すると、強烈な一発を浴び、地面に頭を叩きつけられた。だが何も感じない。仰向けになり、澄んだ青い空を見上げたまま動けなくなった。赤と橙に色づいた葉がゆっくりと円を描いて落ち、次々と私の上に積み重なっていく。

最期に目にするものはこれか、と思った。頭上にそびえる巨大なカシの木。幹の直径は四フィート以上ある。幹が二本の太い枝に分かれるところのすぐ下に、人がひとり入るのに充分な大きさの暗く湿った穴がある。私はそのカシの木を脳裏に焼きつけようと、じっと見つめた。冥途のみやげがほしくなったのだ。

二人の男が、ゆっくりと近づいてくるのが聞こえた。やがて、すぐそばで立ち止まる。真上にある二人の顔は、私の視界には入らない。二人に目を向けようとしても首を回すことができない。なぜ殺されたのか訊くこともできない。裏切られた者なら誰もが問い詰めたいことさえも。

「よくもおれにこんなことができたな?」

「ここには誰も来ないって言ったよな」男のひとりが責めている。「誰なんだ?」

「見たこともないやつだ」

嘘だ。

「撃つ気はなかったんだ。どうする?」そう言って唾を吐いている様子がはっきりとわかった。

「このままにはしておけないな。銃弾は鑑識が調べるだろうし。殺人ってことになれば……」

ため息が聞こえる。「ここに埋めなきゃならないだろうな、やっぱり」

「ああ、おれもそう思うよ」

突風が吹き、カシの木がきしんだ。すると何百もの葉が枝から解き放たれ、滝のように地面に落ちてくる音が聞こえる。

「息してるか?」

落ち葉を踏みしめる音がして、私の顔に影がかかる。もう一人が身を乗り出して覗き込んでいるのだ。

「いや、死んでる」

違う、死んでなんかいない、と言ってやりたかった。本当にそうなのかどうか、もはやわからなくなってはいるが。

「もうひとつシャベルをもってきたほうがよさそうだな」

そのあとは何も聞こえなくなった。さらに長い時間をかけて光も次第に消えていった。

1　アルバート・アインシュタインとの会話

コンピューターと保険会社は、おれをラディック・マッキャンと呼ぶ――が、ほかのみんなにはただラディと呼ばれている。ミルトン・クレイマーという男が営んでいる担保回収代理店がおれの仕事場だ。購入した車のローンを払えなくなったやつがいたら、〝バック・オン・フィート（立ち直るため）〟の手伝いをする。

おれは車の回収屋《レポマン》だ。気づいたかい？　まさに〝バック・オン・フィート（徒歩に逆戻りするため）〟の手伝いをするというわけだ。レポマンの定番ジョークさ。

ミルトンは金貸しをやっている――ここ、ミシガン州カルカスカの小さな町では、ローンを組めるようなやつはほとんどいないんだが、おれたちの仕事はたいてい銀行や金融会社から回ってくる。ローンを払えないのに車を手放そうとしないやつとか、債権者がなんとか返済の目途《めど》をつけようとすると一方的に電話を切ってしまうやつの車を回収する、といった仕事が入ってくるのだ。一方的に電話を切られたりすれば、もちろん債権者は怒る。で、おれが雇われてやつらのところへ行き、じかに債権者の苦情を伝えるのだ。

おれはもう六年以上、車を所有するという重責から人々を解放してやっているんだが、なぜそんなに車が必要なのか、いまだにわからない。支払いができなくなったらディーラーに車を返しに行って鍵を渡せばいいだけなのに、なぜラディ・マッキャンに追い回されたいのだろう?

もちろん、もっとましに問いかけるならこうだ。〝稼げないなら、なぜ仕事があるところへ移らない?〟とね。たいていの場合、おれが担当する客は、車を回収されることがその週の最悪のできごとだとはこれっぽっちもわかっていないみたいなのだ。彼らは生活の不満を聞いてもらいたくておれを家へ招き入れてくれるが、そこではまずコートを脱がなければならない——彼らの部屋では薪ストーブから熱風と一酸化炭素が同量排出され、常に暑い状態が保たれているからだ。それにテレビもずっとつけっ放しだ。世の中で不況ということばが使われるようになってからずっと、地元の経済は不況のままだというのに。そのうえ一年のうち九カ月は雨で寒く、あとは蒸して暑い。まともな人間なら、荷物をまとめて一刻も早くこの町を立ち去るだろう。

そういうおれも、生まれてからずっとここに住んでいるのだが。

今日おれが捜している男は二十五歳で、よりにもよってアルバート・アインシュタインという名前なのだ。アルバート・アインシュタイン・クロフトというのが彼のフルネームだが、本当にアインシュタインと呼んでいいのか——まあ、そう呼ぶしかないが。彼はプラズマーク製造会社の生産ラインで働いているが――どうやら知性という点では、両親の期待に応えていないようだ。中古のピックアップ・トラックを購入したのに、ローンを支払う義務があるとは道徳的にも倫理的にも感じていないみたいで、下品にも銀行の女性行員に対し、自分のケツの穴でひとりでアナルセックスでもしていろと言い放ったのだ。アルバート・アインシュタイン・クロフトに会えたら、どうすれば物理的にそんなことができるのか、ぜひとも説明してもらいたい。

プラズマーク社の工場は数年前に創業したばかりなので、ここに来るのは初めてだった。着いて驚いたのは、従業員用の駐車場がフェンスで囲まれ、舗装されているうえに、詰所には警備員までいることだった。ミシガンの北部にあるほとんどの会社は、もっと思いやりがある。従業員の車は外に放置され、レポマンも難なく近寄れるのだ。ミルトンのレッカー車を停めて警備員に軽く会釈し、米国自動車協会（AAA）だとでも思ってゲートを開けるボタンを押してくれるのを願った。だが冷たい視線を向けられただけだったので、おれはため息をついて車の窓を下げた。

「やあ、調子はどう？」明るい声が、自分の耳にも嘘っぽく響く。いつものおれなら、まわりに〝明るく〟振る舞ったりしない。

「何か？」

どんな作戦でいくか、即座に決めなければ。おれは肩をすくめ、間抜けなふりでいくことにした。「クロフトって男から電話があったんだ。ここの従業員にいるだろ？　彼のトラックを回収することになってるんだよ。レッカー車でね」

警備員はゲートを開けようとしない。「で？」

互いに見つめ合った。警備員はおれと同年代の三十前後で、おれと同じような体格――大柄でがっしりしている。双方とも、相手がどう出てこようがかまわないと思っているのは一目瞭然だった。

「おまえのことは知ってる」ついに彼が口を開いた。

次はおれの番だ。「で？」おれも言い返した。

「おまえ、ラディ・マッキャンだろ。昔はみんな、おまえに憧れてたのにな。裏切りやがって」

「まあ、そういうこともあるさ」

「いまじゃ、車をこっそり持ってくのがおまえの仕事だろ」

正直なところ、こう言われると気が滅入る。

「おまえは誰もが望むものを全部手に入れたのに、全部無駄にしちまったんだ」彼はしつこかった。その目は冷たく、慈悲のかけらもない。

おれはため息をついた。「そろそろ入れてくれないか？」

「とっとと出ていけ。ここは私有地だぞ。また来たら通報するからな」

少しのあいだ、互いにじっと睨み合った。トラックから飛び出して詰所に押し入り、そいつのシャツをつかんで引きずり出してやろうかと思ったが、あっちもおれの考えていることがわかったのか、こっちを鋭く睨みつけたまま絶対に目をそらそうとはしなかった――それほどおれが嫌いなんだ。おれは怒りで顔をまっ赤にし、トラックのギアをバックに入れて後進した。

それからの二時間は、警備員の鼻にパンチをくらわせるところを妄想するばかりで何も手につかなかった。当てもなく車を走らせていると、二、三分してイースト・ジョーダンのダウンタウンらしき場所に来た――こぢんまりと整った印象のメイン・ストリートには、いくつか店があるものの誰も歩いていない。ゾンビ映画の撮影でもしているんだろう。

とりとめもなくダラダラと考えていると、何日かまえに国じゅうが停電するほど激しい嵐で目が覚めたことがあったのを思い出した。その夜に悪夢を見たんだ。その夢は本当に起きたように感じられ、思い出しても現実感があった。はっきり覚えているのは、二人の男がいたこと、おれが逃げようとするとそのひとりがシャベルを振り回し、走って追いかけてきたことだ。

死んでる。

違う、おれは死んでなんかいない。

夢の中では秋のようだったが、ミシガンの北部はいま華氏四十度の穏やかな四月で、霧雨が車の窓を覆いはじめていた。ワイパーを動かし、最初のひと拭きで視界がはっきりすると、目の前に女が現われた。

二十代半ばの魅力的なその女は、カールした赤茶色の髪を肩へ垂らし、晴雨兼用の分厚いパーカを着てズボンを穿いて微笑んでいる。手も振っている。おれに向かって。イースト・ジョーダンで、というか、おれの人生でこんなことがあるとは思ってもみなかったが、そう思いながらも車を停めた。彼女が近づいてきたので、急いで窓を下げる。

「車が動かなくって」彼女は言った。「助けてもらえません？」

「どうして動かないんだい？」『男のための間抜けな受け答え』とでもいう本を読みあげたみたいに訊いた。

彼女は首を振り、濡れた前髪をかき上げて青い瞳を覗かせた。「わからないわ」さっきのような絶望的に間抜けな答えをどうにか呑み込んで、なんとかまともな答えを口にした。「エンジンがかかるか、ちょっと見てみようか」

彼女の小型フォードの隣に回り込み、レッカー車を停めた。すぐにわかった。バッテリーがあがっている。おれがジャンパーケーブルを取り出しているあいだ、彼女はドアのそばに立って両手に息を吹きかけていた。「このバッテリーはかなり古そうだな。端子が腐食してるよ」そう教えてやったが、本当は何でもいいから車以外のことを話したかった。「たぶんこれでエンジンはかかると思うけど、新しいバッテリーに換えたほうがいいな」

「そうだったのね。で、それっていくらぐらいかかるのかしら？」

「たぶん五、六十ドルぐらいかな、わからないけど」

彼女は、しかたがないというようにうなずいた。一発でエンジンがかかったので、おれはケーブルを外した。「ちょうど通りかかってくれて助かったわ」彼女が言った。

何か気のきいたことを言わなくちゃ。おれは彼女をじっと見つめ、何を言おうかと考えながら突っ立っていた。

「おいくら？」

「えっ？」

彼女はハンドバッグの中に手を入れ、財布を探っていた。「ああ、だめだめ」おれは断わった。「違うんだ、おれはレッカー車の運転手じゃないんだよ」

彼女の目には疑うような色が浮かんでいる。そうだよな、だっておれはレッカー車を運転してきたのだから。

「つまりその、これは確かにレッカー車だけど、おれは修理屋じゃないんだ。なんていうか……説明しにくいんだけど」好印象を残したい相手なら特に、〝レポマン〟ということばは使わないほうがいい。彼女の肌はシミひとつなく完璧だったし、歯も白くて完璧だった。きっとおれは、彼女の肘を見てもやはり完璧だと思うんだろう。

「じゃあ、困っている女性を見つけるために巡回しているのね？」彼女は澄んだ瞳を楽しそうに輝かせた。

「濡れた女性をね」そう言った直後、いまのは変な意味に聞こえたのではないかとハッとし、自分をレッカーしたい気分になった。「雨で、って言いたかったんだ。いや違うんだ、その、ほら」ああ、最低！

しばらくのあいだ、おれたちは立ったまま互いに見つめ合っていた。「あの、どうもありがとう、それじゃ」

「ラディだ。おれ、ラディ・マッキャンっていうんだ」

「顔が赤い《ラディ》って、いまの顔色のこと?」彼女の顔に笑みがあふれた。

「ラディックの愛称なんだ。母親の旧姓からつけられたんだけどね」おれは警備員に言われたことを思い出し、唇を噛んだ。〝昔はみんな、おまえに憧れてたのにな。裏切りやがって〟彼女がおれの噂などまったく知らなければいいが、と心の底から思った。

おれの名前を聞いても、特に記憶にはないようだった。「私はケイティ」握手をすると彼女の手は雨に濡れて冷たかったが、おれの心は温かくなった。

おれが何か言おうとしていることを察したのか、彼女は少し戸惑いを見せたが、もう一度おれに微笑みかけた。そして車のドアを開け、中に滑り込んだ。「じゃ、どうもね、ラディ」

「どうも。あ、待って!」心臓が高鳴った。ケイティは青く美しい瞳でおれをじっと見上げ、おれの願いを聞いてくれた。待ってくれている。おれの脳は必死に活動してことばを探している。「あの、よかったらコーヒーを一杯おごらせてくれないか?」どうだ。

「いいわね、でも戻らなくちゃ」彼女の表情は、社交辞令ではなく本当に〝いいわね〟と思っているように見えた。だからおれはプッシュしてみた。

「じゃあ、ほかの日は? 明日はどう?」あまりにも必死になっているように聞こえていないだろうか?

「あのね、私、いま付き合っている人がいるの。ラディ、だから、その……」

はいはい、わかってましたよ。こんなに美人で知的でユーモアのある青い瞳の女が、ミシガンのイースト・ジョーダンで霧雨の中をひとりでうろうろしているはずがない。どこかで男が待っているのだ。「わかった」おれは答えた。

彼女は別の角度からおれを見つめるように、首をかしげた。それから向きを変え、バッグの中を探った。ひょっとして、おれがこのみじめな状況から自力で脱け出せるように、拳銃でも渡してくれるのだろうか。「待って」彼女は紙切れに電話番号を書いた——おれは、彼女の字も素敵だと思った。「お茶するぐらいならね。今度ぜひ。はい、これ」それをおれに渡そうとして二人の指が軽く触れ合った。「電話して。いいわね?」

その日の午後は、ケイティとの会話を思い出しては声に出して言ってみたり、頭の中で恥ずかしくなるほどおしゃれなやり取りに変えてみたりして過ごした。そして、アルバート・アインシュタイン・クロフトが仕事を終えて帰宅する時間まで待ち、やつのシェヴィのピックアップ・トラックが戸外に停めてあったらいいなと思いながら、傾斜の急なドライヴウェイをレッカー車で上って行った。すると、車はちゃんとそこにあったのだが、ドライヴウェイを上りきった場所からかなり鋭角に入らなければならず、レッカー車をバックさせてシェヴィのバンパーに寄せるのは、見るからに無理だった。シェヴィは、前後をレンガの壁とセメントの階段にはさまれている。こんなにぴったり縦列駐車をするには、相当な時間がかかったにちがいない。クレーンでもなければ引っ張り出すことはできまい。ミスタ・クロフトには、正々堂々と戦う精神を教えないとだめだ。

車から降りると、小さな納屋から白い大きなガチョウがちらっとおれを見た。おれたちは悪意に満ちた顔つきでじっと見つめ合った。

そこへ、アインシュタインがドアロへやって来た。チェック柄のシャツをはおり、片手にビールを持ってしかめ面をしている。痩せているわりにぽっちゃりした腹がベルトの上からこぼれるようにはみ出している。あと五年も経って三十になったら、みんなから〝太鼓腹〟と呼ばれるようになるだろう。長く伸ばした黒髪は糸のように細く垂れ下がっている。そして冷たそうな黒い目。防風ドアのガラスの向こうからおれをじっと見ている。〝誰だ、おまえ？〟と顔に書いてあった。

「ミスタ・クロフト？ クレイマー回収社のマッキャンです」

「で？」

「このままガラス越しに話したいですか？ それともドアを開けて出てきます？」おれはまったく親しみをこめずに訊いた。

乱暴にドアが開くと、酸っぱいような臭気が生暖かい風に乗って流れ出てきた。彼の肩越しには、カウチの上にピッツァの箱と汚れた衣服が一緒に積み重なっているのが見える。

「シェヴィのことですよ、ミスタ・クロフト。また三カ月滞納していますね。で、銀行からの依頼で、私が車を回収しにきたんです。車から私物を引き上げてほしいんですが」

クロフトは人をばかにしたような顔をしている。「銀行には、木曜に払うって言ったはずだ」

「私は聞いていません。前にも支払い期日を守らなかったことがあるそうですね。三ヵ月分の支払いができないなら、車のキーを渡してもらいます」

「ここから出ていけ」

おれは、父親のような表情を浮かべた。ここからが腕の見せ所だ。「なあ、いまきっと大変なときなんだろう？　わかってるよ。でもな、書類にサインしたら、覚悟を決めなきゃいけないときもあるんだ。で、ここにおたくがサインした契約書があるんだけど、ローンを支払えなくなったら車を手放すって書いてあるんだよ。自分のためにも名誉は守らないとな、ミスタ・クロフト」

このちょっとしたスピーチ、ミシガンの片田舎では何度もうまくいった。人生で何もかも失った人たちであっても、名誉を守る気持ちだけはまだ残っているのだ。ところが、アインシュタインは嘲るような表情を見せた。

「くだらねえ。おれの支払いが遅れるってわかってて融資したんだろ」

「おたくの親父さんが保証人になったから融資してもらえたんだよ。親父さんに連絡して、息子さんが約束を守れなかったって伝えてもいいのか？」

「だからなんだ？」

ミルトンによれば、保証人になった父親は失業していて、肩代わりはできないとのことだった。おれはいらいらして大きくため息をついた。「おい、クロフト。自分でけりをつけろ。

おれが車に近づけないように、一生どこへ行ってもレンガの壁のあいだに駐めるつもりなのか？　バーでやっと女の子を口説き落として店から出たら、駐車場から車が消えてた、なんてことになるかもしれないんだぞ。そんなこと、もうこのへんで終わりにしたらどうだ」

「おまえがまたここに来たら、法的には、撃ってもいいんだぞ」彼は答えた。

「いや、ちょっと違うね。それは狩りのシーズンのときだけだ」おれは教えてやった。

彼は瞬きし、それから顔をゆがめてひどく不機嫌な表情になり、おれの目の前で勢いよくドアを閉めた。雨の中、おれはしばらく突っ立っていたが、やがて向きを変えて重い足取りでレッカー車へ戻った。ガチョウが瞬きもせずにおれを凝視していた。

彼のトラックは中古車だったので、納品書の原本はファイルされていなかった。納品書がなければ、おれがそのトラックを発車させるのに必要な一連の鍵番号がわからないのだ。たいてい、中古車の場合はとりあえずレッカーすればいいのだが、このドライヴウェイの角度と駐車の状況から、その選択肢は消えた。ただ、このトラックは旧式の構造なので、イグニションはステアリングコラムにある。スリムジムでドアのロックを外し、キーカラーにはデントプラーを使えば、アインシュタインが相対性理論をそらんじるまでには、ハンドルのセキュリティロックを解除してスターターを始動させることはできるだろう。それでどうにかトラックを発車させたとしても、ドライヴウェイをバックで下りるにはそれなりの角度で入らなければならず、それには何度か切り返さなければならない。いまの位置に駐めるためには、彼だってそうしたはずだ。それに、あの家に本当に拳銃があるなら、おれを狙うのはいとも簡単だ。
あとで戻ってくるしかない。
真夜中に。真夜中こそ、おれの仕事にはもってこいだ。

2　謎のカネ

カルカスカへ戻るまでの一時間のうちに霧雨がどんどん激しくなり、パチパチと車に当たる音が聞こえてきた。雨からみぞれに変わったのだ。しばらくはアインシュタイン・クロフトのトラックについて考えていたが、ふと茶色の髪をカールした美しいケイティが頭に浮かび、彼女の電話番号がポケットに入っているのを思い出した。そして最後にはまた、あの悪夢がよみがえってきた。

駐車場に着いてミルトンのレッカー車から降りるころには、小粒の氷が散弾のように無数に降っていた。突き刺さるように顔に当たるので、おれは急いで〈ブラック・ベア・バー〉へ駆け込んだ。ドアを押し開け、コートの水滴をはらった。

バーでは、金曜の夜の飲み会にちょうど人が集まり始めたところだった。保険会社の男たちがリキッドランチ（アルコール中心の昼食）をそのまま早めの夕食にして長居し、建設現場の労働者二人はビリヤード台のまわりで騒いでいた。ピカピカで汚れひとつないテーブル席を見れば、今日はまったく料理の注文がなかったということがわかる。

店で調理することについて、妹のベッキーとは意見が合わなかった。両親がこの店を経営していたころは酒以外に何も出さないバーだったが、彼女はそれを変えたがっていたのだ。結局、妹がバーを引き継ぐことになり、何カ月か前に〝バー&グリル〟という看板をドアに貼り出した。〝グリル〟のスペルにはフランス語風にeがひとつ余分につけられていて、訪れる客に料理もしっかり食べてもらおうとしているかのようだ。

ベッキーは鉛筆の端を嚙みながら、かがみ込むように帳簿を覗き込んでいた。「よう、ベッキー」おれは声をかけ、カウンターを滑るように移動してビールのグラスをセットした。栓から炭酸が勢いよく弾け、泡だけが噴き出した。「クソッ」おれはつぶやいた。

「今度こそ、ちゃんとホースをきれいにしておいてね」ベッキーは気の抜けた声でおれに念を押した。

「今度こそ？」おれはすかさず言い返した。ビールの樽からつなげるゴムホースの掃除をサボッていたのは二年以上前のことで、しないでいたら、ごみが浮いているように見えるカビだらけのビールを大学生のグループに出してしまったことがあるのだ。どうやら二度と許してはもらえないようだ。

声に出してうなりながら、やっとの思いで裏の棚から新しい樽を運び出すと、おれは当てつけがましくホースに洗剤と水を流し込んで洗った。「おれが見た夢のこと、きっと信じてもらえないだろうな」

「ふーん」彼女は帳簿に没頭していて、こちらを見もせずに答えた。

「このあいだ、ひどい嵐の夜に停電したことがあっただろ？」

「ああ、あの嵐はすごかったわね。風が強くて」彼女は上の空で答えた。

「びっくりするほどリアルだったんだ。あんな夢、いままで見たことないよ。森の中で車を運転してたら、男二人にシャベルで殴られたんだ」

彼女はチラッと顔を上げた。「誰だったの？」

ベッキーはおれより二歳年下だが、姉としか思えない。おれが高校でフットボール仲間と大騒ぎしていたときも、彼女はいつも大真面目で汚れた眼鏡をかけ、昼間からバーで働きどおしのいまの姿と同じように、生気のない茶色の髪を細く垂らしていた。彼女がいつも不機嫌で悲しそうにしているのは、楽しいことを食べつくす寄生虫か何かが彼女のなかに棲みついているせいではないか、と思うこともあった。

そもそもは歯のせいだった。妊娠中に母親が服用した薬か何かのせいで、ベッキーの乳歯は濃いグレイ、いや、ほとんど黒に近い色で生えてきたのだ。乳歯が全部生え替わるのを楽しみに待っていた両親が、やっと生えてきた永久歯が前と同じく黒ずんでいたのを見てがっくりと肩を落としたときのことを、おれは二度と忘れないだろう。それで、妹はグレイな笑顔の女の子になってしまった。子どものころ、歯を見せて笑わないよう、常に気をつけて過ごしたせいで口が小さくなり、顔の一点に集中するあまりしかめ面にもなってしまった。その後、歯のブリーチにかかる費用が安くなり、歯医者で施術を受けた彼女はやっと本物の笑顔を手に入れたが、それでもあまり笑わない。

「誰だかわからないんだ。男が二人、シャベルで殴りかかってきて、それから拳銃でおれを撃ったんだ」

「撃ったのね」彼女はだるそうに繰り返した。

おれが痛い目に遭ったと言ってるのに関心がなさそうだったので、ちょっと傷ついた気分になった。聞いてるのか？　撃たれたんだぞ。「ああ、撃たれたよ！　それから夢の中で死んだんだ。そんなの初めてだ。つまり、自分が死んだって感じたのはな。最後に覚えているのは横たわって古い大木を見上げていたことぐらいで、そのまま死んじゃったんだ」

「で、ここに来たわけね」彼女はブラック・ベア・バー&〝グリル（苛む）〟と書いてある看板を指さした。「天国に」

「夢の中で死ぬなんて、縁起が悪いよ」おれはしつこく言った。「そういう夢を見たら、本当に死ぬっていうだろ」

「本当に死ぬっていうわね」

「なあ、なんで怒ってるんだ？」

彼女は悲しそうな目でおれを見つめ、持っていた消しゴムでグラスを軽く叩いた。「食材の支払いがすごく遅れてるの。今朝注文しようと思って電話したら、いつ送金できるかって訊かれたのよ」

「またか」

「ええ、またよ」

「わかった。どうにかしてもらえないか、明日ミルトンに相談してみるよ」おれは肩をすくめた。

「月末までに千ドル必要なのよ」妹がなんで怒っているのか、おれにはわかっていた。彼女の反対をよそに、おれが気前よく何人かの客に代金をツケにしてやったら、そいつらがその夜を最後にバーに現われなくなってしまったからだ。「おカネがなければ、また切り詰めないと。全部現金で払うことになるし。バーをやめることになるかもね」

「わかったよ、ミルトンに話してみるから」おれは重ねて言った。「なあ、ほんとに変な夢だったんだ」

「ラディ、聞いてなかったみたいね。千ドルなければ、バーを手放すことになるのよ」

おれは、今週扱っている四件の回収のうち、どれに勝算があるかを考えてみた。で、アルバート・アインシュタインのトラックを最優先で片づけることにした。「ちょっと考えがあるんだ、まかせてくれ」

妹の目に苦悩の色が浮かんでいるのを見て思わず目をそらした。なんて言えばいいんだ？毎年この時期になると、決まって〈ブラック・ベア〉は苦しくなる。冬に売上が減る分、蓄えていた現金を切り崩し、そうしていよいよ使い切ってしまうころなのだ。ベッキーは頭をのけぞらせ、鉛筆で軽く叩いている。慰めてやりたいが、彼女は〝同情〟など求めていないだろう。これまでずっと、〈ブラック・ベア〉はおれたちの生活のすべてだった。ベッキーはいざというときの覚悟を口にしたが、本当に〈ブラック・ベア〉をたたむなんておれには想像もできなかった。

例の悪夢のことで話さなければならないことがほかにもあったような気がしたが、とりあえずまたホースの掃除に戻った。何か大事なことだったが、どうしても思い出せない。

活気のない夜だ。一時間経ち、保険会社の営業マンのグループが、くしゃくしゃにした紙幣の山をテーブルのまん中に置いて帰っていった。その下に埋もれていた勘定書を見ると、ベッキーは四時間も彼らのためにカウンターを忙しく行き来していたのに、感謝の意を示すチップはほとんどないも同然だった。このことは彼女には伝えず、レジの引き出しにカネをしまった。建設現場の労働者のところに連れがやって来たので、注文が増えるかと期待したが、クアーズのピッチャー一本だけで二時間も粘られてしまった。ホースを掃除したせいで、ビールがまずくなったのかも。おれはベッキーに喜んでもらいたくて彼らにナチョスを勧めたが、ジョークを言っていると思ったのか、相手にもされなかった。

でも、彼らを責められない。だって、うちのナチョスは屋根材みたいな味がするのだから。

八時ごろ、クロード・ウォルフィンガーと妻のウィルマが騒がしく店に入ってきた。ベッキーの商売敵ともいえるどこかの店で、すでに相当カネを使ってきたようだ。二人とも六十歳だが、少なくとも六十年は連れ添っているように見える。

クロードがおれに大きく手を振った。「ラディ、ちょっと来いよ」おれに呼びかけている。

クロードは痩せていて、筋張ったシミだらけの腕からは白くなった毛が生えている。頬骨は、過酷な気候と、寒さをしのぐために飲んでいる強いアルコールのせいで、ほとんどいつも赤い。シャツは、彼が中古車ディーラーの整備士だということを誇らし気に物語っているし、両手の汚れがちゃんと落ちていることもなかった。おれが子どものころ、彼とウィルマは〈ブラック・ベア〉にやってきては、二人でいつか行くという世界旅行の話で楽しませてくれたものだ。だが、二十年経ったいまも、彼はここカルカスカにいてトラックのエンジンを整備している。

ウィルマは郡庁で働いている。彼女は来庁する人たちに、並ぶのはこの列ではありませんだの、違う申請書に記入されていますよ、などと辛抱強く教えてやっている。クロードは五フィート八インチで、ウィルマは彼より一インチ背が高く、体重は五十ポンド重い。そして猛烈に派手な色の服を着て、小型シャンデリアかと思うほど眩しくてバカでかいイアリングをしている。ウィルマの先祖は先住民だが、きっと白人を快く迎え入れ、結婚したのだろう——彼女がネイティヴ・アメリカンの祖先から受け継いだのは黒髪と黒い瞳だけだが、それだけでも充分にどこかエキゾティックに見え、〈ブラック・ベア〉ではおなじみの光景だが、クロードに怒っているときには特にその特徴が顕著になる。ケンカをすると二人は皿という皿を投げ合い、いつも弁償する羽目になるのだった。

「ラディ、ラディ、早く坐れ」クロードがおれの手首をつかんでせかした。ウィルマが顔を輝かせ、嬉しそうにおれに微笑みかけてくる。二人そろって機嫌がいいのは不自然だ。すぐに嫌な予感がした。

「ラディ、みんなが金儲けできるいい考えがあるんだ」

「投資できるような資金はないよ、クロード」

「そうじゃないんだ！　聞いてくれ」彼がウィルマに目配せすると、彼女はおれをけしかけるようにうなずいた。「うまくいけば、みんながローンにおさらばできるんだよ、ラディ」

「それは困るな」

「えっ？」クロードは不思議そうに訊いた。

「あんた自身のローンのことよ、ラディ」ウィルマが言い直した。「あんたもこれで全部返せるようになるってこと」

クロードはおれの肩越しに目をやり、顔を引き締めた。「いまのはここだけの話だからな」彼はあわてて言った。「ジミーには何も言うなよ。自然に振る舞うんだ！」

振り向くと、ジミー・グロウが不安そうに顔をしかめ、おれたちのテーブルのほうに向かってくるところだった。「やあ、クロード。どうも、ウィルマ。ラディ」彼が声をかけてきた。

「どうも、ジミー」クロードとおれが自然に振る舞っているのに、ウィルマは優しい声を出して答えた。彼女は我慢しきれず、ついジミーに反応してしまったのだろう。ジミーは、女性なら誰でも一目見た瞬間から母性本能をくすぐられ、大好きになってしまうような、無垢で整った顔立ちをしているからだ。彼にはまさに〝漆黒のアイルランド人〟という呼び名がふさわしい。緑色の瞳、すべすべの肌、美しい黒髪――映画スターのような外見だし、実際にテレビのコマーシャルに出たこともあるのだ。演技ができないせいでキャリアは続かなかったようだが。

「ラディ、ちょっといいかな？」

クロードの手が、またおれの手首をつかんできた。断固としたメッセージが込められているのを感じたが、気づかないふりをした。「ああ、ジミー、どうした？」

彼はクロードとウィルマに目をやった。「その、話があるんだ。大事なことで」

クロードがレスラーのようにしがみついてきたが、なんとか振り払おうとする。「わかった、いいよ。クマのところへ行こうか」クロードをちらっと見ると、しぶしぶ放してくれた。

「じゃ、一分《すぐに》で戻ってこいよ、ラディ」クロードがあまりにも力を込めて言うので、ひょっとして本当にストップウォッチを取り出すのではないかと思った。

ジミーとおれはクマが飾ってあるほうへ歩いていった。おれが九歳のころ、親父と叔父さんが、カルカスカで最後に目撃されたツキノワグマ《ブラック・ベア》のうちの一頭を撃った。親父はそれが自慢だったが、地方紙の環境志向の編集者はたびたび批判的に取り上げている。クマの死体は剝製士の元へ送られ、そこでいわゆる〝詰め物〟をいっぱい詰められた。歯を剝き出しにし、両腕を高く上げて、どう猛に襲いかかる獣のイメージで固定されたのだが、あんまりクマっぽくはなくなっていた。親父には、〝クマのボブ〟というあだ名が付いた。そのクマの真下に坐って一杯飲みたいという人はあまりいないので、ジミーとおれは二人で坐れた。小さいテーブルから椅子をひいて坐ると、ジミーはとても辛そうに頭を抱え込んだ。これは、女の子を妊娠させてしまったに違いない。おれは腕を組み、彼がきちんとことばで言い表わすのを待った。

「私はいったいどこにいるんだ？」クマがしゃべった。

おれは素早く頭を動かしてまわりを見た。クマが身を乗り出して話しかけてきたかのように、右の耳元ではっきりと聞こえたのだ。だがそこには誰もいなかった。「えっ？」

ジミーは眉をひそめた。「はあ？」

「おれ……」クマを指さした。「さっきの、聞こえたか？ クマがしゃべってる声が聞こえただろ」

ジミーは明らかに困惑していた。「クマが？」

おれは全方向に少しずつ頭を動かし、バー全体を見回した。クロードの尋常ならぬ視線を除けば、この席にはおれたちのほかに誰もいない。でも、あの声は本当にこのあたりで、クマよりも近いところから聞こえたのだ。「〝私はいったいどこにいるんだ？〟って、聞こえただろ？」

ジミーは困り果てたような表情でクマを見つめた。

「わかった、気にしないでくれ」わけがわからない。きっと気のせいだ。「で、何があった？」

「ああ、そうだった。そう、うん」ジミーはまた前かがみになり、木製テーブルの表面につけられたたばこの焦げ跡をつついている。

「ジミー……」少しだけ待ってから、おれは先を促した。

「こういうことなんだ。ミルトン・クレイマーは知ってるよね？」

しばらくこんな感じだろう。おれはため息をついた。「ああ、おれの上司だからな。ローンの支払いが遅れているのか、ジミー？」

「いや、違うんだ。そういうことじゃないんだよ、ラディ。小切手のことなんだ」

「小切手？　ホテルからの？」ジミーはファッション・モデルのような容姿なのに、あまりにも要領が悪いせいで、モデルとはまったくかけ離れた、地元ホテルのメンテナンスの仕事にフルタイムで雇ってもらうのが精一杯だった。

「うーん、そうじゃないんだ。郵便で届いたんだよ」

「郵便で？」

ドアが開き、若い女が二人で店に入ってきた。クマをちらっと見たので、初めての客だとわかった。それから二人の目がジミーに釘付けになった。おれは勇気を出して彼女たちにうなずいてみせたが、どうやら二人の目にはおれのことなど見えていないようだった。

ジミーが半開きの目でおれを見つめた。「ああ、そうなんだ。郵便で。千ドル」

「いったいどこの誰が千ドルの小切手なんか送ってきたんだ？」

ジミーは肩をすくめた。「わかんない」

「わからないのか？」

「うん」

「じゃ、誰かがおまえに千ドルの小切手を送ってきたけど、その送り主がわからないってことか？」

「うん。五枚ともね」

「五枚？　五千ドルってことか？」おれは、信じられないという顔を向けた。

「うん」

坐ったまま、ジミーと同じ理解できないという目で彼を見つめる。

「じゃ、小切手は五千ドル分あるんだな。振り出してあったのか？」

「うん」

「そうか」おれは言ってやった。「ジミー、おれもそんな問題を抱えたいもんだよ。本当に送り主に心当たりはないのか？」

「ないよ」彼はつぶやいた。

「で、なんで困ってるんだ、ジミー？」おれは続きを促した。カウンターではさっきの二人組の女がベッキーに話しかけている。女の子たちは、おれじゃなくてジミーは、事の成り行きを伝えようとしてこちらに目を向けた。女の子たちは、おれじゃなくてジミーにビールを一杯おごりたいらしい。どのみち彼女たちはおれには若すぎるからいいんだと伝えたくて、妹に肩をすくめてみせた。ベッキーは訝《いぶか》しそうに眉を上げた。

「で……ミルトン・クレイマーって知ってるだろ？」ジミーが訊いた。

やれやれだ。「ジミー、頼むからそろそろ本題に入ってくれないか？　クロードとウィルマはおれをすぐに大金持ちにしてやるっていうし、二人の女の子は今夜おまえをまん中にはさんで寝たいみたいだし」

「はあ?」

ベッキーが、ジミーの飲み物と一緒に、おれにもお情けのビールを持ってきてくれた。

「ジミーをゲットできなかったほうの子がおごってくれるかもね」彼女はからかうように言った。ベッキーを睨みつけると、彼女は何週間かぶりに笑みがこぼれそうな顔をした。ジミーとおれは、女の子たちに感謝を示すようにビールを持ち上げてみせた。どうやら彼女たちは、ジミーを見て嬉しそうにしながらも、なぜかおれまで関わってきたことを警戒しているようだった。ベッキーがカウンターに戻ると、彼女たちに呼ばれて緊急会議が始まった。

「ミルトン・クレイマーに」おれは話を戻そうとして言ったが、なんだかミルトンに乾杯しているように聞こえた。

ジミーは浮かない顔をしてうなずいた。「まあ、その、ミルトンのところで換金したんだ」

「五千ドル全部?」

「うん。一割で」

「手数料に五百ドル取られたってことだな」

「そうだよ。銀行ともめ事があってからは、預金口座を持っていないんだ」

「あのもめ事か? 口座に残高がないのをごまかして小切手を切ろうとしたときの」

「うん。まったく銀行ってのは」ジミーは冷静に言った。彼はめったに怒らないが、銀行の制度には不満を持っていた。カネを預っているのはそもそも銀行のほうなのに、入出金記録を預金者に義務づけるのはおかしいとかいう理由だ。で、少しずつ借金を返済できるようジミーに道筋を整えてやることが、ずっとおれの役目になっている。

ジミーはおれの三歳年下で、昔から弟のような存在だ。物心がついてからずっと、おれは世の中から彼を守ってきた。彼とベッキーは、おれの人生で最も大事にしている二人だ。

おれはもう一度ため息をついた。「小切手がどうなったか、言ってやろうか」

「不渡りになったんだろうね」

「おれもそう言おうと思ったところだ」

「それじゃ、いまごろ……」ジミーは両手を広げた。

「いまごろ、ミルトンはカネを返してもらおうと思ってるはずだ。おまえはもう持ってないだろうが」

ジミーはじっとビールを見つめている。

「誰かが小切手を送ってきたけど、理由はまったくわからない。なのに換金したのか、ジミー？ いったいどういうことなのか、疑いもしなかったのか？」

ジミーは肩をすくめた。「だって、小切手に名前はなかったんだ。スターター・チェックだったから」筋が通ったことを言っているかのように答えた。

「そんな」

「それで、できればミルトンをここに呼んでもらって、こうなったわけを話してくれないかな、なんて思って」

「わけを話す？　ジミー、ミルトンは五千ドルも出しているんだろ」

「まあ、そうだけど、おれだって不渡りになるなんて知らなかったんだ。つまり、おれのせいじゃないってことさ」

いま聞いた言いわけは、とりあえず無視することにした。

「いいか、仮にミルトンに話して、それから送り主がわかったら、カネを返すことになるんだぞ」

「カネを返すのか」

「そうだ。わかってると思うけど、小切手の受取人を書き換えないと」ジミーはシャツのポケットに手を入れ、くしゃくしゃになった紙切れを取り出した。広げてみると、もちろんジェイムズ・グロウに振り出された千ドルの小切手だった。おれはジミーの澄んだ緑色の瞳を覗き込んだが、何かを隠しているようには少しも見えなかった。おれは振り返ってクマを見つめた。「自分がどこにいるかなんて、気にするな」そう言ってやった。

「えっ？」ジミーはおれを見て不思議そうに訊いた。

「いいか、ジミー。おれが調べてみるよ。ミルトンにも話す。でも、その五千ドルは返さなきゃならないぞ、本当にわかってるんだよな？　何を買ったんだ？」

「ああ、バイクだよ。あと、何人か友だちにもあげた」

「返してもらえるか？」

「そりゃ、わかるだろ」

おれはため息をついた。もちろん、わかってる。「そうか。じゃ、まずはオートバイを売らなくちゃな」ジミーは悲しそうな顔をした。「売れば、その分はミルトンに返せる。残りの返済プランも考えるから。それとジミー、ほかに小切手を持っていても換金するなよ、いいな？　わかったか？」

おれが助けてやることになったので、ジミーはホッとしてうなずいた。嘘だな。おれにはわかった。こいつはわかってない、本当には。

ふと、おれはポケットの中に何か入っているのに気づき、それを取り出した。そこには電話番号とともに〝ケイティ〟と書かれていた。恋人がいると言っておきながらおれに電話番号を渡したのはどういうことなのか、おれは一瞬、ジミーに訊いてみようと思った。ジミーはおれの知り合いの誰よりも、女性経験が豊富だからだ。だが、やっぱり訊かないほうがいいと思った――もしジミーに、別に意味なんかないと言われたらどうだ？　そういうふうに言われた場合の心構えはできていない。

おれが立ち上がると、カウンターにいる女の子二人はいよいよ厳戒態勢に入った。おれが空気を汚染するのをやめたら、すぐにも立ち上がって一掃するぞといった感じだ。

クロードはいつ心臓発作に襲われてもおかしくない様子だった。「いったいどこに行ってたんだ？」彼の視界から外れることは一秒たりともなかったのに、彼は嫌味を言った。「大事なことだって言っただろ！」

「バックパックでヨーロッパじゅうを旅行してきたんだ」おれはそう答え、また近くに坐った。「何の話だい、クロード？」

ウィルマが前かがみになった。「クロードと私は、もう一生安泰なの」彼女は勝ち誇ったように言った。

「ウィルマ！」クロードがいらいらして吠え立てた。

「早く話してあげて、あなた」彼女は急き立てた。

「これは私が考えたことだ。なのに、先走って台無しにする気か」彼は口を尖らせた。

「台無しになんかしてないわ！」彼女はかん高い声できつく言い返した。ベッキーがびっくりして頭を上げた。ウォルフィンガー夫妻がいまにも物を投げはじめるのではないかと警戒している。おれは手を振って大丈夫だと合図した。

「クロード」おれは厳しい声で言った。「ウィルマは何も言ってないじゃないか。その計画のことを話したいんだろ？　おれも、ちょうどいまカネが必要になるかもしれないんだ」

「おお、いいとも。さっきから言ってるのはな」彼は威嚇するような視線をウィルマに送りながら、話し始めた。「〝証人保護プログラム〟のことだが、ちょっとぐらい聞いたことはあるだろ？　仕事に就かせてくれて、新しい名前も家も何もかも用意してもらえるってこと」

「私、ペットショップをやるつもりなの」ウィルマがきっぱりと言った。

「ウィルマ！　話を続けさせてくれないか？」

「フロリダに引っ越すのよ！」彼女は嬉しそうに付け加えた。

「おまえが口を閉じられるようになるまで、どこにも行かんぞ！」クロードが大声で言った。

「おい！」おれは怒鳴った。すると二人は振り向き、たったいまおれがそこにいることに気づいたとでもいうように瞬きをした。「で、どういうことなのか、おれに話したくないのか？」

「そうだったな。中古車屋で、男が車のヘッドライトを叩き壊しているところを目撃したって話、覚えてるか？」クロードが訊いた。

おれはうなずいた。

「その男が捕まったんだ」クロードは嬉しそうに言った。

おれは、こっちをじっと見ている二人に目を向けた。「それで？」先を促した。

「私は目撃者なんだよ！」二人は祝杯をあげるようにグラスを合わせて鳴らした。

「なんてバカな夫婦だ」クマの声だ。おれは一瞬動けなくなったが、やがてゆっくりと振り向き、かがみ込んでおれのすぐ耳元で囁いたと思われる声の主を捜した。ジミーはカウンターで二人の女の子と仲良くやっているし、クマは部屋のずっと向こうで相変わらず例の襲いかかる体勢で固定されたまま、唇だって動かしていない。おれの十フィート以内には誰もいないのだ。

「証人保護プログラム」おれは自分の声を確かめようとつぶやいてみた。おれの声に似ている——クマの声も、男にしては高いほうだった。

「薬剤師にしてくれって言うつもりだ」クロードが堂々たる調子で言った。

おれはクロードとの会話に意識を戻し、浮かれている夫婦を見つめた。「すごい計画だな」おれは精一杯の誠意を込めて言った。「で、それが、どうしておれにとってもいい話なんだい？」

「あんたたちには、私たちのボディガードをお願いしたいと思ってるの、ラディ」ウィルマが教えてくれた。「カルカスカを発つまでのあいだだけよ。でも誰にも言わないでね」

「ボディガードの給料ってのは、いくらぐらいかね？」クロードが訊いた。

おれが答えようとしたとき、何かが動くのが視界に入った。振り向いたおれは、びっくりして目を見張った。ジミー・グロウが両腕を振り回しながら、仰向けの状態で部屋の奥まで吹っ飛び、そのまま勢いよく床に倒れたのだ。

3　何かがおかしい

　ジミーが倒れた衝撃で店内が静まり返るなか、おれは、彼が吹き飛ばされた道筋を逆にたどっていき、その原因となった人物を突き止めた。その男はいかにも悪そうなタイプで、黒髪を長く伸ばし、あごには糸状の生き物のような長いひげを生やしている。おれが気づかないうちに店に入っていたようだ。男は似たような仲間とともに、黒いジーンズと黒いTシャツを着て、そこにまた黒いブーツと黒いベルトを合わせていた。ブーツにもベルトにも、痛々しく先の尖ったシルバーのスタッドがあしらわれているが、そのほとんどは虫歯のように抜け落ちている。

　例の二人の女の子の横には、さっきの男をもっとたくましくした感じの仲間がもうひとり坐っていた。やはり黒ずくめの服装だが、Tシャツには文字がプリントされているので、おそらくこっちの男がまっ黒ファッションのリーダーだろう。ジミーが仰向けに倒れる直前に起きたであろうことは、容易に想像できた。このギラギラした二人の男が、カルヴァン・クラインの下着モデル程度の威圧感しかないジミーを無視し、女の子のところに割り込もうとしたのだ。ジミーがこいつらを追い出そうとして力勝負になり、あっという間にパンチをくらったのだろう。

「おい」おれは、精一杯バーの用心棒っぽい声を出して言った。倒れているジミーをまたぐと、彼はまだ頭が回転していない様子でぼんやりとおれを見つめた。「もういいだろう」あごひげの男がおれを品定めしている。おれのほうがずっとでかいが、彼はまったく怖気づいていない。いや、嬉しそうにさえ見える、というのがいちばんぴったりした表現だろう。「あんた、誰だ?」震える声で挑発してきた。おれには、その震えが喜びから来てるのがわかった。

「おまえに帰れと警告する者だ」彼のすぐ目の前まで近づき、おれは冷静に答えた。彼のすぐうしろに、ジミーの遊び仲間がいるのに気づいた。彼らは目を丸くしてこの一部始終を見つめている。おれは少しだけ腹を引っ込めた。

あごひげの男は頭をかしげておれを見つめただけで、逃げることはなかった。そして、どうしてもおれに見せたい秘密があるとでもいうように、口元には相変わらず奇妙な笑みを浮かべていた。

双方にちょっとした転機が訪れた。いま置かれている状況に気づいたのだ。それぞれの肩越しに——あごひげの男のうしろには、女の子の隣に坐っているもうひとりの仲間が見え、同様に、相手はおれのうしろにいるベッキーに視線を向けた。おれはかすかに首を振り、ベッキーに受話器から手を離すよう伝えた。

「それで、おまえは——」おれがそう言いかけた瞬間、いきなり肋骨を力まかせに殴られ、言おうとしたことが吹っ飛んでしまった。わずかな見物人が、そのほとんどは知り合いだが、そろって小さく息を呑んだ。

おれはわき腹をさすりながら話を中断し、男が飛び跳ねるようにして体勢を戻すのを見つめた。前に出て彼の後を追い、両腕を上げた。そして力一杯ジャブを放ったが、一瞬まえまで男の頭があったところを空振りし、嫌な気分に包まれた。彼は両手を広げてフェイントをかけ、さっと横に動いた瞬間、何かを使っておれを強打した。いや、キックだ。その一撃でよろめきながら気がついた。頭を、なんと、おれの頭を蹴ったのだ!

体格のいいおれが倒れたので、店じゅうに大きな音が響き渡った。床にからだが打ちつけられた瞬間、目の前にチカチカする星が列をなしてジグザグに進み、痛みのコーラスには後頭部も加わった。同時に視界が暗くなったように感じ、やがて頭に浮かんだのは、巨大なカシの木の下に横たわって、幹の大きな穴を見上げているおれ自身だった。

死んでる。

違う、死んでなんかいない。

そんなことを考えながら、おれは転がるようにして男の足から逃げた。が、相手は足で踏みつけたりはしなかった。おれを完全に叩きのめすよりも、こうしているほうが楽しそうなのだ。おれに見せたくてたまらない秘密とは、彼が極めたマーシャル・アーツだったようだ。

おれはひとつずつ順に体勢を立て直した。まずぐらついている脚を、次に腰、そして胸というように。最後にまっすぐ立ち上がり、両手を上げた。

「かかってこいよ、デブ」彼が罵《のの》った。

「デブだと！」おれは動きを止めて睨みつけた。「悪いが、おれは学生時代より痩せてるんだ」

「かかって来い、大学生の坊や」彼は煽った。

「いいだろう」おれはつぶやいた。何度か顔に軽いパンチをくらいながらも男を追い回し、一発でケリをつけてやろうと強烈なパンチを浴びせたつもりだったが、相手にはとっくに逃げられていた。

「相手のペースになっているな。それじゃ勝てないぞ」クマの声がおれの耳元で囁いた。

おれはとっさにあたりを見回した。「いましゃべったやつ、誰だ？」おれは訊いた。

見物人はそわそわして互いに見交わしている。と、ひとりの女がためらいがちに手を上げた。申しわけなさそうにしている。「あんたじゃない」いらいらしてきつい口調になった。すぐに彼女は手を下げた。このなかに腹話術師がいるようには見えない。

おれはくるりと振り向き、にやにやしてじっとおれを見つめている相手の男と向き合った。そのにやけた笑顔に狙いを定め、胸には敵意を秘め、いつでも巧みに攻撃できるようにエネルギーをいっぱいためて相手の動きを追った。男が大量のパンチを浴びせてくるあいだに、おれはそいつの肩を一度つかんだだけだった——やり合う条件としてはあまりよくない。おれの唇は腫れあがり、目は刺すように痛んだ。激しく喘いだので、喉が火傷したような感じだ。「ギヴ・アップか？」おれは喘ぎながら彼に言った。

「相手のほうが動きが速いぞ。おまえ、体重あるだろう。コーナーに追い詰めるんだ」おれの声が助言してくる。

「誰か、そのクマを黙らせろ！」おれは叫んだ。

おれが惨めに抵抗できるくらいに回復するまで、相手は待っていた。「コーナーだ！」声が急き立てる。

おれは突進した。相手は左に身をかわし、おれはブロックしたままコーナーに追い詰めた。おれが肩をすぼめるようにすると、肋骨にまた何発かくらった。まあいいだろう。男には逃げ場がなくなってきた。おれの作戦を感じ取ったのか、右に素早くかわそうとしたが、突き刺すように壁に押しつけた。そして両腕でしっかりと抱え込み、そのまま絞りあげた。

男は低くうなり、おれの腕を離そうとして引っ張った。おれは踏ん張り、まるで結婚式で踊る酔っぱらいのように、二人で床に倒れ込んだ。もはや男は嬉しそうには見えなかった。

男が少しだけ身をよじらせた隙に、この世で最も楽勝ではないかと思うくらい簡単に、その手首を押さえて腕を折り曲げ、そのまま背中に回した。相手はこれで終わりだと観念したのか、ぐったりして白旗を上げた。おれはそいつの上に乗り、意識が途切れないようにたっぷりと空気を吸い込んだ。

「おれから離れたいだろ？」ようやく男が言った。

「おまえ、どこから来た？」おれはそいつの腕を力まかせにねじり、その顔が曇るのを見て満足すると、愉快な気分で訊いた。

「キャディラックだ」彼は吐き出すように答えた。「キャディラックは、カルカスカから一三一号線を少し下ったところにある町だ。そこでキャディラックが製産されているわけではない。いや、それどころか、産業が何もない。その影響もあって不満を募らせる住民が多く、そういった輩《やから》がよくオートバイに乗っては北上し、妹のバーに集まるようになっていた。

「こうしないか」おれは、男の手首を放さないようにして立ち上がった。彼は顔をしかめ、必死に動きを合わせようとした。「今度おまえがキャディラックからやって来てこのバーの近くを通ったとしても、そのまま通り過ぎろ。わかったな？」

彼がうなずいたので、おれは放してやった。ただし注意深く、まるで蛇を放すように。彼はおれを一瞥《いちべつ》したが、何も言い返そうとはしなかった。こういう輩のことだ、放してやれば、放火しに戻って来るんじゃないかと一週間はやきもきして過ごすことになるだろう。だが今回の男は、間抜けで無防備なバーの用心棒に空手の技をかけて楽しみたかっただけのように思えた。一方のおれは、クマの声に耳を傾けたばかりに、枯れ木のように男に覆いかぶさっただけで、せっかくの闘いをちょっと台無しにしてしまった気がした。

当然ながら、その場にいた人たちはおれのほうへ駆け寄り、よくやったと声をかけようとした。彼らは固唾《かたず》を呑んで見守り、最終ラウンドまで圧倒的にあの男のほうが優勢だと思い込んでいたにもかかわらず、だ。

おれは、暗い目でこっちを見つめているベッキーのところへ行った。おれと目が合うと、彼女はようやく立ち上がったジミーに優しく話しかけている二人の女の子へと視線を移し、それを非難するように顔を背けた。

あのとき、ジミーのお下がりをゲットできるかどうか、どっちつかずの状態でなければ、おれはもっと違う対応をしていたのだろうか？　そんなことはない！　いや、あるか。だとしても、そんなに悪いことか？　女の子は二人とも、おれが特に魅力的だと感じるほどレベルが高い――が、どうやら彼女たちのほうは、本命以外を選ぶ気はなさそうだ。もしおれが彼女たちの視線を感じていなかったら、おそらくベッキーに警察を呼べと叫んでいただろう。そうすれば、たいていはさっさと片がつく。なぜなら用心棒というものは、頭蓋骨に飛び蹴りを何発くらおうと勝つことになっているからだ。

だが、勝っても何もいいことはなかった。女の子たちは〈ブラック・ベア・バー〉の勝者にはまったく関心がなく、おれの存在すら忘れてしまったかのようだった。それから三十分経ち、おれはベッキーに手を振った。「あとはまかせてもいいかな？　家に帰らないと。内出血してるし」

彼女はバーを見回した。ジミーとその新しいガールフレンドのほかは、隅にいるクロードとウィルマ、そしてビリヤード台のうしろには、動きが止まったキューボールをぼんやりと見つめている建設現場の労働者が二人、残っているぐらいだった。

「うん、お客さんはそこそこいるけど、大丈夫だと思う」

「おやすみ、ベッキー」

「じゃあね、ヒーロー」

ミルトンの十五年物のレッカー車はまだ休みたそうだったが、バッテリーが二個あるおかげでクランクが作動してエンジンがかかり、どうにか不機嫌なライオンが咆哮《ほうこう》するような音を立てた。おれはフロントガラスから雪を払いのけ、夜の闇へゆっくりと走り出した。

ちょうど十二時を回ったところだった。さあ、物理学講座の時間だ。

目的地の近くまで来るとすぐに、おれはいつものくせで回収スイッチを押した――ライト、機器類、そのほか光るものはすべて消えるのだ――一度カチッと押すだけで。そのスイッチはミルトンが発明したもので、〝ステルス・モード〟と呼んでいる。とはいえ、ロシアのレーダーには確実に映るだろうが。光を発するものなら何でもオフにするという単純な仕組みのスイッチで、そのおかげでレッカー車に乗ったままこっそりと人に近づくことができる。つまり、アインシュタインの家からおよそ十五ヤードの場所で駐車するときも、ブレーキランプは点灯しないということだ。そうなれば、こんなまっ暗な夜に、しかも木の陰になっているところへ進入するレッカー車は誰の目にもとまらなくなる。彼の家に近づくあいだ、枝から滴り落ちる雪解け水のかすかな音が、車の音を消してくれた。

おれはドライヴウェイを上る前に車を停め、このあとのプランをおさらいした。（a）彼のトラックのところまで行く。（b）トラックをいただく。刃先がギザギザで、柔軟に曲がる鉄でできた薄いナイフ――スリムジム――これさえあれば、運転席に乗り込むことだってできるという代物だ。それから、へこみを直すデントプラー。その先端には太いネジのついたツメがある。ネジを回せば、そのツメがステアリングコラムからイグニションスイッチを引っ張り出す。飛び出した眼球のようにゆらゆらとスイッチが出てきたら、ドライヴァを接触部に差し込んでひねるだけだ。これで、きっとおれの車より早くエンジンがかかってくれるだろう。

いまどき、ステアリングコラムにスイッチを備えた車はないが、アインシュタインのシェヴィは旧世代の最後のトラックだ。その時代には、車のメーカーが車泥棒やレポマンにもっと思いやりがあったということだ。

エンジンがかかったら、セメントの階段をクリアするために何度か切り返さなければならない。それに、ドライヴウェイの鋭角を回り切るのはもっと大変だろう。だが金曜の夜だ。アインシュタインは、さっきおれと建設的な話し合いをしたときにはビールを手にしていたし、家じゅうのビールを片っ端から飲みまくってすっかりできあがり、いまごろはぐっすり眠りこけているにちがいない。

それなら、なんでおれはためらっているんだ？

レポマンには、ミルトンがいうところの〝バカになりきる神経〟が必要だ。おれはたいてい、考えもせずに危険なことをやってきた。いまだってそうだ。おれはアインシュタインを恐れてはいないし、〝合法的におれを撃つ〟という彼の脅しも怖いとは思わない。あのガチョウだって怖くない。彼が銃を手にしているところなど想像もしないし、頭に思い浮かぶものは何もなかった。それなのに、夜の暗がりで時計を見ようとしたら、おれの心臓はバクバクし、手も震えていた。

あの悪夢が何かの前兆だったら？　死ぬ夢を見たということは、たとえばアインシュタインのドライヴウェイからシェヴィを持ち出そうとして死ぬのだろうか。

どうも気に入らない。何かおかしい——何も見えないのに、何かを感じる。そのときおれは、ベッキーが〈ブラック・ベア・バー〉を続けていくのに千ドルが必要だという現実に考えを向けてみた。これを回収すれば二百五十ドルが手に入る。やっぱりやらなければ。

そうだ、やろう。まだ少し不安で震えてはいたが、雪が解けてぬかるんだ道を滑りそうになりながら、ドライヴウェイを上って行った。トラックは、さっきとまったく同じところに押し込まれたままだった。雪が半インチ、フロントガラスに積もっている。ガラスが曇っていなければいいが、と思いながら雪を払いのけた。

さらに二歩、前に出た。と、大きな投光器が三つ、パッと点灯し、強烈な白い光を浴びてあやうく大声を上げるところだった。悪態をついたが、目の前が見えなくなってあわてふためき、ガチョウのいる納屋の近くの茂みに転がり込んだ。そしてなるべく身を低くかがめ、泥の上を這って行った。モーションディテクターがあるのだ。

ドアが大きな音を立てて開いた。戸口に現われたアインシュタイン・クロフトはボクサーショーツ姿で、昼間のランバージャック・シャツより醜く見えた。そう思ったのは、彼が鹿狩り用のライフル銃という好ましくない物を手にしていたこともあるにちがいない。

彼は、狙いをつけながらゆっくりと円を描くようにライフルを動かしている。おれは地面の泥のなかに身を伏せた。吐いた息が白くなり、ここにいることがばれてしまうのではないかと思うと、怖くて息ができない。鼓動が、ハンマーで叩くように強く胸板に響いている。おれの姿が植え込みのわずかな影にしか見えなければいいのに、と願いながら彼をじっと見つめた。

ちょうど一分経つといきなり投光器が消え、室内から漏れる光がアインシュタインを照らし出した。獲物を捜す意欲をそがれ、がっかりして銃身を下ろすのが見えた。彼は自分でレポマンを仕留めたいと思っていたんだろう。からだの緊張を解こうと、彼が室内に戻ってからも五分はそのままうつ伏せになっていた。

この地域は銃の所有者が多く、おれも何度か銃口を向けられたことはあるが、たいていはただの脅しだった。だが、今回は本当に撃たれるところだった。おれはあの悪夢のことを、ライフルの銃弾が後頭部に撃ちこまれる感覚を、そして森の地面に倒れたときのことを考えた。あんなこと、実際には絶対に起きてほしくない。

恐怖の感情が湧き出たあと、残されたのは怒りだった。あのバカはなんであんなことをしようと思ったのだろう。ピックアップ・トラックを回収されるからといって人を殺していいわけがない！　二百五十ドルは忘れよう。これはもう、個人的な問題になっているのだから。

じっくりと選択肢を考えた。たいていの家庭用のモーションディテクターは、さほど精度はよくない。ゆっくり移動すれば、トラックのギアを入れるまで投光器が点灯しない可能性はある。心の中でカウントしながら、投光器が光ってからアインシュタインが厳戒態勢になるまでの様子を順に思い浮かべた。ほんの一瞬しかないと思ったのだが、よく考えるとおそらく二分ぐらいはありそうだ。車を回収してドライヴウェイの入り口に戻るまでに二分以上かかるようなら、おれにはレポマンの資格はない。

改めて取りかかる決心をすると、またあの不安がおれを襲った——振り払うことができない、恐ろしくて不吉な予感。おれはいったい、どうしちまったんだ？

泥混じりの雪の上を這うように進んでいると、アキレス腱に何かがかみついたような、鋭い痛みが走った。顔を向けると、あのガチョウ《グース》が、もう一度おれの脚に噛みつこうと首を伸ばしている。「おい！」おれは小声で言った。モーションディテクターが作動しないよう気をつけていたのに、今度は間抜けな鳥《グース》につつかれるなんて。

ガチョウは怒ったような声で鳴き、思いきりくちばしを開くと、おれに向かって舌を突き出した。こいつは明らかにおれを侮辱している。おれは脚を引っ込めた。「やめろ！　ほんとに痛いんだってば！」ガチョウより優位な生物であるという権威を示そうと、命令口調で言った。さらに何フィートか這って進むと、ガチョウは空中に飛び跳ね、羽をバタつかせた。

突然、強烈にまぶしい白光が夜の闇へとあふれ出た。おれが片手を伸ばすと、ガチョウはキャディラックのバイク乗りと同じぐらい激しく、羽でおれを引っぱたいた。このガチョウには、生き残りたいという本能がないのか？　おれを恐れてもいいはずなのに。人間のおれはガチョウを食うんだぞ！

いいよ、もうたくさんだ。おれはドライヴウェイを走って下りていった。靴が滑って尻もちをつき、つまずいては転び、ぬかるみにはまったそのとき、うしろで勢いよくドアが開くのが聞こえた。

「ドリス！」アインシュタインが怒鳴っている。

おれはなんとかドライヴウェイの下までたどり着き、立ち止まった。今夜おれが受けた屈辱の中で一番驚いたのは、アルバート・アインシュタインにドリスと呼ばれたことだった。

「納屋に戻るんだ、ドリス、この間抜けなアヒルめ！」彼が怒っている。

重い足取りでレッカー車に戻る途中、体内からエネルギーが失われていくのを感じた。おれは、ガチョウをアヒルだと思ってドリスと名づけるような男に出し抜かれたのだ。こんなに落ち込んだことはなかった。

家に帰ると、狭いリヴィングルームにある薪ストーヴの炭が残り少なくなっていた。おれはストーヴの中をかき混ぜ、薪をくべた。犬のジェイクが尻尾を激しく叩きつけてくるので、かがんで頭をなでてやった。ジェイクは出生も血統もわからないが、たぶん八歳だと思う。情熱的な目と垂れ下がった耳を見ると、家系図の比較的新しいメンバーにバセットハウンドがいたようだ。ただ、誰が見ても体重が五十ポンドはある。ジェイクを見つけたのは、回収した車の後部――といっても後部座席ではなくトランクで、だ。通常、回収した物件から私物はすべて返すことになっているが、おれはその場で、ジェイクの飼い主はすでに犬の所有権を放棄していると判断した。

「やあ、ジェイク、おまえ、ガチョウ狩りの素質はあるか？」

かつてはジェイクもおれの回収に付き合ってくれたが、うちに来たときはすでに中年だったし、最近は昼寝させておくことにしていた。ジェイクを責めるつもりはない――おれだって、食べ物をくれる人が見つかって世話をしてもらえることになったら、すぐさま仕事を辞めるに決まっている。

「ジェイク、今日は忙しかったか？」

ジェイクは〝わからないのか〟という表情で、大きな茶色の瞳をおれにぐるりと向けた。

「散歩したいか？」

ジェイクには犬用のドアを作ってやったが、そこから出るようにきつく言わなければ、ほとんどの場合、面倒くさがって使おうとしなかった。おれが首輪を優しく引っ張ると、ジェイクはうなって立ち上がった。だが、外に出るとおれの目の前で足を滑らせ、こんなに地面が濡れているのは嫌だ、という表情を見せた。そして、おれにわからせようとでもするようにあからさまにドアのほうに鼻を向け、嗅ぐ素振りをする。そしてすぐ、ジェイクはさっと脚を上げ、結局ドアへ戻ってしまった。部屋に戻ると、ジェイクは毛布の中へ大急ぎで潜り込み、まるで一日じゅう炭鉱で働いてきたかのように倒れ込んだ。

〝グッド・ボーイ〟を歌ってやる――基本的には〝グッド・ボーイ〟を何度も繰り返して歌うだけだ。〝グッド・ボーイ、グッド・ボーイ、グーーッド・ボーーイ〟で盛大に終わる。

ジェイクは拍手してくれないが。

すぐに手が届くカウンターの台から掌に叩きつけるようにして〈パトロン〉のテキーラの

ボトルをつかみ取り、椅子に腰かけ、ストーヴの中の薪が炎に呑まれるのを見つめた。そのうち炎の光が増し、コーヒー・テーブルの上にあるビール瓶を照らし出した。おれは何分かごとに〈パトロン〉をちびちびすすり、反射する光を見つめた。夏のあいだ〈ブラック・ベア〉に立ち寄っていた大学生の若者は、いつもテキーラをショットグラスに注ぎ、塩とライムを混ぜて台なしにして飲んでいたが、おれが親父から教わったテキーラの飲み方は、スニフターにストレートで注ぎ、舌を濡らす程度で鼻腔に匂いを充満させてから呑み込むというシンプルなものだった。

そのうちに、おれも何となくスニフターは使わなくなってしまったが。

おれの人生を振り返れば、破産し、一人暮らしで、この二時間のあいだに二つもケンカを挑んでひとつは勝ち、もうひとつは負けた（鳥に）――こいつらのせいでおれにツケが回り、しかもおれのほうが惨めになっている。そうだ、ポケットの中に電話番号がある。でも、電話をかける勇気などもう持てそうになかった。

「バカだな」クマの声がした。

おれは、坐ったまま家に戻ってきたときの行動を心の中で追って右に頭を向け、ちゃんとドアにカギをかけたのを思い出してから薪をくべた。おれのうしろから誰かが入り込んだ形跡はない。家の中にいるのはおれとジェイクだけだ。〈ブラック・ベア〉のボブも、おれの知るかぎりはまだバーにいるはずだ。

「その声、誰だ？」おれは頭の中で訊いた。

返事はなかった。

4　レポ・マッドネス

　翌朝目が覚めてから、昨夜のケガの〝リスト・チェック〟をするのに十分もかかった。頭を蹴られたせいで耳が痛み、肋骨がズキズキし、腕にはあざができている。ドリスにつつかれた向こうずねもうずくように痛む。百歳の老人のようにふらつきながら、リヴィングルームに行く。「くそっ」おれが口に出してつぶやくと、ジェイクも同意するようにため息をついた。

　人間と鳥にこっぴどく打ちのめされたのですぐに寝つけると思っていたが、頭の中で聞こえる声が何なのか、ほとんど朝までくよくよ考えて過ごしてしまった。この症状を〝統合失調症〟といっていいのかわからないが、そうだとしたら薬で治るのか、手術が必要なのかすら見当がつかなかった――ただはっきりしているのは、何の病気であろうと健康保険ではカバーされないということだった。そもそも、健康保険には入ってないし。やっぱりクマのボブなのだろうか？　いや、昨夜家でも〝それ〟が話す声は聞こえたのだ（おれは心の中でその声の主を〝それ〟と言うように気をつけている。〝彼〟と言ってしまったら、なんだか事態が悪化しそうな気がするからだ）。

どんなことになろうと、とりあえず冷静にやり過ごさなければならないのはわかっている。声が聞こえるたびにびっくりして大声をあげていたら、病院に入れられてしまう。

何か食べられる物がないか冷蔵庫をあさり、何日か前にベッキーからもらってアルミフォイルで包んだままのミートローフを見つけた。それをスライスしてケチャップをぶっかけ、インスタントコーヒーを淹れてテーブルに着いた。

「冗談だろ」あの声が言った。

おれは作戦どおり落ち着いて振る舞い、怖がって喘いだりせず、誰が言ったのか無駄に捜そうともしなかった。「聞いたか、ジェイク？」おれは落ち着いて訊いた。ジェイクにはおれの声すら聞こえていないようだった。ミートローフを味見しにやってくることもなく、ちらとも動かずに横たわっている。

「朝食にそんなもの食べちゃだめだ。動脈がつまっちまうよ」声が注意してきた。

「おれの中で別の人格が作られて、そいつが栄養士になったんだな」おれのほうは、声に出して言ってみた。

「違う、そんなんじゃない」声は身構えた様子で答えた。

「じゃあ、何だっていうんだ、ボクシングのマネージャーか？」

「いや、別の人格なんかじゃない。私は独立した人間なんだよ」

「えっ？　だったら、どこにいるんだ？」

少し間《ま》があった。「わからない」

「とにかく、この部屋には絶対いない。もしも……あんたが八フィートの空想うさぎだったら別だけど。違うだろ？」

「私はハーヴェイじゃない。アラン・ロットナーだ」（一九五〇年のアメリカ映画のこと）

「アラン・ロットナーか」おれは冷えたミートローフをもう一枚スライスした。冷静に振る舞うんだぞ、冷静に。「そうか。じゃ、おれはどうすればいいんだ、アラン？」

「私にも……わからないんだ。どうなっているのか」

「おれの考えはこうだ。けっこう当たってると思うけど。長いことずっと一人暮らしをしてきたから、おれの脳が一緒に遊んでくれる友だちを作り出したんだ。そのうち、放火してみなよ、なんてけしかけてくるような空想の友だちをな」

沈黙している。おれは食べるのをやめ、顔を上げた。原因を特定してしまえばノイローゼは消えてなくなるだろう。たぶん、おれがやらなきゃいけないのはそれだけだ。自己管理型の心理療法だな。

「これが変だってことは認める」声がゆっくり語り始めた。「でもどういうわけか、私はきみの中にいる。きみがあたりを見回して目に入ったものは、私にも見える」

「なるほど、人のからだの中に閉じ込められている人間ってことか」

アラン・ロットナーが含み笑いをした。彼の笑い声は、本当に耳の奥から聞こえてくる。その声を聞くと落ち着かない気分になった――頭の中で何が起きているにしろ、笑い声が聞こえるなんて大丈夫なはずがない。

「どうやってここに来たかわからないんだ」しばらくして彼が打ち明けた。「ということは、それがわかれば同じやり方で出ていけるんだな」かなり落ち着いて対応できている自分に満足した――たぶん、これでいなくなるだろう。

「最初は夢だと思ったんだ。何でも見えるし、聞こえるし、感じ取れるというのに、自分のからだをコントロールすることができないから、夢みたいな感じだなと」

「誰のからだだって？」

「わかったよ、きみのだ……でも、私のからだはどこだ？　何があったんだろう？」

「こんなこと言うと悪いけど、おれが知りたいのは、自分に何が起きたのかってことだけなんだ。こうして頭の中の声と会話してるのは、ずっと追い越し車線にいるみたいにカルカスカでタフな生活を続けてきて、明らかにストレスが溜まっちゃったからだろうな」おれはミートローフを食べ終え、丸めたアルミフォイルをごみ箱に向かって放り投げた。それはごみ箱の縁に当たって跳ね返り、これまで外したシュートが床に散らかってできた山に積み重なった。

「それ、拾わないのか？」

「ああ、こうやってスコアを残してるんだ」すると彼は返事をせずに沈黙し、そこにはムッとした空気が感じられた。そうか、〝声〟にはユーモアのセンスがないんだな。「それならアラン、おれが家にいてバスケの試合を見ているあいだぐらい、出かけて仕事でもしたらどうだ？」

「私は……その、きみはラディだね？」

「ラディ・マッキャンだ」

「やっぱりそうか。最初は〝バディ〟かと思ったんだがね。バディ・ハケットみたいに」

「いや、ラディだ。本当はラディック、母の旧姓なんだ」

「なるほど」

おれは適当に服を着て洗面所に行き、髪をとかして歯磨きをした。「やめろ！」アランが命令口調で言った。

おれはその場で固まり、片方の眉をつり上げた。

「鏡に映る自分を見ようとしてほかの人が映ってるのは、本当に奇妙なんだよ」彼は訴えた。

「その話はもう済んだだろ？　だれが映ってるって？」

「言いたいことはわかるよな。鏡に映るのが自分だと思い込んでいるから、記憶喪失になったんじゃないかと思うんだ。何しろ、目が覚めたら突然六フィート四インチで三〇〇ポンドになっているんだからね」

「六フィート二インチ二二〇ポンドだ。ちゃんと見ろよ」

「その鼻はどうしたんだ？」

「折れたんだ。車の事故でね。あんたのからだはどうしたんだ？」

「なくしたんだと思う」

「不運だな。そんなことになったら絶対に嫌だね」おれはジャケットを着た。「で、一緒に来るんだろ」彼に言った。「行くぞ、ジェイク」

ジェイクはしばらく考えているような顔をし、すぐにまた頭を低くして坐り込んだ。「さあ、行くぞ」おれは厳しく命令するように言った。ジェイクは動かない。「おい！」おれは指を鳴らした。ときには、誰がボスなのかを示さなければならない。

ジェイクは目を閉じた。

「頼むよ」

おれは戸棚から犬用のビスケットが入った箱を取り出し、やっとジェイクを動かすことに成功した。ジェイクは立ち上がり、道徳的責任からなのか、葉が落ちた低木の高さまで片足を持ち上げてしぶしぶ近所を散歩してくれた。ところが、帰ってくると〝やれやれやっと終わったな〟という顔で毛布に倒れ込んだ。

おれはミルトンのオフィスへ車を走らせた。ミルトン・クレイマーは背が低く、ずんぐりした男で、一年じゅういつでも半袖の白いシャツを着ている。頭髪は常にかっちりとワックスで固めているように見え、ほんの一瞬でも太陽の下にさらしたことがなさそうな肌の色をしている。ミルトンの生活は仕事中心に回っている——彼が奥さんと出かけるのをほとんど見たことがないくらいだ。ちなみに、奥さんの名前はルビーではない。なのに、自宅での夕食に招待してくれるときなどは、なぜかいつもそう呼びたくなる。

「おはようございます、ミルトン」

「やあ、おはよう、ラディ。甥が来てるんだ。ラディ・マッキャンだよ。で、甥のカーミット・クレイマーだ」

カーミットは、椅子から立ち上がりもせずに笑顔で手を差し出した。彼はミルトンに似てつぶれたような鼻をし、がっしりしたからだつきだが、カールのある黒髪で肌の色は地中海沿岸の人のように日焼けしている。〝カーミット〟という名前が彼にはよく合っていた。なで肩なのに尻は幅があって大きく、なんだかカエルみたいな体型だからだ。

「この夏、カーミットがちょっと手伝ってくれることになったんだ」

「夏にね」おれは疑わしそうにうなずき、雪で濡れている自分の足跡を見下ろした。

「そうだ。よかったらあちこち連れて行って、仕事のこつを見せてやってくれないか？」

おれはゆっくりうなずいた。ミルトンに従業員は二人も必要ない。ということは、もしかして、おれの代わりに入るやつの教育を頼まれているのか？　ミルトンはどんなときにも家族の面倒を見るタイプだ。それが兄弟の息子であろうと。もしレポマンを辞めれば、おれには存在価値がなくなってしまう。それは嫌というほどわかっていた。

おれは、ミルトンのデスクの向かいにある金属製の椅子に腰かけた。「で、何か仕事は？」

「ああ、きてるよ」ミルトンは老眼鏡をかけ、レンズをずらして上部にできた隙間からファイルを覗き込んだ。「フォード・クレジット社だ。トラヴァース・シティのどこかにいるやつだが、滞納している二カ月分のカネを用意できたと言っていたのに、そのあと姿を消したらしい。車はフォードのマスタングだ」

「了解」おれはファイルに手を伸ばした。

「ちょっと入学してもいいかな？」カーミットが訊いた。おれの伸ばした手に彼の手がぶつかった。

「えっ？　何をするって？」おれはていねいに訊き返した。

「ちょっとやってみたいだけなんだ。ぼくにも何かできるかもしれないし」

「もちろん、いいよ、いい考えじゃないか」ミルトンが微笑んだ。「その男を見つけられるよう、彼には調査でもしてもらおうか」

「了解」おれはひと呼吸置いてから言った。「ミルトン、ジミー・グロウの怪しい書類を受け取ったって聞きましたけど」

ミルトンがパッと顔を上げた。「誰に聞いた？」

「ジミーです」

「そうか」ミルトンは、レンズの上の隙間からおれを見つめるのは疲れたとでもいうように、眼鏡を取って両目をマッサージした。「そうなんだ。彼はもうカネを使っちゃったんだろう」

「そのカネの一部で、オートバイを買っちゃいました。売るように言ったんですが」

「よく言ってくれた。面倒なことにはしたくないからな」

「でも、いったいどういう小切手なんですか？　送り主がわからないってジミーが言ってましたけど」

「そのとおりだよ。銀行はトラヴァースの北にあるんだが、口座の名義を教えてくれないんだ。そこのスターター・チェックなんだよ」

「どうして換金したんですか?」

「わかってる。もっとよく考えたほうがよかったよな。ジミーが何もたくらんでないのはわかっていたから、それだったらいいかと。だけど本物じゃないとしたら、どうしてカネを送ってきたりするんだろう?」

「調べてみましょうか?」

ミルトンは肩をすくめた。「調べる価値があるかどうか、わからないがね。違法なことはしてないし、ジミーが金儲けしようとして何か仕組んだわけでもない。私が換金しなきゃよかっただけなんだ」

「とにかく、例のマスタングを追ってトラヴァースの近くまで行きます。何かがおかしいですよ、ミルトン。だって、ジミーのことはご存じでしょう。そんな小切手を送ってくるなんて、彼をトラブルに巻き込もうとする意図みたいなものを感じますよ。それに、もしかしたら少しでもカネを取り戻せるかもしれないし」

ミルトンは小声で何かつぶやいた。「そうだな、調べてみてくれ。十パーセントの換金手数料を取っているが、もし五千ドルを取り戻してくれたら、その手数料分は全部受け取っていい。前回ジミーにカネを貸したときは、返してもらうのに八年近くかかったからな」

おれはうなずいた。ミルトンは、おれに取り分を払ってもいいと思っている。でも、もしトラヴァースでカネを返してもらう相手が見つからなかったら、結局はおれがジミーからカネを回収することになるのだ。

おれは大きく息を吐いた。気が重いのは次の話題だ。「で、ミルトン。もしよかったら、給料を前借りできないでしょうか？　〈ベア〉で、納入業者への支払いがちょっと遅れてまして」

ミルトンは金貸しのプロなので、完全にビジネスの視点からおれを見つめた。「アルバート・アインシュタインのほうはどうだ？」彼は訊いた。

「昨日、担保の車を見てきました」ドリスと名づけられたガチョウのことを話すと、カーミットもミルトンも、おれが鳥に追い回される場面を想像して大笑いした。それでおれは、この二人にはガチョウの羽で殴られた経験がない、という結論に達したのだった。

「もし本当にガチョウに攻撃されたのなら、遠まわしに言うべきだよ」カーミットが助言めいたことを言った。

「えっ？　遠まわしって？　ガチョウを〝クリスマス・ディナー〟みたいに呼ぶってことか？」おれは笑顔で訊いた。

カーミットは顔をしかめた。「違うよ、遠まわしじゃなくて、ガチョウを安楽死させるってこと」

これ以上説明しようとしても無駄だ。おれは、ミルトンが大きな小切手帳を取り出し、そこに走り書きするのを見つめていた。受け取った小切手には、おれが思っていたより多い七百五十ドルと書かれていた。「アインシュタインの回収分の前貸し――すでにトラックを確認したのなら、もう回収できるだろう――と、ジミーの返金の取り分だ。彼の面倒を見ているのはきみだし、きっとどうにかして取り戻してくれるだろうからね」ミルトンは人差し指を立てて振った。

おれはうなずいた。「毎月残高の一パーセント。それが利息だ」

カネを貸してくれるが、マフィアではない。年に十二パーセントなら、クレジットカードよりはいい。ミルトンは

「それと、これからカーミットを連れて行ってもらってもいいか？　トラヴァースへ行くんだろ？」

「辞書を持ってくるんだったらいいですよ」

ミルトンは笑った。「彼ほど語彙が豊富なやつもいないだろ？」

カーミットとおれは立ち上がった。立ってみると、彼は五フィート六インチもなさそうだ。横にいると自分が巨人になったような気分になる。高校ではセンターだっただろうな――一体重だってこんなに軽そうだし。大学では同じく小柄なやつらとスタンドに坐っていたんだろう。

おれはドアのところで振り返った。「そうだ、ちょっと先に行っててくれないか、カーミット？」彼が外に出てから、部屋に戻った。「ミルトン、ちょっと訊いてもいいですか？」

彼はゆっくりうなずいた。

おれはポケットに手を突っ込み、部屋の中を見回した。「頭の中で声がしたことってあり

ます？　話しかけてくるような感じで」

ミルトンはじっと見つめた。「頭の中で声がするのか？」

「いや、忘れてください。ええ、まあ、じつはそうなんですが、声はひとりだけで、アランって名乗ってるんです」

「つまり、頭の中でアランというやつの声がするんだな？」ミルトンの目がどんよりと濁った。いま電話に飛びついて警察を呼んだらどのぐらいで到着するか、頭の中でカウントしているんじゃないだろうか。

「やっぱり忘れてください。何でもないんです」

「心配だよ。きみもあの狂気《マッドネス》にやられてしまったんじゃないかって」彼は囁くように言った。

「それ、何ですか？」

「レポ・マッドネスだよ。よくあることだ。街角から車をこっそり持ち去るときのストレスが重なって、ある日、いきなりそれが始まるんだ。ずっと前に、きみより体格のいい男が歩道の縁石に腰を下ろして、赤ん坊みたいに泣き始めたのを見たことがあってね。マッドネスにやられたのさ。その日を境に、彼は一台も回収できなくなっちまった」ミルトンが手招きするので、おれはしかたなく前かがみになった。「ラディ、どうしておれが自分で回収しなくなったと思う？」

そのことを考えてみた。「ルビーがすごく怒るから？」

彼は瞬きした。「ルビー？　ルビーって誰だ？」

「奥さんでしょ？」

「妻はトリーシャだよ」

「そうだ！　トリーシャだ！」

「おいおい。頭の中で声がして、おれがルビーとかいうどこかの尻軽女と結婚してると思ってるのか？」

「いや、そんなんじゃなくて、ひとりの声だけだし、おれ、いままでずっと奥さんの名前がルビーだと思ってたんです。いや違うな、その、ルビーじゃないってわかってはいたんですけど、どうしてもそうとしか考えられなくって」そう言っているあいだにも、トリーシャという名前はおれの脳から消えていき、入れ替わるように巨大なネオン看板が〝ルビー、ルビー、ルビー〟と点滅しはじめた。

ミルトンは、しばらくおれを見つめていた。「それが狂気なんだよ、ラディ」ついに彼が話しはじめた。「おれもその狂気にやられたことがあるんだ。すべてがうまくいっていたある日、どんなに簡単だろうが、次の仕事が急に恐ろしくなって動けなくなったんだ。相手が素直なやつで簡単に車のキーを手にしたんだが、結果は同じだった――心臓がバクバクして手も震えた。それで、いよいよ辞めるときだと悟ったんだ。すべてを失うことになる前にね」彼は探るようにおれを見つめた。「変な声が聞こえるようになる前に」

例の夢と、〝ガチョウのドリスに襲われた夜〟に心臓がバクバクしたことを思い出した。本当にそんなことがあるのか？　レポ・マッドネスなんて。

おれは、なんとかその不安を振り払った。「あの、もう忘れてください。おれは平気です。ありがとうございます。本当に大丈夫ですから。この話はこのへんにしてジミーの小切手を調べようと思いますけど、いいですか？」

ミルトンは残念そうにうなずいた。後ずさりして出て行こうとしたら、かかとがラグの端に引っかかってつまずき、よろめいてしまった。彼はなるほどというような目でおれをじっと見つめるだけだった。きっと今のも症状のひとつだと思っているのだろう。

「そうか、きみはレポマンなのか？昨夜いろいろあったのは、そういうことだったのか？警官か何かだと思ってたよ」ミルトンのオフィスを出ると、アランが不満そうに言った。

「気に入らないんだったら、誰か別のやつの心に巣くえばいいだろ」おれは頭の中でぶつぶつ文句を言い、アランとの会話を続けようとした。すぐに何か言ってくると思ったのに、沈黙したままだ。少しいらいらしてきた。おれは廊下で立ち止まった。「なんだ、生意気なコメントもなしか？あんたのこと、イカレ呼ばわりしたんだぞ」心の中で彼を煽った。

「それで？」ようやく彼が言い返してきた。「何をしてるんだ？なんで何も言わないんだ？」

「もしかして、おれが声に出さないと聞こえないのか？」今度はそれを声に出して訊いた。

「そりゃ、そうさ」アランが憤慨したように答えた。「私が心を読めるとでも思ってるのか？」

あまりにおかしなことが多すぎて、これには答えようがなかった。「いいか、アラン。ちょっと話し合おう。おれ、この状況にけっこううまく付き合っていると思うんだ。だって、頭の中で声がするのに大騒ぎしてないんだからな。でも、これって普通じゃないだろ。どう見たっておれが狂ったと思われるよ。もう出てってくれ、アラン」

「出ていけないんだよ、ラディ。もし私が浮き出て天に昇ったりしたら、どう思う？」

「どう思うかなんて、わからないよ。そもそも、おれがどう思おうと関係ないだろ。おれにわかるのは、普通の人は頭の中の声に聞こえるように話しかけたりしないから、おれもそんなことはできないってことだよ。心を病んででもないかぎりはね」

「つまり、私がきみの想像上の産物にすぎないとでも言うのかね。勝手な推測でそんなふうに言われるのは不愉快だ」彼は偉そうに言った。

「不愉快だって？　あんたが？　じゃあ教えてくれ、あんたには頭の中で声が聞こえるのか？　どうだ？　聞こえないだろ。だから、あんたの声もおれの頭の中で聞こえちゃいけないんだよ！　推測ということばは使わないでくれ。推測できるのは、おれがイカれてそのうちソフトな壁に囲まれた病室で過ごすようになること。それが推測だよ」

「そもそも、きみがそんな気分になっているときには話しかけないよ」

「おれが言ってるのは、もう話しかけてくるなってこと。以上」

おれは立ち止まり、壁を睨みつけた。だって、ほかにどこを見ればいいんだ？

すると、急にアランの声が悲しげに小さくなった。「ラディ、きみの助けが必要なんだ。なぜ私が……私の中にいないのか、心当たりがあるんだ。もちろん、私のからだの中にって意味だ。何が起きたのか、見当はついてる」

「ああ、聞こうじゃないか」

「死んでるんだ」

思わずおれは瞬きした。「死んでる?」信じられずに繰り返した。

「殺されたんだよ。私は殺されたんだ、ラディ」

おれはじっと壁を見つめたまま、動けなくなった。

レポ・マッドネスがどんどんひどくなっているようだった。

5　時速十五マイルぴったり

トラヴァース・シティへ行く途中、カーミットは十分おきに携帯をチェックしては、そのたびに〝圏外です〟か、〝電波が弱いため、つながりません〟という音声を聞いて顔をしかめていた。「だからおれはいつもキッチンに置いてくるんだ。そこなら電波がつながるからな」そう声をかけてみたものの、おれはほとんど上の空になっていた。頭の中の声が、自分は殺人の被害者だ、などと言い出したのが気になるからだ。クレイジーに聞こえるかもしれないが、おれはこの状況をなんとか受け入れるようになってきた——本当にあの声がアラン・ロットナーというひとりの人間だと思いはじめているし、彼との会話に心地良さまで感じるようになっていた。別に普通のことじゃないか、とさえ思える——自分とは別の男の声が聞こえるのは、どうやら脳内ではなく耳の奥からだ。だったら人間同士の普通の会話と同じだろ？　いまはカーミットが、どうしたらカネ儲けできるかという話を大声でしゃべり続けている。それは自分とは別の声で別の人間だが、彼を見ながら話を聞いているわけではない。それに電話でだって、相手の顔は見えない。この状態が普通ではないとわかってはいるが、それほど違和感がないのだ。

だが、殺人だって？　だから何だ？　殺したやつに復讐してほしいのか？　いったい誰にだ？　合衆国大統領とか？　こんなバカげた話も、いつかはのん気に受け入れられるようになるのだろうか？

トラヴァースはミシガン湖のすぐ近くで、冬の人口は一万五千人だが、夏には二百万人になるらしい。みんながファーストネームで呼び合うような内陸のカルカスカとは対照的な気がした。カルカスカで人混みを整理しなければならないのは、シカ狩りのシーズンだけだ。その時期には都会から来た若者がライフルを携え、迷彩色のズボンを穿き、ビールを飲んでうろついている。

おれがジミーの謎の小切手について調べるあいだ、カーミットにはドラッグストアで時間をつぶしてもらうことにした。彼が車から降りると車内には沈黙だけが残され、おしゃべりがどれほどうるさかったか、改めて気がついた——頭の中からも車の中からも声が聞こえるなんて。

ジミー・グロウ宛の小切手は、いずれもひとつの銀行から発行されていた。おれはその銀行のロビーに行き、〝不渡りになった振出人不明の小切手の窓口〟を捜した。

救いの手を差し伸べてくれたのは大柄な女だった。おれと同じぐらい頑丈な骨格で、デスクの上には三人の娘の写真がところ狭しと飾られ、彼女が娘たちを引き連れてガールスカウトの隊長を務める姿が目に浮かぶようだった。おれと同年代で、とび色の髪を少しだけ肩からカールさせている。ジミーから預かった六枚の小切手——そのうち五枚は残高不足の不渡りで、一枚は換金前――をデスクに広げると、担当のモーリーンだと名乗った彼女は黒い瞳を不安そうに伏せた。

「どうしたんでしょう」モーリーンの口からこぼれた。

おれは名刺を差し出し、ミルトンが裏書の署名をした小切手を見せ、おれとジミー、それにミルトンとの関係を説明した。「私が知りたいのは、この小切手を振り出したのが誰かってことなんです。ここにあるサインはちゃんと読めませんよね。ウィットモアかサウスモア、ソフォモアにも見えます。ウィルノーズかウィルモアかもしれません」ありそうな名前を並べた。これらの名前はトラヴァースの電話帳に見当たらず、ウィルノーズという名前の人物はこの地球上にはいないとさえ思える。

モーリーンも署名が読みにくいのを認め、さらにおれが気づかなかったことまで指摘した――小切手ごとに署名が違うように見える、と。「これはまちがいなくウィルモアですよ」きっぱりと言う。

「ウィルモアか」おれがそう言いながらメモを取ると、彼女は顔をしかめた。

「ご理解いただきたいのですが、その名前が口座の名義だとまだ決まったわけではありません」どことなく、モーリーンという人間ではなく、モーリーンという銀行がしゃべっているように聞こえた。

「ええ、わかってます。何かの役に立つかと思って。偽名を使うとき、本名に近いものを選ぶ人が多いんです」彼女は疑わしそうにおれを見つめた。「ちょっとミステリ小説で読んだことがあって」ついつい言いわけがましくなった。

「それでは、お客様はこれが全部、偽名だと？」

「それはわかりません。口座所有者の名前と照合してもらえれば、たとえばウィルモアは本名だと判明するかもしれませんが」

彼女は唇を噛んだ。「不渡り小切手の受取人が振出人を知らないというケースは、前例がないんです」

「たしかに変な話だ」彼女の表情に疑いの影が差すのを見て、おれはわざと明るく答えた。

彼女は何も言わないだろう。

「いいですか、ミスタ・マッキャン。口座名義の情報を開示するのは、銀行の規則に反するんです」

「でも小切手が不渡りになってるんだから！」

「申しわけありませんが、今回のような状況でもだめなんです」

「さっき前例がないって言いましたよね。変じゃないですか、モーリーン。前例がないのに規則はあるってことですか？」

「彼女を怒らせるなんて、実にいいアイディアだな」アランが皮肉を言った。

彼女はわずかに頬を赤くしたが、まだ冷静さは保っていた。「申しわけありませんが、こちらの口座の所有者は……」そう言いかけて眉をひそめ、突然、頭を前に突き出した。「ぜんぜんちがう口座だわ！」彼女は大声を上げた。

「そうなんですか？」

「これ！」彼女は、それぞれの小切手の一番下に書かれている意味不明の数字を指さした。

「六枚の小切手が六つの口座から発行されているんです」

おれは、彼女の好奇心を煽ろうとした。「どうしてこんなことに？」

お互いの視線が合った。「六つの口座を別々に開設して、その都度スターター・チェックを受け取ったということでしょうね」

「でも口座は使っていないわけですね」やっと腑《ふ》に落ちた。「ほら、小切手番号はどれも一〇〇番だ。つまり、それぞれ小切手帳の最初のページということですよね？」

彼女はうなずいた。「そのとおりです」

おれは息を止め、彼女がじっくりと考えている様子を見守った。が、銀行の規則を守ろうとする脳が、さっきの話も締め出したようだ。「それでは……」彼女はことばを探している。

この調子じゃ、何の情報ももらえない。

苛々してオフィス内を見回すと、彼女の学位や資格の証明書が目に入った。「えっ、ミシガン州立大だったんだ！」おれは大きな声を出した。

急に話題が変わったので、彼女はきょとんとしている。

「おれもそう！」

お互いに微笑みを交わした。すると、彼女の表情が変わった。

「あなた、ラディ・マッキャンですよね。もしかしてあの？」彼女は興奮して息を切らした。

「そう」

「まあ！」彼女はもう一度握手しそうになって椅子から立ち上がりかけたが、すぐに坐りなおした。「ここに住んでるなんて知らなかったわ」

「ここから南の方へいったカルカスカにいるんだ。高校もそこだったし、地元でね」

「世界って狭いんですね」モーリーンは大きく息をついた。「知らなかったわ」

そして一瞬、それぞれに大学の思い出がよみがえった。

「どうして？　プロのフットボール選手になったのでは？　大学ではみんな、あなたがハイズマン賞を取るだろうって噂してたわ、それで……」と、おれに何があったか思い出したのだろう、彼女の顔がみるみる曇った。「私ったら」

おれはじっと待っていた。おれの過去に、人はさまざまな反応をする。モーリーンはどうだろう。

「本当にごめんなさい」彼女は小さな声で言った。この先はもうわかった。悲劇の重さにたわむように、こげ茶色の瞳が下を向いている。

「あの過ちについては、一生後悔すると思う」おれは真面目に答えた。

「何の話だ？」アランが訊いた。

気まずい沈黙が流れていたが、しばらくそのままにした。それから、身を乗り出して言った。「モーリーン、ジミー・グロウはすごく素直なやつなんだ。兄貴代わりに、おれが面倒を見てやってる。清掃の仕事をしてて、この小切手を受け取ったとき、宝くじにでも当たったような気分になったんだ。きみやおれだったら、どういうことなのか訝しく思うだろうけど、ジミーはすぐに外へ飛び出しておれのボスのところで換金しちゃったんだ。で、いかにもジミーらしいんだけど、手に入れたカネを全部使っちまって、後に残ったのはオートバイだけさ。それでジミーのことはわかるだろ。彼を身ぐるみ剝ごうとしたやつがいて、そいつからつかまされたものを売ろうとしたら、何千ドルもの借金を背負い込むことになるんだ。いま真相を突き止めないと、ジミーをトラブルから救い出すのに何年もかかることになる。それでも、彼はちゃんと理解してないんだ——だって、まだ残っていた換金前の小切手で、おれに支払いをするつもりだったんだからな」

モーリーンが、それは大変ですね、と言った。彼女なりにジミーのイメージを作り上げているようなので、彼がカルカスカで一番セクシーなモテ男だということには触れないことにした。

「調べてもらえないかな？　これがもし冗談だとしてもやり過ぎだ。この小切手のせいでジミーはひどい目に遭っているんだから」

彼女は母性本能をくすぐられ、気がつくと銀行の〝ダークサイド〟に足を踏み入れていた。

「わかったわ。すぐに戻るわね」彼女はデスクから小切手をさっと取り上げ、部屋を出ていった。

「ハイズマン賞をもらったのか？」アランが訊いた。

「もらってない」

「じゃあ、彼女はなんであんなことを?」

「アラン、そっちはひとりぼっちなのか? 誰か話しかける相手とかいないのか?」

「肝心なことがわかってないようだな。きみが動いているときは、必死にしがみつくしかなくってね。きみが運転してるときや、カーミットがクレジットカードの手数料でどうやって儲けるかという話をしているときだってそうだ。でもきみがじっと坐っていると、やっと自分の思いどおりに動けるような気がして叫び出したくなるんだ、だって――」

「アラン、黙っててくれ」

彼は暴言を吐こうとしてやめたが、黙っているのは辛そうだった。

「あんたに主導権はない。おれにあるんだ。だからおれが誰かと会話してるときには、静かにしていてくれ。そうしてくれるんだったら、二人きりのときはあんたに話しかけてやる。静かにできないんだったら、二度とあんたに返事をしない。そうなれば、あんたは誰とも対話らしいことができなくなる。おれから離れてほかの人の頭に住みつくなら別だけどな。そうだろ?」

彼は返事をしなかった。

「アラン?」

「えっ、いま話していいのか?」

モーリーンが台帳を抱えて部屋に戻ってきた。「かなりまずい状況だわ」彼女はどさっと腰を下ろし、いまわかった事実と格闘しながらおれを見つめた。

「モーリーン？」おれは先を促した。

「じつは、当行ではコンピューターのほかに、いまでも日誌に記録をつけてるんです。スターター・チェックを発行したら、必ずここに名前と日付を書き込むことになっています」彼女は日誌のなかのリストを指さし、おれは反対側からそれを覗き込んだ。顧客情報が整然と並んでいる。まだ話が途中のようなので、彼女が何か言い出すのを待った。

「問題なのは、ミスタ・マッキャン、こちらの小切手はまだ顧客に発行されてないということなんです。わかります？　口座番号はここに印字されていますが、誰かが線を引いて消しているんです」

「どうしてそんなことを？」

「たとえば何かエラーを見つけたら、口座を無効にすることがあります。その場合、この台帳の番号に印をつけてスターター・チェックを破棄するんです」

「よくあることなのか？」

「まあ、そんなに多くはないですけど、たまにあります。でも、誰かしらこのことに気づくはずですけどね。何これ」

「何？」

彼女と目が合ったが、そこからは何の表情も読み取れなかった。「なんてことなの」

「何なんだ、モーリーン？」

彼女は何も言わず、台帳をこちら側に向けて見せた。リストにある名前を上から順に見ていくと、線で消されているスターター・チェックがひとまとまりになっていて、すべて発行は十二月、しかもそれぞれの日付が一、二日しかちがわないということに気づいた。

「手書きだ」アランがつぶやいた。

「手書きだ」おれもつい同じことを言ってしまった。

「ええ。この小切手も〝無効〟になっているようですね」モーリーンはどうしようもないというようにうなずいた。

おれはびっくりして彼女を見つめた。「それなら、どうして銀行はジミーにこの小切手を送ったんだ？」

「いいえ！ 違います。ミスタ・マッキャン。送ったのは銀行じゃなくて……行員です」

「じゃ、行員はどうして送ったんだ？」

モーリーンは首を振った。ジミーみたいに頭の中がまっ白になっているようだ。

「その行員からぜひ話を聞かせてもらいたい」おれは険しい顔をして言った。

モーリーンはぎょっとした。「だめです。それはできません」

「でも……」

「いいえ、申しわけありません。それは無理です」

おれは、やりたいと思っていることを〝できません〟と言われるのがとにかく嫌いだ。もう一度、ゆっくりとていねいに話すことにした。

「モーリーン、なんとかわかってほしいんだが、ミルトンは銀行の責任を追及するつもりはない。真実を知りたいだけなんだ。何があったか、誰がやったか、調べてくれないか？　つまり、何人かの筆跡とこの台帳にある字を比べるだけだ。このことは誰にも言わない。そうすればミルトンだって役所に届け出るようなことはしない」

モーリーンの目がおれの表情を探っている。アランは黙ったままだが、ちょっと脅すようなおれのやり方に嫌悪感を抱いているのかもしれない。ついに彼女は口を固く結び、困りきった様子でうなずいた。

「それでいい。何かわかったかどうか、一両日中に電話させてもらうよ。いいね？」

モーリーンはもう一度うなずいた。おれは彼女と握手してオフィスをあとにした。駐車場に着くと、おれから先に話しかけた。「何だよ、どうした？」おれは挑発するように言った。

「彼女はきみに協力していたのに、まるで、従わなかったらゲシュタポ本部に引き渡してやる、なんて言わんばかりの口ぶりだったな」アランが軽蔑するように言った。

「アラン、おれはレポマンなんだ。カネを回収しに行って、持ってないやつがいれば車を持ち帰る。どうしてそんなおれが、かわいい子犬のグリーティングカードなんか送ると思う？」

「意地が悪いな」

おれは立ち止まり、どこかの子どもが作った小さな雪だるまに視線を送った。そうすれば、誰かに目撃されても、いかれ野郎みたいに頭の中の声と話しているのではなく、雪だるまと話しているように見えるだろう。「ところで、何か仕事してるのか？」

「不動産のセールスだよ」彼は偉そうに答えた。

「えっ？　自分の言ってること、わかってるのか？　何もしてないだろ。〝ラディ・マッキャン社会保障制度〟にすがって生きてるだけだ。自分のからださえ持ってないじゃないか」

「もし私たちの立場が逆だったら、私はもうちょっと理解を示してやっただろうな」

「そうだろうな、アラン。でもそれは、こうなったわけを知ってるからだろ？　おれはちっともわかってないんだよ！」

「私は死んでるんだ。殺されたって言っただろ？　きみには思いやりというものがまったくないようだな」彼が責めた。「わがままで、人には意地が悪い。それに、歯にフロスをかけてない」

「おれが……何だって？」

「きみの食習慣は論外だ。家はめちゃくちゃだし、運動もしてない」

「何言ってるんだ？　おれは運動なんてしなくていいんだ。アスリートなんだぞ。スポーツで鍛えたんだ！　それにフロスだって、たまにはしてる。だいたい、なんでそんなことがあんたに関係あるんだ？　黙れ！　本気だぞ。いますぐ話すのをやめろ、アラン。もう絶対しゃべるな」

おれは歩道を歩きながら氷の塊を蹴っ飛ばし、ドラッグストアまで大股で歩いていった。自分の中に分裂した別人格がいて、しかもお互いに嫌い合っているなんて。いまのおれの状況こそ、まさにコズミック・ジョークのような気がして雲に覆われた空をじっと見上げた。

こういう特別な感覚を味わったのは、これが初めてではない。

ドラッグストアに入り、カーミットを捜した。彼は店員に見つからないように、腰をかがめて《プレイボーイ》を立ち読みしていた。「買う気もないのに、そんなふうに読んじゃだめだ」おれは大きな声で言った。彼は乱暴に雑誌を棚に戻し、おれのあとについて外に出た。すぐにレッカー車に乗り込み、フォード・クレジット社の客を捜しに出かけた。

「これから捜すのは、フォードのマスタングを新車で買って、二、三ヵ月前から滞納してるやつだ」カーミットのおしゃべりを聞きたくないので、おれのほうからどんどん話した。「レッカーするのが多いのはスポーツカーだ。このあたりに実用的な車なんてほとんどない――一年の半分は雪に埋もれちまうからな。若者が、かっこいい車をうならせてドライヴするイメージに憧れて、絶対に手の届かない金額なのに売買契約書にサインしてしまうんだ」

「僕はトランザムを持ってたんだよ」カーミットがまるで関係のないことを金切り声で叫んだ。

「それはよかったな、カーミット。で、その若者は新しいおもちゃには保険料がかかることに気づいて、買ったことを後悔しはじめるんだ。でも売ることもできない――新車は価値の下落が激しいから、売ってもローンが残る。つまり、過ちを取り返すのに何千ドルも工面するはめになるんだ。で、結局は車を返すことになるってわけだ。ディーラーに返すのを拒んだやつは、おれと渡り合うことになる。今回のやつみたいに――姿を消さないかぎりはな。この冬のあいだ、やつの車は誰にも目撃されてないし、棲家もないみたいだ。知り合いの家を渡り歩いて泊めてもらってるんだろう。定まった住所がないからな」

「じゃあ、まず彼のバックグラウンドを調査しないとね」カーミットが言った。

「えっ？」おれはカーミットに目を向けた。いたって真面目な顔をしている。「それは、どういう意味だ？」

「そりゃ、コンピューターでだよ」

「やり方は知ってるのか？」

「いや、まあ、特に詳しいわけじゃないけど」

「そうか。それじゃ、まず職場を突き止めよう」

この男は、職歴の欄に〝木こり〟と記入していた。ミシガンの北部ではもはやそういった職業はないが、彼は、わずかに需要のある薪のために、チェーンソーで再生林を伐採していた。〈ブラック・ベア〉の常連客にも似たような仕事をしているのがいて、マスタングに乗っているやつがこの冬に働いていたと教えてくれた。

レッカー車が轍のついた二車線の道を弾んで下り、ぬかるみにはまりながらも四輪駆動で森の奥深くへと進んでいくなか、カーミットは膝の上でファイルを開いていた。「これは何？」彼は、誰が見ても車のキーだとわかるひと組のカギを持ち上げて訊いた。

「新車を買ったら、ディーラーにキーナンバーを残しておくんだ。もしキーを失くしても、また新しく用意してもらえるだろ。もちろん、レポマンが使うときにもな」おれは説明した。

やがて、木材が積み上げられている空き地に車を停めた。今日は土曜だし、誰もいない。

油圧式薪割り機が二台、大きな木槌が二丁、それにダブル後輪の古い平床トラックが放置され、それぞれ同じ程度に錆びている。「圏外だ」カーミットが携帯を高く持ち上げて見せた。おれは無視した。

「誰かいるか?」とりあえず呼びかけてみた。やっぱり誰もいない。

「おーい！　よう！　誰かいるかい？　おーい！」カーミットが叫んだ。「おいってば！」

「もういいよ、カーミット」

「おーい、こんにちは。誰かいるかい？」

「カーミット！」彼はビクッとしておれを見つめた。「大丈夫、誰もいないよ」

「そうか」

「近くに車があるかもしれない。まわりを見てきてくれないか？　たいていのやつは、レポマンも森のなかまでは捜さないだろうと高《たか》をくっているんだ」

彼はうなずき、黒い泥をブーツに跳ね上げながら一本の小道を歩いて下っていった。太ももにぜい肉がついているせいで、歩くとよたよたして見え、この足場の悪い地面ではそれが一段と目立つ。あんなに脚と尻が重たそうなやつ、これまでに見たことあるだろうか。思わず自分の尻のぜい肉をつねり、軽く腹を叩いた。と、自分がしていることに気づき、ため息をついて首を振った。だから何だ？　冬のあいだはいつもちょっと太るんだ。ごく普通のことじゃないか。それに、夏になればまた痩せたりするからな。

まわりを見回した。空き地にあるものはどれも泥まみれで汚れている。地面には轍がくっきりと残り、六フィートの高さまで積み上げられた薪の山の前には、トラックがうしろ向きに駐めてある。その左には倒木の幹が横たわり、あとはのこぎりで切るだけの状態になっていた。おがくずが一フィート近く積もっているところもある。

「くそっ。なんとなく、車はここだと思ったんだけどな」おれはつぶやいた。アランは何も言わなかった。沈黙することで、おれを罰しているつもりなのだろう。どうしたら、このまま黙らせておけるだろう。

材木が積まれた山の裏側などにありそうだと思い、あちこちを見て歩いた。日陰では、地面がまだすっぽりと雪に覆われている。冬のミシガンで猛吹雪が頭に吹きつけるなか、一日じゅうここに立って木を切っているところを想像してみた。なんて気の毒な人生だろう。

「まあ、そんなもんだ」おれは吐き捨てるようにいった。カーミットは迷子の犬のようにふらふらと二度戻ってきたが、また小道から出たり入ったりして探検している。三十ヤード離れたところにいても、彼がうろうろと走り回っているのが聞こえた。

「待て」アランがつい声を出してしまったようだ。

「あれ、しゃべっていいのか?」

「あそこの地面を見てみろ。そこじゃない。ちがう……」苛々して唸るように言う。「いいから、材木の山を見てみろ。その左だ。もっと。そう、その下だ。地面を見ろ。そこだ! 車輪の跡があるぞ」

アランが教えてくれた場所には、ぬかるみから材木の山に向かって轍が続いていた。まるで、車が材木の下に突っ込んでいったようだ。ほかの場所に目をやると、どこも同じような轍が残っている。木こりがトラックから材木を降ろしたときに何本かが崩れ落ち、タイヤ痕の一部を消してしまったのだろう。アランが言うほど特別なことでもないようだが。

「あそこに行ってみろ」アランがせかした。何だろうと思い、言われたとおりにした。「見えるか？」

「何が？」

「タイヤの跡だ。見てみろ」

「これが何だ？」

「ダブルタイヤの痕だけじゃない。もっと細くて一本しかないのもある。木材を積み上げたところまで、マスタングが行ったように見えるだろ」

「たしかに」どういうことか考えてみた。「でなければ、このタイヤ痕がついたとき、ここにはまだ木材が積まれてなかったのかもな」

「そのとおりだ！」アランは興奮気味に言った。

ぐらつく木材の山の上まで、なんとか登りきった。足元から何本か蹴り落としてみた。

「この下にスポーツカーが埋まってるんなら、まちがいなく傷だらけになってるな」積み重なった木材を下へ投げていった。少し落としただけで、厚さ四分の三インチほどのずっしり重そうな合板に突き当たった。「ウソだろ。カーミット！」

一時間後、ツーバイフォー工法で作られた木製の巨大な箱が姿を現わした。バールでこじ開けると、出てきたのはチェリーレッドのマスタングだった。黒の太いケーブルを延ばしてマスタングにフックをつけ、レッカー車の荷台にあるウィンチでゆっくりと外へ引っ張り出していく。ミルトンの車は古いが、ウィンチは最新型でよく油を差してあり、こっそりと車を回収できるのだ。

「うわー、いい車だね。運転してもいい？」カーミットがマスタングを運転したがっている。その目に好奇心が満ち溢れているのを見て、おれはいやな予感がした。「いや、おれが出すよ。また今度な」

キーは使えるが、バッテリーが上がっていた。おれは、暗くなりはじめた空を見上げた。

「いいか、カーミット。早くここから出たいんだ。でも、ここに置いてくわけにはいかないから、ちょっと道路まで押してくれないか？　動きだしたらクラッチをつなぐから走れるようになるはずだ」

カーミットは肩をすくめた。「わかった」

「道が滑りやすくなってるから、こいつを動かすには時速十から十五マイルぐらいのスピードで充分だ。わかったな？」

マスタングを触らせなかったことに傷ついた様子で、彼はふてくされて肩をすくめた。おれは運転席に滑り込んでクラッチを踏み、変速レバーをローギアに入れた。

車が振動しはじめた。バックミラーに目を向けると、カーミットが歯を食いしばってマスタングのトランクに覆いかぶさっている。

「バカだな」アランがつぶやいた。

「カーミット」おれは車から飛び出した。「車で押せって言ったんだ。そのレッカー車だよ、カーミット」

「そうか」彼は頭を掻いて突っ立っている。

「おまえ、本当に自分の力でこの車を時速十五マイルで押していけると思ったのか？」

彼は肩をすくめた。

「とにかく、レッカー車を使え。それとカーミット、十五マイル以上は出すなよ、いいな？」おれはまた運転席に戻った。「何も言わなかったら、八十マイルでぶつかってきそうだからな」

「ところで、どうしてハイズマン賞の候補者が、ミシガンの北部でレポマンなんかやってるんだ？」アランが訊いた。「さっき銀行で、彼女は何の話をしていたんだ？」

「あとでな、アラン」彼に話すつもりはなかったが、そう返事しておいた。話すようなことじゃない。レッカー車の運転台にいるカーミットを見て、おれは顔をしかめた。彼はレッカー車の向きを変え、フロントのゴムバンパーをマスタングのリアに近づけた。ところが、今はなぜかバックしている。どこへ行くつもりなんだ？

カーミットがヘッドライトを点けた。ゆうに五十フィートは離れている。すると、いきなりレッカー車が前に飛び出した。「何してんだ？」どんどん接近してくるのを見て、おれはあわてた。

「ぴったり十五マイルの速さで、この車のうしろにぶつけようとしてるんだろうな」アランは冷静に観察している。

あっという間に追突された。

6 名誉毀損条項

夕方になり、まるで意地悪でもするかのように雪が降りはじめたころ、おれは〈ブラック・ベア〉のドアを、反対側の人にぶつかりそうな勢いで乱暴に押し開けた。サーバーの栓を開けてビールを注ぎ、カウンターのうしろで立ったまま飲んでいると、いつもの席にいる常連客が、恐ろしいものでも見るような目つきで呆然とおれを見つめた。

「いやなことでもあった？」ベッキーがビール樽を雑巾できれいにしようとやってきて、悪気なく訊いてきた。

「訊かないでくれ。でも、例の千ドル、手に入ったぞ」

一瞬、活き活きと目を見開いたが、すぐにまた暗い顔になってしまった。「了解」

「いま七百五十ある。残りは明日、ミルトンから今日の回収分をもらったら払うからな」

「わかった」

「どうしたんだよ、ベッキー！　必要なカネなんだろ？」怒鳴りつけそうになるのを抑えて言った。

「もちろん」彼女は眉の上から眼鏡に指を突っ込んで汚れを拭き取った。「ごめん。ありがと、そう言ってから口をすぼめて笑顔を作ったが、あまりにも不自然で弱々しい笑みなので、目をそらさずにはいられなかった。すぐに振り返って見ると、もう笑うのを諦めていた。

「いいか、あと二ヵ月もすれば夏になって客が増える。いつも夏になれば良くなるじゃないか。もうちょっとの辛抱だよ」おれは元気づけるように言った。

「夏まで続けられるかどうかわからないわよ、ラディ」あまりに小さな声で言うので、ちゃんと聞き取れたかどうかは怪しかった。

そこへジャネル・ルイスがやって来てカウンターに腰掛けた。おかげで話が中断するのにほっとし、彼女に給仕しようと顔を向けた。「やあ、ジャネル」

「こんばんは、ラディ」彼女はいつものように念入りに化粧をしているが、仕事柄ブロンドに染めている髪があちこちで跳ね上がり、長いこと屋外で雨や雪に晒《さら》されていたように見える。

ジャネルは四十のときに旦那に離婚され、冷たくあしらわれて屈辱の限りを尽くされたうえ、傷口に塩をすり込むようにその旦那は同じく四十の女と再婚したのだった。ジャネルは茶色の瞳で顔にはそばかすがある。旦那に逃げられてから激やせしてしまったので、おそらくいまでもカルカスカ高校のチアリーディング・チーム〝ブルー・ブレイザーズ〟の衣装を着られるだろう。だが、外見を純真に見せるのは諦め、ぴっちりしたジーンズにイミテーションの宝石をじゃらじゃらつけているので、どこか鋭い刃のような印象がある。

勘定書を見ると、ジャネルが飲んでいるのはもっぱらバーボンだ。彼女は孤独で、おれをじっと見つめていることがあり、それが生活の虚しさを埋めてくれる一種の癒やしみたいなものだと訴えているような気がした。歳の差は十三あるが、彼女の現状と幸せとのギャップほどは離れていないように感じる。とはいえ、その気になったことは一度もない。おれはグラスにバーボンを注ぎ、ソーダのノズルを彼女に向けて振った——ときどきはソーダを欲しがるが、たいていは今夜のように首を振り、薬でも飲むようにしっかり目を閉じて最初のひと口をごくっと呑み込む。

「聞いたわよ。このあいだの夜、ここでケンカがあったって。見逃しちゃって残念だわ」ジャネルが言った。

そのときカーミットがこっそり店に入ってきた。入ってきてもいいと言った覚えはないのだが。店内をくねくねと歩き回り、結局はカウンターの端に落ち着く。「まだいてくれよ」おれはジャネルに言った。「あとでもう一回やって見せるから」

カーミットがオオカミに睨まれたヘラジカのようにおれをじっと見ているが、それを横目にほかの客の様子を見て回った。突然おれが向きを変えて彼を睨みつけたら、ビクッとして床に倒れ込むんじゃないだろうか。

そうこうしていると、ベッキーが横にやって来て言った。「奥の冷蔵庫の蒸発器、ファンを取り換えてきたわ」

おれはテレビを見上げた。放映されているのは〝家の修理専門テレビ局〟だか〝家のリフォーム専門テレビ局〟だか知らないが、ベッキーの方針で二十四時間ずっとチャンネルは変えないことにしている。音を消していても苛々する。バーのテレビなら試合の中継を流すべきだ。このことは話し合ったのだが、オウナーは彼女だ。なので、客からチャンネルを変えたいという要望がない限りは、意味なくハンサムな男どもが壁を引っ剝がしたり、カーペットを敷いたりするのを延々と見ることになった。おれはフットボール選手だったが、あんなに魅力的で、あんなに筋肉ムキムキのやつなんか、実際に見たことはない。その二つが揃っている男なんてあり得ないからだ。「蒸発器のファンなんか、言ってくれれば手伝ったのに」彼女に言った。

「わかってるって」以前、棚の取り付けを手伝ったとき、結局はおれが付けた棚を土台から取り払って彼女が最初からやり直すはめになったことがある。だが二人ともそのことには触れず、ベッキーは無表情な目でおれを見つめた。「キッチンの照明を買い替えるおカネがあったら助かるのに」

それには何もコメントできず、ただ低く唸るしかなかった。料理を提供しようなどと言い出さなければ、キッチンだって要らなかっただろうが。

ベッキーがまだ何か言いたそうに、おれの肘をつかんでいる。何だよ？という目を向けると、「あのお友だち、だれ？」カーミットのほうを見て訊いた。

〈ブラック・ベア〉の暗い話題から離れられてほっとした。「友だちじゃない。目障りになってきたんで、そろそろ取り除かなくちゃいけない存在ってところだな」

「紹介してくれない？」少し間《ま》を置いてから、彼女が言った。思わずその顔を覗き込んだが、ベッキー特有の無表情な目からは何も読み取れなかった。

おれは肩をすくめ、カウンターの端から離れようとしないカーミットのところへベッキーを連れて行った。おれが近づいたので、カーミットはかなり警戒している。「カーミット。妹のベッキーだ。この店のオウナーだぞ。ベッキー、カーミットだ。今日おれがカイロプラクターの世話になったのは、こいつのせいなんだ」

二人は恥ずかしそうに握手をした。「血が出てるわ！」ベッキーがカーミットに向かって大声をあげ、おれには非難するような目を向けた。カーミットの唇にはあざができているが、おれがつけたものではない。今度叔父さんのレッカー車をマスタングにぶつけるときは、ステアリングから口を離しておくべきだな。ベッキーにどう思われてもいいや。おれは背を向け、グラスにビールをもう一杯注ぎ、椅子にどっかりと腰を下ろした。

クロードとウィルマがすぐに近寄ってきた。シミのついたクロードのセーターには、彼が三つ前に勤めていたディーラーの名前が書かれている。ウィルマはアルミフォイルのような光沢の青いドレスを着ているが、からだにテントを張ったようだ。「もしかしてウォルフィンガー夫妻じゃないか？」おれは挨拶した。「いや待てよ。たしか、新しい身分を手に入れたはずだ。当ててみようか。あんた、マジシャンのマンドレイクだな。こちらの奥様はスペイン駐在大使だ」

二人はまだ大声で罵りあったりはせず、何もかもが楽しく感じるという段階だった。たっぷり三分間は笑い続けていたんじゃないだろうか——コメディアンならぜひともこんな観客がほしいだろう。二人は笑い過ぎて出た涙を拭い、やっと落ち着いた。

「役所ってやつは。あいつら、何にも考えてないんだ。地球上で最悪のやつらさ」クロードが嘆いた。

「ウィルマは役所で働いてるじゃないか」おれは思わず言ってやった。

「郡庁のことじゃない。連邦政府だ。〝証人保護クラブ〟に入りたいって申し出たら、思いきりバカにしやがってな」クロードは興奮し、唾を飛ばして言った。そして、身を乗り出した。「でも、もういいんだ。別の計画がある。それが信じられないような話でな」

「やめとけって」おれは正直に言った。

クロードがその計画を話してくれたが、銀行強盗かと思うほどいろいろ段取りを考えていた。おれは周囲に目を光らせ、というよりは、ベッキーに話しかけているカーミットに目を光らせていたので、クロードの話をちゃんとは聞いていなかった。それでも推測するに、クロードとウィルマの住宅所有者保険証券に関することのようだった。「二十五万ドルだぞ、ラディ」クロードは場を盛り上げるように言った。ウィルマが嬉しそうにうなずいている。

「で、どうするんだっけ？」

クロードの頭が怒りで小刻みに震えた。「聞いてなかったのか？」

「名誉毀損条項のことだ」アランが教えてくれた。おれがちゃんと話を聞いていなかったのに、どうやら彼は聞いていたようだ。たまには役に立つ、と認めざるを得なかった。

「名誉毀損条項のことだ」おれは聞いたとおりに繰り返した。

「そうそう」クロードが微笑んだ。「中傷するだけで最高二十五万ドルの保険金がもらえるんだ」

今度はウィルマが身を乗り出した。「かなり大きな金額よね、ラディ」

「たしかにそうだな」

いまのおれのことばで賛成してもらえたと思ったのか、クロードは勝ち誇ったようにウィルマをちらりと見た。「そうだ。で、まずは、ウィルマと離婚する。そしてウィルマは家を手に入れる。彼女に家を譲るんだ」

おれは瞬きした。「あんたたち、離婚するのか？」

また怒りで頭を震わせる。「まったく、ラディ。今度はちゃんと聞いてくれよ。話は複雑で、絶対に失敗できないんだからな。私らは離婚してウィルマが家を手に入れる。つまり、住宅所有者保険証券を手に入れるから、保険でカヴァされるのは彼女だということだ。わかるかい？　で、そのあとウィルマが私を中傷する。それに対して保険が最大限に適用されるように、私がウィルマを訴えるんだ。保険会社は〝なんてこった！　名誉毀損条項だな。また問題が起きるまえに支払わないと……〟となる。なんて保険会社だっけ？　その会社、その金額を失くしちゃうんじゃないか？」

彼は妻に向けて指を鳴らしたが、一瞬、彼女がその鳴らし方にイラっとしたように見えた。だが、これで金持ちになれると思ったのか、彼女はその気持ちを抑えた。「ゴールデン・サックスよ」ウィルマが言った。

「いや、それはちがう」

ウィルマの目が大きく見開かれたが、クロードは無視した。「名前は何でもいい。とにかく、そんな大金を払ったら会社は潰れちまう。だから小切手を切って和解しようとするんだ。そしたら私らは再婚するのさ。〈ブラック・ベア〉で結婚式をしてな」

ウィルマが最後のひとことに引っかかったのか定かでないが、顔をしかめた。

「そうなったからといって、保険会社はおれにカネを返せとは言えない。これで金持ちになれるんだ！」クロードが勝ち誇ったように言った。「こんな普通の男だって勝てるんだぞ！」

おれは、微笑んでいる二人の詐欺師を見つめ返した。「あんたの名誉毀損になるようなことって？　ウィルマはどんなことを言うつもりなんだ？」おれは訊いてみた。

二人は、しくじりようのない計画と一クォートのウォッカで勢いがつき、豪快に笑い飛ばした。「まあ、何か考えておくわよ。大丈夫」こう言って、彼女がウィンクした。

「それとラディ」——手錠でもかけるように、クロードはまたおれの手首をつかんだ——「おまえさんにも取り分をやるからな。約束する」

「ありがとう、クロード」おれは真面目に言った。「だけど、保険会社からカネを巻き上げるって計画はもう完璧にできあがってるのに、なんでおれに分け前をくれるんだ？」

「おまえさんのところに住むからだよ！」クロードが嬉しそうに打ち明けた。

しばらくことばが出なかった。「おれのところに？」繰り返すしかない。

「そうさ、最上階にな。誰も使ってないだろ？」

親父が死んだあと、半年もしないうちに母さんまで死に、ベッキーはバーを、おれは家をもらった。で、その家の外階段をリフォームして最上階専用の出入り口にし、メゾネットとして貸す準備をした。だが、カルカスカではそういう部屋を借りたいというニーズがなく、そのうちにおれもやる気をなくしてしまった。〝居座る〟と〝借りる〟の違いをわかろうとしない輩をその部屋から追い出したあとは、一年近くずっと空いたままになっている。クロードはそのことを知っているのだ。

おれはため息をついた。「家賃を請求しないとな」おれはあきれて釘を刺した。クロードとウィルマが、高さ十フィートのインディアン風テントを自宅の前庭で観光客に売りつけようと画策していたときのことを思い出した。おそらく、あのときに全財産をバカな計画に注ぎこんでしまったんだろう。この二人は、本当にこんないかれた計画を実行するつもりなのだろうか。

「そうだ、もっと大事なことがあった。ウィルマがその部屋を訪ねてきても秘密にしておいてくれよな」二人は子どものようにくすくす笑った。おれは笑いをかみ殺すしかなかった。

「わかった」

クロードが真顔になった。「それじゃ、ケンカか何かしてるところをみんなに見せないとな。そうすれば、それで私らが別れることになったと思われるだろ」彼はよく考えたような口ぶりで言った。

「クロード、ウィルマがあんたの頭を椅子で殴ろうとしたときにここにいた人は、誰ひとりそのせいであんたらが別れるとは思わないよ」

二人はぽかんとしておれを見つめた。信じられないが、二人揃ってすっかりその出来事を忘れているようだ。

ジャネルにバーボンのお代わりを出し、釣り人に頼まれてピッチャーを二つ運んだ。メニューも渡したが、彼らは見もせずに要らないと言った。今日のおれがそうだったように、ベッキーが延々としゃべり続けるカーミットに捕まっているんじゃないかと心配になったが、やっぱり助けには行かないことにした。人生には試練が必要だ。愛のムチってやつだな。

ジミーが入ってきた。おれがうなずくと、すぐこっちにやって来た。「やあ、ラディ。ぼくのあの……小切手のこと、調べてくれた？」

「ああ。でもまだ何もわかってないんだ」

「ぼくにはわかったことがあるんだけど」

おれは身を乗り出した。「おまえが？　どんなことだ？」

「それがさ……」彼はじっと床を見下ろしている。

「ちょっと待て。ジミー。ジミー、こっちを見ろ」彼の目は、カウチで寝ているところを捕まえられた犬のようにとろんとしている。「まさか、換金したとか言うなよ」

「あのさ……」

「どこでだ？　ミルトンはもう換金しないだろ」

「職場でだよ」

「ホテルで？　ホテルで換金してくれたのか？」

「うん」

「ジミー、どうして換金しようなんて思ったんだ？　するなって言っただろ！」

彼はみじめそうに肩をすくめた。おれはため息をついた。「ジミー」

彼が顔を上げた。

「それも不渡りになるぞ。となれば、その分はおまえの給料から差し引かれることになる」

すると、ジミーは賢そうな目つきに変わった。どうやらいまの話を理解しようとして頭を使っているようだ。おれは片手を振り上げた。「千ドルのほうが給料より多いからあとはどうなってもいいと思って、なんて言うなよ。本当にそんなこと言うんじゃないだろうな？」

彼は背筋を伸ばして言った。「言わないよ。もちろん、そんなこと思ってない」

それでおれは、ホテルがカネを取り戻すまで給料は一切もらえなくなること、だから、いますぐ使いたくてうずうずしているかもしれないが、換金したカネはなるべく残しておいたほうがいいということを説明した。彼は残念そうにうなずいた。「もしほかにも小切手を持っていたら、おれに渡すんだ、いいな？　また換金したら、おまえを絞め殺すからな」

「わかったよ。ごめん、ラディ。そうだ、ラディ……」ジミーが左右を確認してから声を潜めて言った。「あの噂、本当なのか？」

「どんな噂だ？」

「レポ・マッドネスとかいうやつになったたって」

「上等だ」

深夜には〝クロード&ウィルマ〟のショウが始まった。大騒ぎして怒りをぶつけ合うバトルはあまりにも嘘っぽく、ちょっと笑ってしまうほどだった。毎晩のようにケンカしている二人なので、ひとたび舞台にあがれば、いつものパフォーマンスを繰り返すにきまっている。

「そこまでよ。ウチから追い出してやる！」いよいよクライマックスになり、ウィルマが叫んだ。クロードは、たったいま銃弾を受けたように胸に手を当て、ふらふらと歩き回った。

「ウィルマが家から出てけって言うんだ！」数人の客のまえで、クロードが叫んだ。彼らには名誉毀損の裁判で証人になってもらおう、とか思ってるんだろう。そしておれのほうに来ると、大きな含み笑いをした。

「ラディ、私はどうすればいいんだ？　どこに住めばいい？」

「心配するな、クロード。彼女はすぐに忘れるさ。いつもそうだろ」おれは励ました。

彼は愕然とした顔になった。「ちがう、ちがうんだよ、ラディ！　いつもとは……今度ばかりは本気なんだ！」

そのやり取りの途中で、ウィルマが乱暴に〈ブラック・ベア〉のドアを閉め、夜の闇へ飛び出していった。

「私はもう終わりだ」そう言って、クロードは椅子に腰を下ろした。首を振っている。「すべて失っちまった。もう終わりだな」と、彼は元気よく顔を上げた。「よし。ビールを一杯おごろう」

「先週みたいに、家から追い出されたのかい？」ジミーが興味津々《しんしん》で訊いた。

「あれとはちがう」クロードはきっぱりと否定した。

「ちょっと電話してくる」そう言ったことに、おれ自身が驚いた。奥の休憩室に入り、ドアを閉めた。電話が毒蛇のように見える。ケイティの電話番号を書いた紙はポケットに入れっぱなしで、数字がちょっとかすれてしまったかもしれない。ゆっくりと深呼吸をしてみた。だが、レポ・マッドネスのことを蒸し返されてよみがえったあの恐怖感より、いまのほうがずっと怖かった。昔は、女の子に電話をかけるなんて別に平気だったのに——くそっ。あのころは女の子がおれに電話をかけてきたんだ。だが、いまのおれはまったくちがう人間になっちまった。きれいな女の人と会話を楽しんでいいのかどうかさえわからない。

「ケイティ？」三回目のコールで彼女が電話に出て、思わず口から出た。

「どちらさまでしょうか？」彼女はぶっきらぼうではなく、かといって温かい気持ちがこもっているわけでもないといった口調で答えた。

「ラディ・マッキャンです。ラディはいまの顔色のこと？って。あの、きみの車を動かしてあげたときの」おれはくじけそうになった。「ほら、このまえの雨の日、イースト・ジョーダンで——」

「思い出したわ、ラディね」おれが言い終わるまえに、彼女は少し笑いながら言った。「あの手の約束ってなかなか実現しないものだから」

「うん、そうだね！　それで……」おれの脳は、メカニックの用語でいうと〝蒸気閉塞《ヴェイパー・ロック》〟の状態だった。さっきの〝きみの車を動かしてあげた〟という言い方が際どい意味に取られやしないかと気になり、ほかのことばが何も出てこなくなってしまったのだ。

「ラディ？　ちょっといま、あまり話せないの」ケイティは、穏やかな口調だがちょっと早口で言った。

すると、州知事の恩赦で釈放されたかのように、安堵の気持ちが一気に広がった。「じゃあ、また」おれは言った。「さよなら」

「さよなら」

電話が切れるとき、彼女のうしろから男の声が聞こえた。きっと、ボーイフレンドだな。電話の相手は誰だ？　と訝しく思っていることだろう。

それから一時間半が経ち、まるでパンクでもしたかのように〈ブラック・ベア〉には誰もいなくなった。ベッキーはまだカーミットに捕まっている。おれは彼女を見てにやりとし、店を出た。「次にベッキーに会うときは、ものすごい剣幕で怒られるだろうな」おれは含み笑いをした。だが返事はない。首をかしげた。「アラン？」

そういえば、もう彼がいる感じがしない。はっきり気づいてはいなかったが、ボクシングの助言をされたときから、おれのなかにアランの存在を感じていた。別の人間がいるという、一種の身体感覚だ。でも、いまは感じられない。「アラン？」もう一度呼びかけた。耳をそばだて、自分のなかの意識を探ってみたが、やはり返事はない。
アランは出ていってしまったのだ。

7　アラン・ロットナーなんていなかった

アランはぐらついた歯のような存在だった――とにかく不快で、しじゅう気になってしかたがない――がいざ抜けてしまうと、そのあとに空いた穴の方がかえって気にさわるのだ。自宅のリヴィングルームで椅子に腰掛け、薪ストーヴの明かりが空《から》のビール瓶に映って華やかな感じがするのを眺めながら、自分のなかにいたもうひとりのおれがいなくなって寂しい、と精神科医に話したら何と言われるだろうと考えた。

何かを感じ取ったらしく、ジェイクが近寄ってきておれの手に鼻をすりつけ、情感のこもった目で見つめた。「おまえの言うとおりだ、ジェイキー。おれはひとりじゃない」耳を掻いてやるとジェイクは目を半分閉じて気持ちよさそうに唸り、やがて足元で眠り込んだ。

もうひとりのおれのことは忘れることにして、本に手を伸ばした。母さんはひっきりなしに本を読んでいる人だった。この家を相続したとき、小説本が詰まった箱がいくつも地下室に積み上がっているのを見つけた。そのなかから母さんが持ち歩いていたような気がする本をいくつか選び出して部屋に置いた。ついさっきまで母さんが読んでいて、食事を始めるのでそこに置いたばかり、というように。もしかすると、それがレポ・マッドネスの始まりだったのかもしれない。理屈に合わないことはわかっていても、そうして置かれた本を見ると心が慰められたのだ。

やがてその本に興味を持つようになり、暇なときに一冊手に取ってページをめくり始めた。ネルソン・デミルの『チャーム・スクール』だった。実を言うと読むまえは、髪をひっつめにした口うるさい女教師に礼儀作法を教わる女性たちの話なのだろうと思っていた。読んでみるとスリラーだった――母さんはサスペンスやミステリが大好きでそういうものばかり読んでいた。そして、おれもすぐに夢中になった。

買う余裕があるときは自分でもコレクションを増やし――カール・ハイアセン、アンドリュー・グロス、デイヴ・バリー、リー・チャイルド――余裕がないときは、母さんの箱から昔の傑作を取り出して読み返した。最近はアリステア・マクリーンを集中的に読んでいる。まずタイトルがカルカスカの話みたいだと思って『北極の基地／潜航作戦』を読み、いまは『ナヴァロンの要塞』を読み返しているところだ。おれには自分の本があり、自分の犬がいて、自分の椅子がある。このほかに何が必要だというんだ？

〈パトロン〉のボトルをもってくるのを忘れたが、いったん腰を下ろしてしまうと立ち上がって取りに行くのが億劫《おっくう》になった。まぶたがだんだん下がってきて自然に閉じるまでページをめくりつづけた。

一時間ほど経ったとき、何かがぶつかるような音ではっと目覚めた。本当にびっくりするような大きな音で、ジェイクまで立ち上がったほどだ。玄関のドアを開けて外に出てみた。

クロードとジャネルがポーチで笑い合っていた。クロードは彼女のブラウスから手を引き抜こうとしている。

「おい、クロード」おれはうろたえて言った。

「ラディ！　ラディ、私はほら、離婚するんだからさ」おれの表情を見たクロードがそんなことを言った。

「クロード」おれは悲しくなってもう一度言った。

ジャネルがクロードの口に長くねっとりとしたキスをし、クロードが飢えたようにそれに応えた。そのとき「あなたもカルカスカの独身チームの一員ね、ダーリン」とジャネルが言ったような気がする。ジャネルはわざとおれと目を合わせないようにしている。欲情してというより自分のからだを支えるためにクロードにしがみついている様子からすると、いつもより大量のバーボンが血管のなかを駆けめぐっているようだ。ジャネルはもともと、ほどよく飲んで楽しむときもあれば、完全に酔っ払うときもあるというタイプだった──どうやら今夜は、決断を実行に移すにはいつもより多くの液体が必要だと判断したようだ。

ジェイクはくだらない騒ぎはたくさんだと思ったらしく、おれの脚をかすめて向きを変えると床の毛布のところへ戻っていった。

「頼む……うえの階の鍵をくれないか、ラディ」ジャネルの唇を引き剝がしながらクロードが喘ぎ喘ぎ言った。二階のドアにつながる外階段を身振りで示した。「アパートメントの」

おれはドアを開けた。「入れよ、クロード」

二人はまさぐり合うのをやめておれを見つめた。どういうことかわからないというように目を瞬いている。

「あんたはおれのカウチで寝な」おれは上着に手を伸ばした。「ジャネルはおれが家まで送る」

「だけど……」クロードはドアからなかへなだれ込み、ウォッカ臭い息を吐きかけながら耳打ちしようとしてきた。おれはあざのできている脇腹によりかかられて顔をしかめた。「だけどラディ、名誉毀損のあれ、覚えてるだろ……」

「クロード」おれは彼の両肩をつかみ、血走った目を覗き込んだ。「頭がいかれたのか？ウィルマにタマを食われるぞ。入れ」強く引くと、その勢いでクロードのからだが部屋のなかをくるくるとまわった。まるでおれと二人で特別な体操の技でも練習していたかのように、クロードがからだをひねってカウチに倒れ込んだ。

「行こう、ジャネル」おれは彼女に言い、氷で足を滑らせないように肘をつかんでやった。ジャネルは素直に従ったが、トラックに乗り込むと、檻に入れられた動物のようにドアにもたれてうずくまった。彼女にかけることばを探したが、何も見つからなかった。ジャネルの淡いブロンドの髪がとてもおしゃれにカットされているのを見て、なぜか悲しくなった。きっと〈ブラック・ベア〉に行ってクロード・ウォルフィンガーといちゃつき始めるまえに、一時間もかけて整えたのだろう。

ジャネルの家のドライヴウェイに着いて車を停めた。彼女は坐ったまま降りようとしなかった。おれはため息をつき、何か謝った方がいいのだろうかと思ったが、相手がどんなことばをかけて欲しいのかわからなかった。

彼女がおれの方を向いて目を合わせた。まるでそれまで二人で孤独について語り合っていて、それならいっそいま二人分の孤独を一発で癒やしちゃえばいいんじゃないの、という話になったような気がした。

カルカスカの〝独身チーム〟か。あのときジャネルは誰のことを言っていたのだろう。おれたち二人のことじゃないか。

おれはジャネルを見つめ返した。また自分の家で暮らすようになってから、おれはずっと自分としか寝ていなかった……少しくらい人肌のぬくもりを求めたとしても、お返しに自分からも与えたとしても、それがそんなに悪いことだろうか？

そのとき、もし〝ケイティ〟という名前を書いた紙切れがなかったら、おれはトラックのエンジンを切ってジャネルの家のなかまでついて行ったかもしれない。ジャネルとおれは、互いに感謝しながら、あるいはただ勢い込んで、互いの腕のなかに飛び込んだかもしれない。でも、もしケイティへの気持ちが本物だとしたら？　それとも、ケイティでなくても、ケイティのようなほかの誰かが現われたら？　そうしたらおれもまた、別の女のためにジャネルを捨てた歴代の男たちのひとりになってしまう。その一員になることを考えると先へ進む気にはなれなかった。

ジャネルはおれの目に答えを読み取り、苦い微笑みを作った。ドアを開け、酔っ払いらしく頭を傾げて歩いていった。彼女が家の明かりをつけるまで待ってから通りに出た。最後に見たジャネルの姿は、正面の窓からこちらを見ている彼女の影だった。

午前二時を過ぎていた。おれはすっかり目が冴えてしまい、嫌な気分になっていた。こういうときは誰かの車を盗むに限る。

ミルトンの駐車場に寄ってレッカー車に乗り換え、〈ブラック・ベア〉へ行った。明かりをつけずになかへ入る。ベッキーが見ているテレビの明かりだけが見えた。きっとまた、下着モデルも兼業しているどこかの俳優が屋根裏の断熱材を剝がすあの番組を見ているのだろう。部屋の隅で番をしていたクマのボブは、おれが近づいてくるのを黙って見守った。椅子のうえに立ってボブの首のうしろにあるボルトを外した。

ボブには秘密がある。ベッキーも知らないだろうが、ボブの頭は外れるのだ。

クマの頭を外し、その頭部と大きなレインポンチョをレッカー車のまえの座席に突っ込んだ。裏の物置で、ライフルが何挺か入っている父さんの古い銃収納庫のなかを手探りし、十五歳のときのクリスマスにもらった空気銃を取り出した。正面の窓から入ってくる光を頼りに、上下左右にひっくり返してチェックした。

「それは何だ？」アランが大声で訊いた。

「うわっ！」おれはうしろへよろめいて声を上げた。「何だよ、脅かすなよ、アラン！　やめてくれ！」

「なにをそんなにびくびくしてるんだ？」

「どこにいたんだ？　死んだと思ってたよ。あんたの言う死んだって意味じゃなくて、おれの頭のなかにもういない、って意味で」

「そうか。眠っていたんだ」

「眠ることがあるのか？」おれは耳を疑って訊いた。

「あるよ。たいていは短い仮眠を日に何度かとるんだが、今日は二、三時間まとめて寝ていたようだな。そういうときもある」

「ちょっと待て、そのほかにおれの頭のなかで何をしているんだ？」おれは訊いた。

「トイレには行かない。そのことを訊きたいのなら」アランはムッとしたように言った。

「どういうことを訊きたいのか自分でもわからないよ。あんたが眠るなんて信じられない。理屈に合わないじゃないか」店の戸締まりをして車に戻った。「そもそも、この状況のどこかに理屈に合う部分があるのか、って話だけど」おれは付け足した。手に持ったライフルに視線を落とすと、アランが息を呑む音が聞こえた。本当に聞こえたのだ。まさに自分で言ったことばのとおりだ――何もかも理屈に合わない。アランに息を呑むことなどできるはずがない。肺がないのだから。

「その銃で何をするつもりだ？」

「荒っぽいガチョウ《ワイルド・ギース》とちょっと追いかけっこでもしようかと」車のエンジンをかけてイースト・ジョーダンに向けて走り出しながら、おれは答えた。

「ドリスを撃つのか？　そんなのはダメだ！」アランは息巻いて反対した。

「どうしろって言うんだ、〝遠まわしに言え〟って言うのか？」

「何だって？」

「おれはあのガチョウに嚙みつかれて、もう少しで腕の骨が折れるところだったんだぞ」

「知っている。確かに痛かった」

「そうか、それならわかるだろ。アラン、何としてもあの車を回収しないといけない。あの分を前借りしてるんだからな。ミルトンも少しは待ってくれるだろうが、せめて利子ぐらいは払わないと――それに、おれはおれで経費もかけてる。おれの思うとおりにさせてくれ。自分が何をしているのかはわかってる」

アインシュタインの家から百ヤード離れたところにレッカー車を駐め、木立に入り、やつの家に裏から近づけるように回り込んだ。裏からはやつのトラックがよく見える――開けっぱなしになっている納屋の出入り口も。納屋のなかに白いものがいるのがぼんやりと見えた。ドリスはすやすやと眠っている。おれは銃の照準器でドリスの姿を捉えた。

「ラディ！　やめてくれ」アランがすがるように言った。

おれは銃身を振りあげ、三つの投光器に狙いを定めて引き金を引いた。ひとつずつ撃たれた電球が気持ちのいい音を立てて割れた。ドリスは何ごとかというように首を伸ばしたが、納屋から出て来ることはなかった。

「なぜあんなことをしたんだ？　ガチョウを殺すなんてひとに思わせて」レッカー車に戻る途中、にアランが訊いた。

「ちょっとふざけただけだよ」

「そうか、趣味の悪いいたずらをするやつだな」

「いつでもここから出てってくれていいんだぜ、アラン」おれは歯をむき出した顔のクマの頭を、サイズの合わない帽子のように頭に載せた。片手で押さえながらクマの頭もろともポンチョを羽織り、自分の目のところに隙間を空けてまえが見えるようにした。一ガロン入りの水差しをつかんでアインシュタインの家に戻る。

ドリスがドライヴウェイから自分の方へ近づいてくるものを何だと思ったのかはよくわからない。とにかく、不機嫌なクマの顔をしたバカでかい生き物というだけで効果は充分だったようで、ドリスは騒がなかった。闇に紛れてピックアップ・トラックにすり寄り、静かに水差しの中身を直接ガソリンタンクに注いだ。そのあいだ、ドリスは納屋から出ずに不安そうにじっとおれを見ていた。立ち去るときに手を振っても反応しなかった。

アインシュタインが朝何時に出勤するのか知らなかったし、やつを見逃す危険を冒したくもなかったので、運転席に座ってのんびり待つことにした。アインシュタインがプラズマーク社に出勤するときは、そこからよく見えるはずだ。工場の製造ラインで彼はきっと、原子より小さい粒子を組み立てる作業をするのだろう。

「おいアラン、起きてるか？」

「ああ。あのクマの頭をどこから持って来たんだ？　あれは冴えたアイディアだったな」

おれはアランに、父さんの話、クマのボブの足元で遊んだ子ども時代の話、父さんが世界中で誰も知らないようなことを教えてくれた話をし、うしろの席に置いてあるのはボブの頭を首に取り付けるボルトだと言った。

「あんたはどうなんだ、アラン、子どものころからこのあたりに住んでいたのか？」さり気なく聞こえるように気をつけて訊いた。

「なぜ誘導尋問のような訊き方をするんだ？」アランは言い返してきた。

おれは面白くない気分で息を大きく吐いた。「とにかく答えろよ、な？」

アランがイースト・ジョーダンに引っ越してきたのは、妻のマーゲットが住んでいたからだという。アランとマーゲットは飛行機のなかで出会った。そのころアランが住んでいたデンヴァーへ行くフライトで席が隣同士だったのだ。その日アランはマーゲットを食事に誘い、それから六日続けて毎晩夕食を共にしたあと、彼女がデンヴァーを発ってミシガンの自宅に帰るときに一緒に行くことに決めた。彼女の父親がイースト・ジョーダンで不動産会社を経営していたので、そこで働くことになった。デンヴァーでは、チェリー・クリークのシネコンで支配人をしていたが、転勤は望めなかった——人口二千五百人の町にシネコンはそんなに要らない。だがイースト・ジョーダンの会社を拠点に、湖畔の物件やハンティング用キャビンの売買を手がけ、商売を成功させた。

アランの話を聞きながら、おれは頭のなかでリストを作っていった。コロラドには行ったことがないしチェリー・クリークという地名も聞いたことはないが、実在する地名かどうかは調べればわかるだろう。アランは映画館経営と不動産売買にはかなり詳しいようで、おれが途中で質問をしてもそつなく受け答えしている。アランが実在の人間でないとしたら、やつはどうやってこんな知識を身につけたというのだろう？　おれのなかにもうひとつの人格があるのだとしたら、もうひとつの人格もおれと同じだけの知識しか持てないはずではないか？

レッカー車のエンジンをかけ、キャブに少し暖気が入るようにした。「あのさ、アラン……あんたが死んでるって話してくれたときのこと、悪かったよ。ただあのときは……だって、いきなりそんなこと言われて何と声をかければいいんだ？　そんなの〈ディア・アビー〉の人生相談に載ってるようなことでもないだろ」

「完全に無視されたような気がしたよ」

「そうか、そうだろうな。でもいま謝っただろ」

「私がこんな目に遭って平気だと思っているのか？」

「何が不満なんだ？」おれはきつく言った。「悪かったって言ったじゃないか。それ以上何が欲しいんだ、キャンディでもくれと言うのか？」

アランは黙り込んだ。「私を殺したやつらを捜し出して、裁きを受けさせてほしい」しばらくして彼は言った。

「勘弁してくれよ、そういう話になるのかよ！　おれに誰かを殺してほしいっていうのか？」

「ちがう、ちがうに決まっている！」アランは即座に否定した。

「ちがうのか？　そうじゃないのか？　それは本心か？　だってついさっき、やつら——ひとりじゃなく、一味の全員だ——を捜し出して、そいつらがあんたにやったことをやり返してほしい、と言ったように聞こえたぜ」

「一味の全員じゃない、二人だけだ。男二人組だ」

「そしたらきっと、そいつらもおれの頭のなかに入ってくるんだろうな」おれはいきり立って言った。「そしたら今度はそいつらが、誰か別のやつを殺してくれと頼んでくる。たちまちおれの家の近所にテレビの取材陣が集まりだして、おれの友だちに話を聞いてまわる。そして〝いやあ、彼、すごくいい人そうだったのに、地下室にあんなに死体を隠してたなんて、人は見かけによらないものですね〟なんてコメントを取るんだ」

「私の話を信じないんだな」アランが傷ついたように言った。

「なんでだろうな。すごく説得力のある話なのに」

「なあ、とにかく……いまイースト・ジョーダンにいるんだろ。私の話が本当だと証明してみせるから、ひとまず言うとおりにしてくれないか？　私の家に行って、妻と話をして娘にも会ってくれればいいんだ。それでわかるはずだ」

「娘さん？　いくつなんだ？」

「十六歳だ。名前はキャシー、キャシー・ロットナー。妻はマーゲット・ロットナー」

そのことについて考えてみた。「そんな話に乗ろうとしてるなんて自分でも意外だよ」

「よし！」

「でも、いますぐじゃないぞ」エンジンを切ると、車はブルッと震えてから静かになった。「いまは、レポマンの業界用語でいう〝張り込み〟をしてるところだから」

「それは警察用語だろう」

「そうさ。警察がおれたちの真似をしたんだ」

夜明けにはっと目を覚ますと寒かった。震えながらレッカー車のエンジンをかけ、ワイパーとデフロスターを動かしてフロントガラスについた氷の層を取り除いた。アランは静かで、眠っているのがわかった。アランが頭のなかにいないあの独特の感じがしたとき、それがどういうことなのか、いまはわかっている。

三十分ほど経ち、そろそろコーヒーを一杯買いにいくらいは持ち場を離れてもいいんじゃないかと自分を説得しようとしていたとき、出勤するアインシュタイン・クロフトの運転するトラックがドライヴウェイを走ってきて、猛スピードで車体後部を滑らせながら走り去った。やつを半マイル先に行かせてから、急がずにゆっくりとあとを追う。行き先はわかっている——プラズマーク社、あの無愛想な警備員のいるところだ。

ハイウェイではほどよく近い位置につけていたので、アインシュタインが加速と減速を二回繰り返したのがわかった。エンジンの詰まりを取ろうとアクセルを強く踏んだらしく、排気管から黒い煙が出ていた。あの不安定な走りぶりからして、燃料パイプに入った水がきちんと仕事をしてくれているのは確かだ。満足したおれは、Uターンして反対方向に走り去った。

三十分後、同じ道路をゆっくりと戻っていくと、やつのピックアップ・トラックが無人で放置されていた。ハザードランプが点滅している。おれは悠々とトラックに近づき、アインシュタインはヒッチハイクで職場に向かったのだろう。おれは悠々とトラックに近づき、吊り上げ機にトラックを取り付けた。通り過ぎる数台の車からちらりと好奇の視線を向けられたが、それ以上の注意を惹くことはなかった。車が壊れたら、レッカー車で運ばれる。なんていい国なんだろう。

アインシュタインよ、あんたは自分を天才だと思っているかもしれないが、レポマンの頭脳には勝てないんだ、思い知ったか。

会社が保管スペースとして利用しているイースト・ジョーダンの廃品置き場からミルトンに電話して報告すると、ミルトンは満足したような唸り声で応じた。「保証人も実にいいおやじさんなんだよ。不思議なもんだな。息子はあんなにアホなのに」

「アホが服着て歩いてるようなやつですよ」おれは上機嫌でジョークを返した。仕事絡みのジョークは古くなるということがない。

電話を切ったとき、油でベタついた受話器のせいで頬に黒い跡がついたような気がした。廃品置き場にあるものには、どれもこれもモーターオイルがこびりついている。人間も同じだ。

「ひどいところだな」アランがつぶやいた。カウンターの向こう端に整備工がひとり立っていたので、おれは返事をしなかった。トラヴァースの銀行で女性行員にもらった名刺を取り出し、ジミーの小切手の謎がどうなっているかを訊こうと、その電話番号にかけた。名刺に親指の跡がついた。

「ええ、ミスタ・マッキャン、覚えております」おれが名乗るとモーリーンは言った。

「どうでしょうか、あの件についてお話を――」

「申しわけありませんが、本件についてはご協力できかねます」彼女はおれのことばを遮って言った。

おれは瞬きをした。あのときの母性的な女性と同一人物とは思えなかった。「ですが、先日は確かに……」おれはゆっくりことばを返した。

「お伝えできる情報はございません」

「モーリーン、協力できないというんですか、それとも協力する気がないということですか？」おれは食い下がった。「よくわからなくなってきました」

何かの音がして、ひょっとして優しい方のモーリーンが首を絞められている音だろうかと思ったが、モーリーンは押し返してきた。「ご協力はできかねます、ミスタ・マッキャン。今後のお問い合わせはご遠慮ください」

おれは信じられない気持ちで電話が切れる音を聞いた。いったい何があって、モーリーンはこんなに冷たい態度になったんだろう？

せっかくの気分が台無しになった。車なしの移動というのがどういうものかをアインシュタインに思い出させてやることができて浮かれていたのに。疲れて急に年を取ったような気持ちでレッカー車のエンジンをかけた。

「どうも妙だな」アランが意見を言った。

「確かに妙だ……そのことばが、おれの脳のなかに住んでいる幽霊だという男の口から出るとは」

「いや、そういうことではなく、彼女の態度がすっかり変わったことだよ」

「そうだな。急にそっけなくなっちゃって」

「いや、そっけないというのとはちがう。怖がっているような感じだ」アランは少し間《ま》を置いてから言った。

おれは首をかしげて考えた。「あんたの言うとおりだ。モーリーンは何かを怖がっている」

ほかにすることもなく、すでにイースト・ジョーダンに来ていたので、アランが提案したとおり、そのあたりを走って彼の過去を確かめることにした。興奮を抑えられないアランの道案内でノース・ストリートに入った。立ち並ぶ家々は、地元の人たちが〝ノーザン・ロウアー・ミシガン〟と坐りの悪い名前で呼ぶこの地域にあるのでなかったら、一軒百万ドルはしそうだ。ほかの地域では頭金にしかならないような金額でも、ここでなら寝室が四つついた素敵な家が買えるだろう。フェニックスに住んでいる人たちがどうして大挙してここへ引っ越して来ないのかが不思議なくらいだ。車内で雪が溶けて足元に水たまりができていたので、ヒーターのスイッチを入れた。

イースト・ジョーダンはシャールヴォイ湖の南側にある。深くて青く美しいシャールヴォイ湖は、ミシガン湖と一本の川でつながっている。ほとんどの観光客はイースト・ジョーダンには見向きもしない――イースト・ジョーダンにとってはむしろ好都合だろう。冬のあいだは、いくつかの小さな工場と大規模なイースト・ジョーダン・アイアン・ワークスの工場が町の経済を支える。七月と八月は少数の観光客が、二〇年代に建てられたこぢんまりしたコテージで夏を過ごしにやってくる。夏にヨットが行き交う湖の北側にあるシャールヴォイの町に対して、イースト・ジョーダンはその貧しい親戚のようなものだ。おれはカルカスカに住んでいる人たちが好きなのと同じ理由で、イースト・ジョーダンの人たちが好きだ。きっと同じ理由で、シャールヴォイのヨット族が嫌いになるだろう。もしボートに乗らないかと誘われることがあればの話だが。

アランの家の近くまで来ると、アランはこのひとときをじっくり味わおうとするように、スピードを落としてくれと言った。それから無言になった。おれはゆっくりと縁石に近づいて車を停め、言われたとおりの住所にある空き地を眺めた。積もった雪のうえには轍も足跡もなく、エンジンもボンネットもついていない古いプリマスがブロックのうえに載っていた。

「家はどこにあるんだ、アラン?」優しく訊いた。アランがすべてを見て状況を理解できるよう、おれは脱獄者を追いかけるサーチライトのように両目を慎重にゆっくり動かした。

「あれはもしかして、あんたの車?」

「こんなはずはない。ここにあるはずなんだ!」

「事務所を見に行こう」おれは提案した。

アランの話では、不動産会社の事務所はメイン・ストリートの一ブロック先にあるセカンド・ストリート沿いにあった。車を停めたところにあったのは、アイスクリーム・ショップ以外の何物でもない店だった。

「こんな店はなかった！　ここにあったのは、張り出し窓がついた古い二階建ての建物だ。隣は靴屋だった。どちらもなくなっている」

「いまある店は、おれが覚えてるかぎりずっとここにあったよ、アラン」おれは気遣いながら言った。おれが高校生のころにここに何があったのかはよく思い出せないが、二年まえにミルトンの会社で働き始めたときには、いまある店が営業していた。

「まるで……まるで誰かが私のあとをつけて、私の過去を消してまわっているみたいだ」アランはかすかな声で言った。

それじゃあまるで、人格が分裂しているうえにパラノイアにもなりかけているように聞こえるぜ、と言いたかったが、やめておいた。ただそこに坐って、アランの頭（それともおれの頭だろうか？）が事実を受け止められるようにした。アランはすぐに気持ちを切り替えた。

「よし……次は学校へ行って、キャシーがいるかどうか見てみよう。いるにきまってる！それに、マーゲットがこの町を出て行くはずはない。両親は亡くなっているが友だちはみんなここにいるんだから。わかってるんだ！　鉄工所を経営しているミスタ・マルパスに会いに行こう。彼にハイウェイ六六号線沿いの家を売ったんだ。案内するよ」

「アラン」おれはため息をついた。「話を聞けよ」

「きみが何を言いたいのかはわかっている。だがお願いだ、ラディ、私は自分が実在の人間だと証明してみせる！」

「あんたの家も事務所もなかったのは、どっちもおれの作り話だからじゃないかとか、あんたのこともおれがでっち上げたんじゃないか、とは思わないのか？」

「そんなまさか、ラディ！」アランはつらそうに答えた。

レッカー車を出した。「おれは、自分がずっとひとりごとを言っていたんだと認めなければならないな。これは、精神状態が健康なしるしとは言えない」

「ちがう、そうじゃない！　私は実在の人間なんだ！」

「あんたも事実を認めなきゃ」おれはまるで、理屈の通ることを言っているかのようにアランに言った。

その日の午後はミルトンからの指示はなかったが、北の方にあるクロス・ヴィレッジという小さな飛び地に出向いて回収の仕事をした。フォード・エクスプローラーの所有者は、家族を連れてデトロイトへ戻るときに車にキーをつけたままにし、さらにありがたいことに、そいつを斧で叩き壊して使い物にならないようにしていた。斧だとわかったのは、フロントガラスに刃がめり込んでいるのを見たからだ。柄は外れ、刃は日時計の時を指す部分のように空の方を向いていた。

フォードをけん引する作業に没頭しているあいだずっと、頭のなかの声が〝アラン記〟から引用したことばを延々と唱えていた。おれはアランの社会保障番号も知ったし、父親のニックネームが〝ブーツ〟だったことも知った。アランは初めて本当に付き合ったガールフレンドがチョコレートをあげないとキスしてくれなかった話をし、自分がかつて生きていたことを証言できるはずの人の名前を五十人以上挙げてみせた。

おれは鼻で笑った。「その人たちに電話をかける自分が思い浮かぶよ。〝こんにちは、アラン・ロットナーという名前に聞き覚えはありませんか？　チョコレートと引き換えにキスをしてあげませんでしたか？　じつはその彼がおれの頭のなかにいるんですよ〟」

カルカスカに戻ったときには暗くなっていて寒く、途中でミルトンの駐車場に寄って自分のトラックに乗り換えたが、レッカー車で夜を明かしたせいでからだが痛かった。今夜くらい〈ブラック・ベア〉に用心棒がいなくても大丈夫だろう。隣の座席に乗せたクマの頭に目をやり、客が〝首なしボブ〟の姿を見たらどう思うだろうと考えた。

足を引きずりながら家に入ったときのジェイクの嘆き声のような挨拶は、おれのそのときの気持ちにぴったりだった。もう寝よう。だが冷蔵庫に貼ってあるメモが目に入ると、そういうわけにはいかなくなった。ベッキーの字だ。〝ラディ、すぐに店に来て。急いで！〟

8 リサ・マリーの魂

胸のなかで心臓が暴れまわるのを感じながら、全速力で通りを走った。おれの両脚は、それまで走れと言われたことがないみたいだった。たった二ブロックで酸欠になった——こんなにからだがなまっているなんて信じられない。

店はまっ暗で、そのことからしてふつうじゃない。まごつきながら手探りで鍵を開け、やっとのことでドアを開けた。手が明かりのスイッチに触れたとき、声が響きわたった。「サプライズ！」

よろよろとあとずさった。十数人の人が、パーティ用の帽子をかぶり、満面の笑みを浮かべてこちらを見ていた。「誕生日おめでとう、ラディ！」ベッキーが大きな声で言った。

「何だ、びっくりしたじゃないか」おれは息を切らせて言った。よろよろと店内に入ってビールを受け取る。「何の騒ぎだ？　おれの誕生日は一週間以上先だぜ」

「そうよ、だからサプライズなんじゃない。予想外だから」ベッキーが落ち着き払って言った。円錐形の帽子をおれの頭に載せて頬にキスをした。「三十歳おめでとう、おじさん」

友だちがまわりに集まってきた。社長とその奥さんもいた。みんなの注目を浴びて妙に落ち着かない気分だ。スピーチなど期待されていないといいんだが。「どうも、ミルトン。こんばんは、ルビー」

「トリーシャだ！」アランがあわてて言った。

「いや、どうも、トリーシャ！」

「誕生日おめでとう」カーミットが真面目くさって言った。

カーミット」おれはちょっと冷たく挨拶を返した。

「感じよくするんだ」アランが注意した。

バースデーケーキには、フェラーリのような車をけん引するレッカー車のデコレーションがついていた。実際にはフェラーリをけん引したことなど一度もないのだが。ろうそくの火を吹き消し、煙で目が少し曇った。おれのバースデーケーキといえばフットボールとゴールポストのデコレーションがお決まりだったのは昔の話だ。

「おい、大丈夫か、ラディ？」アランが訊いた。気にかけてくれるのが煩わしかった、少しだけ。

小さな不満の声を出してテーブルについた。「ずいぶん年を取ったみたいよ」ベッキーがからかった。

「年を取ったんだ」おれはしみじみと言った。「ミルトンのレッカー車で夜明かししたら、からだが痛くてさ。背中の筋肉がすっかりこわばってる」

「ミソジニストが必要だね」カーミットが言った。

おれはカーミットに目をやった。「ミソジニストか」おれは無表情で繰り返した。「彼の言うとおりだ。マッサージをしてもらえば気分がよくなるさ、ラディ」クロードが言った。アランがおれの耳元で忍び笑いをしていた。

「ミソジニストってのはそういうことをするんじゃないだろ」おれの言い方には棘《とげ》がありすぎたようだ。みんなが顔をしかめた。

「そうか、ならどういうことをするんだ?」ミルトンが訊いた。

「ミソジニストっていうのは、女を嫌う人間のことですよ」おれは答えた。

みんなは互いに目を見合わせた。クロードが咳払いをした。「うむ、だがラディ、それでどうやって生計を立てるんだ?」

「もういいよ」

それから、ちょっとしたプレゼントの山ができた。ベッキーはセーターをくれた。クロードはクーラーボックスをくれた。ミルトンからのプレゼントは、時計部分のない目覚まし時計のような代物だった。「眠りにつきやすくする音が出るんだ」ミルトンは言った。

おれはぽかんとしてミルトンの顔を見た。

「ほら、川のせせらぎ、雨と風、鳥の鳴き声が選べるようになってる。夜、例の声が聞こえてきたときにいいんじゃないかと思ってな」

「ありがとうございます、ミルトン」おれは本心からのことばに聞こえるように気をつけて言った。

ジミー・グロウは本をくれた。『サムの息子』――おれはタイトルを読み上げた。

「そう。本屋の女の人に、あげる相手は読書好きな人だって言って、あと、なんか頭がおかしくなって、頭のなかで声が聞こえてるような人の実話がいいかも、って言ったんだ」

「ジミー、これ、デイヴィッド・バーコウィッツについての本よ」ベッキーが笑いを押し殺して言った。

「誰のこと？」ジミーはおれの方に身を乗り出し、煤汚れでも探すようにおれの目を覗き込んだ。

「ジミー、まさか、おれの頭のなかにいる人間を見ようとしているんじゃないよな」おれは冗談めかして言った。

カーミットが咳払いをした。「あの、ジミー、よければそのプレゼントの分、ぼくにも出させてもらえないかな。パーティのことを聞いたのが直前だったから、プレゼントを用意できなかったんだ」

兄のためによろこんで出費をしてくれるというカーミットに、ベッキーがうれしそうな顔を向けた。何だ、嫌な予感がするぞ――あの二人はいったいどうなってるんだ？

「ジミーにお礼も言っていないじゃないか」アランがたしなめた。おれはひきつった笑みを浮かべ、最高のプレゼントだ、とジミーに言った。ベッキーが飲み物を出すためにカウンターに行くと、カーミットは母親を刷り込まれたアヒルのヒナのようについて行った。

クロードがうなずいて二人を見送った。「それって誰だい？」

「誰でもない」おれは唸るような声で言った。ふとクマのボブの方に目をやり、頭が取れたままなのに気づいてびっくりした。どうして誰も気がつかないんだ？

「あのな、結局……おまえさんのところの部屋を借りる必要はなさそうだ」クロードが秘密を打ち明けたくてしょうがないというように言った。

「そうか。あんたとウィルマが発作的に正気に戻ったってことかい？」

「いや」クロードはずるそうににやりと笑った。「今晩は別なところで過ごすことになったんでね」

顔を上げると、ジャネルが部屋の向こうから何かを企んでいるような顔つきでこちらを見ていた。「ダメだ」おれはきっぱりと言った。

クロードは瞬きをした。「何だって？」

「クロード、ジャネルは……混乱してるんだ。いろいろ苦労してきたからさ」

クロードは鼻を鳴らした。「苦労なら、みんなしてる」

「クロード、ウィルマに殺されるぞ」

クロードはもう一度考えてみる気になったようだ。

「何の話をしてるの？」ジミーが加わろうとした。

聞き覚えがないようでいてあるような、快活な笑い声が耳に飛び込んできた。驚いて声のした方を向くと、カウンターの端に立っている妹が口に手を当てて笑っているのが目に入った。ベッキーが声をあげて笑ってる？

少し経ってウィルマが入ってきた。ブーツを踏み鳴らして泥を落とし、ため息をついておれたちと同じテーブルについた。「お誕生日おめでとう、ラディ。どうも、ジミー。ねえ、ウォッカ・ソーダをもらえる？　足が痛くて死にそう」

「ウィルマ！」クロードがあわてて言った。「ここでいったい何をしてるんだ？　計画が台無しになるじゃないか！」

「あらクロード、ここにいるのはみんな友だちよ」ウィルマは取り合わなかった。彼女が豊かな黒髪をかき上げると、巨大なイアリングがディスコのミラーボールのように光った。

おれは立ち上がってウィルマの飲み物を取りに行った。戻って来ると話題が変わっていた。

「ラディ、頭のなかでいろんな声が聞こえるんですって？」ウィルマが心配そうな目をして訊いた。

「明日の新聞にばっちり出るだろうね」おれは気が重くなって言った。

「そのいろんな声はどんなことを言うの？」ジミーが訊いた。

「いろんな声じゃない。声はひとつだけだ」

「じゃ、その声はどんなことを言うの？」ジミーはそれでも訊いてきた。

「イースト・ジョーダンに行って不動産屋を探せと言うんだ」

「まあ、何てこと」ウィルマが十字を切りながら息を吸って吐いた。

「さっぱりわからないな」ジミーが正直に言った。

「ウィルマ、私たちが一緒にいるところを見られちゃまずい。私はあっち……あっちに坐るよ。ジャネルと一緒に」クロードが言った。ウィルマの黒い瞳が危険な輝きを放ったが、クロードは早くも立ち上がって向きを変えていた。

「不動産屋？」ジミーが不思議そうに訊き返した。

「ウィルマ、家具を投げないでくれよ」おれはウィルマに釘を刺した。彼女の目がこっちを向いておれをじっと見た。

「あの人、変なことしないわよね、ラディ？」ウィルマは訴えるように言った。「だって、私たちは本当に別れたわけじゃないもの。ただ名誉毀損条項のためにしていることでしょ」

おれはウィルマと視線を合わせられなかった。

「ねえ、その声と話せるかな？」ジミーが訊いた。

「あいつったら」ウィルマが大きな音を立てて立ち上がり、店内が静まり返った。部屋の向こうでクロードはジャネルと一緒のテーブルで何事もないような顔をしているが、ジャネルの片手が彼の腿の内側をさすっているのがみんなに丸見えだった。「あの野郎！」ウィルマは声をあげた。

ウィルマは大きな靴音を立てて歩いて行き、叩きつけるようにドアを閉めて店を出て行った。その振動で首なしクマのからだが少し揺れた。

ジャネルは瞬きひとつせず、してやったりという表情でおれを見ていた。いったい何の騒ぎなの？　私が何かした？

「どうやらクロードとジャネルは、何かよろしくないことになってるようだな」おれの頭のなかの声——いまいましい頭のなかの声——の主であるアランがつぶやいた。

「ラディ？」ジミーがしつこく訊いてきた。「で、頭のなかのその人と話せるかな？」

まわりの世界が不幸という名の重い毛布になってからだにのしかかってくるような気分になった。カウンターの端ではベッキーがカーミットを一心に見つめている。ベッキーは本当にそこまでなりふりかまわず相手を見つけたいのか？　クロードとジャネルは、火おこしの棒のようにいまにも火がつきそうだし、ジミーはアラン・ロットナーに個人的な相談をしたいという。この世に一度も存在していなかった男と。

立ち上がってジュークボックスのところへ行く。埃《ほこり》をかぶったガラスケースのうえに背を丸め、自分の人生がすっかりダメになるまえの時代の曲を探しながら、ベッキーの視線が自分に向けられているのを感じた。おれがいまどんな気分なのか、ベッキーにはよくわかっているにちがいない。コインを手探りしてボタンをいくつか押し、振り返って客のまばらな店内を見まわした。「ジミー！」

ジミーは忠犬のようにすぐにそばに来た。確かに、その映画俳優ばりの美しい瞳の奥に知性の輝きはそれほどないかもしれないが、それでもジミーはよき友人であり、忠実な友であることにかけては誰にも負けない。ジミーはおれと一緒にジュークボックスのまわりから空席のテーブルを片づけ、唸りながらクマのボブを部屋の隅に押し込んだ。

「あれ、頭がなくなってる。いつからこうだったんだ？」ジミーが訊いた。

「それはいいから。ジャネルをダンスに誘ってくれ」おれは命令した。

ジミーは瞬きをした。「ジャネルを？」

「いいから誘えって。ベッキー！　こっちで踊ろう」

「嫌よ」ベッキーは布巾を馬の尻尾のように振って言った。「絶対にイヤよ、ラディ」

だが、おれが迎えに行ってもベッキーは逃げなかったし、手首を取ると、もう抵抗するふりはしなかった。ジミーが、それまでクロードと猥談か何かで盛り上がっていたジャネルをいとも簡単に誘い出しておれが指示したとおりに小さなダンスフロアに連れ出す様子を、クロードは口をぽかんと開けて見ていた。

次の曲でカーミットが来てベッキーを奪って行ったので、おれは首なしボブの下に立ち、ジミーがもう一度ジャネルと一緒に踊るのをいい気分で眺めた。ちょうどそのとき、ウィルマが入ってきた――似たようなことはまえにもあったから、彼女が戻って来るのはわかっていた――そのとき、クロードがジャネルのいたテーブルで不機嫌そうにひとりで坐っていたおかげで、慎ましい平凡な人生を台無しにせずにすんだのだ。おれがジャネルの腕をつかみ、その流れでジミーがウィルマをダンスに誘うと、ウィルマの気分も和いだようだった。

踊っている客全員に飲み物をおごってやると、次の曲では店内にいる客全員が踊りたがった。大きな音が通りにいる人々を呼び寄せ、やがていつの間にか、盛大な貸し切りパーティのような押し合いへし合いの大騒ぎになった。おれもバーテンとしてベッキーの手伝いをしなければならなくなり、ベッキーもカーミットと語り合ってはいられなくなった。

閉店時に客を追い出さなければならなかったのは久しぶりだった。売上を計算するベッキーを残して自宅へ向かった。歩くとブーツが氷を踏む音がした。「おい、アラン」おれはためらいがちに言った。

「何だ？」

「今夜はやけに静かだったな」

「そうだな。ほとんど眠っていたよ」

おれは立ち止まった。「本当か？　あんなにうるさかったのに？」

「妙なんだが、眠ってしまうと何も聞こえないし感じないんだ。これ以上考えられないというほど深い眠りに落ちる。どこか別世界にでも行ったように」

「天国とか？」おれは言ってみた。

「わからない」

あるいは、アランはまったく眠っていなかったのかもしれない。アランがいないと感じるのは、おれの頭のなかのゆるんだロープが本来のけん引力を少しだけ取り戻し、本当はアラン・ロットナーなんていないのだと認識したときなのかもしれない。

口笛を吹いてジェイクを散歩に誘うと、ジェイクは不本意だというような表情で応えた――おれに彼の眠りを妨げる権利はないと双方合意していたはずだ、というのがジェイクの言い分だ。「ジェイク、おまえは散歩が好きなはずだ。犬ってのは散歩するために生きてるんだから」おれはジェイクを諭した。ジェイクは、この人は自分が何を言っているのかわかっていないようだ、というような顔をした。すばやい動きで用を足すと、踵《きびす》を返してまっすぐ家に戻ってしまった。おれが着いたときには、玄関に坐ってじれったそうな表情でおれを見ていた。

「一日中、寝てばっかりだったんだろ？　そのうえいまから一晩中眠りたいっていうのか」おれは呆れたように、だが優しい口調で言った。心地よい我が家に入ってそのヴェルヴェットのような耳を掻いてやった。「わかったよ、おねむさん」おれは言った。「元気を蓄えておけよ」

心優しいベッキーは、またここに寄ってもうひとつの誕生日プレゼントとして家のなかを片づけてくれたようだ。翌朝目が覚めると、ビール瓶が全部ゴミ箱に入っていて食器洗いも済んでいた。「こう片づいてると気持ちがいいな」おれはストレッチをしながらつぶやいた。「ずっとよくなった」アランも頭のなかで言った。

おれのだらしなさが気に入らないって言いたいんだろう、と言ってやりたかったが、やめておいた。「あーあ、年を取ったもんだな。ゆうべ二、三時間踊っただけなのにからだじゅうが痛いや」シャワーを浴び、クローゼットからジーンズを出した。フォードのピックアップ・トラックに熊手を載せ、ジェイクをなだめすかしてまえの席に乗せ、それから花屋に寄った。春の花をあしらった花束がカウンターに用意してあった。

「ありがとう、ラディ。次は六月の第一日曜ね」花屋の女の人が言った。

「花束なんて誰にあげるんだ？」アランが訊いた。おれはどう答えればいいのかわからなかったので答えなかった。

太陽は濃いグレーの雲に隠れていたが、雨が降りそうな気配はなかった。北へ向かって車を走らせながらラジオのチューニングを合わせた。ジェイクは助手席に坐り、退屈そうに景色を眺めていた。自宅のリヴィングルームで毛布のあるいつもの場所にいるときの方がいい眺めだ。そう思っているにちがいない。

「犬を最後に風呂に入れたのはいつだ？」アランが鼻をくんくんいわせて言った。

「おまえはいい匂いだよ、ジェイク。こいつの言うことは気にするな」

ジェイクは別段気にしていないようだ。

「どこへ向かってるんだ？」

「サットンズ・ベイ」

「どこだ？」

「リーラノー半島にある小さな町だよ。いまの時季はほとんど誰もいない。でもすごくきれいなところなんだ」

「その町のことは知っている。なぜそこへ向かっているのかを聞きたいんだ。別の車でも追っているのか？」

「いいや」

「花束はどうするんだ？　そこに彼女でもいるのかい？」

「もう一度眠ったらどうだ」ジェイクは自分に言われたのだと思い、助手席のうえで三回まわって目を閉じた。

湾に沿って進んだ。氷は流れてなくなっていたが、水は黒くて冷たそうだった。湾岸線に沿って船尾を左右に振りながら進むモーターボートがひとつだけ見えた。操縦している男二人はからだを縮こまらせてつまらなそうだった。夏になれば、サットンズ・ベイもボート遊びのついでに民芸品の店を見てまわる人たちで賑わい、活気のある場所になる。今日は五月二日で、あちこちで六インチまで積もった雪が解け始めるこの時季は、まだあたり一面グレーで閑散としていた。

砂利道はぬかるんでいた。車を停め、鉄のゲートを開けた。「墓地か」アランが言った。墓地も閑散としていた。ジェイクが墓石に向かって片足を上げるのを見ておれは顔をしかめた。

解け始めた雪の下の地面は死んでいるようだった。熊手で引っ掻くと、去年の夏の黄色くなった草が顔を出すが、緑色のものはひとつも見えない。墓石のまえに花を供えると風景に彩りが加わった。

「リサ・マリー・ウォーカーって誰だ?」墓標を見てアランが訊いた。「少しのあいだ、目を動かさないでくれるか?」

おれはそうしてやった。ただ、木立をじっと見つめ、初めてここに来たときのことを思い出していた。アランが不満の声をあげるのが聞こえた。墓石に刻まれた文字を読みたかったのだ。

「で、その女性は誰なんだ? 昔のガールフレンドか何かか?」

「少し黙っててくれ、アラン」おれは低い声で言った。おれは深く息をし、頭をたれてリサ・マリー・ウォーカーの魂のために祈った。

「ちょっとあんた！」

おれはびくっとして振り返った。ウールのコートを着た若い女性がゲートのそばに立っていた。怒りで顔が引きつっている。「あんた！」女性はもう一度怒鳴り、指を拳銃のように突き立ててこちらに近づいて来た。「あんたが誰だか知ってるんだから」

おれは肩を落とした。「あ……」何か言おうとした。

「私はリサ・マリーのいとこ。あんた、よくもここに来られたわね」

おれは両腕を広げた。「ご遺族はカリフォルニアに引っ越したと聞いてたんです。それで、このあたりにお墓の世話をする人がいないならと思って……」

彼女はおれのすぐ前まで来ていた。三十代の女性だ。両頬をまっ赤にしているが、それ以外は青白い顔をしていた。「あんたになんか何もしてもらいたくない！ ここに来てもらいたくないの。もう充分でしょ？ 花を供えに来てたのがあんただって知ったら彼女の両親がどんな気持ちになると思うの？ ここは小さな町よ――毎月第一日曜に決まってお墓参りに来ている人がいたら、誰かが気づくと思わなかったの？」

「ですね。思わなかったんだと思います」おれは静かに答えた。おれがつらい気持ちでいるのを感じ取ったジェイクが悲しげにこっちを見ていた。

「花の話を聞いたとき、きっとあんただろうと思った。私は、金曜にフリントからここまで来たのよ」彼女の怒りはいくらか静まりかけているようだった。いまはおれと正面から向き合うところに立っている。「あんたいったい何を考えてるの?」

おれは喉が詰まって何も答えられなかった。こっちを睨んでいる彼女の目から視線をそらし、おどおどと肩をすくめた。「ただ、誰かお墓の世話をする人がいた方がいいかと……」最後まで言えなかった。

「誰かいた方がいいとしても、それはあんたじゃない。絶対にちがう」

「わかりました」

「もう二度とここに来ないで、わかった? お願いよ、あんたのせいで私たちはもう充分苦しんだんだから」

「はい、わかりました。もう来ません」

彼女はおれをじっと見つめ、おれの顔をしげしげと観察した。おれは黙ってそれに耐えた。

「想像してた感じとはちがうわね」しばらくして彼女は言った。

「あの……今日買ってきた花は置いていっていいですか?」おれは弱々しい声で訊いた。

「だめ。いや、いいわ、どっちだってかまわないもの――いいわ」彼女は背を向けようとし、それからもう一度こっちを見た。「あのね、あんたが……誠意を見せようとしてることはわかる。でもそんなことは無理なのよ。あんたには無理なの。言ってることとわかる?」

彼女の車が去ってから、おれは顔に手を当ててため息をついた。アランは心遣いを見せて黙っていてくれた。おれがあてもなく墓石のあいだを歩きまわり、はるか昔に死んだ人たちの名前を読み上げ始めても黙っていた。この墓地は一八八〇年代からここにあり、なかには風雨にさらされて相当すり減った墓石もある。そこに眠る故人の思い出も同じように風化していくのだろう。

リサ・マリー・ウォーカー。ブロンドのかわいいチアリーダー、光り輝く笑顔の女の子。彼女は高校最後の年の感謝祭の翌日に死んだが、高校の卒業式では彼女の名前も読み上げられた。

「できたばかりの墓のようだな、あっちにあるのは」アランが無難な話題を探して言った。ぬかるんだ小道としおれた花に囲まれたグレーの墓石の方へ歩いて行った。ジェイクがすぐあとをついてきた。そこに眠る女性はリサ・マリーとちがって長生きし、三週間前に天寿を全うしたようだ。

「まさか！」アランが大きな声をあげた。

「何だ？」おれはびっくりして訊いた。「知ってる人か？」

「そんなバカな！」アランは叫んだ。

「アラン、どうしたんだ？　どういうことだ？」

「日付を見てくれ、日付を」

おれは墓石に刻まれた日付を見た。「今日の日付は？」アランが訊いた。

「今日？　五月二日だよ」

「何年だ？」

おれが答えると、アランは文字通り吠えた。その声のあまりの大きさにおれは歯を食いしばった。「おい！」おれは怒鳴った。

「ラディ、信じられない。自分が死んだのはついこのあいだだと思っていたが、そうじゃなかった。八年も経っていたんだ！」

おれはアランが言おうとしていることの意味がすぐに呑み込めず、そこにただ立って瞬きをしていた。

「八年だよ」アランが静かに繰り返した。「何てことだ」

9　読み取るべきか、打ち込むべきか

サットン・ベイからトラヴァース・シティへ向かう三十分のあいだ、おれは運転しながら、アランが失った八年間の出来事を片っ端から調べようと考えていた——これがカルカスカだったら、情報を集めるのは大変だろう。何も変化せず、変わりゆくほかの世界から完全に切り離されている町なのだから。

モーリーンの勤める銀行のまえに車を停めようとしていると、アランが言った。「どうして家も事務所もなくなっていたのか、これでわかっただろう。なあ、ラディ。私は狂ってるわけじゃなかったんだ！」

「なんだ、心配するな、アラン。いろいろと説明を聞かされたけど、あんたが狂ってるかもしれないなんて思ったことは一度もないぜ」そう言っておれは銀行を見つめた。ジェイクが上体を起こしてまわりに目をやったが、すぐにまた坐り込んで〝おまえにまかせた。おれはもうちょっと休む〟という顔をした。

背中をなでてやると、ジェイクは〝がんばれ〟と言うような唸り声を上げた。アランが冷静になるまでしばらく黙っていることにしたが、おれが銀行のほうにじっと目を向けているので、話題を変えたい気分だということは察してもらえただろう。

「で、今度はどんな作戦で行くんだ？　また遠回しに脅迫するのか？」アランが沈黙を破った。

「応援ありがとう、アラン」

「ジミーの話をしたときの彼女の反応、見ただろ？　今回も母性本能に訴えたらどうだ？　それがいちばん効きそうだぞ」

「おいおい、おれが、力になってくれと頼んだか？　あんたの問題に鼻を突っ込んだか？　どうすれば幽霊になれるか、教えてやったか？」そう言ってから、ジェイクのために窓を開けてやった。

銀行に入ってモーリーンを待っているときも、アランはまだぶつぶつ言っていた。彼女のオフィスまで、警備員に付き添われて向かう。戸口に立っているおれを見た彼女の顔が、暗くなった。彼女は電話を終わらせて受話器を置き、入るよう手で促す。「こんにちは、ミスタ・マッキャン」

「ラディと呼んでくれ」魅力的に見えるよう、なんとか笑みを作る。

彼女は首を振り、いまは忙しいんだとでもいうように引き出しを開けた。「これ以上はご協力できないとお電話で申し上げたはずです。ほかにお伝えできることはありません」

「ジミーのやつ、かわいそうに。これで彼も終わりだな」おれは悲しそうに言った。

彼女はおれと目を合わせようとしない。「ええ、残念ですが」彼女は早口で、取りつく島もなかった。そしてもう話は終わったというように、椅子から立ち上がりかけた。母性本能なんて、こんなものか。

テレビ番組だと出演者が必ず新聞記事を話題にするので、それを真似して何か言おうとしたら、アランが遮った。「何を怖がっているのか訊いてみるといい」

苛立つ気持ちを抑えて言った。「モーリーン」

やっと彼女がおれと目を合わせた。

「何を怖がっているんだ？」

彼女は一瞬、自分の心の内に目を向けた様子だったが、肩の荷が重すぎるとでもいうようにがっくりと椅子に腰を下ろした。そして、まるでほかの人のもののように自分の手をじっくりと見つめ、やがて引き出しを開けて一枚のカードを取り出した。「これ、来月のパーティの招待状ですが、場所は当行の頭取、ミスタ・ブランチャード邸です」彼女はそのカードをおれに渡した。開いてみると、モーリーンが何を見つけたのかがわかった。

「同じ筆跡だ」アランが興奮気味に言った。

招待状のサインは多少読みやすい字だが、スターター・チェックに不鮮明なサインをしたのと同じ人物が書いたことは明らかだ。このまえ丹念に調べたからわかる。〝我が家にご招待いたします〟で始まる招待状には〝アリス・ブランチャード〟とサインされていた。

「クリスマスのとき、おなかの大きな女性行員の代わりに、奥様がこちらにいらしたんです。そのとき口座を開設してスターター・チェックを発行したんでしょう」

「で、それを自分で利用してから無効にしたんだな」

「そのようです」

「それから、ジミー・グロウに小切手を送ったわけか」

モーリーンは何も言わなかった。

「どうしてだ？」大きな声で問い詰めたが、モーリーンにもまったくわからないようだった。アランも黙っている。同じ疑問についてあれこれ考えているのだろう。

「遅かれ早かれ、わかることでしょうから」モーリーンが口を開き、身を乗り出した。「だって、どうせ裁判所に申し立てて、銀行から資料を提出させるつもりだったんでしょ？　私はそういう面倒なことから当行を守っただけです」

「そうだろうな」

「ラディ、ミスタ・ブランチャードには、情報の出所を黙っていてくれますよね？」

「もちろんだよ、モーリーン。約束する。絶対に言わない」おれは本当にそう思って言った。

「このカード、持っていっていいか？」

彼女は無言でうなずいた。最後にもう一度、絶対に裏切らないと約束し、おれはオフィスを出た。

「本当に奇妙だな。頭取の奥さんが？　どういうことだろう？」

「さあな。本人に訊いてみるか」おれは車に乗り込み、エンジンをかけた。

ブランチャード邸はおれの想像どおり、いかにも小さな町の銀行の頭取が住む屋敷らしく、とても感じがよく、派手すぎず、よく手入れされていた。厚みのあるカシの木のドアに向かって歩いて行くと、広いポーチが心地よくきしむ音を立てた。おれはこの家が気に入ったが、ジェイクは自分からついてきたくせにつまらなそうな顔をしている。ベルを鳴らしたが、誰も出てこなかった。

「もう一度、鳴らしてみな」アランにそう言われ、おれはわざとベルを使わず、真鍮のドアノッカーをつかんだ。それは〝リバティ・ベル〟の鐘の舌みたいに重い。何回か叩きつけてノックを繰り返してみたが、その音は空っぽの家に響き渡るだけだった。帰ろうとすると、ジェイクが〝これだけのために、おれを起こしたのかよ？〟という顔をしていた。「悪いな、相棒」おれは言った。

「銀行の頭取の妻がスターター・チェックを盗み、ジミーを受取人とする小切手として千ドルずつ送ってきたというわけか」車に戻る途中、アランは考え込んでいた。

「盗んだわけじゃない。記録から消したんだ」おれは縁石に駐めておいた車を出した。

「まあ、そういうことだな。ただ、私が言いたかったのは、彼女がその小切手をジミー宛に送っているということだ」

「そんなことわかってるよ、アラン」

「私はただ、この事件でわかっている事実を見直しているだけだ」彼はくってかかるように怒鳴った。

レポマンは〝事件〟なんて担当しないが、そう言って彼を困らせるのはよそう。「そうカッカ《ショーツ・イン・ア・ワッド》するなよ。わかってるって言っただけじゃないか。どうしてこんなことをしようとするのか、おれだってまったく見当もつかないんだ」

「〝ワッド（精子）〟だって？　なんて下品なことを言うんだ」

「わかった、もういい」

しばらくのあいだ、二人とも黙っていた。するとランプが消えるように、彼が出ていくのを感じた。「寝たのか、アラン？」おれは静かに訊いた。返事はない。彼がいびきをかかないだけでもありがたいと思うことにしよう。

　自宅でジェイクを降ろすと、ベッキーに忠誠心を示してやろうと、自分の健康を危険に晒しても〈ブラック・ベア〉で昼食をとることにした。彼女はツナ・サンドウィッチをおれの目のまえに置き、首をかしげておれを見つめた。「なに？　なんでそんなふうに私のことを見るわけ？」

「いつもとちがうんだよな。眼鏡か何か変えた？」

「変えてない」軽蔑するように言う。

　おれがあまりにじっと見つめたので、彼女は赤面した。「髪型か？　タトゥー入れた？豊胸手術したとか？」

「ラディ」おれをひっぱたくような勢いで、食器用の布巾を放り投げた。

「まあいいや。で、掃除してくれてありがとう。そんなことしなくていいのに。おかげで部屋はきれいになったけどな」

彼女は振り向いて店内を見回し、不思議そうな顔をした。

「ここじゃない、うちのリヴィングのことだ」おれはからかうように言った。

「何のこと？」何も知らないような口ぶりだ。

おれは彼女に笑みを向けた。ベッキーは、ほめられても自分がやったとは言わない性格なのだ――たとえノーベル平和賞に選ばれても、もっとほかにふさわしい人がいるはずだと言い張って固辞するにちがいない。

「きみの妹が化粧しているのを初めて見たな。似合ってるじゃないか」アランが起きてきて言った。

「化粧だ！」おれは勝ち誇ったように大声を上げた。

ベッキーの表情がなぜか凍りついた。

「つまり、きれいに見えるってことだよ、ベッキー。そのメイク、似合ってるぜ」

「お化粧ならいつもしてるわよ」冷ややかに言って、くるりとうしろを向いてしまった。

「よくわかったな。ありがとうよ、アラン」おれはつぶやいた。

「私は何してたんだ？」

おれにもよくわからないので、黙っていた。「どうして何度も眠りに落ちるんだろうな？」おれは話題を変えようと思って訊いた。「ずっと点いたり消えたりして、ゆるんだ電球みたいじゃないか」

「どうしてそうなるのか、自分でもわからないんだ。これから横になろうと思ってベッドで眠るのとはちがう。意志に関係なく眠気が襲ってくるからな」

「もしかして、うつ病かもしれないぞ」おれは憶測で言った。

「うつ病なんかじゃない」

「そうか？ もしおれにからだがなくて、生きてきた証拠がレポマンの頭のなかの被害妄想っぽい声だけだとしたら、まちがいなくうつ病になるだろうな」

アランは憤然として唸った。店の奥からベッキーがおれを見ている。おれの声はしないが、唇だけが動いているのに気づいたようだ。立ち上がってベッキーに軽く頷き、〈ブラック・ベア〉を出た。外は寒かった。吐く息が白い霧のように見える。コートのポケットに両手を突っ込んだ。「今年の春も営業できるかな？ いままでどおりに？」

ちょうど回収の仕事がなかったので、アランに道案内をさせてイースト・ジョーダンに戻った。彼は八年前に死んだと言ったが、その核心となる出来事をもう一度調べることにした。アランの言い分に異論はない。それぐらいの年月が経てば、家や事務所の建物が取り壊されることもあるだろう。ただ、両方ともなくなっているというのは、偶然がすぎる気もするが。

「で、そんなに長いあいだ、どこにいたんだ、アラン？ 八年だぞ」

「わからない」

「だから、何があったんだ？ 死んだって言ってたな。殺されたって。それからどうなったんだ？」

「わからない」

「そんなこと、忘れるわけないだろう？」おれは苛立った。「忘れたんじゃない。わからないんだ。大きな空白があるような感じだ。時間が経ったという感覚もない」

「でもどこかには行ってたはずだろ」おれは言い返した。「神様に会ったか？　ほかの幽霊には？　別の不動産屋には？　まじめに訊いてるんだ――これが本当のことなら、あんたは人類史上もっとも重要な問いに対する答えを見つけたことになるからな！」

「本当のことなら、と言ったか？」彼は訝しげに訊いた。「私のことをそう言ったのか？まだ疑っているんだな？」

「ちょっと待てよ、アラン。八年も眠っていたなんて、信じられるか？　うつ病だってそんなやつはいないぜ」

「そんなことは言ってない。わからないと言ってるんだ」

「あんたが本当にアラン・ロットナーなら、本当に死からよみがえってきたのなら、何百万もの人々が信じてきたこと――つまり死後にもまた生命があるということを証明できるんだからな」

「どうして私の存在をまったく受け入れようとしないのか、理解できないな」アランは、おれが笑っている途中で冷ややかに言った。

おれはがっくりして首を振った。そもそもおまえが存在していないということを、分裂した人格にどうやって納得させるというのか？

「おい、予想外のものを見つけたぞ」おれは少しスピードを落とした。カーミット・クレイマーが、山のような積雪を蹴りながら、郡道の反対側を歩いていたのだ。ヒッチハイクをしようと親指を立てている姿が惨めだ。気力もないのか、ヒッチハイカーらしく振り向いて車の流れに顔を向けようともしていなかった。通り過ぎる瞬間、彼は視線を上げておれをじっと見つめた。おれもその目を見つめ返した。〝カルカスカから北に十五マイルも離れているところで、いったい何してんだ? なんでヒッチハイクなんか?〟

おれは素早くトラックをUターンさせ、さっきのところまで戻った。カーミットはとぼとぼ歩きはじめていたが、トラックの近づく音に振り返った。おれが寄せて停めると、彼はトラックに押し込まれて誘拐されるとでも思っているのか、乗るのをためらっている様子だった。

おれは窓を下げた。「知らない人の車には乗らないんだよな。でも今回は大丈夫だ。約束する」

彼はシートにうずくまって坐り、ドアを閉めたあともドアハンドルに手を置いたままだった。おれはさっきまでと反対の方向へ走り出し、カルカスカへ戻ることにした。

「イースト・ジョーダンへ向かってるんだよな」アランが訊いてきたが、無視した。

「で、こんなところで何してるんだ、カーミット?」おれは不思議に思って訊いた。

その質問に、カーミットは本当に辛そうな顔をした。「マンセローナの郊外からヒッチハイクで戻ることになっちゃったんだ。携帯がつながらなくて」

マンセローナは、カルカスカとイースト・ジョーダンのあいだにあるこぢんまりした町だ。

「冗談だろ！　この寒いなか、二マイルも歩いたのか？　マンセローナで何してたんだ？」

カーミットはため息をついた。「ミルトン叔父さんに、イースト・ジョーダンの北で降ろされたんだ。回収した車をカルカスカまで運転しろって言われて」

「で？　その車がエンストしちゃったとか？」

「ちがうよ。あいつに取られたんだ」

「あいつって？　何の話だ？」

カーミットはぼんやりと窓の外を見つめた。「持ち主だよ。仲間といっしょにぼくを尾行してたらしい。信号で止まったらそいつがやって来て、いきなりドアを開けてぼくを引っ張り出したんだ」

「そいつが盗んだのか？　ちょっと待て、持ち主ってのは……アインシュタイン・クロフトじゃないだろうな？」おれは思わず大声を上げた。

カーミットがやたらと惨めに見える。「自分の車を取り返すのは合法だから、警察を呼んでも無駄だって言われちゃって」

「それ、本当か？」アランが訊いた。

おれは苛々してダッシュボードを叩いた。「カーミット、どうしてそんなことになったんだ？」

彼は、その質問には答えようとしなかった。

「仲間を店に忍び込ませて回収された車のガソリンタンクを空《から》にしたんだろう。あとはおまえを尾行するだけだ」おれは腸《はらわた》が煮えくり返った。「だれかにつけられてないか、うしろを見て確認しようとは思わなかったのか？」

「で、誰がそんなことを？」アランが鼻を鳴らした。

「そんなのレポマンのごく基本的な手順じゃないか！」おれは怒鳴った。「マニュアルに書いてあるぞ」マニュアルというものがあればの話だが。

「なんでそれがアインシュタインだってわかったんだ？」アランが訊いた。

「名乗ったからだよ」まるでいまの質問が聞こえたように、カーミットが答えた。

「ちょっと待て、どういうことだ？　なんでそれがやつだとわかったのかって、声が聞こえたのか？」おれは動揺して訊いた。

「はあ？」カーミットが心配そうな顔で見ている。「声？」

「もういい、気にするな」おれは怒鳴った。睨みつけると、カーミットはおれから逃げようとしていまにもトラックから飛び降りそうだった。

「そうか。なあ、たまにはこういうこともあるさ」本当は初めてのことだったが、そう言ったら元気づけることにはならないだろう。「取り返せばいいだけだ。やつの職場も家もわかってる。できるさ。いいか？　あいつから車を取り返すんだ、カーミット。ああいうやつの裏をかいて車を盗むのは、最高の気分だぞ」

「最高の気分？」アランが繰り返した。「百万ドルを手に入れるよりも、女を抱くよりもか」アランを黙らせようと、おれはまたダッシュボードを叩いた。

カーミットは少し元気を取り戻し、背筋を伸ばしてうなずいた。アインシュタインのトラックに乗り込んでエンジンをかけ、走り出したらすれ違いざま、あいつに向かって指を立てている自分を想像しているのだろう。

カーミットはおれと心が触れ合ったと感じたのか、数分後には、昔からの友だちみたいにおれの腕に軽くパンチをしたりした。「ねえ、昨夜、ベッキーに話したんだけど」

「ベッキーか」おれは繰り返した。親しげな笑いは、顔からこぼれ落ちた。

「そうだけど」彼は言ったことを取り消そうとしたが、もう手遅れだ。「ベッキーにね。彼女にぼくの考えた儲け話をしたんだ。ほら、クレジットカードをリーダーに通さないで決済することがあるだろ。それで彼女に言ったのは──」

「ベッキーに言ったのは」おれは遮った。

いま猛スピードで郡道を走っているところだし、そのハンドルを握っているのは頭のなかで声がするとかいう男なのだ。カーミットはこの事実をよく考えて理解するのに、三十秒はかかった。「そうだよ、ベッキーにね」

「おれの妹だ」

「あなたの妹だ」カーミットは催眠術にでもかけられたように答えた。

「妹を傷つけるようなやつは誰だろうと、おれがその顔を粉々に叩き割ってやるからな」

「その男には優しくしてやったらどうだ、ラディ」アランが言った。

「そのとおりだよ」すぐにカーミットが口をはさんだ。

「わかった。で、ベッキーに話したことって……」

「うん」彼は深呼吸した。「ほら、〈ブラック・ベア〉はいわゆるマーチャント・アカウントを持ってるだろ。ぼく、それを売ってたんだ。不幸な目に遭って北部まで叔父さんとリハビリに行くことになる前の話だけどね。その、つまり、客がクレジットカードを渡して、店側がそれを受け取ってカードリーダーに通したら、銀行が店のマーチャント・アカウントに入金するというわけだよ」

「そのとおりだな」

「うん。それで、カードを機械に通して決済する方法は、〝読み取り式〟っていうんだ。でも、カードが手元にない場合、機械に番号を打ち込んで決済しても、同じように入金される。それは〝非読み取り式〟っていうんだけど、〈ブラック・ベア〉は両方とも使えるんだ！」

「すごいじゃないか！」おれは興奮して言った。

「で、ぼくの顧客でマーチャント・アカウントを取得できないという人がいるんだけど、つまり、あなたなら店の機械を使って彼の事業に協力できるわけだ。最初は彼にカネを渡すけど、あとはずっと十三パーセントの手数料をもらえるという話なんだ。三パーセントは銀行に取られるから、実際には彼から送金される総額の十パーセントになるけどね」

「十パーセントか」よくわからないな、でもどうでもいいや、と気持ちが揺れ動き、おれは、バカていねいに繰り返すことしかできなかった。

「そうだよ。彼はクレジットカード・ビジネスをやってるんだ。まず口座番号を送ってもらう。で、非読み取り式で決済したら十パーセントもらえる。千ドルの十パーセントは百ドル。彼は毎日三千ドル送金するから、一週間で二千百ドルもらえるという計算だ」カーミットは、教会で問答書を読み上げるように言った。

「カーミット」

目が合った。

「〈ブラック・ベア〉の看板に、〝金持ちになれる計画を考えた人は誰でもお立ち寄りください〟とでも書かれてたか？」

「いや、だけど、ベッキーはいい考えだって思ってるみたいだよ」

「そうなのか」

「うん、本当だよ」

「あのベッキーが」

「うん」

「おれの妹の」

カーミットはうんざりしたように窓の外を見つめた。「彼女から、請求書の支払いに困ってるって聞いたんだ。少しでも力になれればと思って」

「ベッキーがそう言ったのか？」おれは耳を疑った。

「ああ。ベッキーがね。あなたの妹の」

おれは笑い出しそうな顔を手で隠した。どうやら、こいつも完全なバカじゃなさそうだ。カーミットは叔父さんの駐車場で降ろしてほしいのだろう、と思っていたが、実際には、〈ブラック・ベア〉でいいと言われた。彼は緊張していて、まるで女の子の父親からプロムの夜にどこへ行くのか訊かれた男の子のようだった。

この感じ、気に入った。

改めてイースト・ジョーダンへ向かうころには、本格的に雪が降りはじめていた。二十七度だ。この二時間で十五度も下がったことになる。「おれも証人保護クラブに入ってフロリダに引っ越そうかな」声に出して言った。

アランが、まずイースト・ジョーダンの墓地に行きたいと言うので、びっくりした。「そこに私が埋葬されているかどうか確かめたいんだ。キャシーが生まれたとき、家族用の区画を買っておいたんだが」

「墓地にカネを払ったのに、どうしてそこに埋葬されないなんてことがあるんだ？」おれは不思議に思って訊いた。

「まあ、行ってみよう」アランはことばを濁した。

「まだおれに話してないことでもあるのか、アラン？」

「なんてこった！　キャシー！　もう少女じゃないんだ。彼女は……二十四か。大人の女になってしまっただろうな」

アランが変な声を出しはじめた。おれは顔をしかめ、耳をそばだてると、泣いているのがわかった。「おい、アラン、ちょっと、大丈夫か？　何か言ってくれよ」

「もう二度と、あのかわいらしい娘には会えないんだ。すっかり大きくなってしまった。私が見ていないところで成長したなんて。いっしょにいられなかったんだよ、ラディ。彼女の父親なのに、私はいっしょにいてやれなかった」

彼の置かれた状況と気持ちを想像してみた。すると、ベッキーから父さんが死んだという電話があった瞬間のことを思い出した。その直近の三年間、父さんにほとんど会っていなかったことを悔やみ、おれはひどく絶望したのだった。そのたった半年後、母さんのときはもっと辛かった。「気の毒に、アラン。本当に気の毒だよ」

アランに道を訊き、墓地へと向かった。細かい金網のフェンスのまえに車を停めるまで、二人とも静かだった。そこには墓石などひとつも見当たらなかった。「どういうことだ」やっと彼が口を開いた。「ここは墓地だったのに」

トラックから降りると、舞っている雪が顔にかかってはすぐに解けて消えた。フェンスのほうへ歩いて行き、金網に触ってみた——わりと新しいようで、錆防止のために薄いゴムでコーティングされている。その先にはアインシュタインが働いている工場の駐車場があり、ここから見下ろせるようになっている。おれは素早く見回し、彼のトラックを捜した。

「こんなはずはない。ここは墓地だったんだ、本当に。いま立っているところから五十フィート先には葬儀場があったし、ここから丘のふもとまでずっと墓石が立てられていたんだから」

「でも、もうちがうようだな、アラン。いまは工場になってる」おれはため息をついた。これで、アランがおれの空想の産物だとする根拠がまたひとつ増えたわけだ。

「何があったんだ?」アランがいたたまれなくなって大声をあげた。「家も、事務所も、町の墓地さえも、すべてなくなってしまった。たった八年のあいだに!」

おれは何も言えなかった。

「これで、私が存在していなかったという証拠がまた増えたとでも思ってるんだろ」アランが責めたてるように言った。

「そりゃまあ、アラン、そうだけどな」

彼は、完敗を認めるような唸り声を出した。

「これからどうする、アラン? ほかに考えはあるのか?」

「もう行こう」

ひょっとして、ケイティがバッテリー切れに困って立ち尽くしているかもしれないと思い、回り道をして幹線道路を通った。ほかのことはすべてあの日とほぼ同じだったが、そんなラッキーなことはもう起こらなかった。あの日と同じ駐車場に車を駐めると、ノスタルジアに近いような心地の良い感情に包まれた。「コーヒーを一杯、飲んでくる」おれは言った。

「いいよな、ミスタ・ロットナー?」

「どうぞ」アランは力なく答えた。

おれは小さなコーヒーテーブルにつき、ゆったりくつろぎながら、もしあの日、ケイティがおれの誘いを受けていっしょにお茶していたらどうなっただろう、と想像してみた。やっぱり、おれは気の利いたことなんかほとんど言えず、ケイティは笑ってばかりいただろう。うたた寝の合図だ。アランが消えていくのを感じた。それは、おれにプライヴァシーがあるうちに、気の利いたことなど言えない電話だとしてもかけなくちゃ、という合図だと思うことにした。コーヒーショップの女主人が電話を使わせてくれた。いざ電話をかけるときもおれはけっこう冷静で、おそらくケイティはまだ仕事中だということもちゃんとわかっていた。いまイースト・ジョーダンにいるんだけど、帰るまえに、きみのバッテリーがまだ大丈夫か確かめたくて……なんてな。

呼び出し音が五回鳴り、カチッと音がした。「どうも、ケイティ・ロットナーです。いま電話に出られません……」

えっ？　なんだって？　電話を切ったが、心臓が高鳴っている。

ケイティ・ロットナーだって？

10　私は死んでない

こんなことってあるのか？　なんで彼女がアランと同じ姓なんだ？　まさか、彼女がキャシーで、彼の娘なのか？

おれの頭がどうかしてるのか？　それともこれは神の仕業で、おれに理解できる望みなどないということを教えようとしているのか？

ケイティに会ったのは、頭のなかで声が聞こえはじめる前のことだ。あのとき、彼女は姓を名乗っていたっけ？　思い出そうとした。言ったかもしれないが、覚えていない。だが、潜在意識では何かが引っかかっていた。そう、それぞれの場所だ――彼女に会ったのも、アランが住んでいたというのも、死んだというのも、みんなイースト・ジョーダンだ――結局、これまでのことはこんなちょっとしたことから妄想が膨らんで作り上げただけのありふれた話だったのか。

起伏のある道を揺られながら運転し、小さな公園へ下りて行った。そこは、ジョーダン川がシャールヴォイ湖に流れ込むところだ。ジョーダン川の大部分は、水が冷たく澄んでいるとは言いがたい。だが湖に近づくにつれ、川幅が広がってゆったりと流れ、他の地域ではバイヨーと呼ぶ湿地帯を形成している。このあたりの流れは静かで、川底までは深く、水を覗き込むと暗かった。

アランが起きてくるのを感じたが、黙っていた。名前がケイティで、姓がロットナーだという事実に、おれは何も言えなくなってしまったのだ。

川に背を向け、湖をじっと見つめた。水面には灰色の空がそのまま映っている。アランもおれも、沈思黙考していた。岸から出たボートが遠くまで進み、北へ向かっている——ボートの通ったあとには、冷たい水面に一瞬白い波が立つのが見えた。だが、そのエンジン音は風に消され、ここまで聞こえることはない。「いまみたいに、きみが遠くを見つめて目をあまり動かさないでいると、私にはとても楽なんだ。逆に、きみが目のまえの物に集中していると吐き気がしてくる」アランが口を開いた。

「じゃ、頼むからそこで吐かないでくれよ」

「娘とカヌーに乗ってジョーダン川を下ったのを思い出すよ。マス釣りをしたんだ。川の流れが止まるところまで来ると、かなり必死に漕がなくちゃならない。娘が疲れてしまってね。このあたりでカヌーを止めて川岸で休んでいたら、たくさん釣れたんだ」

「娘さん、なんて名前だっけ？」

「キャシーだ」

「キャシーっていうと、キャサリーンか何かのニックネームか？」

「いや、〝カトリーン〟だ。マーゲットがどうしてもスウェーデンらしい名前をつけたいと言ってね。私はキャシーと呼び、マーゲットはカトリーンと呼んでいたよ」

「カトリーン。ケイティ」おれがそう言っても、アランは反応しなかった。おれはため息をついた。「おれも、カヌーでジョーダン川を下ったことがある」そう言ってから、最初の疑問に立ち返って考えてみた。なぜアランが回想する場面のことをおれも知っているのか――つまり、おれたちは同じ記憶を共有しているということだ。

「そうなのか」彼はしばらくのあいだ、じっと考えていた。「私が殺されたのは、ジョーダン川の近くだ」

おれは腰を下ろし、アランが吐かないですむよう、目をあまり動かさないようにして水平線を見つめた。おれの妄想がいったい何なのか、確認するときがきた。ふと、アランが殺された状況は、読み終わったばかりのT・ジェファーソン・パーカーの小説とそっくりだと思った。「そのときのこと、詳しく教えてくれ」

「ある日、私が勤めていた不動産事務所のリスティング広告を見た、という男から電話をもらった。ジョーダン・ヴァレーの十エイカーほどの土地に山小屋があり、以前、その所有者が処分しようとしていたんだが、やがて彼が亡くなり、奥さんは取り壊しを決めた。どこかの子どもたちがなかに入り込み、誰かの不注意から火が出て山小屋は焼け落ちてしまった。そのあと、奥さんが亡くなって姪が相続した。確かそうだったと思う。彼女がそれを売りに出そうとしたから、私は不動産としての価値がほとんどないことを伝えたのだが、カリフォルニア出身の彼女にはとても信じられないようだった。平地は狭いが眺めは良く、五百フィートほど川に面していてまわりには広葉樹林が広がっていた。結局、私のところで売りに出したが、彼女が希望した売値では問い合わせもなかった。そこへその男が電話をかけてきて、買取を検討しているから一度物件を見たいと言うわけだ。夫婦で見にくるというので会う約束をしたんだが、行ってみると予想もしなかったことが起きた」

「どういうことだ？」

「男が二人いたんだ。私に気づいたときの様子からして、ドラッグの取引でもしているのかと思ったよ。車で物件に向かっていた私は彼らとすれ違い、数分後にはその二人が背後から追って来るのが聞こえた。振り向くと、そのうちのひとりがシャベルを手にして……」

「何だって？」おれはとっさに訊き返した。

「シャベルだ。あいつの表情も忘れられない」

不意におれは立ち上がった。「案内してくれないか。その出来事があった場所に」

「もちろんだ」

アランに言われるとおりに、マンセローナ方面へ向かうハイウェイ六六号線へ戻った。

森林は冬を越えたいまも枯れて寒々しく、日陰には雪が積もっているが、本来のジョーダン・ヴァレーは木が鬱蒼《うっそう》と茂る丘陵地で、壮大な氷河作用の名残が見られる。一度ハイウェイから離れ、ふたたび泥土の上を飛び跳ねるように揺れながら、車が通った跡もない森林のなかへ戻った。四輪駆動に切りかえ、最近の嵐で倒れたような細い木を乗り越えた。おれの心臓も飛び跳ね、ちょっと気分が悪くなった。丘の上で、静かにトラックを停めた。

「えっ？　どうしたんだ？」アランが心配そうに訊いた。

「ここだろ？」おれは瞬きもせず、右側の小さな空き地を見つめた。「あんたが、トラックのそばに立っている二人の男を見たという場所だ。そのうちのひとりにはどこかで会ったことがあるが、もうひとりのシャベルを手にしたほうは知らない男だ」

「知り合いの男のほうはかつらだ」アランが小さな声で言った。

「そのとおりだ」アクセルを踏み、前に進んだ。あたりに紅葉がないせいで、焼け落ちた山小屋の残骸に突き当たるまでは、あのときと同じ場所には見えなかった。キャブから降り、レンガのかけらを蹴りながら、山小屋の入り口があったと思われるところまで歩いていった。

「あんたが立っていたのは、ちょうどこのあたりだろ」

「なんで知ってるんだ、ラディ？」

「知り合いじゃないほうの男は、しわがれ声でよく日焼けしていた。瞳は緑色だ。彼はすぐ目のまえまでやってきて、その勢いのままシャベルを振り回してきたんだ」おれは思わず腕をさすった。

「肘と手首のあいだをシャベルで殴られた。骨が折れたんじゃないかと思ったよ」アランがつぶやいた。

おれは、シャベルを持った男と、そのときの彼の表情を思い浮かべた。

「そうだ」おれは振り返って道路の先のほうを見下ろした。「それで、この道を駆け下りていったんだろ？」

「あのころは、週に四十マイルは走っていたからね。二十ヤードぐらい差をつければ、もう追いつかれることはないのがわかっていたよ。少し走っただけで男たちが喘いでいるのが聞こえてきたが、その声も次第に遠のいていったんだ」

気がつくと、おれはアランになったつもりでその道を小走りに下りていた。「あんた、トラックがすぐ近くに来るまで気がつかなかっただろ」おれは息を切らせ、あのときトラックが駐められていた空き地を通り過ぎながら言った。足を滑らせ、雪の積もった泥土の上に転びそうになったが、それでも走り続けた。

「なぜこんなことになったのかと考えるので手一杯だった。もしトラックが目に入っていたら、道路から脇へ降りていたよ」

「見えなかったからか」おれは立ち止まり、あたりを見回した。「もし最初から森の中に逃げ込んでいたら、追いつかれなかっただろうな」

「ずっと先まで行ったところで、トラックの音が聞こえたんだ」

おれはまた走り出した。「正確な場所がどこか、はっきりとは言えないかもしれない。森は季節によって、まったくちがって見えるからな」

「どうして何もかも知っているのか教えてくれないか、ラディ」

「何日かまえに夢を見た。夢というより記憶に近いな。ちゃんと目が覚めていたような感じで、実際に起きたことのように覚えているんだ」

「夢か」

「おかしなやつだと思わないでくれ、アラン。いや、あんたはいい。ほかの人たちに言いたい」おれはまた息を切らし、ペースを落とした。「トラックの音が聞こえたのはここだろ?」道路の脇を見回した。「となると、このあたりのどこかで……」

と、あのときアランが溝を飛び越え、森に逃げ込んだ場所を二人で見つめた。

アランとおれは同時に声を上げた。ためらうことなく、森のなかへ足を踏み入れた。「ここだ」

「ちょうどこのあたりだ。走り出そうとして倒れたんだ。そうしたら、ここで……」

「ああ。あいつはライフルを持っていたんだ。腕はいいほうだな、脚に命中させたんだから」

「脚を狙っていたかどうかはわからないぞ」その違いが重要だとでも言うように、アランが言い返した。「確か五回発砲したが、ライフルの音じゃなかった」

おれは一回転するようにぐるりとあたりを見回した。「古い大木を捜してるんだ。カシの木だ」

見つけた。だが、その木はもう立っていなかった。太い幹に大きな空洞があるのは夢で見たのと同じだが、巨大なカシの木は無残に倒れ、まるで怒っているように横たわっていた。だが、やられっ放しにはなっていなかった——カシの木は、茶色い雪解け水がたまっている大きな穴をさらけ出し、曲がりくねった根っこで地球という壮大なボールにしがみついている。「ここだ」

「ああ」

「あんたが死んだのはここだ」

「そうだな」

おれはじっと木を見つめたまま、五分は立ち尽くしていた。命を奪われ、もっと生きたいのにもう無理だとわかった瞬間のことを考えていたのだ。空と木しか見ることのできない体勢で、もっと生きたいと強く願ったときのことを。

「大丈夫か、アラン？」

「ああ。たぶん……私はこのあたりのどこかに埋められているんだろうな。だから、あの墓地で私の墓石があるかどうか確かめたかったんだ。あそこにはないだろうと思っていたがね」

おれは振り返り、解け始めた雪が薄く積もっている地面をあちこち蹴ってみた。盛り土はない。地面に穴を掘った跡があったとしても、自然とともに森が変化しつづける八年のあいだに消えてしまっただろう。

「これからどうする、ラディ？」

おれはポケットに両手を突っ込んだ。日が暮れようとしている。一日じゅう灰色の厚い雲に覆われていた太陽が、急速に見えなくなっていく。「となれば、考えられるのはこういうことだろう。おれはここに来たことがあるかもしれないけどすっかり忘れていて、最近、例の夢を見た。そのあとでおれは、殺されたのを〝覚えている〟という別の人格を作り出したんだ」

「〝頭のなかで声がするんだから頭がどうかしてるはず〟という理論に戻ったのか」

「そうだ。レポ・マッドネスだよ」

「でも、信じてないだろう」彼は冷静に言った。

「そうだな」おれは認めた。「信じてない。だって、ここに来たのは初めてなんだから。確かに夢では見たけど、あんたが案内してくれなきゃ、この場所を見つけることなんて出来なかったしな」

「で、どうするんだ？」

「真相を突き止めなきゃいけない」おれは険しい表情で言った。「もしあんたがおれの空想の産物だったら、あんたの話を信じること自体、おれが正真正銘いかれてるってことになるんだからな」

イースト・ジョーダンに戻ろうと車を走らせるころには、空が暗くなりかかっていた。〈レインボー・バー〉にはすでに地元の人がちらほら集まっていたが、よそ者のおれがやってきてビールを頼んでもあまり気にかけていないようだった。しばらくのあいだ坐って愛よくし、やっとのことで、三年前に穴釣りでいい思いをしたという二人の男の会話に割り込むことができた。「アラン・ロットナーってやつを捜してるんだけど」おれは言った。

二人は、訝しげに顔を見合わせた。おれはビールをひと口すすった。

「何年か前、どっかに逃げたやつだ」別のテーブルの男が口をはさんだ。

「逃げてなんかいない」アランが反論した。

やったぞ。これで、アラン・ロットナーがイースト・ジョーダンに実在したという確認ができた。もちろん不動産屋に訊いて回ればわかったことだろうが、大半の人は彼に会ったことすら覚えていないだろう。

みんなが興味津々でおれのほうを見ている。おれは咳払いをした。「逃げたのか？」

「ああ、そうだよ」穴釣り漁師のひとりが明るく答えた。「何があったんだ？　たしかこのあたりの出身じゃなかったが」

「どこかで死んでるのが見つかったんだ。何かで読んだ記憶がある」別のテーブルの男が言った。「葬儀の知らせが新聞に出ていたんだ」

「誰のことか、おれにはさっぱりわからないな」もうひとりの穴釣り漁師がぶつぶつ言った。

「ほら、変な服装をしてたやつだよ」別のテーブルの男が思い出して言った。

「変な服装？」アランがわめいた。

「それで……彼はイースト・ジョーダンに埋葬されてるのか？」

いろいろ教えてくれた男が思い出そうとし、風雨に晒されたような目を細めた。「ああ。そうだと思う」

「墓地を捜したけど、覚えている場所にはなかったんだ」

漁師はそろって鼻を鳴らした。「そりゃ、移転したからだ。遺体はぜんぶ掘り起こされて移されちまった。それでプラズマークの工場ができたのさ」

「新しい墓地は、ボイン・シティへ行く道を北へ進んだところにある。ここから四マイルぐらいだ」

北へ向かう途中、アランはまだ怒っていた。「さっきのやつら、誰に聞いたんだ？　私は逃げてなんかいないぞ」

「ずっとまえのことなんだ、アラン。覚えているのはせいぜいあの程度のことさ」

「私の死体が森のなかで見つかったんだと思うか？　もしそうなら、墓地に埋められているわけだよな？」

「あせらず一歩ずつ行こうぜ、アラン」

「変な服装をしてたって？　デトロイト・ピストンズの上着にジョンディアの野球帽をかぶって、アヒルの絵のTシャツを着たやつに言われたんだぞ」

おれは含み笑いをし、トラックを墓地の駐車場に駐めた。一瞬、ヘッドライトが葬儀場を照らし出した。建てられてからまだ二、三年しか経っていないように見える。窓際で人影が動いた。おそらく、来訪者があればすぐに確認するのだろう。「人がいるようだ。アラン・ロットナーの墓がどこにあるか訊いてみよう」

おれは岩塩を踏みしめる音を立てながら、セメントの階段を上がった。よく磨かれた木製のドアを押して開け、葬儀場の入り口にそっと足を踏み入れた。品の良いカーペットと黒い壁が、厳粛な雰囲気を演出している。おれはまわりに注意しながら通路の角まで行き、真新しい木製のベンチが並ぶ大きなホールを覗き込んだ。

「何か御用でしょうか？」うしろから声がした。

おれは振り返り、びっくりして目をみはった。

記憶にある姿よりも太っているし、頭は禿げて光っている。だが、顔を二、三年若々しくしてかつらをのせれば、すぐにわかるだろう。夢のなかで、森の奥に停めたピックアップ・トラックのそばに立ち、おれが車で通り過ぎるときに無表情な視線を向け、シャベルを持った緑色の目の男に話しかけていたやつだ。

アランを殺した犯人のひとりを見つけたぞ。

11 死体が埋まっているところ

「ネイサン・バービーと申します」彼はそう言って片手を差し出した。いかにも葬儀場の支配人らしい柔らかく乾いた手だった。おれはびっくりして相手をじっと見た。

バービーはおれより何インチか背が低く、丸い顎と温かみのある黒っぽい目をしていた。チャコールグレーのウールのスーツを着て、平板な顔立ちをしている。その微笑みには用心深さが感じられた——温かく歓迎する態度でありながら、陽気な感じになりすぎないように気をつけている。それはそうだろう。おれがここに来たのは、ミルドレッド叔母さんの埋葬について相談するためかもしれないのだから。理屈に合わないようだが、彼はいかにもいい人そうに見えた。

「なんてことだ」男を見たときのショックからまだ立ち直れないアランが息をついた。「こいつが誰か、わかってるか？」

「ラディ・マッキャンです」ようやくおれは、握手をほどきながら挨拶を返した。

彼は葬儀場の職員たちをうしろに従えているかのような身振りをした。「このたびはどのようなご用件ですか、ミスタ・マッキャン？」

「墓地を探していて」おれは抑えた声で言った。

「それでしたら、うちでお役に立てるかと存じます」彼は感じよく微笑んだ。

「こいつだ！　かつらの男だ！　あの日、森のなかで、私を殺した二人組のひとりだ」アランがうわずった声でまくしたてていた。おれは両目をきつく閉じて黙らせようとした。バービーは不思議そうにこっちを見ていた。

「向こうの土地は、まえは墓地じゃなかったですよね。というか、この墓地は、まえはどこか別のところにありましたよね？」

「さようでございます。七年ほどまえにこちらに移転いたしました」

「きっとこの土地を所有しているんだな」少し落ち着いてきたアランが言った。

「あそこには新しい工場ができてましたけど、それを建てることになったから移転したんですか？　プラズマーク社の？」

バービーの顔に一瞬、不愉快そうな表情がよぎった。だが、顧客が感情を露わにする場にいつも居合わせる葬儀場の支配人として、自分の感情を抑えることには慣れているらしく、どんな感情であれ、ほとんど表に出さずに抑え込むことに成功していた。「そのとおりでございます」

「でも、なぜそんなことができたんですか？　だって、遺体とかは全部、元の土地に埋められていたんですよね？」

「みなさまを移しましたよ」単純なことだというように答えた。「元の墓地に埋葬されていた方のご親族に補償をさせていただきました。ご親族に連絡が取れた範囲で、ということですが。家系が辿れなかった方については、いずれご親族が名乗り出てくださることを期待して信託基金を設立しました」

「でも、ご自分はどうなんですか？　あなたも補償を受けたんですか？」

バービーの目からいくらか柔らかさが消えた。「何のお話でしょうか、ミスタ・マッキャン？」

「親戚が元の墓地に埋葬されていたんです」おれは嘘をついた。

「さようで？　どなたですか？」

「補償額はいくらだったんですか？」おれは質問に答えずに訊いた。

彼はしばらくじっとおれを見つめていた。「数千ドル程度です」ようやく口を開き、低い声で言った。「差し支えなければ、ご親戚のお名前をお訊きしても？」

「アラン・ロットナーです」

その瞬間に彼の目をよぎった動揺は、どれほど経験を積んだ支配人でも隠しきれなかっただろう。「そんな……そんなはずはない」彼は囁き声で言った。

おれは一歩まえに踏み出した。バービーは怖がってでもいるかのように一歩あとずさり、首をかしげておれを見つめた。「どういうことですか、ネイサン？　どうして〝そんなはずはない〟んですか？」

「ご家族のことは、存じ上げております」彼は口ごもりながら言った。「ですが、ご家族のどなたからもうかがったことはありません、そちらさまのことは……」身振りでおれのほうを示す。

「ウィスコンシンにいとこがたくさんいる」アランが助け舟を出した。

「ウィスコンシンから来たんです」おれは言った。「アランには、ウィスコンシンにいとこがたくさんいるんです。みんな走るのが速いんですよ」

「走るのが？」バービーがわけがわからないというように訊き返した。

「それで、アラン・ロットナーはここに埋葬されているんですか？　アランの遺体も元の墓地から移したんですか？」

バービーはその問いを処理するのにしばらくかかったが、次に口を開いたときには、物事に動じた様子を見せないという本来の才能を取り戻したようだった。「実を言いますと、ちがうんです。どのようにお聞きになっているかは存じませんが、いとこのアランさまは、書き置きなど一切残さずに姿を消してしまわれたんです。数年経って、死亡したと見なされることになり、元の奥さまとお嬢様がここで葬儀をなさいました。当墓地のなかに墓石を設置いたしました。とてもいい区画ですよ。よろしければご覧に入れましょう」

「元の奥さんって、何を言ってるんだ？」アランがムッとしたように言った。「離婚はしてなかったぞ！」

「ちょっとわからないんですが。〝元の奥さん〟と言いましたよね。アランが離婚したという記憶はないんですが」

「ああ、それは、アランさまの行方がわからなくなったあとに、奥さまが……」バービーは、残念なニュースを伝えるのは気が進まないというように両手を広げた。「放棄ということでスムーズに認められました」

「キャシーはどうなんだ？ いまもこの町に住んでいるのか？」アランが訊いた。

「ご家族はいまもこの町に住んでいるんですか？」おれはさらに訊いた。

「はい」バービーは渋々答えた。「お二人とも、イースト・ジョーダンにお住まいです」

「イースト・ジョーダンのどこだ？ 訊いてくれ！」アランがすがるように言った。

だが、おれの興味は別のことに向いていた。「じゃあ、工場に墓地を売ったんですね。かなり儲かったでしょうね」

「いいえ、そのようなことはございません。当葬儀場はイースト・ジョーダン市との借地権のもとで営業しておりました。市が土地を売却したので、当葬儀場は借地権を返上する代わりにここの所有権を取得したのです」

最後のひと言にどことなく嘘っぽい響きを感じたが、何がどうおかしいのかはわからなかった。少し方向を変えて攻めてみた。「なるほど、それなら負担が軽くなってよかったですね。市に借地料を払わなくて済むようになったわけだから」

バービーは含み笑いをしたが、目は笑っていなかった。「そんなことはありませんよ。まえの借地料は年に一ドルだったんですから。ここの土地を所有していると固定資産税がかかります」

「こんな話に何の意味があるんだ？」アランが苛々したように訊いてきた。

「この件になぜそれほど関心をお持ちなのか、お尋ねしてもよろしいですか？」バービーも訊いてきた。二人とも、要は同じ質問をしている。おれはもう口をつぐんで、二人で直接話をさせたほうがいいのかもしれない。

「ちょっと知りたくて。とすると、あの工場は、もともと市が所有していた土地に建っている、ってことですね？」

「はい。いや、そういうわけでは。完全にそうだというわけではありません」バービーは気が進まなそうに答えた。「あの土地の大部分は、地元の一家が所有する農場でした。市の土地は、全体の四分の一足らずに過ぎません」

彼の説明のことばよりも、不安げな表情のほうがよほど興味深かった。もっと明るければ、かつらのないツルツルの頭に汗が光るのが見えたかもしれない。「その一家の名前は？」

「覚えておりません」彼は気まずそうに答えた。「ミスタ・マッキャン、この件はよろしいですか？　アラン・ロットナーさまの墓石にご案内しましょうか？」

「遺体を全部移す仕事をして、報酬は受け取ったんですよね？　かなりの額になったでしょうね」おれはカマをかけてみた。

バービーはさすがに我慢の限界に達したようだ。「そのことがあなたとどう関係するのか、わかりませんが」

「いやあ、ミネアポリスで墓地を開業するのもいいかな、と思っただけですよ」おれは冗談を言った。

「ウィスコンシンだ！」アランが指摘した。

「ウィスコンシンでした。葬儀場のビジネスってかなり儲かるんですか？」

「お引き取り願います、ミスタ・マッキャン」バービーはおれを押し出そうとしたが、バービーのような体格の者がバーの用心棒をひとりで追い出せるわけがない。おれは動かなかった。バービーとおれは、ダンスのパートナーか何か親密な間柄のようにからだを近づけて立っていた。おれは身をかがめて彼の耳のそばでささやいた。そう、自分の耳に聞こえるアランの声のように。「あんたみたいなやり手なら、別荘のひとつも持ってるんだろうね？　たとえば湖のそばなんかに？」

「お引き取りください。ご質問には全部答えましたよ」

「ジョーダン川のほとりなんか、よさそうじゃないか？」

バービーは本当に何を言われているのかわからないという様子だった。

「ラディ……」アランがかすかな声で注意した。

「いつかジョーダン川沿いに土地を買うのもいいだろうね？　秋の景色なんて最高だ。あんた、たとえば秋の午後なんかに、ジョーダン川沿いの土地を見に行ったりすることはあるのか？」

バービーは、何の感情も浮かんでいない沈んだ表情で、おれの質問に込められた意味をどう受け取るべきか考えているようだった。肩を叩いてやると、相手は身を硬くした。いい気味だ。「おい、雑談をしてるだけだ。言っておくが、また別の機会に、アランが埋められている場所を見に来るからな」おれは立ち去ろうと向きを変えた。

「いや、アランさまはここには埋葬されていないんです。先ほど申し上げましたように、ここにあるのは墓石だけです」

「そうか?」おれは振り返った。「それなら、アランはどこに埋められてるんだ、ネイサン?」

バービーとおれは、少しのあいだ、無防備にただ見つめ合っていた。それからバービーは、自分が深読みし過ぎているだけだという結論に達したらしく、緊張を解いた。「私が理解しているかぎりでは、アランさまについては何の手がかりも見つかっていないようです」

「そうかい」おれは軽い調子で言ってうなずき、ドアの外へ出た。

「あんなことをするなんて信じられない!」車を出そうとするとアランが騒いだ。「なんだってジョーダン川の土地のことや、私がどこに埋められているかなんてことをあいつに訊いたんだ?」

バービーに聞こえないところまで離れてから答えた。「何がいけない? おれにどうしてほしかったんだ?」

「あいつに、私たちが怪しいと思われてしまったじゃないか!」

「ちがう、怪しいと思われたのはおれだ。それがどうした?」

「わからない、ただ……きみは私とはずいぶんちがう人間のようだ。私ならあんなふうに他

「あれで真っ向から対決しただって？　さっきのはそんなんじゃない。おれがあいつと真っ向から対決していたら、いまごろあいつは病院送りになっていただろうよ」

アランは少し考え込んでいた。「あのときは何か変な感じだったな。最後に、きみが土地のことを訊いたときのことだが」

「あのときあいつは嘘を言っていたんだよ。農場の話をしたときに。具体的にどういうことなのかはわからないが、あのときあいつは緊張したようだった。車のローンを払えなくなったやつが、自分の車がどこにあるか知らないと言うときと同じ表情だ」

思わず顔がにやついていた。どんな疑いであれ、さっきまで残っていた疑いはなくなったのだ。つまり、アラン・ロットナーは実在の人間で、生きている人間だった。ついさっき、アランを殺した男と握手をした。おれの頭がおかしいわけではなかったのだ。

だがケイティのことを考えると、笑顔はしぼんでいった。おれの頭がおかしいのではないようだが、だからといって問題がないわけではない。十年ぶりに胸がドキドキするような女性に出会ったというのに、おれの頭のなかにはその女性の父親が閉じ込められているのだ。あんたの娘さんを知っている、とアランに言い、どうやって知り合ったかを話す場面を思い描こうとしてみたが、怖ろしくて震えそうだった。彼にそのことを話すべき理由が思いつかなかった。ただのひとつも。

イースト・ジョーダン図書館はまだ開いていた。おれは苛つきながら《シャールヴォイ・

クーリエ》紙のマイクロフィッシュを出してバックナンバーをめくりはじめた。ジョーダン川の土地を案内するために客と会う約束をした日が何日だったか、アランは覚えていないという。「自分が死んだ日なんだぞ、そんな大事な日付を忘れるなんて！」おれは無茶を言った。近くの机にいる女性に声が聞こえたらしく、とがめるような視線を向けられたので、バツが悪そうに微笑み返した。

「わからない。忘れるなんて私らしくもない。でも記憶が消えてしまっているんだ。本当に思い出せない……ここ二、三ヵ月のことは。あそこへ行くまえの何ヵ月かの記憶は全部ぼんやりしている。まるでクスリで朦朧《もうろう》としていたような感じだ。何も思い出せない」

「そうかい、おれが死ぬときは覚えておくようにするよ」おれはつぶやいた。

アランが行方不明になったあとの冬に出た記事の派手な見出しが目に留まった。〝**爆発事故で三十二人死亡**〟「ああ、あの事故か、覚えてるよ」おれはつぶやいた。

「ああ嫌だ。きみは字を読むスピードがちがう……気分が悪くなってきた」アランがうめくように言った。

おれはけんか腰に言った。「おれの読むスピードがあんたより遅い、って言いたいのか？」

アランは答えなかった。

「おい」おれは食い下がった。「そう言いたいんだろう？　どうせおれはからだばかりでかい筋肉バカで、字を読むときに唇を動かすようなやつだっていうんだろ」近くの机の女性がまたこちらをちらりと見た――確かにおれは、読みながら唇を動かしていた。

「きみと私のどちらが遅いかなんて、どうでもいい」アランは偉そうに言った。

「そうか！　さてはおれのほうが速いんだな！」

「ずいぶん負けず嫌いなんだな」

「そしてあんたはずいぶんインテリぶってるんだな！　フットボール選手なんかが自分より読むスピードが速いと認めるのは、癪《しゃく》にさわってしょうがないんだ、そうだろ？」

アランが答えなかったので、おれは勝ち誇った気分でマイクロフィッシュに戻った。「焼夷弾で全員死亡した事故だ」少し経って、記事をざっと見ながら事故のことを思い出して言った。「養護施設の地下で爆発が起きて、そこの住人が全員死んだんだ。誰かが故意に起こしたんだが、誰がやったにせよ、動機は結局わからなかったんだと思う。とにかく何者かが、近所の年寄りをまとめて殺そうとしたんだ。被害者のなかには看護師も何人かいただろうな」

「その事故と私に、何か関係があると思うか？」アランが訊いた。

「それって、おれたちはそういう昔のニュースのその後を調べるためにここに来たんじゃないってことを、それとなく思い出させようとしてるわけ？」

「ただ、この捜査がどういう方向に進んでいるのかを理解しようとしているだけだ」

「いまやってることが〝捜査〟だっていうのか？　おい、あったぞ」おれは記事を指差した。


〝地元の男性が行方不明〟

イースト・ジョーダン在住のアラン・ロットナー氏（四十一歳）が、十月十一日の仕事のあとに自宅に帰っていないことが、同氏の妻マーゲットさんの話でわかった。不動産業を営むロットナー氏は夜遅くまで仕事をすることが多いため、十一日夜の就寝の時点で帰宅していなくてもマーゲットさんは不審に思わなかったという。「でも翌朝起きたときにもまだ帰っていなかったんです。こういうことは初めてです」とマーゲットさんは語っている。当局は地域住民に、ロットナー氏の車を見かけたら通報するよう呼びかけている。車は緑色の旧型オールズモビル98ステーションワゴン、ナンバーは〈BA113 08〉。

記事には写真が二枚ついていて、おれは初めてアラン・ロットナーの姿を見た。一枚目の写真は、明らかに不動産会社のパンフレットから取ったものだった――スーツとネクタイ姿で、営業スマイルを浮かべ、背景はいかにもプロの撮影らしく照明で明るくなっている。髪は短い巻き毛で、瞳の色は黒っぽく、歯並びがいい。フロスで念入りに手入れもしているはずだ。

二枚目の写真では、アランはどこかの階段の上に立っている。伸ばした片手は写っていないが、おそらく娘の肩の上にでも置いていて、娘の姿が写っている部分は切り取られたのだろう。ズボンには折り目がつき、ポロシャツにはアイロンがかかっている。きっとその下に穿いているトランクスにもしっかりアイロンがかかっているのだろう。穴釣り漁師たちに服装が変だと言われる理由がわかる気がした。

「十月十一日」おれは忘れないようにメモした。

一週間後の新聞に別の記事が出ていた。

〝十月十一日から行方不明の地元男性、手がかりなし〟

こちらの記事はかなり短く、書かれているのは、犯罪に巻き込まれた可能性があるとみて地元当局が捜査中だが、手がかりは見つかってない、ということくらいだった。

それで終わりだった。マイクロフィッシュのページをめくってその後の紙面に目を通しても、目を引くのは養護施設爆破事件についての記事ばかりだった。何しろこの地域史上最悪の犯罪事件だ。「この町に十八年も住んでいたのに、私が殺されたことよりも、どこかの子どもらが〈グレンズ・マーケット〉の裏のダンプスターにスプレーで落書きした事件のほうが大きく取り上げられるとは」アランが嘆いた。

おれたちは図書館を出てカルカスカに戻ることにした。「でも、あんたが殺されたことはわかってなかったんだぜ、アラン」おれは言った。「失踪したと思われてたんだ。そういうことをする人はたくさんいる」

「どうなんだろう……マーゲットはどんな話をしたんだろうか」

「話したって、誰に？」

「警察に」

「どういう意味だ？」

「実を言うと、マーゲットと私はあまりうまくいっていなかったんだ。妻は客用の寝室で寝ていた。そのころにはもう、私に対する態度は冷淡そのものだった。互いに話すこともほとんどなかった。離婚の話が出たこともある。そうするのがいちばんじゃないか、とね。もしそのことを妻が話していたら、警察も少しは私に同情するんじゃないだろうか」

「それはあり得る」おれは言った。

「だが絶対に、私がキャシーを置いて出ていくはずがないんだ。マーゲットとうまくいっていないというだけで、仕事も、服も、自分の娘までも、すべてを捨ててオールズモビルに乗って走り去るなんて、とても考えられない。バカげてる」アランは苦々しげに言った。

おれは道路に目をやった。月のない暗い夜で、ハイウェイの両側に積もった雪のあいだにヘッドライトが光のトンネルを作っていた。雪のいちばん下に埋もれているのは十一月に最初に降った雪だ――溶けるのは最後になるだろう。

「いまなら私の存在が信じられるだろう、ラディ？　私はきみの想像力の産物なんかじゃない。悪い夢を見て、そのあとで頭のなかで声が聞こえるようになった、と考えても辻褄《つじつま》は合うかもしれない。だが、今夜の話を聞いたあとでは、もうちがう。何かがおかしいんだ、わかるだろう。バービーを見てきみはあの男だとわかったし、やつが嘘をついていることもわかっている。それに新聞記事も見ただろう。きみの妄想なんかじゃないんだ」アランの声は悲しく沈んで不安そうだった。

「そう、あんたの言うとおりだ。おれの妄想があんたを作り上げたんじゃない。あんたは確かに生きていて、不動産を売っていたし、ズボンにアイロンをかけていた」

「なんだって？」

「あんなにたくさん折り目がついた人間を、生きている人では見たことがないよ。触ると手が切れそうだ、紙で手が切れるみたいに」

気分が変わったのか、アランはしばらく黙り込み、数分後に眠りについた。

〈ブラック・ベア〉の店内は、イースト・ジョーダン図書館よりも静かだった。腿をさすりながらカウンターに向かった。年を取ったと感じるのは、トラックを運転しただけで腿が痛くなったときだ。「よう、ベッキー」おれは声をかけた。

妹にかわってカウンターについた。奥の部屋でベッキーが電話で話している声が聞こえた。アランが目覚めた。どこにいるのかがアランにもわかるように、ほとんど誰もいない店内に視線を走らせてやると、みんなはどこにいるのかとアランは訊いた。おれたちはカルカスカにいると答えてやった——これで〝みんな〟だ。

ベッキーが戻り、正面のストゥールに坐った。何か話したいことがあるようだ。「ところで、カーミットが兄さんにも例のビジネスの話をしたって聞いたけど」ベッキーが切り出した。

「そうだっけ？」

「そう、ほら、あのクレジットカードの話」

「ああ、あれか。読み取り式か非読み取り式か、というやつ」

「そう」ベッキーは真剣な目でおれを見つめた。「稼げるかもしれないわ、ラディ」おれはベッキーの背後に手を伸ばしてビールを一本取ったが、気が変わってダイエット・ソーダにした。「ベッキー、カーミットは、ここにあるうちの機械でクレジットカードを使いたいというんだろう。その話、どこか違法な感じがしないか？」

ベッキーは目を輝かせて強く首を振った。おれはちょっと面喰らった。ベッキーはおれと言い合いなどしたことがない。何に対しても文句を言うことなく、抵抗を諦めて運命を受け入れてきた。ベッキーの何かが変わろうとしている。カーミット・クレイマーのせいなのか？ あの地球上でいちばんヘボな回収屋にして犯罪的なほど言いまちがいばかりしている男、あのカーミットのせいか？ 「カーミットが全部説明してくれたわ」ベッキーは言った。やっぱりそうか。「彼のお客さんはオーディオテキスト・ビジネスをしているの」

「何だって？」

「オーディオテキスト。電話で天気予報やテレビ番組の情報とか、占いやゲームなんかを聞いたりできるサービス。お客さんからクレジットカード番号を聞いて、読んであげるんだって」

「読んであげるって、本とかを読み聞かせるってことか？」

「そうじゃなくて」ベッキーは、コシのない黒い髪に指を走らせ、眼鏡の奥から、こんなことまで説明しなくてはならないのという目でこちらを見ていた。「運勢を読む、占うのよ。カードで」

おれはこの話の意味を呑み込もうとしたが呑みくだせなかった。〝タロットカードだ〟アランが助け舟を出した。

「タロットカードか？　霊能者が予言するみたいなことか？　夜中にテレビでターザン映画のあいまにCMを出してるやつらみたいな？」

ベッキーは顔をしかめた。「夜中にターザン映画？」

「ベッキー、いったい何の話をしてるんだ？」

ベッキーは深々と息を吸い、辛抱強く続けた。「電話でクレジットカード払いを受け付けるには、非読み取り式アカウントが必要なんだけど、非読み取り式アカウントを取るには、何年かのビジネス実績が必要なの。でも、そもそもクレジットカード払いを受け付けられないなら、それで実績なんて作れるはずないじゃない！　だから、カーミットの知り合いでそういうビジネスをやっている人が、お客さんから聞いたカード番号を現金に換えてくれたら総額の十三パーセントの手数料を払ってもいい、と言ってるの」

「そいつが霊能者なら、なんでカーミットが必要なんだ？　おれたちがそいつの話をしているのがわかってるんだから、その霊能者本人がいまここにいるはずだろ」

「ラディ、お願い。話を聞いて」ベッキーは身を乗り出した。「私たち、町中の人からおカネを借りてるのよ。お店を続けるには、兄さんが稼いでくるおカネでは足りないの。こんな調子では続けていけない。二つの仕入先から取引を切られたし、銀行もこれ以上は無理だと言ってる」

「だけど……千ドル渡したばかりじゃないか」おれは、そのうちの七百五十ドルはミルトンから前借りした分だったことを自分に言い聞かせながら言い返した。アインシュタインのトラックを取り損なったせいで、その分もマイナスに戻ってしまった。銀行から手数料を二回も取るのは難しい。

「あのおカネでは、今月いっぱいしか店を続けられないのよ！　三週間後にまた千ドル必要になったときにはどうすればいいの？」

おれは断固として首を振った。「毎年この時季はそうじゃないか。一ヵ月かそこらすれば、回収の仕事も増えるし、バーの客も増える。大丈夫さ」

「いいえ、ラディ、大丈夫じゃないわ。毎年毎年資金が減っているのよ」

おれはベッキーを見つめた。「ミルトンが貸してくれる――」

「それじゃ解決にならないわよ！　聞こえてる？　そもそも聞く気はあるの？　傾きかけたビジネスを借金で立て直そうとしても無理よ。やり方を変えないと」固く閉じた唇が震えている。「このままでは〈ブラック・ベア〉を手放すことになってしまうわ、ラディ」

そのことばが出ることはどんなバカにでも予想できたはずだが、それでもおれはそのひと言にひどく打ちのめされた。そのひと言で昔の思い出が一気に蘇ってきた。二十年まえ、まだ両親が生きていて〈ブラック・ベア〉がおれたち兄妹にとって第二の家だったころのことだ。ベッキーとおれは物置の段ボール箱に入って遊んだり、母さんが毎朝床掃除をするのを手伝ったりしたものだ。カウンターの端にはいつも父さんの缶詰工場の仕事仲間がたむろしていた。クリスマスにはクマのボブにサンタの衣装を着せ、足元にはプレゼントを積み上げた。この店を手放すわけにはいかない。人生で大事なものはこれ以外全部なくしたが、〈ブラック・ベア〉をマッキャン家が手放すようなことはぜったいにできない。

「家を売るよ」おれはその場で決心した。

「そんな、ラディ」

「五万ドルか、それ以上の価値はある。用途地域の設定がどうなっているかにもよるけど。担保はついてないし。売れたら店の資金にするよ」

「そんなことをしてほしいわけじゃない。わからないの？　やり方を変えないといけないのよ。バイカーや仕事にあぶれた工場労働者だけじゃなくて、ちがうお客さんにも来てもらえるようにしないと」

「軽犯罪者とか詐欺師とかか？」

「どうしていつも冗談ばかり言うの？　ラディ、こないだ、みんなでダンスした晩、あのときの売上は四百ドル以上になったのよ。毎回あれくらいの人を呼べれば……ポップコーンのほかにも何か出したいわ――知ってる？　お客さんが入ってきてメニューをくださいって言われること、よくあるのよ。もちろん、うちには冷凍の鶏手羽肉と、あのひどいチーズソースのナチョスしかないから、お客さんはここで一杯飲んだあとはよそへ食べに行ってしまう。ちゃんと使えるグリルを入れて、壁を塗り直して、新しいテーブルも入れたいの」

「チーズソースは人気がないのか？」おれは本当に気を悪くして訊いた。

「あれはプラスティックでできてるんだ」アランがバカにしたように鼻を鳴らした。

「お願い」ベッキーはじれったそうに言った。

「わかった、わかった。カネを渡すから。しばらくは店の奥で寝るよ。おまえのビジネスプランが軌道に乗って、〈バーガーキング〉みたいにビッグになるまでは」

ベッキーは首を振った。「もう、ラディ。父さんと母さんは、私にバーを遺してくれたのよ。兄さんのおカネは欲しくない。自分でやりたいの」

「クレジットカード番号の商売で、か」

「そう」

「そのことを霊能者に相談したのか?」

「よりによって兄さんが、霊能者のことを冗談にするなんて!」ベッキーがぴしゃりと言った。

おれはベッキーの顔を見つめた。「どういう意味だ、よりによっておれが、というのは?」

ベッキーは首を振った。「何でもない」

「何だよ、どういう意味で言ったんだ? 頭のなかで声が聞こえるようになったおれは、霊能者とか、UFOに誘拐されたとかいうやつらと同類だっていうのか?」

「私はやるわ」ベッキーは強い口調で言った。目が潤んでいる。「兄さんの許可を取る必要があるわけじゃないもの」

「父さんだったら許さないだろうな」

「あらそう、ラディ。父さんをがっかりさせたのは私のほうだっていうのね」

きついひと言だった。顔が熱くなってくるのがわかった。「ベッキー、おれたちが持っているもの全部をなくすリスクがあるんだぞ？」

「私が持っているもの全部よ」ベッキーはくるりと背を向けた。

ベッキーが歩き去って行くのを見ていた。こんなのはまるでベッキーらしくない。「カーミットの腕を肩から引っこ抜いてやる」おれは冗談めかして言った。

「きみは彼女の話をちゃんと聞いてないよ」アランが言った。「カーミットのせいじゃない」

「あんたもか？　最高だ、自分のなかのもうひとりの人間にまで文句を言われるとはな」

アランは声をあげた。おれはそれを、しばらく絶交してやるからな、という意味に受け取った。

クロードがそばに来て、オフショア投資で得られる利益がどうのという話をしはじめた。名誉毀損条項の作戦はもうすぐ成功しそうだと考えて、早くもそのあと税金をいくら取られるかという心配を始めたようだ。適当にあしらっていたが、ジャネルがやってきてこちらへ歩いてくると、おれの頭のなかで警報ベルが鳴り響いた。ジャネルは素早く同じテーブルにつき、クロードの手を取って愛しそうに軽く叩いた。クロードは新しいおもちゃを手に入れた少年のように顔を輝かせておれを見た。おれは無言で首を振った。

「ねえ、今夜はトラヴァース・シティに映画を見に行きましょうよ」ジャネルはすっかり恋人気取りで甘えた声で言った。クロードは大きくうなずいた。

おれがジャネルに目を向けると、挑戦するような眼差しでじっと見つめ返してきた。ふと、ジャネルが昔〝学園祭の女王〟と呼ばれていたことを思い出した。子どものころ、〈ブラック・ベア〉のまえの歩道に立って、コンヴァーティブルに乗って通り過ぎていく彼女の姿を眺めたものだ。やがてジャネルと結婚することになった男は、そのときフットボールのユニフォームを着て彼女のうしろの車を運転していた。彼はハーフバックとしてはパッとしなかったが、その美女を手に入れ、やがて捨てたのだった。おれはまた首を振った。二十年という歳月がジャネルの魅力を消し去ったわけではないが、多くの選択肢を奪ったことは確かだ。どうしてジャネルは、男がいるときしか人生に満足できないのだろう？　夫に捨てられたあとしばらく全身から滲み出ていた惨めさはもうないが、いま、クロードのような簡単に手に入る相手を捕まえただけですっかり満足しているような彼女を見て、おれは歯がゆい気持ちになった。

三十分後にウィルマが入ってきたとき、おれはまだクロードと彼の新しいガールフレンドと同じテーブルにいた。みんなで盛大に不倫パーティでもしているように見えたかもしれない。ウィルマから責めるような視線を向けられ、おれは目をそらした。クロードのせいで、まるでおれがウィルマを敵にまわすことを選んだように見えるじゃないか。

「ウィルマは気づいてるね」アランがこれはどうしようもない、というように囁いた。

ベッキーとおれは心配顔で視線を交わした。
まずいことになりそうだ。

12　こんなときの対処法

どす黒い雷雲のようにこちらに近づいてくるウィルマを見て、はたと思い当たった。クロードがこんなことをするのは初めてのことなのだ。ジャネルは、夫婦の人生でこれまでになかった種類の災難だ。

派手な宝石のイアリングを稲妻のように光らせたウィルマがテーブルのまえに立つまで、おれたちはただぽかんと口を開けてそこに坐っていた。全員きっとバカみたいに見えただろう。おれは不安になっていた。

ウィルマは三回深呼吸をした。「ねえ、クロード」唇を震わせ、かすれ気味の声で彼女が言った。「おめでとう」

おれたち三人は黙っていた。ジャネルは目をそらし、クロードは恐ろしくてたまらないという目でウィルマを見つめていた。

「私、あなたから梅毒をうつされたわ、クロード」さっきより大きな声でウィルマはそう言い切った。

「何だって！」クロードは息を呑んだ。顔が青白くなっている。ジャネルが振り向き、クロードをまじまじと見つめた。

「それに、淋病もね」ウィルマは大声で付け足した。「お医者さんの話では、あなたのほうは膿が出ているはずですって。それで私にうつったのよ」

クロードは何か言いかけては呑み込むような仕草をしたが、ことばが見つからないようだった。ジャネルは素早く立ち上がり、押し殺した声で「失礼するわ」とつぶやいた。去って行くジャネルを、ウィルマの燃えるような黒い瞳が見つめていた。静まりかえった店内では、みんなが息をする音まで聞こえるほどだった。

「なんてことを、ウィルマ!」クロードが文句を言った。

ウィルマは勢いよくクロードのほうに向き直った。「名誉毀損条項よ、忘れたの、クロード?」

「覚えてるさ。ただ……」

「ただ、何よ?」屈辱に耐えるクロードの表情を見るウィルマの顔つきは、無関心そのものだった。職場で郡の行政サービスへの苦情を言いにきた住民に対応しているときのようだ。

「楽しい夜をお過ごしになって、あなた」冷たい微笑を浮かべた顔で、ウィルマはクロードのまえから離れて行った。ウィルマの鋭い視線が一瞬おれに向けられた。たまたまクロードとジャネルのテーブルに居合わせたせいで、厄介な立場に追い込まれてしまった。挽回するにはちょっとやそっとの努力では足りないだろう。

ベッキーが明かりを消すと同時にアランは気配を消した。ベッキーとおれは、たったいま家族の一大危機を乗り切ったというような、くたびれた顔で視線を交わした。ベッキーの視線は、〝さっきは喧嘩しちゃって、兄さんがまだ怒ってるのもわかってるけど、私たちはずっと兄妹だし、あなたは私の大好きな兄さんよ〟と語っていた。

おれの視線はこう語っていた。〝いつでも、どんなことについてだって、おれが正しいんだ〟

家に着いたときも、まだアランは眠っていた。いやがるジェイクを外に連れ出して用を足させた。そのあとは、テーブルの上にある郵便物の束をチェックしてからロバート・クレイスの小説を手に取ってベッドに入ることにした。「おまえがアヒル狩りにでも行きたいって言うなら別だけどな、ジェイク」

ジェイクはおれの冗談を面白いとは思わなかったようだ。

一年ほどまえ、ジミー・グロウが女友だちのひとりにプレゼントすると言って女性用下着通販ショップで何やらセクシーなものを注文し、配送先をおれの家にしたことがあった。住み込み先のホテルの人間に商品を見られたくなかったらしい。それ以来、ありがたいことに、頼みもしないのにときどき下着のカタログが送られてくるようになった。今夜、郵便物のなかから請求書を選り分けているときに見つけたのもそれだった。

おれはカタログを開き、恥ずかしいような困ったような気持ちでページを眺めた。「女ってのは、本当に男にこんなのを買わせて、それを着るものなのか？」おれは訊いた。アランはまだ眠りのなかにいて答えなかった。いつのまにか声に出してひとりごとを言うのが当たり前になっている自分に気づいてはっとした。唸り声からすると、ジェイクもおれのこの新しい習慣を気に入っていないようだ。

いざクレイスの小説を手にベッドに入ってみると、それよりもはるかに下着のカタログを読みたい気分になっていることに気づいた。ストーリーなどなくてもかまわない。下着モデルのひとりが、一瞬、ケイティ・ロットナーに似ているように見えた。

〝ケイティ、きみにプレゼントを買ったんだ〟

〝ありがとう、ラディ！　すぐにつけてみるわ！〟

〝ガーター・ベルトがついてるからね！〟

別のページで同じモデルが、ほとんど誘っていると言ってもいいような表情を浮かべ、レースのショーツを穿き、裸の胸のまえで腕を交差させるポーズをとっていた。おれに向かって腕を広げるケイティ、彼女の笑顔、あの唇、瞳、かすかな音を立てて脱げるレースが思い浮かび……

「何をしているのかな？」アランが興味をそそられたように訊いた。

「何もしてない！」おれは大声で答えた。カタログを部屋の向こうに放り投げた。

アランは少しのあいだ黙っていた。おれはこっそりトランクスのウエストのゴムを引っぱった。

「いまあったことについて話をしたほうがいいと思うんだが」アランが言う。

「話さないほうがいいと思うね」おれはけんか腰で答えた。

「まあそう言うな。私はな、そういうのはまったく自然な行為だと言いたいんだ」アランはなだめるように言った。

「精神科医みたいな声に頭のなかから話しかけられて頭がおかしくなりそうな気分が、少しでもわかるのか？」おれは怒って言い返した。

「健全な行為だよ。恥ずかしがる理由なんてどこにもない。誰でもすることとさ」アランは説いて聞かせるように言った。

「同じ部屋に別の男がいるときはしない！」

「大げさに考えすぎだ」

「どこが大げさだっていうんだ？　そもそもあれは、ひとりですることだろ。その場にほかの人間がいるのはおかしい。ほかの人間がいるところでするなら、それは全然別のことだ！」

「ラディ、もし私が黙っているほうがきみにとって都合がいいというのなら、次のときは何も言わないことにするよ」

「次なんてない！」おれは怒鳴りつけた。

「そうだな」信じていないような口調で言った。「もうないだろうね。二度と」

「二度とな！」おれはダメ押しした。小説に手を伸ばした。「これから本を読む」

「もう一度眠れるか、やってみるよ」アランは言った。「続きができるように……きみがさっきしようとしていたことの続きをね」

おれは目を閉じて抗議の唸り声をあげた。

翌朝、目を覚ましたときアランはまだ眠っていたが、新聞を読み始めると彼が身じろぎするのがわかった。

「うう、ひどい気分だ」アランがうめいた。

「そっちも気持ちよくお目覚めのようだな」

「きみが何かを読んでいると頭痛がしてくる」

おれは鼻で笑った。「バカな。どうやって頭痛がするっていうんだ？　頭もないのに」

「ラディ、昨夜のことだが……」

「そのことは話さないからな、アラン」おれは釘を刺した。アランは不満そうにため息をついた。おれは新聞を読み続け、目を動かすスピードをわざと遅くした。そうするにはかなりの集中力が必要だった。

「今日もイースト・ジョーダンに行くのか？」しばらくしてアランが訊いた。

「ああ。朝食を済ませて、ジェイクと芝生の水やりをしたらすぐに出かける」おれは答えた。

「冷めたビッグマックとコーヒー一杯。それが朝食」アランはもったいぶって言った。

「自分で食べてみるまではけなすもんじゃない」

「食べてみようとはしてるんだ」アランは言い返してきた。

「そうかい。だけど、見方を変えてみたらどうだ。あんたは飽和脂肪酸を好きなだけ食べていいんだ。食べてもからだの毒にはなりっこない。だって、あんたはもう死んでるんだから」

「このからだをきみと共同で使わなければならないというのなら、からだに入ってくるものについて、私にもある程度、意見を言う権利はあると思うんだが」彼は説教するように言い返してきた。

「誤解してもらっちゃ困る。あんたと、おれのこのからだを共同で使わなくちゃならないいわれはない」おれは言った。

朝食のあと、おれはリヴィングルームの床に、ここしばらくお目にかかっていなかったものを見つけた。掃除機をかけられて、汚れた衣類が散らばっていないカーペットだ。「どうしてこんなことをしてくれるのかな?」おれは疑問を声に出して言った。

「誰のことだ?」

「ベッキーだよ。どうしておれの汚したものをきれいにしてくれるんだろう?」

どこを見まわしても、テーブルや台などの表面は光っている。ただし、こぼした飲み物のせいではない。くしゃくしゃに丸めたドライヴスルーの紙袋は消えている。なくなってみると寂しいような気もする――小さなペットのような存在になっていたから。

イースト・ジョーダンに着き、アインシュタイン・クロフトの家へ行った。彼がトラックを洗ってワックスをかけ、イグニションにキーを差し込んだままで、おれのために置いておく気になったかどうかを確かめるためだ。ドライヴウェイの端まで行くと、がっしりしたサイクロンフェンスができていた。彼はトラックのローンを支払うカネはないが、どういうわけか、金属の支柱をセメントに深く打ち込んで、どんなワイアカッターでも切れないくらい頑丈なフェンスを取り付けるだけの資金は手に入れたらしい。腹が立ってフェンスを蹴りつけると、例の番犬代わりのドリスが出てきて警告するような視線をこちらに向けてきた。

「まず、妻のマーゲットを捜し出して話を聞く。次に、バービーの経歴を調べる。何が出てくるか見てみよう」アランがチェックリストを読み上げるように言った。おれがイースト・ジョーダンからハイウェイ六六号線を北に向かおうとすると、アランはがっかりしたようだった。「どこへ行くんだ？　調査は？」

「調査なんてしないよ、アラン」おれは愛想よく答えた。「おれを誰だと思ってるんだ、ジャック・リーチャーか？　あんたは殺されたんだ。この件はもう警察の仕事だ。警察に行くよ」

「ジャック誰だって？」

「リー・チャイルドの本に出てくる探偵さ」

「どうもきみという人間がわからない」アランは苛立って言った。「ミステリやスリラーばかり読んでいるから、事件を解決するのに興味があるかと思ったんだが」

「アラン、おれはただのレポマンだ。おれの科学捜査班には保安官のところみたいな最先端の設備があるわけじゃない」

「そうはいっても、現時点でわかっている情報だけでは、警察に行ったところで役に立つとは思えないが」アランは反論した。

おれは断固として言った。「とにかく、運転しているのはおれで、おれが決めたことだ――行き先は警察。気に入らないなら車から引きずり降ろしてやる」

「なぜそんな態度をとるんだ？」

ふと、アランはおれの顔が熱くなっているのを感じ取れるのだろうか、と思った。「これはおれの人生で、おれのからだで、おれが何をしようとおれの勝手だからだ。あんたの知ったことじゃない」

「さては、昨夜のことを気にしているんだな」

「アラン、いいから黙れ。いますぐ。話は終わりだ」ステアリングをきつく握ったせいできしるような音が聞こえた。

アランは何も言わないのが得策だと判断したようだった。

シャールヴォィの保安官事務所は、この地域の保安官事務所としてはかなり大きい建物だ。毎年夏になると町にあふれる大勢の観光客に対応できるようにするためだ。だが、いまのこの季節は、ほぼ過疎状態と言ってよかった――犯罪発生率も、ほかのあらゆるものと同じように、雪解けを待っている。なかへ入るといかにも暇そうな雰囲気が漂っていて、出入り口で靴の汚れを落とすおれに保安官助手が気だるげな視線を向けてきた。近寄って行くと、おれが問題を起こしそうな人間かどうか、軽く値踏みしているのがわかった。職業柄染み付いた反射的な行動なのだろう。革ジャンを着たバイカーたちが一杯飲もうと〈ブラック・ベア〉に入ってきたときのおれと似たようなものだ。

「ご用件は？」保安官助手が訊いた。首の太さが頭の幅と同じくらいで、大柄な骨格にみっちりと肉が詰まっている。名札には〝ティムズ〟とある。見たところ、タックルしたあとに脇腹に肘を叩き込んできそうなタイプの男だ。ただし、審判がこちらを見ていないと確実にわかっているときだけ。短く切りすぎた髪がブラシの毛のように立っている。

「この男、知ってるぞ。名前はドワイト・ティムズ。おやじさんが釣り餌屋をやってる。まさか警官になったとはな。しょっちゅう問題を起こしていたのに」アランがつぶやいた。

「やあ、ドワイト。保安官はいるかい？」おれは何気ない口調で言った。

それまでカウンターにもたれかかっていたティムズは、訝しそうな目つきになって背筋を伸ばした。おれがまるで昔からの友だちのように親しげな笑顔を浮かべてみせると、明らかに困惑した様子になった。「ええと、約束は？」

「いいや。でも呼ばれたんだ」

保安官助手ドワイト・ティムズは、気が進まなそうにカウンターを離れて歩き出し、おれの運転免許証を受け取って少しのあいだ姿を消した。戻ってくるとこっちに向かってうなずき、ついて来るように促した。彼について廊下を進むと〝バリー・ストリックランド、シャールヴォイ郡保安官〟という表示のついたドアのまえに着いた。

保安官は立っておれを待っていた。握手をしたときの目つきには、有無を言わせない威厳があった。おれは名前を言い、促されて坐った。保安官はデスクの向こう側に坐り、澄んだ青い二つの瞳でおれを見据えた。体格はおれと同じくらいだが、二十歳は年上で、髪は白くなり、肌は長年の日焼けとミシガンの冬のせいだろう、ごわついた感じに見える。からだつきは引き締まっていて、彫りの深い整った顔立ちをしている。からだにぴったり合った制服を着た彼は、小さな町の保安官という役柄を演じているハリウッド俳優のようだった。

「何かご用かな、ミスタ・マッキャン？」

まったく、何の用だっていうんだろう。振り返ってみると、ここへ来たのはよくよく考えたうえでの行動ではなかった。おれは息をつき、緊張している自分を軽く笑った。保安官の表情は変わらなかった。この状況からどうやって抜け出せるだろうかと考え始めたとき、アランがかすかな音を出したので、苛立ちが警戒心を打ち負かした。「八年くらいまえに起きた失踪事件のことなんです。イースト・ジョーダンに住んでいたアラン・ロットナーという男性です。知りたいんです、その……遺体は見つかったのかということを」

保安官の目が〝遺体〟ということばに反応したような気がして、おれは顔をしかめないように気をつけた。「それで、きみとこの事件にどのような関係があるのかな、ミスタ・マッキャン？」

「アランの友人なんです。というか、友人でした。行方不明になるまでは」

保安官は、注意深い目つきで一分間、気まずくなるほどおれをじっと見つめ、それから立ち上がった。「ここで待っていなさい」彼は言った。この人にこの命令口調で言われて従わない者はそういないだろう。

「さっき〝遺体〟と言ったのはまずかったんじゃないか」アランが親切にも助言をくれた。

「アラン、頼むよ。保安官事務所でひとりごとを言っているところを見られるのは何としても避けたい」おれは釘を刺した。

保安官が戻ってきた。マニラ・フォルダーを持っている。軽く唸るような声を出して椅子に坐り、親指を舐めてから、ゆっくりと紙をめくり始めた。しばらくして目を上げておれを見た。「残念ながら、このファイルのどこにもきみの名前は見当たらないんだが、ミスタ・マッキャン」

「そのときは、供述とか、そういうことはしなかったんです」おれは苦し紛れに言った。

保安官はファイルを閉じてデスクに置き、椅子に深く腰掛け、両手を頭のうしろで組んでおれをじっと見つめた。鋭い目で観察されながら、おれはどうにか身じろぎしないように頑張った。「事件はまだ解決していない」彼は言った。

見るからにがっかりしたおれの様子に、保安官は興味を惹かれたようだ。

「この男性の失踪について何か知っていて、報告したいことがあるというのか？」保安官は直感で察したらしく、核心に迫った質問を投げかけてきた。

「報告したいというわけでは」おれははぐらかすように答えた。この状況でもっとも勇気ある行動といえるのは逃げることだ、と判断したおれは、立ち上がることにした。「お時間をとらせてすみませんでした」おれは謝った。

「ちょっと待ちなさい」保安官は感じよく微笑んでみせようとしたが、例の青い瞳の険しい目つきのせいで、睨みつけられるよりもかえって怖いほどだった。「コーヒーでもどうかな?」

「いえ、大丈夫です」

「ミスタ・マッキャン。ラディック・マッキャン、確か免許証にはそう書いてあったな」

「はい、そうです」

「これまでに法を犯したことはあるか、ラディック?」保安官は無理にさり気ない調子を装って訊いてきた。

おれは息を呑んだ。どうしてそんなことを訊くのだろう? 「ラディ」時間稼ぎをした。

「友だちにはラディと呼ばれてます」

「ラディ」彼の表情のどこにも、おれの友だちと思われるのをよろこびそうな気配はなかった。「私の質問に答えてくれ」

「いえ。ないです」おれは返事をした。

保安官がおれの嘘を咀嚼《そしゃく》するあいだ、おれたちはじっとしていた。彼がおれの答えを信じていないことは、その表情から明らかだった。壁の時計の秒針がやけにうるさい音を立てていた。

保安官はデスクの引き出しを開け、爪楊枝を一本取り出して口に入れた。最近タバコをやめて、代わりにその細い木の棒を口にくわえるようになったのだろう。「私に何の話をしようとしてここに来たのか、言ってみなさい、ラディ」保安官は言った。

おれはため息をついた。〝毒を食らわば皿まで〟だ……。「実は、アランがどこにいるか、わかったんです」

保安官は続きを待った。

「今日、森に行ったんです。それで……アランの場所がわかったんです。アランの遺体のある場所が」

「ほう」保安官とおれは、その部屋で丸一分間、じっと坐っていた――秒針の音をちょうど六十回聞いたから確かだ。それから保安官は続けていくつか質問をした――森で何をしていたのか、アラン・ロットナーとはどうやって知り合ったのか。ひとつ訊かれるたびに新しい嘘が生まれ、とうとう自分でも自分の言ったことのどこまでが本当でどこまでが嘘なのかわからなくなった。おれは立ち上がった。

「あのですね、おれはここへ、保安官のお役に立てるんじゃないかと思って来たんです。おれの話に興味があるのかないのか、どっちですか？　もう帰らないと」

「まあ坐れ」保安官は命令した。おれが坐ると彼は息を吐き、帽子に手を伸ばした。「よし、少し時間をくれ。何人か集めてくる。それから見に行こう」

その〝何人か〟は結局、車三台分になった。おれはティムズと保安官と同じ車に乗ることになったが、坐らされたのはまえの二人と金網で仕切られたうしろの座席だった。ティムズは何度もこちらを振り返って憎たらしそうに睨んできたが、おれが心配していたのは保安官のほうだった。彼の興味を惹いてしまった人間は、たいてい最後にはそのことを後悔するはめになるのではないだろうか。

「私がそこにいなかったらどうするんだ？　私の死体がなかったら」車が見覚えのある一車線の道路を飛ばして山小屋の焼け跡に向かうあいだ、アランが動揺して言った。どうやってアランをなだめたらいいのかわからなかった。どっちにしても、そのときはそんなことはどうでもよかった。

倒れたオークの木のそばに車を駐めるよう保安官に言うと、警察官たちが次々に車から降り、道具を手に作業を始めた。ティムズがスコップを、検死官が黒い袋を持ち、別の警察官が大きな道具箱とカメラ二台を肩にかけていた。全員でおれが案内する場所へと向かうまえに、保安官の指示でカメラの警察官が踏み分け道と森全体の写真を撮った。

「さあ、始まったぞ」アランが緊張で声を震わせた。

「保安官、ちょっとだけひとりであっちへ行かせてもらえますか？　用を足したいんで」おれは訊いた。

保安官は例の冷徹な眼差しで森を見渡し、うなずいた。

おれは一同から少し離れ、雪の上に新しい足跡をつけた。「いいか、ひとつ問題がある」おれは早口で言った。「もしあそこであんたの死体が見つかったら、どうやってその場所がわかったのか、どう説明すればいいんだ？」

「『ゴースト・ストーリー』っていう映画を見たか？　死体が見つかったら、幽霊はいなくなるんだ。そういう法則なんだよ」

「原作の小説ではそうならない」おれは答えた。

「そうか、でも原作は実話じゃないだろ」アランが答えた。

「それじゃあ、映画はちがうっていうのか？」おれはきつい口調で言った。「いいか、聞いてくれ。おれは森のなかを歩いていてあんたの死体を見つけた、そう保安官に話したんだ。それでいま、みんなで土を掘り返して死体を探してる。地面には雪が積もってるんだぞ！ どう説明すればいいんだ？」

「もしそうなっても、私が永久に消えてしまっても、事件の調査を続けると約束してくれ」アランはすがるように言った。「あのバービーと共犯者が殺人罪で刑務所に行くようにしてほしい」

「それは全部あんたの問題だろう」おれは言った。

「そうだ、そうだよ」アランは怒鳴った。頭蓋骨のなかに響きわたる大声におれは顔をしかめた。「警察が土を掘り返して私の死体を探しているんだ。私はいついなくなってもおかしくない」

「わかった、わかったよ。でも、そうなるのがいちばんいいんじゃないのか？ つまり、それで問題は全部解決するじゃないか――死体が見つかれば、あんたの魂は地上をさまようのをやめられる。こんなふうにミシガン北部をうろうろして、借金のかたに回収する車を探すこともなくなる。それがそんなに悪いことなのか？」

「そうだ！ 事件の真相を突き止めたい。もう一度キャシーに会いたい。ちくしょう、ラディ、私は死にたくないんだ！」
「何かあります！」ティムズが声をあげた。撮影係が写真を撮る。検死官が土の上に膝をつき、保安官に何か言う。ティムズが慎重に掘り進める。撮影係が箱を開けて何かの道具を取り出す。小さな絵筆のようなものが見える。

おれは保安官の視線を意識しながら忍び足で現場に近づいた。ティムズが見つけたものは、おれの目には人間ではなく、ただの泥の塊に見えた。検死官はたびたび道具を持ち替えては慎重な手つきでそれを調べている。「保安官」検死官は抑えた声で呼んだ。

保安官はおれを一瞬で凍りつかせるような視線を投げてから、地面を指差している検死官の隣にしゃがみ込んだ。

警察官たちが見たものがおれにも見えた——木が倒れたときに根がまわりの土ごと抜けたせいで黒い穴がぽっかり空いていて、そこにたまった泥水から手の指の骨が何本か突き出していた。アランは水のなかにいたのだ。

「スコップですくって取り出せ」保安官がティムズに命じた。「慎重にな」

やがてティムズが泥だらけの頭蓋骨を取り出したとき、おれは軽く吐き気を覚えて顔を背けた。何ヤードか離れた。

「私はまだここにいる。まだいる」アランが早口で言った。「あれがそうでも、あれが本当に私の死体でも、それでも私は消えないということか」

しばらくしてティムズは作業を終え、一同は穴のまわりに集まった。保安官が立ち上がり、おれのほうをまっすぐ見つめた。その表情からは何も読み取れなかった。ズボンの土を払い、こっちへ近づいてきておれの肩に手をおいた。「いまのところ、所定の手続きを終えるまでは、遺体がアラン・ロットナーのものだと断定はできないが、大きさから考えて成人男性であることはまちがいない」保安官はじっとおれを見つめ、何かを考えているようだった。

「よう、頭を撃たれてるぞ！」ティムズがそう言いながらこっちへやってきたが、上司の鋭い一瞥を受けて口をつぐんだ。

保安官とティムズとおれはしばらくそこに立っていた。それから、保安官は何かを決めたように言った。「ミスタ・マッキャン、いろいろわからないことがあるが、ひとつ確実なのは、きみが私に真実を告げなかったということだ。どんな関わりにせよ、きみは私に話した以上にこの事件に関わっている。すべてが明らかになるまでは、きみを監視下に置かなければならない。残念ながら、きみを殺人容疑で逮捕することになる」

ティムズ保安官助手は、嬉々とした様子を隠そうともせず、おれの手首に手錠をかけた。その瞬間、腕に痛みが走った。保安官の車に連れて行かれ、うしろの座席に乗せられるまでのあいだ、おれはアランが激怒して意味不明のことばを叫ぶのを無視し、黙秘権を行使することに集中した。

なんだってこんなバカなことをしてしまったんだ？

ティムズはハイウェイを走る車を運転しながらバックミラーに映るおれをじっと見ていた。

「だいぶまえのことだから、素直に本当のことを話せば不起訴になるかもしれないぜ」何マイルか走ってから、そう持ちかけてきた。巧妙な尋問テクニックを駆使しているつもりらしい。こちらを振り向いて、本心から言っているのだというような親しげな表情を向けてきたが、あまりにもわざとらしいので、痛みで顔をしかめているようにしか見えなかった。

「まえを見ろ」保安官が抑えた声で言った。

穏やかな叱責を受けて、ティムズは首から上をまっ赤にし、ミラーに映るおれを睨んできた。なぜか叱られたのをおれのせいにしたいらしい。おれはあからさまに無視してやった。

保安官は道中ほとんど無言で、頭のなかであれこれ考えをめぐらせているようだった。保安官はおれが前科者だと見破った。当然、そんな人間の話は信用できないから全部が怪しいということになる。だが、死体が埋まっている場所を知っていたこと以外に、おれに殺人の疑いがかかる理由はひとつもない。保安官は助手席からおれに目を向けた。固く閉じた唇から、おれの決意が見て取れたはずだ――この先、おれから真実を聞き出すことはできないかもしれないと悟っただろう。

留置場に着くと、保安官助手が数人待機していて、まるで係員の多すぎる駐車場のようだった。彼らは上司のまえでは職業人らしい真面目な態度を見せていたが、どことなく妙にテンションが高い感じから、今回のことでかなり興奮しているのがわかった。ティムズはさっきよりものびのびした様子で、おおっぴらに仲間に対してにやりと笑ってみせていた。

受入担当官から私物を預けるように指示されると、急に不安に襲われて汗が噴き出した。またあんな思いをするのはごめんんだ。「ストリックランド保安官？」

保安官は眉を上げた。

「預けた財布のなかに、テッド・ピーターセンという人の名刺が入ってます。おれの代わりにその人に電話してもらえませんか？　彼と話してもらえれば、この誤解は解けると思います」

保安官はおれの頼みを何段階かに分けて整理した。「私に、きみの財布のなかを探る許可を与えるというんだな？」

「はい、そうです」

「ピーターセンというのは？」

「いまは弁護士をしていますが、まえはおれの保護観察官でした」

「保護観察官か」保安官はおれをじっと見た。罪を犯して有罪になった者でないかぎり、保護観察官がつくことはない――保安官がそれを知っていることはもちろんよくわかっていた。

「きみに代わって弁護士を呼んでほしいと言うんだな」やがて彼は言った――呼んでやらないとは言わないが、保安官はふつうはそんなことはしないものだということをおれに知らせるために。

「ピーターセンと話をしてもらったほうがいいと思うんです。それでわかることがあると思うので」おれは、これから訊かれることがわかっている質問を待ち受けた。

「保護観察官か。何の罪で入っていたんだ、マッキャン？」

もう勝ち目はない、という気持ちでため息をついた。次に口を開いたときには、それにかなりの割合で自己嫌悪も混じっていた。「殺人です。人を殺した罪で刑務所に入っていました」

13　手に負えない

おれの口から出たことばは、丸一分間と思えるほどのあいだ空中を漂っていた。保安官は、例の険しい瞳の奥に驚きを隠していた。彼はうなずいた。おれが明かした情報は、ピーターセンに電話をかけるという頼みを引き受ける交換条件として充分だということだろう。

背後でティムズと同僚たちが目配せを交わしているのがわかった。もちろんアランは気も狂わんばかりになっていた。

「殺人だって！　きみは殺人を犯したのか？　きみは人殺しなのか？　誰かを殺したのか？」

アランが〝殺人〟〝殺す〟ということばをさまざまな形で使ってしゃべるあいだ、おれは少しも表情を変えずにいた。保安官は受入担当官に合図して手続きを続けさせた。数分後、空っぽの監房がいくつも並ぶ廊下を進み、出入り口からいちばん遠い房に入れられた。房内を見まわして身震いした。またこれか。

「おい、ラディ、どういうことなのか説明してくれないか？」アランがすがるように言った。

「どういうことかというと」おれは小声で冗談めかして言った。「おれはたったいま、イースト・ジョーダンのアラン・ロットナーを殺害した容疑で逮捕されたのさ」

「保護観察官というのは何の話だ？　殺人罪で牢屋に入っていた、というのはどういうことだ？」

「刑務所だよ」おれは言った。「牢屋といっても、ここは正確には留置場だが、おれがまえにいたのは刑務所だ。いいか、留置場と刑務所じゃ大ちがいだ」

「それはそうとしても、なぜなんだ？　何があったんだ？」

おれは深呼吸しようとしたがあまりうまくいかなかった。「アラン、悪いけど、そのことは何があっても話すつもりはない。わかったか？　そのことは話さないことにしてるんだ。誰にも」

「しかし――」

「だめだ、アラン。訊かないでくれ」おれは遮って言った。

それから長い沈黙があった。「ただ、前科があるのなら」ようやくアランが言った。「ちょっと厄介なことになるかもしれない。保安官がきみを見ていたあの目つきからして」

「ちょっと厄介なことになるかもしれない、だって？　おれの目のまえにある鉄格子が見えないのか？」

それでもおれは、保安官については心配していなかった――彼は自分の職務を全うするだけだ。だがティムズは別だ――あいつは大昔、裁判もなしで人を木にぶら下げて縛り首にしていた先祖の精神を受け継いでいるにちがいない。その手の男たちはムショにもいた。頭は弱くからだは強く、受刑者たちを管理するどころか、いっしょになってリンチに加わるようなやつらだ。ティムズに、こいつちょっとかわいがってやろうか、などと思われるような立場には絶対になりたくない。

まさに怖れていたことがそれから一時間もしないうちに起きた。

廊下の突き当たりのドアが開いたとき、立ち上がって誰がきたのかを覗いてみた。閉じ込められてあまりにも手持ち無沙汰だったので、退屈しのぎにどんな中断でも歓迎する気持ちになっていたのだ。ティムズの姿が目に入り、やつが何かを企んでいることが一瞬でわかった——水差しのような形の顔に、いたずらをしようとする少年のようなこずるい表情を浮かべている。ティムズのうしろに誰かついて来ていた。ティムズより小柄で、やつの陰に隠れるように立っている。

「勘弁してくれ」アランが小声で嘆いた。

うしろにいたのは女性だった。ティムズが彼女を連れて房に入るときの身内に対するような態度から、ティムズのガールフレンドらしいのがわかった——保安官助手は、殺人事件で逮捕した大きな獲物を恋人に見せびらかすつもりなのだ。

「何のつもりだ、ティムズ？」おれは低い声で訊いた。

彼女が近寄ってきたとき、おれは衝撃を受けて文字どおり息を呑んだ。

ケイティ・ロットナーだ。

記憶にあるよりももっと美人だった。彼女にじっと見つめられると、その大きくて青い瞳に引き寄せられる。その目にしょっちゅう茶色い前髪がかかりそうになり、それを払うようにするのが癖《くせ》になっているらしく、その仕草がかわいらしかった。

「気をつけろよ」ティムズが警告した。「あまり近くに寄るな」

アランは静かに嘆いていた、というかほとんど泣いていた――父親なら、たとえ会うのが八年ぶりでも、自分の娘だとわかるものなのだろう。おれは、ケイティにはすでに会っていたことをアランには言わないことにしたのを思い出して後悔した――そのことが裏目に出て、すぐにでも困ったことになる予感がした。

「あなたなの？　あなたが犯人なの？」ケイティは抑揚のない抑えた声で訊いた。ティムズが肩に手を置いて止めるのを無視し、ケイティは鉄格子を握って顔を寄せてきた。「あなたが父を殺したの？」

どう答えるのがいちばんいいか考え始めたとき、彼女はおれに向かって唾を吐きかけた。命中はしなかった。おれは驚いてうしろに跳びすさった。

「おいおい、キャシー」アランがうめいた。

「あなたなんか……最低」彼女は息を詰まらせた。

「さあケイティ、戻ろう。行くんだ」ティムズが彼女を引き寄せてなだめた。

廊下の突き当たりにあるドアが勢いよく開き、おれたち全員がそっちを向いた。ストリックランド保安官が立っていた。うしろから明かりに照らされているので顔の表情は見えない。

「何をしているんだ？」保安官はメガフォンを通して話しているかのような声で問いただした。保安官は、二人の男といっしょに廊下をこっちへやって来た。保安官の視線はまずおれに向けられた――収監者の身柄を確かめるのがいつも最優先だ――そしてティムズに、それからケイティへと移った。「ミス・ロットナー、ここで何をしているんですか？」最後に保安官は訊いた。その声には悲しそうな響きがあった。

「彼に無理を言って連れてきてもらったんです」ケイティはすぐに、ティムズを庇おうとするかのように彼の半歩まえに出ながら答えた。

「ミス・ロットナー。ケイティ」保安官は唇を引き結んだ。「ここにいてはいけない、こんなときに。わかっているはずだ」

ケイティは挑戦的な態度で腕組みした。保安官はティムズに視線を向けた。

「ティムズ」

ティムズは見るからに緊張した様子で、見ていて気の毒になるほどだった。ティムズは上司より背が高く体重も八十ポンドは重そうだが、おれの頭に浮かんだのはこれから主人にムチで打たれようとしている小犬だった。

「規則を破っていることはよくわかっているな。一般人をここへ連れてくることは規則ではっきりと禁止されているし、常識で考えても不適切だ。それくらいの頭はあると思っていたんだが。何か言い分は？」

ティムズは呆然とした様子で首を振った。

「いまから七十二時間の謹慎処分とする。ミス・ロットナーを上まで送って行きなさい。担当官に、いますぐシフトを外れることになったと言え。わかったな？」

ティムズは震えながらうなずいた。ケイティは下唇を噛んで何か言い出しそうだったが、保安官が手を挙げて制した。「すまないが、ミス・ロットナー。ティムズ、きみにもうひとつ言っておきたいことがある。何度も言っているように、そのバッジをつけているからといって、規則を破っていいということにはならない。むしろ、バッジをつけた人間は、誰よりも規則を守らなければならないのだ。長年この仕事をしてきて、これほどバカなことをする者は見たことがない。もう少しで、委員会にきみを除名するよう要請するところだ。組織の規則に従わない人間を署に置いておくわけにいかない。そういうことだ、わかるか？」

ティムズは返事を絞り出したが、その声はまるでセメントの上を引きずりまわされたような音だった。「はい、わかりました」

「よし。早く行け。ケイティ、ティムズ保安官助手といっしょに出てくれ。ここは一般の人は立ち入り禁止だ」保安官は廊下を指差した。なるほど、保安官は状況に応じて効果的にケイティの呼び名を使い分けているらしい。

ティムズとケイティが留置場を出て行くとき、さっきの保安官助手二人が互いに顔を見合わせた。さすが保安官だ――不当な扱いを受けたおれに対する埋め合わせという意味も込めて、ティムズをあえておれのまえで叱りつけたのだろう。おれは屈辱を晴らされた気持ちになった。保安官と目が合い、おれはうなずいた。

保安官は、保安官助手のひとりに合図をして呼び寄せた。保安官助手がカードキーをスロットに入れて番号を打ち込むと、監房のドアが開いた。「さあ」保安官はおれの頭から爪先まで視線を走らせた。「殺害当時、きみはジャクソン州刑務所にいたとなぜ言わなかったんだ?」

その質問への答えは用意してあった。それまでの一時間、そのことを考えていたのだ。

「殺害が起きた日時を教えてもらっていません」

もう少し明るければ、そのとき保安官の目に、おれの答えを面白がっているようなきらめきがよぎったのが見えたのかもしれない。「なるほど。まあ、上に来なさい、ラディ。勾留を解く手続きをしよう。手続きが済むのを待つあいだ、よければアラン・ロットナーの遺体が森のなかのあの場所に埋められていることを知ったいきさつを話してもらえないか。きみがあそこに埋めることができたはずはないのがわかったわけだから」

「保安官」おれはため息をついた。「きっと信じてくれないと思いますよ」

どうやらおれは、保安官の親しみを込めた話しぶりを読みちがえて調子に乗りすぎたらしい。保安官の表情が硬くなった。「遺体が森のなかのあの場所に埋められていることを知ったいきさつを話しなさい」保安官は繰り返した。

なんとも愉快な展開だ。

廊下を歩いて角を曲がったところで、ケイティ・ロットナーが椅子から飛び上がった。ティムズ保安官助手の謹慎処分を解いてくれと直訴しようとそこで待っていたようだ。手錠を外された保安官の隣を歩いているおれを見て、彼女は大きく目を見開いた。

「どういうこと……彼は……」

「ケイティ、いいから行きなさい。われわれは仕事をしているんだ」保安官は優しく彼女を促し、彼女がまた唾を吐きかけようとした場合に備え、あいだに立っておれが彼女の視界に入らないようにした。ケイティは動かなかった。保安官は慎重に状況を判断して結論を下したようだ。「なあ、ドワイトからどう聞いているのかは知らないが、彼がきみのお父さんに何かできたはずはないんだよ。彼は犯人ではないんだ、ケイティ。具体的にどういうことがあったのかもまだよくわかっていない」

「何かできたはずはない、というと？」

「きみのお父さんが行方不明になったとき、彼は刑務所にいたんだよ、ケイティ。このあいだ保護観察期間を終えたばかりだ」

「殺人罪で入っていたんでしょ？」ケイティは言い返した。

「それはまあ、そうだ。正確に言うと自動車事故致死罪だが」保安官がおれを睨んだが、平気だった。おれに言わせれば、どんな形であれ人を死なせた以上、殺人は殺人だ。「だが、彼は刑期をつとめ上げたんだよ、ケイティ。われわれに彼をここにとどめておく権利はない」

ケイティが疑うような目でおれのほうを見た。「じゃあどうやって、どうやって彼は――

――」

おれは、まるで自分がここにいないかのように話題にされているのが不愉快だった。「森のなかを歩いていて」おれは言った。「そしたら……」おれは肩をすくめた。「たまたま泥水のなかに死体が沈んでいるのを見つけて、それが八年まえから行方不明になっている人間のものだとわかったんだよな」頭のなかでアランが続きを言った。

ケイティは大きく見開いた目でおれを見つめていた。留置場の監房でのことを考えているのがわかった。「どうしよう」彼女は囁き声で言った。「私ったら、あんな……」

「いいよ、あのことは忘れて」おれは気まずくなって言った。「よくあることさ」

ケイティは首をかしげた。人に唾を吐きかけられるのがよくあることだなんて、いったいどんな人生を送っているのか、と考えているのだろう。ひょっとして議員とか？　こんな状況にもかかわらず、ケイティとおれは微笑み合った。

保安官の顔に、好ましくないと思っているような表情がよぎった。「ミス・ロットナー、お引き取りください」保安官は彼女に言った。声は変わらず優しかったが、そこには〝立ち去れ〟のひとことで暴動のひとつも鎮圧できそうな断固とした響きがあった。ケイティはうなずいて言われたとおりにした。

ケイティが出て行くと、彼女に会えた嬉しさはすっかりしぼんでしまい、留置場で過ごす時間が一日に我慢できる限界まで達した気がした。保安官は期待するような視線を向けてきた。彼にこんな目で見られて無視できる人はほとんどいないだろう。だが、さっき自分の口から、おれをここにとどめておく理由はないと言っていたではないか。「保安官、もう帰らないと。カルカスカで仕事があるので」

保安官は首を振った。「それはあとまわしにしてもらおう、ミスタ・マッキャン」

「逮捕しないかぎり勾留はできないはずだ」アランが言った。不動産屋は死んでも不動産屋で、法律のことならまかせとけ、というわけか。

「行かなくちゃならないんです、保安官」誠意を込めて、それでいて譲るものかという目つきで相手を見据え、おれは繰り返した。

すぐに、保安官は唸るような声を出して折れてくれた。「ほら、言っただろう！」アランが勝ち誇ったように言った。保安官とおれは翌日会う約束をした。トラックをバックさせて駐車場を出るとき、保安官は片手を挙げて別れの挨拶をしてくれた。なんだか保安官に気に入られたような、妙な気分になった。

車を走らせてから少しのあいだ、アランもおれも無言で、その日の出来事を思い返していた。バックミラーからシャールヴォイの景色が見えなくなってしばらく経ったころ、おれは咳払いをした。「あのな、アラン。悪かったと思ってる。娘さんのことだよ。ちょっとびっくりしただろうな」

「ちょっとびっくりしただろう、か」アランはオウム返しに言った。「最後に会ったのは娘が十六歳のときだった。それがいまではすっかり大人の女だ。それを『ちょっとびっくり』だと？」

「急に何だ、その態度は」

「態度？　私の娘と知り合いだといつ私に言うつもりだったんだ？」アランは訊いた。

「ああ、そのことか」

「ああ、そのことだ」

「いや、それは……」おれはため息をついた。「ケイティとは一週間くらいまえに初めて会ったんだ」

アランは完全に黙り込み、その沈黙にはたっぷり非難が込められているように感じられた。おれは空白を埋めるように急いで言い足した。「でも、名字がロットナーだと知ったのは昨日になってからなんだ。あんたが眠ってるときに彼女に電話をかけたら留守番電話につながって。こんな状況でどうすればいいかなんて、ちょっと判断に困るだろ？」

アランは黙ったままだった。

「つまりだな、もしかするとおれは、完全に頭がおかしくなって、壁に詰め物が入ったどこかの部屋にいて、この一部始終はおれの妄想なのかもしれない。そうでなければ本当に、頭のなかの声に従って、殺されたその人の遺体を警察が掘り出す手伝いをしたのか。こんな状況なんだから、ちょっとぐらいデリカシーのないことをしたって許されてもいいんじゃないか？」

しばらくしてアランは抑えた声で言った。「最後に会ったとき、娘はほんの子どもだった。本当に、きれいな子だった」

「いまでもきれいだよ」おれは口をはさんだ。

「そうだ、そうだよな？　ラディ、今日娘に会ったことは、人生でいちばんつらい出来事だった。だからといって、会わなければよかったとは断じて思わない」

一頭のシカが視界に入り、ブレーキを踏んだ。一見用心深く道端に立って警戒しているように見えるが、シカという動物は考えなしに飛び跳ねて車道を横切ることもよくあるのだ。経験上よくわかっている。徐行して通り過ぎると、シカは森のなかへ走り去った。

「ああするのが正しかったんだろうか」アランが言った。

なぜか一瞬、シカのまえで徐行したことを言っているのかと思った。

「今日になるまでは、何もかも……静かだった。ところが私の死体が見つかった。保安官は疑ってる。私たちにはバービーが犯人のひとりだということがわかっている。そこへケイティも現われて……なんだか手に負えなくなってきた」

「手に負えない、だって？　あんたは撃たれたんだぞ、忘れたのか？　手に負えていたことが一度でもあったのか？」ワイパーのスイッチを入れた。少しまえからみぞれが降り出し、フロントガラスに薄く水滴がかかり始めていた。「少しぐらい混乱が起きたほうがいいんじゃないか？　少し揺さぶってみて、どうなるか見てみるんだ」

アランは少し考え、そして不安そうな声で言った。「ただ、嫌な予感がするんだ。いまにいろいろなことが立て続けに起きるんじゃないだろうか。しかもどんなことが起きるのか、私たちには見当もつかない」

というわけで、カルカスカへと帰る道中、アランもおれも心配ごとを抱えることになった。

14　そして彼女がそこにいた

トラックを駐めたとき、アランは眠っていた。〈ブラック・ベア〉の店内に足を踏み入れたおれは、顔をしかめてはたと立ち止まった——こんなことを許可した覚えはない。カーミットがクマのボブの近くにあるテーブルの客にビールを出していた。ベッキーは背を向けて立ち、レジのそばにある何かの上にかがみ込んでいる。

おれに気づいたカーミットは目を大きく見開いた。「やあ、ラディ」鳴き声で仲間に警戒を呼びかけるプレーリードッグのように、ベッキーのほうに向かって声をあげた。「ちょっと、なんだかぼんやりしてたんだ」おれに、言いわけをするように言った。

「そのようだな」

ベッキーは、クレジットカード番号の決済をする小型の機械をいじっていた。「へえ、これがカーミットの一攫千金プランか？」おれはいかにも気に入らないという口調で訊いた。

ベッキーは固く口を閉じていた。子どものころから、意地になっているときは決まってそうする。顔を上げておれの顔を見ようとはしなかった。不本意にも好奇心をそそられたおれは、カウンターに入って様子をうかがった。ベッキーは、パソコンからプリントアウトした紙を見ながらクレジットカード番号と金額を機械に打ち込んでいた。どの金額も三百ドル以下だ。「まったく」ベッキーはそうつぶやきながら、一覧のなかの一行に〝不可〟と書き込んだ。ページ全体のうち四分の一近くに〝不可〟と書き込まれているのが見えた。

「霊能者なのに、どうして限度額を超えてるクレジットカード番号を送ってくるんだろう？霊能者ならわかるはずじゃないか？」おれはさも本当に不思議に思っているような口調で訊いた。

「同じ冗談を何度聞かせるつもり？」

「ベッキー、とにかくおれはそのやり方がどうしても嫌なんだ」

「そうなの？」ベッキーの目には怒りの光が差していた。「そんなのおかしいわ、ラディ。今日の売上はもう一万ドルになったのよ。つまり、二時間分働いただけで千ドル以上稼いだってことなの。それで何か問題があるって言うの？」

「あるよ。だって、小さな機械に番号を打ち込むだけで本当に一時間五百ドル以上稼げるんだったら、誰だってやると思わないか？」

「そのことならカーミットが教えてくれたわ」

「それにしても、カーミットはこれで何の得になるんだ？　自分がカネの魔法使いだってことをおれたちにアピールできたとして、それだけじゃないか」

ベッキーはおれの顔を見なかった。

「ベッキー、カーミットにカネを払ってるんじゃないよな？」

「手数料を払ってるわ」ベッキーはきっぱりと答えた。

「どのくらいだ？」おれはさらに訊いた。

「三分の一」

「三分の一だと？」おれは信じられないというように繰り返した。「手数料にしては多すぎる。ドラッグの売人だってそんなには取らないぞ！」

「兄さんの取り分も三分の一よ。どこに文句があるのかわからないわ」ベッキーは苦々しげに言い返してきた。

そう言われて考えてみた。これまでずっと、おれが用心棒としての給料をもらう代わりに〈ブラック・ベア〉で利益が出たときに二人で山分けするという取り決めで、それでうまくいっていた。だが、今回おれが受け取るのは筋がちがうだろう。おれは首を振って「おれはいらない」と言った。兄さんなんか大嫌い、という気持ちになったのか、ベッキーの目から表情が消えていったので、おれはカウンターの方を指す身振りをした。「その分を店の改装《インプルーヴメント》に使えよ」おれはつぶやくように言った。「カーミットなら即興《インプロヴィゼーション》って言うかもしれないけどな」

すると、ベッキーはいつものように反射的に手で顔を隠すこともせずに、屈託のない満面の笑みで顔を輝かせた。おれは思わず愛しさがこみあげてたまらない気持ちになり、文字どおり息が止まりそうになった。これでベッキーを幸せにできるのなら、何の問題があるというのか？

カーミットがカウンターを回り込んでくるとベッキーの笑顔はますます輝きを増し、あれよあれよという間《ま》に二人はなんと抱き合い、唇を近づけてキスしようとするではないか。思わずまじまじと見ていた自分にはっとし、ショックを受けた表情を見られないようにあわてて二人に背を向けた。

一時間後にふらりとジミーがやって来て、二人で少しビリヤードをした。二人とも決してビリヤードが得意というわけではないし、そもそも好きでもないと思うが、ここ数年でかれこれ一万回は二人でプレイしただろう。アランが目覚めたのがわかったが、黙っていたい気分のようだった。

「そういえば、昨夜は何をしてたの？」ジミーは軽やかな身のこなしでキューボールを突きながら訊いた。四番ボールに軽く当たっただけだった。ジミーは残念そうに首を振った。

「どういう意味だ？」おれはボールを整列させて突いた。ボールは台の上で四方に広がったが、ポケットにはひとつも入らなかった。

「ジョギングか何かしてるのを見たよ」ジミーは答えた。「四マイルくらい離れてたかな。クラクションを鳴らしたんだけど、反応はなくて走り続けてた。ダイエットでもしようとしてるの？」

「いったい何の話だ？」おれはムッとして訊いた。「ダイエットしたほうがいいって言いたいのか？」

「いや、その……ただ何をしてたのかなと思って。それだけ」

「いや、それはおれじゃないよ」

　ジミーは華麗なバンクショットを決めたが、ボールにはただのひとつも当たらなかった。こんな芸当はしようと思ってもなかなかできるものではない。

「きみたちはビリヤードをやったことがないのか？」アランが不思議そうに言った。

「ジムで腕立て伏せとウエイトリフティングならやってるよ」おれは強気に言った。たしか一月だったか一度、みっちりワークアウトをやった日があったはずだ。

「かなり重いのもできるんだろうね」ジミーが本気で感心しているような顔でおれを持ち上げるようなことを言ったので、恥ずかしくなった。

「いや、おれは……その、なんだ。まあいいや」

「不渡りになった小切手の出所が銀行の頭取の奥さんだったことを話して、ジミーが彼女の名前を知ってるかどうか確かめたらいいじゃないか」アランが言った。

　余計なことを指図された気がして癪にさわった。「例の小切手のことで少しわかったことがあるんだが、まだ話せない」おれはもったいぶってジミーに言った。

「わかった」

　ジミーのことはよくわかっている。どうやら考えごとをしているようだ。ジミーは何か言いたいことがあるときはたいてい黙り込んでしまうのだ。「で、最近調子はどうなんだ？」おれにはそのつもりがなかったのに、八番ボールをポケットに入れてゲームを終わらせてしまった。なんだか肩の荷が下りたように、二人してキューを片づけた。

「あの小切手も不渡りになったんだろうな。ほら、ホテルで換金したやつ」

「まあな。でも、そうなることは予想してただろ、ジミー?」

「実は、クビになったんだ」

「クビになった?」弟分を守ってやりたいという気持ちが高じて怒りがこみあげた。「小切手が不渡りになったことでか? 給料から天引きしてくれていいと言わなかったのか?」

ジミーはまだキューをいじってきちんと並べようとしている。

「ジミー?」

「その、またお客さんとエッチしちゃったんだよね。いや、彼女のほうから誘ってきたんだよ。でもホテルのほうでは、それはまずかったと思ってるらしくて。それで、不渡り小切手のことで解除するって」

「解雇する、だな」おれとアランが同時に言った。

「そう、それだ」ジミーはおれと目を合わせた。「本当にがっかりだよ、ラディ。彼女としないわけにはいかなくなっちゃって」

「しないわけにはいかないって、いったいどんな状況なんだ?」アランが言った。おれにもわからなかった。しょせん、ジミー・グロウみたいなルックスじゃない男にはわからないことだ。

「おい待てよ、ジミー、ホテルには住み込みだったよな」ふと思い当たって言った。「追い出されるのか?」

ジミーはうなずいた。「明日」

「やれやれ」おれはため息をついた。「わかった、住むところが見つかるまで、うちの上にいていいぞ。上のミニキッチンには何もないけど、おれのところを使えばいい」

ジミーは驚きと感謝にあふれた目でおれを見た。おれはベッキーに対してと同様、喉が詰まるような気持ちになった。どうやらレポ・マッドネスのせいで軟弱になったようだ。あくまで男らしくいこうと、おれはジミーの腕にパンチした。「よし、こうしよう、ジミー」おれは言った。「おれの質問に答えてくれたら、今夜は飲み代もおごってやるよ」

ジミーは眉間にしわを寄せた。「いやあ、ラディ、ぼくそういうのは全然ダメだって」

「いやいや」おれは首を振った。「ただ……カーミット・クレイマーのこと、おまえどう思う？　ただし、ことばをよく知ってるよね、という答えなら、この場でおまえを抱え上げて通りに放り出してやるからな」

まさにその答えを用意していたらしく、ジミーはおれの手荒な検閲の予告を聞いて黙り込んでしまった。何か言おうとしては口を閉じた。「ええと……」ジミーは咳払いをし、さも喉が渇いたようにビールを一口飲み、それから顔じゅうにしわを寄せて集中して考えた。

「ベッキーは彼のことが好きだよね」ようやくジミーが言った。「すごく」

「どうしてわかるんだ？」おれは噛みついた。

ジミーは返事の代わりに無表情でおれを見つめた。

「訊く必要があるのか？」アランが訊いた。

アランの言うとおりだ——ジミーはきっと、おれがドッグフードの缶を開けるとジェイクが気づくのと同じように、女の興味がどこに向いているかを察知できるようだ。

「カーミットがそばにいるとき、ベッキーはよく笑うよね」ジミーは、おれのようなジミー語の素人でも理解できるようにことばを選びながら言った。「ぼくの見た感じでは……カーミットのほうもベッキーのことがすごく好きみたいだ」

「ウソだろ」おれは唸るように言った。急に顔が熱くなった。「あいつはただ、自分の代わりにクレジットカード番号を打ち込んでくれる人が見つかってうれしいだけだろ」

「何の話？」

「気にするな。ビールを取って来るよ」

「何が不満なんだ？」アランが訊いた。「妹さんが修道女か何かになるとでも思っていたのか？」

「寝てろよ、アラン」

「なぜまわりの人にそんな態度を取るんだ？」

「あのな、とにかくもう、あんたの説教はたくさんなんだ。別の人間でいてもいいし、おれの意識のなかにいてもいいが、一度にどっちもはダメだ」

席に戻ると、クロードが疲れ果てた表情でテーブルに着こうとしていた。おれは自分の分のビールをクロードに差し出して坐った。

「まいった、最悪の状況だ」クロードは嘆いた。

「どうしたんだ？」

「ウィルマだよ。電話をかけてるんだが、おれの声だとわかると何も言わずに切っちまうんだ」

「そうか。だけど、何を期待してたんだ、クロード？　ウィルマに病気をうつしたんだろ」

「うつしてない！」クロードはうわずった声をあげた。

おれはにやりとして、自分のビールを取りに行こうと立ち上がった。ベッキーは相変わらず番号を打ち込んでいた。

悪くない夜だった。八時ごろに男数人のグループが疲れた足どりで入ってきた。一同の雰囲気と泥だらけの服装から、野球をしてきたらしいのがわかった。あと二週間ほどでシーズンが始まるから腕ならしをしていたのだろう。ほとんどが知り合いなので挨拶をしにいったが、気まずい思いをさせているのがわかったので長居はしなかった。時々、地元のスポーツ選手がおれのことをどう思っているのかを忘れてしまうことがある。

結局ジャネルは来なかった。おれからすると意外でもなかったが、クロードがずっとジャネルを待っているのはわかっていた。ドアが開くたびに期待するような表情でそっちに目を向けてはがっかりしていた。やがて、テーブルにカネを放って出ていった。

クロードのうしろで閉まったドアがすぐにまた開いた。そしてそこに彼女がいた。ケイティ・ロットナーが。

15　まさか！　こんなはずじゃなかった

ケイティは、おれに気づくとためらう様子もなくフロアに足を踏み入れ、まっすぐこっちへ向かってきた。そして、これから仕事の打ち合わせでも始めるかのように手を差し出してきた。おれはどうしたらいいかわからず、少しうなだれてその手を取った。ふとアランが起きているかどうか気になって確かめたが、ちゃんと起きていた。だからどうだっていうんだ？　別に悪いことをしているわけじゃない、と自分に言い聞かせた。

「保安官にあなたの職場を聞いたの。私、どうしても……あなたにカードを送りたくて。だって、その……」彼女はおれの方に手を向け、身振りで示した。

「そんなことしなくてもいいのに。あれは誤解だったんだから」

彼女は髪のあいだに指を入れ、フォークにスパゲティを巻き取るようにくるりと動かした。そうすると、茶色の髪に入れた赤いハイライトが輝きを放ち、思わずおれは目が離せなくなってじっと見つめていた。「子どものころも、いまと同じように髪を触っていたな」アランがつぶやき、おれは夢の世界から引きずり出された。「何か心配なことがあるときの仕草だ」

「あの……ごめんなさい」彼女は言った。

おれたちはお互いに見つめ合った。バカみたいだとわかっていても、おれはにやけずにはいられなかった。「それで」おれの口から、やっとことばが出た。「こういうときに使えるのって、どんなカード？」

彼女の口角が上がり、柔らかい笑顔に変わった。「何かちょうどいいのがあるはずよ」

「〝唾を吐いてごめんなさい、もうしないから〟とか？」

「おい、よせよ」アランには不評だったが、ケイティは笑ってくれた。

彼女をテーブルに案内し、いっしょに坐った。ベッキーがやってきて、歓迎はしないけど興味津々よ、とでもいうように両眉をつり上げた。妹はおれの心を読むのが得意だ。二人の女性をそれぞれに紹介する。ケイティに興味を持って何が悪い？　たいしたことじゃないだろ――でも、どうしたことか、顔が赤くなるのを感じた。

そこへジミーがやって来て、おれは思わず緊張してしまった。スーパーモデルのような体型と比べられたら、自分がひどく劣っているような気がしたからだ。だが、ケイティは彼に気さくに接するだけで、それ以上は何とも思っていないようだった。ベッキーが飲み物を二つ運んでくると、ジミーはカウンターへ戻り、ケイティと二人だけになった。デートみたいだ。

彼女の父親もいっしょだが。

「それじゃ、あなたはここで用心棒をしているのね？」

「というより、ビジネス・マネージャーってところかな」おれは自分を昇進させた。「妹が所有者で、おれが経営者だ」ベッキーに聞こえていないことを確かめようと、カウンターにちらりと目を向けた。

「私だって、すぐそばできみが娘を惑わせるのなんか聞きたくはないんだ」アランが、まるでどこかその辺に坐ってでもいるかのような感じで文句を言った。

おれは〈ブラック・ベア〉という店名のいきさつを話してから、咳払いをした。「実はおれ、ここにはそんなにいないんだ。おれの本業は、担保の回収だから」

ケイティは、何のことか考えているようだ。

「ほら、ラディ」アランが突っつく。

「おれ、レポマンなんだ」はっきり言った。どうだ、これで満足か？

「え？　うそでしょ！　撃たれたことある？」

「命に関わるようなところは撃たれてないけど」彼女は目を丸くした。「いや、冗談だよ。目のまえに銃を突きつけられるようなことは何度かあったけど、相手も本当に撃つつもりはないんだ」おれはアインシュタイン・クロフトのことを思い出した。「ああ、一度だけちがったけど」

「私だったら、そんなこと絶対にできないわ」彼女は首を振った。まちがいなく、何かとてつもなくかっこいいことを想像している。現実は、埃まみれになって車の下に潜り込み、使い古されたバンパーにレッカーのフックを取りつけているだけだというのに。

おれは、どうしてこの仕事をすることになったのか、彼女に話した――ミルトンが、体格のいい元フットボール選手なら相手が怖がって回収に応じるだろうと考え、おれを雇ったのだ。もちろん、体重二十ポンドのガチョウに嚙みつかれた話は省略した。

「会話のテーマは、ラディ・マッキャンによる〝おれのすべて〟だな」アランが皮肉めかして言った。

「で、きみのほうは？」おれは自然な感じで訊いた。

「え？　私？」彼女は軽く流した。

おれは深呼吸してから、ずっと恐れていた話題を切り出した。「あの、保安官助手のティムズときみは、二人は……」

おれの切なる願いをよそに、彼女はうなずいた。また、指ですくった髪をくるりと回そうとしている。「私たち、結婚する予定なの」

「なんだって？」アランが大声を上げた。

「ああ、そうなのか、おめでとう。それは、その、よかったね」

彼女は無表情な目でおれを見つめた。「ありがとう。まだみんなには言ってないんだけどね。まだ正式にはプロポーズされてないの。二人で結婚のことを話し合っただけで」

「そうか」

「マーゲットのことを訊いてくれ」アランが指示してきた。

今度アランと二人きりになったら、彼が話しかけてもいいタイミングについて、真面目に話し合うことにしよう。ケイティに家族のことを訊いてみると、母親は再婚し、いまもイースト・ジョーダン近郊に住んでいるとのことだった。「実はね、私、母のところに住んでいるの」ケイティは決まり悪そうに顔を赤くし、こう言った。「といっても、裏庭にあるトレーラーだけど。キッチンとか何でもそろっている旅行用のトレーラーってわかる？　一時的に、その、ドワイトと私のことが決まるまでってことで」

「長くかからないといいね」おれは誠意を込めて言った。もしかして立ち入ったことを訊いてしまったかと思ったが、彼女は探るような目でおれをまっすぐに見つめていた。

「私たち、まえにも会ったことあるかしら？」彼女がそっと囁いた。

「そうだな。イースト・ジョーダンのダウンタウンで、絶体絶命のピンチからきみを救い出したことがあるよ。おれのスーパーパワーを駆使してエンジンを動かしたんだ。覚えてない？」

「いえ、そのことじゃなくて……」彼女が首を振ると、髪がきらめいた。それだけで世界が変わった——彼女のカールした髪が肩で軽くはねるのを見ただけで。まるで心臓が高い壁を上り、反対側へ一気に落ちるような感覚だった。彼女のことはほとんど知らない。それなのに、おれはケイティ・ロットナーに恋をしてしまったのだ。

「あなたとはまえから友だちだったっていう感じがするの。なんとなく、そんな気がして」

「もしかして、きみ、カルカスカ高校フットボールチームと何か関係ある？」おれは訊いた。

「ないわ！」彼女はびっくりしたように笑って答えた。

「政府の要人とは？ 社交界の上流階級とは？ 国際的に認められた文化活動には？」

アランが耳の奥で舌打ちした。

「いいえ、関係ないわ。あ、待って。イースト・ジョーダンの花火大会は文化活動といえるかしら？」彼女は訊いた。

「そのあとレッカー車が来た？」

「えっ？」

「じゃ、ちがうな」

「彼女がきみを知っているような気がするのは、きみのなかに私がいるのを感じ取っているからだよ」アランがたしなめた。

それはちがう、と思うことにした。だって、そんなのはごめんだ。

「ひょっとしたら前世で」おれは言った。「おれたち、いっしょにレポマンをやってたのかもな」

彼女がまた笑った。「でも、そういうの信じる？ 前世でやったことが現世に関わってくるっていう、いわゆる生まれ変わりみたいなこと」

「ああ、いまは信じてる」おれは答えた。

「私もよ。信じてるわ」彼女が言った。まるで秘密を共有しているみたいに、おれたちはお互いの目を見つめた。

それから一時間ぐらいして、彼女がそろそろ帰らなければと言うので、おれは家まで送ると言った。「まあ、ありがとう。でもそうしたら、私の車をここに置いていくことになるから」彼女は断わろうとした。

「いや、その必要はない。行こう、すぐにわかるから」

おれはレッカー車でケイティ・ロットナーを家まで送った。うしろには彼女のフォードをつないで引っ張っている。彼女にはその様子が面白いらしく、ずっと笑っていた。「こんなことしたの、初めてだわ」

おれは見せびらかしたくなってレポ・スイッチを入れ、トラックの内側と外側の明かりがぜんぶ消えたらどうなるか、実際にやって見せた。で、しばらくは不気味な暗闇に包まれ、ミシガンハイウェイ六六号線を北へ向かうことになった。でも、アランがパニックを起こさないうちに、スイッチを戻した。

「ここよ」スピードを落とし、長いカーブを走っている途中でケイティが言った。ヘッドライトが、パトリシア湖の険しい湖岸のひと区画を照らし出している。その裏庭には、明かりの点いた旅行用のトレーラーがはっきりと見えた。

ドライヴウェイに停め、彼女の車をレッカー車のフックから外すと、おれたちは少し気まずさを感じながらひんやりした空気のなかで立っていた。一瞬、彼女を抱きしめて熱いキスをする場面を妄想したが、実際には彼女が「それじゃ……」と言っておれの頬に唇をそっと触れても、おれはただにやけて突っ立っているだけだった。

彼女が母屋に入るのを見届けていると、窓辺に立っているひとりの女性に気づいた。とうもろこしのような髪はケイティとはまるでちがうが、美しい顔立ちはよく似ている。おれが運転席に戻ってギアをバックに入れるときも、彼女は無表情な顔つきでおれの方をじっと見ていた。

マーゲットだ。

帰り道のほとんどは、アランが凍りついたように沈黙してくれたので、おれも黙ってその静けさを楽しんでいた。

「おい、何も言わないつもりか？」とうとう、彼が責めるように言い出した。

「ああ」

「長い帰り道にずっと黙っているのが、どんなにつらいことかわかるか？」

「知るか。あんただってわからないだろ。ずっとしゃべりっぱなしだったくせに」

「彼女は私の娘なんだ！」

「もう大人の女性じゃないか」おれはアランに言い聞かせた。「それに、彼女の話を聞いてなかったのか？ 三百ポンドの保安官助手と婚約してるんだからな」

彼は唸った。「そうは言ってなかったぞ。話し合ったと言っただけだ。まだ何も決まってはいない」

おれがどれほど喜んでアランに賛成しているかは、言わないことにした。

ジェイクと散歩に出ていたら、暖かいそよ風らしきものを顔に感じた。まるで春が試運転をしているようだ。ジェイクはそよ風を呑み込もうとするように鼻を上げた。今日にかぎって、ジェイクは散歩の最後の一歩まで、おれを引っ張って家に戻ろうとはしなかった。「それでいいんだ、ジェイキー」ジェイクに言ってやった。「また夏が来る、必ずな」

ジェイクはおれの言っていることがわかったようにからだを揺らした。ジェイクが青々とした芝生を駆け抜けていくところを想像した。かなり短い距離なら、いまでもダッシュできる。「よし、いい子だ」ジェイクはまたからだを揺らした。おれは身をかがめてジェイクの目を見つめた。「なあ」優しく声をかける。「おまえにはいつまでも長生きしてもらいたいんだ。わかるか？　おれにはおまえが必要なんだ。だって、おまえはおれの犬だからな」

「わからないな。どうして犬には優しいのに、人間には同じようにできないんだ？」

おれはため息をついた。「アラン、ちょっと静かにしててくれないか。そんなこと、わかってる。おれは完璧な人間じゃないんだ」

アランは返事をしなかった。

おれは携帯電話にケーブルを差し込んで充電し、完了するまでしばらく待った。ケイティとおれが楽しくおしゃべりすることになるなんて、誰が想像しただろうか。

翌朝、うきうきした気分を抑えきれずに目が覚めた。そのうえ、物事も良いほうに向かってきた。ミルトンが有力な情報をくれたのだ。スキップがひとり、地元に戻ってきたらしい。「スキップってのは、銀行には居場所がわからないやつのことだ」カーミットに教えてやった。彼は叔父さんに言われて同乗していた。おれは口笛でも吹きたいような気分だった――

スキップから回収すれば報酬は二倍だ。もしそいつの車を押さえれば五百ドルは手に入る。これでミルトンに借りている金額の三分の二が消えるのだ。

泥だらけの轍がドライヴウェイから小高い丘の上まで長く続いていて、その先にはみすぼらしい山小屋が見えた。その山小屋のすぐ隣にこちら向きで駐まっているのが、捜していたトヨタの緑のトラックだ。ドライヴウェイを出てすぐの道路の反対側は、川につながる険しい土手になっている。川は暗くて深そうだ。こういう場所は嫌だ。ドライヴウェイから出てきてうまく道路に入るには、スピードを落とさなければならないからだ。車を持ち去るときは、ライフルの射程圏から出るまではアクセルを踏みつづけていたいのに。

両手を見ると、震えていなかった。心臓の鼓動もいつもどおりだ。腹だって痛くない。レポ・マッドネスなんか、くそくらえだ！

おれはフォルダーからトヨタのキーを抜き取り、山小屋を見張りながら、泥土のドライヴウェイを歩いて上りはじめた。目当てのトラックまで四十フィートもあるところで、やつがテーブルについてコーヒーを飲んでいるのが見えた。やつは大きく目を見張った。

「おれたち、見られたぞ！」アランが叫んだ。

「ちがう、おれを見たんだ。あんたは大丈夫だろ」おれはツッコミを入れた。やつを見てうなずき、挨拶するように片手を上げた。「いいだろう、そっちに行くぜ」おれはつぶやいた。

〝あんたのトラックを盗みにきたわけじゃない〟という表情を浮かべ、思いっきり笑顔を作った。やつは弾かれたように立ち上がった。

上等だ。

おれはトヨタまで全速力で走った。三マイル四方にはほかに誰ひとりいないというのに、ロックがかかっている。「急げ！　速く！」アランが無駄な叫び声をあげた。山小屋のドアが勢いよく音を立てて開いたのとほぼ同時にキーを差し込んだ。飛び乗ってドアをロックし、急いでエンジンをかける。やつがおれに何か叫んでいるが、すでに走り出していたおれはアクセルを踏み込んだ。

「あいつ、何て言ってたんだ？」おれは、勝ち誇ったようににやりとして訊いた。

「〝ブレーキが効かない！〟って言ってたみたいだぞ」アランが答えた。

顔をしかめ、ブレーキペダルを踏んでみると、のれんに腕押しといった感じで、ペダルは床についたまま元の位置に戻らない。何度も踏んでみたが、どんどん目のまえに迫ってくる道路を唖然として見つめるしかなかった。

「気をつけろ！」アランが叫んだ。

ドライヴウェイから道路に合流するところにくぼみがあり、壁に突っ込むような衝撃を受けた。トラックが激しく跳ね上がり、おれは歯を食いしばった。あっというまに道路の向こう側まで突っ切ってしまう。細い木が暴走を止めるようにぶつかり、フロントガラスにひびが入った。が、トラックは頭から川へ突っ込み、目のまえでエア・バッグが大きく膨らんだ。

「だから嫌だったんだ」おれはつぶやいた。鼻が、バスケットボールを当てられたように痛い。

「ラディ、沈むぞ、おれたち、沈んじまう！」アランの甲高い叫び声が響いた。本当に沈みはじめていた。フロント・バンパーが急な角度で下を向き、水が足のまわりに入ってきている。窓から外を見ると、サイドミラーまで水に浸かっていた。なんとなく既視感があり、いつのことだったか考えているうちに何も感じなくなっていった。こんなことってあるか。川に沈む車のなかで最期を迎えるなんて。

アランはパニックでわけが分からなくなっていたが、それでもおれに叫びつづけていた。

「アラン、黙ってくれ」おれは怒鳴りつけた。

「ラディ、無理だ……溺れるのが怖いんだ。ここから出なきゃ！」

「いいか、アラン、誰だって溺れたくなんかない」おれは苛立っていた。トラックの頭が川底をえぐるように突っ込み、鈍い音を立ててぶつかった。車体が右に傾き、からだも少しずつ横向きになりはじめた。力まかせにドアを押し開けようとしたが、水圧で押し返されてどうしても開かない。「畜生、水が冷たい！」おれは喘いだ。

「ラディ、頼む」

おれはきっちり窓を閉めようとしてボタンを押した。ところが、予想とは反対に開いてしまった。完全に開いた状態の窓から水が一気になだれ込み、車体が確実に重くなったように感じた。窓枠の上の部分をつかみ、そこからなんとかして這い出そうとした。服がずぶ濡れで凍りついたように寒かった。

三回からだを押し上げ、やっとのことでトラックから出た。が、すぐに、水を含んだ冬服の重みで引っ張られるように沈んでいった。激しくのたうち回り、一瞬だけ水面から口を突き出してむせるように息をした。それから手探りで木の根っこをつかみ、川岸に這いあがった。水の冷たさで徐々に体力が奪われ、ほとんどからだが動かなくなっていた。息がどんどん上がるなか、濡れている坂を必死によじ登っていった。

カーミットが土手の上で、啞然としたように口をぽかんと開けたまま突っ立っている。

「ねえ!」おれに向かって叫んでいる。「そんなことするつもりだったの?」

16　霊能者の予言

おれたちの乗った車が頭から川に突っ込んで一時間後には、州警察のパトカーが三台集まってきていた。ライトを点滅させ、まるで銀行強盗の現行犯を包囲しているかのようだ。違法行為があったわけでもないのに、日本製トラックの水没事故などという大事件は見たことがないとでもいうような騒ぎぶりだった。

車の下に潜るときに備えてトラックに積んであるオーバーオールに着替え、その格好にぴったりの重いゴム長靴を履いた。それでもからだを暖めるにはほど遠く、震えながら近所の野次馬が集まって来るのを眺めていた。

《シャールヴォイ・クーリエ》紙の記者が写真を撮らせてくれと言ってきたので、カーミットに携帯電話の電波を確認するのはやめて叔父さんの会社を代表して取材に応じるように言った。カーミットは川原に駆け下り、沈んだトラックに向かって苦情でも言いたそうなしかめ面をしてみせた。

「で、川に落ちたときのあれは、いったいどういうことだったんだ？」おれはアランに訊いた。「溺れそうなんかじゃなかったぞ。深さはせいぜい五フィートくらいだった」

「昔からずっと、とにかく溺れるのが怖いんだ。実は……いや、バカらしいと思われるだろうな」

「今日おれの身に起きたことはどうせ全部バカらしいんだから、その先を聞いても同じことだ」

「いつか霊能者に、将来溺れて死ぬと言われたことがあるんだ」

「霊能者？」おれはちょっと考えてみた。「クレジットカードで払ったか？　ベッキーが使える番号がもっとあると助かるんだが」

「いや、子どものころのことだ。フェアの日に出かけたら、人の将来を占うという霊能者の女がいたんだ。実に恐ろしい形相の女で、あんた水に気をつけた方がいい、と言われた。いつか溺れて死ぬから、と。本当に怖かったよ。それ以来、悪夢を見るようになった。いつも同じ内容なんだ――川のなかにいて、誰かに水の底に引きずり込まれそうになり、息苦しくて、ああ自分は溺れるんだ、と思うんだよ」

「なるほどな。でもさっきは、水の底に引きずり込むやつなんかいなかったぜ。おれたちはトヨタのピックアップ・トラックに乗ってたんだ」

「理屈が通る話だとは思ってないよ、ラディ。ただ恐怖症のようなものなんだ」

「それにそもそも、何か忘れてないか？　その霊能者が言ったことはまちがいだ。あんたは溺れて死んだんじゃない。葬儀場の支配人に撃たれて死んだんじゃないか」

「まあ、そうだ。でも私はいま生きている、きみというからだに乗って」

「何だと？　何言ってるんだ？　あんたは生きてるわけじゃない、こっそりタダ乗りしてるようなものじゃないか。これが終わったら、あんたは帰るんだ……おれの頭のなかに現われるまえにいた場所に」

アランは少しのあいだ黙っていた。「ラディ、これが終わったら、とはどういう意味だ？　何がいつ終わるんだ？」

「呪いが解けたとき、とか何とか、何でもいいよ。まさか、おれとあんたが永遠に離れられないなんて言うつもりじゃないだろうな。そうなのか？」

「何も言うつもりはないよ」アランはなだめるように言った。

「そういう話し方はやめろ！」おれは怒鳴った。「おれの頭はいかれてなんかない！」

そのとき、まわりの人々の注目を浴びていることに、はたと気づいた。アヒル狩りに行くような格好をしたやつがひとりで〝おれの頭はいかれてなんかない！〟と叫んでいるのを見たら、ほとんどの人がそのことばとは正反対の結論を下すだろう。新聞社のカメラマンが、おれの怒鳴り声を聞いて心配そうな表情を浮かべたカーミットの写真を撮った。

「アラン、それはあり得ない。とにかくあり得ないよ」おれはさっきより声を低くして文句を言った。アランは返事をしなかった。

まったく、なんという一日の始まりだ。カーミットに、全米自動車協会（AAA）の車に乗せてもらい、トヨタの販売店から叔父さんに電話するように言った。ミルトンから整備工に言って、潜水艦をトラックに改造し直す費用の見積もりを出させることになるだろう。そうこうしているうちに、シャールヴォィ郡保安官と前回の話のつづきをする時間になった。

留置場までは、この季節によくあるように雪解けでぬかるんだ道をスリップしながら行かなければならなかった。解けかけた雪の轍にタイヤを取られ、フロントガラスには対向車線を走るセミトレーラーからバケツをひっくり返したような泥水をはねかけられた。

「あのな、少しスピードを落としたほうがよくないかな？」アランがおそるおそる訊いてきた。おれは答える代わりに、うしろのタイヤが少し滑るほどペダルを踏み込んだ。それから、何かを証明したような気分になって足をゆるめた。何を証明したつもりだったのかはわからない。

ストリックランド保安官はロビーに出て待っていた。コーヒーを差し出され、礼を言って受け取った。「それでだな、ラディ。きみについていくつか電話をかけてみたんだ」それぞれ椅子に坐ったあと保安官は言った。

前回と打って変わって急に〝ラディ〟と呼ばれるようになったことに気づいた。「そうですか」おれは警戒して答えた。

「ああ。これできみに何があったのかがすべてわかった。実に残念なことだった」保安官の声は優しく、顔にはおれの苦労に同情するような表情が浮かんでいた。

おれはそんなの信じないぞ、という思いを込めた視線を保安官に向けた。バリー・ストリックランドの頭のなかでは、被害者はサットンズ・ベイの墓地に埋葬されている十七歳の少女ただひとりであり、ＮＦＬ入りが確実視されていたおれがジャクソン州刑務所に行くせいで選手生命を絶たれたからといって誰も涙を流す必要などないのだ。

保安官はおれのメッセージを正確に読み取り、ご機嫌うかがいはもう充分だと判断したようだった。口に爪楊枝をくわえ、あの険しい目でこっちを見据えた。「さあ、アラン・ロットナーの遺体がジョーダン川沿いに埋まっていることを知ったいきさつを話してくれ」

おれは咳払いをした。「保安官、この話を聞いたらずいぶんおかしな話だと思うでしょうよ」

保安官の表情は変わらなかった。

「夢を見たんです」

「正確に言うと〝夢に見た〟じゃないかな」アランが指摘した。

「〝夢見た〟って言い方でいいんでしたっけ、それとも〝夢に見た〟が正しいのかな？　まあどっちにしても、とにかく夢だったんです」

おれがゆっくりとコーヒーに口をつけるのを、保安官は険しい顔で見つめていた。「夢ねえ」

「はい、そうです。その場所を夢に見て、夢のなかでアラン・ロットナーがあそこに、あの木の下に埋まっているのを見たんです。だからそれで……」おれは両手を広げ、アランが何か気のきいたことを言ってくれればいいのにと思った。

「彼がそこに埋まっているのを夢見た、と？」

「はい、夢に見たんです」

「アラン・ロットナーが？」

「はい、そうです」

「その夢を見たのはいつだね？」

「いつ？　ええと、二週間くらいまえです。嵐の晩だったかな。すごくリアルな夢で、夢というより幻覚に近いような感じでした。そのことが頭から離れなくなって」

「私のことが頭から離れなくなって、だろ。こいつ」アランが忍び笑いをした。どうやったら、こいつに痛い思いをさせることができるだろうか。

保安官は身を乗り出して自分のコーヒーをかき混ぜ、黒い液体が渦を巻くのを用心深い目つきで見つめていた。彼が視線を上げたときには、金属の罠の口が閉じる音が本当に聞こえそうだった。「どうしてそれがアラン・ロットナーだとわかったんだ？」

答えるのに時間がかかりすぎてしまった。「いま何と？」しばらくしてそう訊き返してごまかした。

「夢で、木の下に死体が埋まっているのを見た、そうだな？」

「はい、そうです」

「それが誰なのかどうしてわかったんだ？」

「ええと、それは……。その、おれはアランの古い友人だと言いましたよね」

「遺体は腐敗が激しく、歯医者のカルテを使ってようやく身元が確認できたんだ」保安官は突き放すように言った。「ロットナーの双子の兄弟でもなければ、遺体が誰なのかわかるはずがない」

何か説得力のある説明が出てこないかと口を開いてみたが、何も出てこなかったので閉じた。

「ひとつ質問をさせてくれ、ラディ」

「はい」

「きみは人生を立て直したようだ。妹さんといっしょにカルカスカで家業を営んでいるね。ミルトン・クレイマーのことも私は知っている。彼のところで車を回収する仕事をして、なかなかいい副収入も得ているそうだな。保護観察も解けて、人生の再出発だ」

「そうです」

「なぜそいつを庇おうとするんだ？」

「えっ……いま何て？」

保安官は身を乗り出した。おれは無意識にあとずさりしようとしたらしく、椅子の背もたれが背中に食い込むのを感じた。「誰だか知らんが、ジャクソンで遺体が埋まっている場所のことをきみに話した男のことだ。アラン・ロットナーを殺した男のことだよ。きみはもう出所したのだから、いまは堅気《かたぎ》の人間だ。いったいなぜ刑務所で知り合ったやつのために、何もかも危険にさらすようなことをするんだ？」

最高の展開だ。トヨタ車に乗って川に沈みかけていたときの方がよほど楽しかったかもしれない。

保安官はデスクの引き出しに手を伸ばし、何かを取り出した。彼がそれをデスクに放ると
コインが弾むときのような音がした。金の指輪だった。デスクの上をおれの方に向かって転
がってきたので、思わず手を出して受け止めた。

「それが何か知ってるか?」

おれはその指輪をよく見た。「カルカスカ高校の卒業記念指輪ですね」

「きみが卒業した年のものだ。まえに見たことはあるか?」

「こういうのをまえに持っていました」おれは力のない声で答えた。

「そうか。いま、〝持っていた〟と言ったな」

「なくしたんです」

「内側を見てみろ。イニシャルの刻印が見えるか?」

おれは息を呑んだ。「〝RJM〟ですね」

「ラディック・ジョーデン・マッキャンと同じか?」

おれはことばを失って保安官を見つめた。

「どうやって〝なくした〟のか話す気はあるか?」

「卒業してから、友だちとジョーダン川をカヌーで下ったことがあるんです。思いきりふざ
け合って、何度も川に落ちました。イースト・ジョーダンに着いたときには指輪がなかった
んです。落ちたんでしょう。冷たい水のなかに」

「その指輪は、ロットナーの白骨死体のあった穴で見つかったんだ」

「そうだ、忘れていた。あの指輪だ！」アランが声をあげた。そう言われた瞬間、夢の断片が蘇ってきた――水のなかで何か金色のものに手を伸ばし、持ち主に返してやろうと思ったことを思い出した。

「口を開けばウソばかりだな」保安官は言った。

「ちがいます！　いや、わかりました。正直に言えば、指輪は確かになくしたんですが、遺体がアラン・ロットナーだとわかった理由はわかりません。でも話を聞いてください、保安官。そういう夢を見たんです、本当に、見たんですってば！」おれは少しのあいだ目を閉じ、何もかもがやけに鮮明に見えていたことを思い出した。

死んでる。

ちがう、死んでなんかいない。

目を開けると、保安官は何かを考えているようにおれをじっと見ていた。おれの口から出た話になんらかの真実が混じっていることは察したものの、それがどんな内容かはわからないのだろう。

「現時点できみを事後従犯で起訴する材料は充分あると言っていいんだぞ、マッキャン。これは殺人事件の捜査なんだ、覚えておいたほうがいい」

おれは息を呑んだ。

「これ以上わかりやすい言い方はできない。この件で私たちの話が物別れに終わることをきみだって望んではいないだろう」

「はい、望んでいません」

自分をじっと見つめる保安官を見つめ返した。そのあいだ、自分はきっと息を止めているにちがいないという気がした。その週にすでに一度おれを逮捕しているという事情があったからこそ、監房にまた送り込むのはまずいと判断されたのであって、もしそれがなければ、昔よく母さんに〝ちょっと頭を冷やしてきなさい〟と言われたときのように、しばらくひとりの部屋に行かされていただろう。

保安官は椅子に深く腰掛け、おれを見ながら首を振った。デスクの上にあるファイルを身振りで示した。「当時私はここにいなかったんだが、アラン・ロットナーが行方不明になったのと同じころに、イースト・ジョーダンで養護施設の爆破事件があった。ATF（アルコール・タバコ・火器・爆発物取締局）が呼ばれて、どうやらしばらくのあいだロットナーに強い関心を示していたようだ」

「どうして？」おれは驚いて訊いた。

保安官は肩をすくめた。「妙に思われたんだろう。彼が行方不明になった一カ月後に三十二人が死亡する事件があったんだから」

「勘弁してくれ、私は殺されたんだぞ。第一、爆弾を仕掛ける方法なんて見当もつかない」アランが抗議した。

「そんな。でもアランはそんなことをする人じゃありません。だって、どう考えてもおかしいですよ。彼が爆弾について何を知っているというんです？」

保安官はファイルの方を身振りで示した。「この資料によると、爆発物はごく単純なつくりのものだったようだ。材料はダイナマイト、雷管、デジタルキッチンタイマー、それに燃え広がらせるための大量のガソリン。現場はマッチ棒のように燃え上がった。犯人は正面と裏口のドアに南京錠をかけておいた――施設の人たちを黒焦げにしたかったらしい。犯人は捕まらず、動機もわからず、目撃者もひとりも見つかっていない」

「とにかく、アランじゃないですよ」

「私もロットナーだとは思っていない。それにしてもきみは興味深い反応をするな。彼のことをとてもよく知っているようだ」

「あ、いえ、それほどよく知ってるわけでは」おれは不安になって言った。

保安官はただ残念そうな顔をしていた。腕時計に目をやった。「さて、人がスコップで馬糞をかき集めるのを見るのはこのくらいにしておこう。年寄りが一日に耐えられるのはせいぜいこの程度だ。これ以上見たら息が詰まってしまう。言っておくが、前回留置場であったあのちょっとした騒ぎのことできみは私に貸しを作っていたが、その分をきみは使い果たしたぞ。言っていることの意味はわかるか」

それは質問ではなかった。「はい」

「これまでウソ発見器を使った検査を受けたことは？」

おれは首を振った。使う理由なんてなかった。前回は罪を認めたのだから。

「受ける気はあるか？」

「弁護士に相談した方がいいかもしれないな」アランが心配そうに言った。

おれは唇をなめた。「かまいません」

保安官は相槌を打った。「ウソ発見器の検査官はいまサウス・カロライナで休暇中だ。彼がこの冬の楽園に戻る気になったら迎えの車をやるから、もう一度話そう。それでいいか？」

「はい」

「またウソをついたら、司法妨害でも何でも理由をつけて逮捕するぞ。わかったな？」

おれはうなずいた。

トラックに戻り、ハンドルに怒りをぶつけた。「ちくしょう、アラン！　あんたのせいでどんな目に遭ったか見てみろ！」

「私のせいなのか？　この事件の被害者が誰なのか忘れたようだな」

トラックを走らせた。「そういうあんたも忘れたようだな、おれが逮捕されるならあんたも逮捕されるんだってこと。おれが刑務所に行ったら、あんたも刑務所に行くんだ」おれはいきり立って言った。

「ところで、夢に出てきたなんて誰が考えついたんだ？　そう言えなんて私はひと言も言ってないぞ」

「じゃあ、どうすればよかったんだ？」

「保安官に私のことを話すつもりなのか？」

「脳が何かのウイルスに感染して、そのウイルスが口をきくみたいに、あんたがおれの頭のなかをうろついてるって話すかって？　まさか。もし話したら、このほうがきみのためだと言って、ぶち込まれちまう」

「なら、どう言うつもりなんだ？」

「いいか、アラン、考えるのがあんたの仕事なんだよ」

ウソ発見器につながれた状態で保安官の質問をはぐらかすことを考えると、冷や汗が出てきた。その後数日間、視界の隅に人の姿を捉えるたびにびくっとしてその方向に顔を向けるのが癖になった。いまにも保安官助手が手錠を持っておれを捕まえにくるのではないか。家にいるときは、車が通ると窓際にすっ飛んでいって外を覗き、それがパトカーだったときは人に聞こえるくらいの音を立てて唾を呑み込んだ。新しい下宿人ジミーにもおれの緊張がうつり、おれが忘れているときでもジミーが外を覗いてくれた。

だが、ジェイクはおれの気分がどうかなんて気にしていなかった。ジミーがそばにいるのをよろこび、テレビがついているときはジミーの椅子の隣に寝そべり、〝この人が気に入ったよ。寒いのに無理やり外に引っぱり出して歩かせたりしないからね〟と当てつけがましく言いたそうな顔つきでおれを見た。

夜、ジミーが裏口のドアを開けて上の部屋につづく外階段を上ろうとすると、ジェイクは決まって戸口までついて行ったが、階段を上るほどの骨を折ろうとは思わないようだった。ジェイクはため息をつき、がっかりしたようにおれの方に目をやってから、自分の毛布のところに戻って横になるのだった。

「おまえは、おれのことがいちばん好きじゃなきゃいけないんだ」おれはムッとしてジェイクに教えてやった。「『ドッグ・マニュアル』にそう書いてあるんだから」

アランの遺体が見つかったせいで、もうひとつ変わったことがあった。おれはまたしても、カルカスカでもっとも悪名高い住民になってしまったのだ。〈ブラック・ベア〉でも、誰もかれもが森のなかを歩いていて頭に銃弾を受けた白骨死体を見つけたことを話したがっているのがわかってからは、しばらく店に近づかないことにした。遺体が野ざらしになっていたことでアランは怒っていた。まるで怠け者呼ばわりされたような気分になったようだ。おれはただ、夢の話が知られていないことがありがたかった。

ミルトンから家に電話があり、アインシュタイン・クロフトに対して動産占有回復令状の手続き——言い方を換えれば、トラックを取り戻すための訴訟を起こすことだ——に入った方がいいかもしれない、と言われた。おれはあと二、三日くれるようミルトンに頼み込んだ。動産占有回復令状の手続きに入ると、保安官がアインシュタインの車を取り上げることになり、おれは少しも報酬をもらえなくなる。ただし五十ドルの報酬で令状送達手続きを引き受ければ別だ。「ジミーの小切手の方で何か進展は?」ミルトンは抑えた声でおれに訊いた。

自分のことが話題になっていると察したジミーが、コーヒーテーブルの上のピッツァから顔を上げた。

「ほら、ホテルの仕事がなくなったわけですから、ミルトン。カネは持ってないですよ」

「急いでどうにかしてもらわないと困るんだ、ラディ。あのバイクはピストンリングがダメになっていた。千ドルにもならない。あいつはなんであんなものを買ったんだ——酔ってたのか？」ミルトンが言った。

「いや、いつものジミーでしたよ。その件はおれが何とかします、ミルトン。ほかにおれの仕事はありますか？」

「いや、ないな。このところ静かなもんだよ。クロフトの件だけだ」

「わかりました。じゃあ」電話を切ると、ジミーが不安そうな顔でこっちを見た。「こないだも言ったけど、クロードのとこのディーラーでスタッフを募集しているか訊いてみたか？」

ジミーはうなずいた。「あとガソリンスタンドにも行ったよ。ダメだった」

ジミーが本当のことを言っているのはわかった。いまは五月の第二週だ。スノーモービルをしにくる人たちの足は途絶え、夏の観光シーズンは一カ月以上先だ——誰もがただ手持ち無沙汰に季節が変わるのを待っている。ついこのあいだ雪解けしたと思ったら一週間でもう蚊が出てくる、というのがこのあたりの住人たちの決まり文句だ。

「ちょっとのあいだ〈ブラック・ベア〉に通って、ベッキーの手伝いをするよ」ジミーは言った。

「バイト代を払う余裕はないぞ」おれははっきり言った。

ジミーは傷ついたようだった。「うん、わかってる。ただ手伝うだけのつもりで言ったんだ」

「悪いな、ジミー」おれはつぶやくように言った。

「頭取の奥さんのところへ行って、なぜ小切手を送っているのか訊き出すんだ」アランが言った。癪にさわるやつだ。おれもちょうど同じことを考えていたのに。

翌朝九時にブランチャード家の玄関前に着き、真鍮のノッカーを数回鳴らした。いっしょに車に乗ってきたジェイクは、車の窓から澄ました顔でこっちを見ていた。手を振ってやると垂れた耳がぴくぴく動いた。犬が耳をぴくぴくさせるのはいつ見てもいいものだ。女性が出てきて、誰だろうというようにおれを見つめた。

「ミセス・ブランチャード？」

女性はうなずいた。ミセス・ブランチャードは、見たところ二十代後半で、ライトブラウンの髪をした美人だった。頬骨が高くて脚が細い。それに比べて玄関に突っ立っている自分は、図体ばかり大きいでくのぼうのレポマンに思えた。ジェイクに目をやると、退屈して、早くも見物より昼寝の方がいいと判断したようだった。

おれは名乗り、ミルトン・クレイマーのところで働いていると言った。おれがどうやって生計を立てているかについての情報を小出しにして反応をうかがってみたが、何の反応もなかった。彼女はいたって冷静で、必要ならいつでも相手を閉め出せるようにするためか、ドアに少し寄りかかるようにしていた。

「きみに一目置いたみたいだな」アランがそっけなく皮肉を言った。

「不渡り小切手や何かのことで」おれは言ってみたが、やはり反応はなかった。

「頭のなかで声が聞こえるんです、と言ってやれよ」アランは忍び笑いをした。この用件がすんだらどこかの川に行ってわざと溺れて懲らしめてやろう。

「ミスタ・クレイマーが、ジミー・グロウという男性に代わって小切手を換金したんです」

来たぞ！　ほんの一瞬だが、かすかな陰のようなものが彼女の目をよぎった。それから彼女は取り繕ったような無表情に戻り、訝しげに眉間にしわをよせた。

「その小切手は、奥さまが銀行のお仕事をしていた時期に銀行から持ち出されたもののようなんです。そのことでお話をうかがえないかと思って」

「どうして？　なぜそのことについて私が何か知ってると思うの？」

「彼女、余裕だな」アランが言った。確かに、ドアをつかんでいた手からは少し緊張が解け、二人とも立ったままとはいえ、急いでおれを追い払おうとする様子も見られなかった。

「銀行でスターター・チェックを発行するお仕事をされていましたよね、ミセス・ブランチャード？　小切手帳を利用できる立場にあったわけですよね」ここでモーリーンが彼女の筆跡だと気づいたことを明かすわけにはいかない。

「それで？」

「失礼ですが、奥さまの旧姓をお訊きしてもよろしいですか？」

彼女の頬にほのかな赤みが広がった。「アダムズよ」彼女は小さな声で答えた。「なぜそんなことを？」

「偽名を使うときには本名を少し変えた名前を使う人が多いからです」アランが茶化すように言った。「それで〝アダムズ〟が〝ウィルノーズ〟になるというわけです」

「その……言ってしまいますが、ジミー・グロウに小切手を送ったのが奥さまだということはわかっているんです。わからないのは、なぜそんなことをなさったのか、ということです」

「それで、そのミスタ・グロウっていう人はその小切手を換金しようとしたわけ？」彼女は何気ない口調を装って訊いてきた。

「はい」

「それで何か……その人が牢屋に入るとかそういうことがあるの？」

あえてすぐには答えずにじっと相手を見つめると、彼女が本当はその答えを知りたくてたまらないことが垣間見えたが、すぐに元の無表情に隠れてしまった。「あるかもしれません」おれは言ったが、その答えで満足したのかどうか、彼女は感情をすっかり包み隠してしまい、少しも見せてくれなかった。

「そう。悪いけどその件で協力できることはありません、ミスタ・マッキャン」

おれは首をかしげた。「換金したことはご存じなかったんですね。じゃあ、別の理由で送ったということだ」

「こんなこと話しても何の意味もないわ。すみませんが協力できることはありません」彼女は勢いよくドアを閉め、はずみでダメ押しのように真鍮のノッカーが鳴った。

トラックのキャブに戻ると、ジェイクが顔を上げて柔らかい耳をぱたぱたと動かした。

〝まったくうだつのあがらない稼業だな〟と言いたそうだった。おれはジェイクの鼻にキスをした。

「おまえといっしょに一日じゅう毛布に寝そべって過ごせるほど稼げたらいいのにな」おれはジェイクに言った。かなりの程度、本心からのことばだ。

敗北感を抱えて二、三時間後に家に帰ったとき、ジミーはいなかった。ジェイクはがっかりしていた。おれは冷蔵庫を開けてほとんど何も入っていないなかを見まわし、マヨネーズを冷やしておくだけのためにどれほどの電気を使っているのだろうと思った。

ベッキーに代わって今度はジミーが、二人で汚した部屋をきれいにしてくれているようだった。カーペットに掃除機までかかっている。正直に言えば、ジミーがそばにいてくれてありがたいと思っている。おれとジェイクとジミーとアラン——ちょっと変わった機能不全家族ってとこか。

「ミセス・ブランチャードがジミーにあの小切手を送ったことは明らかだな。彼女の表情を見たか？　うまいことあしらわれたけどな」アランが言った。

「あしらわれてなんかいない」おれは言い返した。「でも、おれもそう思う——彼女が送ったんだってことは。ただ、どうしてそんなことをしたのかが、どうしてもわからない」

浮かない気分で、キッチンテーブルに置いてあった請求書の束に目を通した。回収の仕事は相変わらず閑散期で、財布には四ドルくらいしか入っていない。飢饉のさなかにいるような感覚がからだにも影響をおよぼし始めたようで、ズボンがまえよりゆるくなっていた。まるで本当に体重が減っているかのようだ。

「イースト・ジョーダンに行ってネイサン・バービーを見張るのはどうだ。シャベルの男と連絡をとるかどうか確かめるんだ」アランが言った。

「いや、それをやったらガソリンのむだだよ、アラン。節約しておかないと、回収の仕事が入ったときに歩いて行くはめになる。ミルトンに、水没したトヨタの分の報酬は借りてる分と相殺してくれと言ったし」

「それなら、これからどうするんだ？」

「わかるもんか、アラン！」おれは苛立ちを爆発させた。カウチから重いからだを持ち上げて上着を着た。ベッキーに食べさせてもらおう。

17 カーミット、折り入って話がある

おれにとって〈ブラック・ベア〉は安楽椅子のようなものだ。ちょうどいい感じに使い古されていて居心地がよく、からだに馴染んでいる。だがドアを開けたとき、ショックで思わず瞬きをした。ベッキーがせっせと仕事に励んだようだ。

フロアを横切って近づいていくとベッキーの目に不安が広がったが、おれが新しいカーテン、塗り替えた壁の色、リノリウムからハードウッドに変わった床を険しい目つきで見ると、少し背筋を伸ばし、口を固く閉じて断固とした決意を見せた。

「お疲れさま、ラディ」

「どういうことだ？」おれは詰め寄った。

「何のこと？」

「何のつもりだ？　こんな飾りやら、カーテンやら、いったい何なんだ？」

「リニューアルしたいって言ったでしょ。全体を暖色系の色合いにしたいって」

「だからってこんなのおかしいだろ！」おれは毒づいた。「父さんが生きてたら何て言うと思う？　こんな――レースのカーテンがついた窓だなんて」

「そんな、ラディ」

「勘弁してくれよ。ここは〈ブラック・ベア〉だ。この調子じゃ、次はボブも要らないって言い出すんだろ」

ベッキーはクマの剝製の方に目をやり、それからおれに視線を戻した。その目からは何も読み取れなかった。

「ベッキー、まさか」

彼女は首を振った。「クマはそのままにしておくわよ」

「でも、自分が何をしているのかわからないのか？　すっかり変えちまったじゃないか、その……」

「雰囲気を」アランが助け舟を出した。

「店の雰囲気を！」

「そうよ」手垢のついた眼鏡のレンズの向こうからベッキーの目がこちらを睨んでいた。

「でも、わからないのか？　ずっと変わらないことがこの店のいいところなんじゃないか。カルカスカの町をちょっと走ってみれば、いまは〈マクドナルド〉もあれば〈バーガーキング〉もある。この町もつまらないところになっちまったな、と思ったときに、昔から変わらない〈ブラック・ベア〉が目に入って、ああよかった、と安心するんだ。そうだろ。おれたちが子どものころからずっと来てくれている常連さんがいるんだぞ！　おまえがこんなドールハウス遊びをしているのを見て常連さんはどう思う？」

「ああ、なんてひどいことを言うんだ」アランが言った。

ベッキーは、これまでの不遇の人生で鍛練を重ねて身につけた悲しそうな表情でおれをじっと見つめた。「じゃあ何よ、人生が変わることなんて絶対にないと兄さんは思ってるの？」

「〈ブラック・ベア〉は変わらないと言ってるだけだ」おれは折れずに言った。

ベッキーは軽く首を振った。言い返そうとしないその態度に心底ムカついた。「あいつだな、カーミットのせいだな」別の方向から攻めてみた。

そのひと言が効いた。「カーミットが何だっていうの？」ベッキーはつぶやくように言った。

おれはベッキーが着ているおしゃれで女らしいデザインのセーターを身振りで指した。

「あいつのおかげでおまえは……」おれはつづけることばを探した。

「いい女になった」アランが案を出した。「色気が出てきた」

「ちくしょう！」おれはアランに嚙みついた。

「ラディ、カーミットに指一本でも触れようとしたら承知しないわよ。もしそんなことをしたら……」ベッキーが言った。

おれはやってやろうじゃないかというように身を乗り出し、覆いかぶさるようにベッキーを見下ろした。育ち盛りのころ、華奢《きゃしゃ》なベッキーに対してからだの大きなおれはそれだけで圧倒的に有利で、上から睨みつけるだけでいじめたことになったものだが、いましていることはまさにそれだった。「もしたら、どうするっていうんだ？」おれは意地悪くからかうように言った。

ベッキーはあとずさりしておれと距離を取った。「裁判所に禁止命令を出してもらって、兄さんを立ち入り禁止にしてやるわ、二度とこの店に来られないように」ベッキーは腕を組んだ。

意外な方向からパンチを食らった気分でストゥールに腰を下ろした。「なんだよ」

「カーミットとは何の関係もないわ、ラディ。まあ、模様替えに必要なものを買うためのおカネを私たちが工面できるようにはしてくれたけど」

「番号を打ち込んでな」むっつりとつぶやいた。

「非読み取り式アカウントでよそのお店に協力するのよ」ベッキーは言った。

「本気でやるつもりなのか？　裁判所に言って、おれがハイハイできるようになったときから来ていた店に立ち入り禁止にするだなんて？」

「本気で私のボーイフレンドを殴るつもりなの？」

「おまえのボーイフレンドだって？」おれは怒鳴った。

「静かに」ベッキーがたったひと組の客――隅に坐っている男二人――の方に目をやって注意した。頬に赤みが差していたが、恥ずかしくてというより単純にうれしくて赤くなっているように見えた。ベッキー・マッキャンにはボーイフレンドがいるのだ。

「で、ほかにどんな模様替えをするつもりなんだ？　ベルトコンベアでも置いて寿司を載せるか？」まだ負けを認めるつもりはなく、意地悪く訊いた。

ベッキーの目が無表情に戻った。「いまにわかるわ」

そのとき、ジミーがトイレから出てきて、ぎくりとしたように立ち止まった。まるで、またホテルのお客とベッドにいるところを見つかったみたいに。エプロンをつけ、ポケットにメモ帳とナプキンを入れている。「おまえはウェイトレスか？」おれは食ってかかった。

ジミーは息を呑んだ。「しばらく様子を見るあいだ、ラディには言わないほうがいいってベッキーに言われてたんだけど、ベッキーがウェイターとして雇ってくれたんだ。ほら、食べ物や飲み物を出す仕事だよ」

「ウェイターがどんな仕事かは知ってるさ、ジミー」おれは重い足取りでクマのボブの方へ歩き、命がけでクマを守ろうとする兵士のようにボブの下に坐った。むっつりと無言で〈ヴァーナーズ〉のジンジャーエールを飲み、時々手で口を隠してアランと話した。

「すっかりベッキーにタマを抜かれたみたいだな」アランは言った。

「あんたにはわからないんだ。店が様変わりしたせいで父さんがどんなに怒るか」

「お父さんの友だちがいまでもたくさん来るのかい？」

「しょっちゅうね」おれは自信たっぷりに言った。

「いまも？」

おれは店内を見まわした。「いや」

「前回店にいたとき、何人も来たのか？」

「いや、来てないな」

「そのまえの週は？　二週間まえは？　ひとりでも来たか？」

「いいところを突いたと思ってるんだろ、アラン？」

「妹さんが客を呼ぶために模様替えをしたいなら、自由にさせてやればいいじゃないか。確かに、自分が通いたいような店かと言われればそうとは言えないが」

「いつでも出ていってくれていいんだぜ」おれは冷たく言い放った。ジンジャーエールではさっぱり気分がよくならないのでビールに切り替えた。

夜が更け、ジミーはデートに出かけた。そのあと客は来なかった。九時にはベッキーとおれだけになった。ベッキーはカウンターの上にラックを取り付ける作業に取り掛かり、取り付けを終えるとラックにぴかぴかの新しいワイングラスをコウモリみたいに上下逆さまに掛けた。古いゼリーの瓶でワインを出すのはもうやめるつもりなのだろう。それが終わると、ベッキーとおれは部屋の端と端からじっと見つめ合った。それぞれ、これだけ閑散としているんだから自分の意見が正しいことははっきりしているじゃないか、と思いながら。

閉店間際にカーミットがやってきた。「カーミット、こっちへ来い！」おれは大声で呼んだ。それまでベッキーはビールサーバーとのあいだを何度も往復するおれを学校の監視カメラのように感心しかねるという目つきで追っていたが、これを聞くとますます厳しい顔つきになった。

「ラディ……」アランが釘を刺すように言った。どいつもこいつも何だっていうんだ？

カーミットが少々居心地が悪そうにおれのまえに立った。「坐れ」自分がいるテーブルの椅子を蹴ってカーミットに勧めた。すっとうしろに引くようにするつもりだったのだが、椅子は倒れてしまった。ベッキーに見つめられ、肩をすくめた。

カーミットは椅子を直して腰掛けた。

「カーミット、折り入って話がある」

カーミットは息を呑んでかまえた。

「明日おれたち二人で、ミスタ・アルベルト・アインシュタインというやつをギャフンと言わせてやろうぜ」

カーミットはおれをまじまじと見た。

「アインシュタイン・クロフトだ」アランがあわてて言った。

「アインシュタイン・クロフトのことだ。おれいま何て言ったっけ、アルベルト・アインシュタインって言ったか？　笑えるな」笑っているのは自分ひとりだということに気づき、咳払いをした。「とにかく、朝七時にレッカー車でうちに迎えにこい。やつの仕事場に取りにいくぞ。わかったか？」

カーミットはうなずいた。「わかった」

「よーし。よし、それじゃ」おれは立ち上がり、かしこまってカーミットと握手をし、威厳を見せつけるようにベッキーに向かってうなずき、凍りつくような夜の空気のなかに出た。

「意地を張って気が晴れたか」二人きりになると、すぐにアランが説教をはじめた。

「〝気が晴れる〟か、そう、そのことばをずっと探してたんだ。ああ、気が晴れたよ、晴れたとも」

「酔っ払ってるな。酔うのは嫌いだ。頭が働かなくなる」

「おいおい、まさかあんたも酔ってるっていうのか？」おれは鼻で笑ってやった。そのことがおかしくてたまらなくなり、家のまえの階段に坐り込んで涙が出るまで笑い転げた。「残念、飲んだときは代わりにあんたに運転してもらおうと思ってたのに」

「きみにはうんざりだ」

「へえ、そうかい！　みなさーん、おれの頭のなかで声が聞こえるんですが、その声の主はうんざりしているそうです！」夜のカルカスカの町に向かって大声で言った。

「私は殺されたんだ、ラディ。誰がやったのかを私たちは知っている。そいつの仕事場もわかっている。それなのにきみは何もしてくれないじゃないか」

「そうかい？　じゃあ、具体的には何をすればいいんだ？」

「そいつがなぜそんなことをしたのかを突き止める。シャベルの男が誰かを突き止める。行動するんだ、ラディ。一日じゅう家でだらだらしてミステリ小説を読んでいるだけじゃだめだ」

「アラン、もしかするとおれはそんなことどうでもいいと思ってるのかもしれないぜ？　あんたは森のなかで二人の男に殺された。まあ悲しいことだとは思うけど、おれのせいじゃない。頭のなかに入って話しかけてくれとおれがあんたに頼んだわけじゃない。あんたはおれにとってまったく知らない人間だ――どうしておれがあんたのことを気にかけなくちゃいけないんだ？」

「きみは何ひとつ大切にしないんだな。妹さんにはひどいことを言うし、自分のからだも大事にしない。人殺しだし」

「そうかい？　ふん、酔っぱらいめ」おれはあざ笑った。家のなかに転がり込んだ。テーブルの上の請求書の束が癪にさわり、床に払い落として蹴りつけたが、ほとんど空気を蹴っているだけだった。「散らかってるほうが気分がいいや！」おれは大声で言った。カウチのクッションを取って部屋の向こうに投げたが、キッチンの椅子の上に乗っかり、もとからそこにあったようにしか見えなくなった。これじゃあ憂さ晴らしにもなんにもなりゃしない。問題はそれだ。

「気が変わったぜ！」おれは怒鳴った。「おれは気が晴れてなんかない！」

ジェイクが毛布から出て、心配そうにそろそろとおれの方に歩いてきた。濡れた鼻をおれの手に押しつけ、忠実な友らしく、散歩でも何でも好きなことに付き合ってやるよ、というようにおれを見上げた。「おまえは世界一の犬だ」おれはジェイクに言った。ジェイクの顔を両手で抱え、悲しげな茶色の瞳を覗き込んで微笑んだ。「最高の犬。いちばんの親友だ」

ふらつく足どりで寝室に入ろうとすると、ジェイクは訊きたいことがあるような目をしてついてきた。「だめだ、ジェイキー。万が一ここに女の人を連れてくることになったときに困るから、おまえをおれのベッドで寝かせるわけにはいかないんだ。床でいっしょに寝てほしければ、そうしてやる。そうしてほしいか?」

ジェイクは、床だったらいっしょに寝てもらわなくていい、というような顔をした。

自分でセットした記憶はなかったが、朝六時に目覚まし時計に起こされた。からだじゅうを殴られたような感じがした。ベッドからそろそろと起き出してバスルームに行き、ラディ・マッキャンの年寄りじみた充血した目を悲しい気持ちで覗き込んだ。こんな人生、まちがってる。

散らかった請求書はジミーが拾ってテーブルに戻してくれたようだ。食器棚のグラスも全部磨かれている。おれなんかにはもったいない友だちだ。冷凍庫に千年物かと思うほどのビーフ・タキートスがあったので電子レンジで温め、アランが目覚めて栄養学の講義を始めるまえに急いで食べた。

一生に一度かと思うほどの二日酔いだった。頭は妙に冴えているが、からだはまるで一日じゅうジムでワークアウトをしたうえに空手インストラクターにしごかれたかのようにくただった。腹の筋肉はフットボールの練習初日の腹筋セットをしたあとのようにちょっとした刺激でも痛んだ。

心の底からがっくりしたようなため息をついた。ティムズ保安官助手とは二歳くらいしかちがわないはずなのに、ティムズのほうがずいぶん若く見える。ぽっちゃりした頰のせいで、やつは子どものように元気いっぱいではちきれそうな感じだ。まあ、不細工な両親のあいだに生まれた子どもだろうが。ケイティの目には、ティムズと比べたらおれはもう人生の盛りを過ぎた男に見えるんじゃないだろうか。

留守番電話のランプが点滅していた。おれの心を読んだかのように、ケイティ・ロットナーが電話をくれていた。木曜の夜にイースト・ジョーダンで行なわれる葬式に来てほしいというメッセージだった。場所はバービーの葬儀場だという。郡での検視が終わり、アランの遺体が遺族に引き渡されたのだろう。メッセージを何度も聞き直し、どこかに少しでも特別な感情や好意が感じられないかと耳を凝らしたが、連絡先リストを見ながら事務的に片づけているようにしか聞こえなかった。アランがまだ目覚めていなくてよかった。なにしろ自分の葬式の話だ。この話をアランにどういうふうに切り出したらいいかを考える時間が欲しかった。

カーミットは七時きっかりに迎えにきて、レッカー車に乗り込むおれにトールサイズのコーヒーを手渡してくれた。なるほど、そんなに悪いやつではないのかもしれない。ミルトンから預かった新しいフォルダーを手渡されたとき、カーミットの仕事ぶりにまったく問題はないと認めないわけにはいかなかった。

新しい仕事は簡単な案件だった――森のなかで〝自給自足〟の生活をしている変人が、銀行の担保物件――フォード・エクスプローラー――を廃品回収業者に切り売りして小遣い稼ぎをしているという。おれはその車の残骸を牽引し、そいつは公式には借り逃げ男《スキップ》だったから報酬の五百ドルを稼ぐことができる。「銀行に言わせれば、郵便受けも電話も持っていない人間はスキップってことになるんだろうな」おれはカーミットに言った。

アインシュタイン・クロフトのところへ向かうころには正午近くになっていた。太陽が出ていて空は青く、気温は五十度に届きそうだった。これからおれたちはアインシュタインの車を回収しにいくところで、いまやミルトンに一ドルも借りはないし、そのうえ小切手が入ってくることになった。「やっぱり気が晴れたよ」おれはカーミットに言った。カーミットは何を言っているのだろうというような目でおれを見た。

アインシュタインの職場に着き、従業員用駐車場の番をしている警備員に会わないよう、来客用駐車スペースに回り込んで車を入れた。「よし。作戦はこうだ。これからおれが受付係に内線電話を使わせてくれと頼むから、どうぞと言われたらすぐにおまえは受付係の気を引け、いいか？　そういうのは得意だろ——とにかくしゃべりまくって、おれの話が受付係に聞こえないようにすればいいんだ、わかったか？」

カーミットは心配そうな顔をした。「そんな！　何て言えばいいんだよ？」

「知るか。読み取り式と非読み取り式のちがいでも説明したらいいんじゃないのか」

二人でガラスのドアを押し開け、ロビーの受付にいった。受付係の女の子はついこのあいだ高校を出たばかりという感じだった——痩せていて青白く、ショートヘアを不自然なほどまっ黒に染めている。近くに寄ると唇と鼻に小さな穴が開いているのがわかった。一日の仕事が終わったらそこにピアスが入るのだろう。

おれは肩の上で指をかぎの形に曲げてうしろのレッカー車を指した。「受付から警備員に電話することになってるんだ。レッカー車を呼んだ人がいるんでね。電話をつないでもらうことってできるかな？」

受付係はおれの頼みを受けていいものかどうかよくわからないようだった。こっちとしては好都合だ。そのことに気をとられているせいで、おれになぜ従業員用出入り口に車をつけて直接警備員と話さないのかと訊いてこないからだ。彼女は受話器を取って交換台を見つめた。彼女は、まるでおれと同じように頭のなかに死んだ不動産屋でもいるかのように唇を動かしてうなずいたあと、明るい表情になった。

「ジェド？　シャーリーンです。少々お待ちください」シャーリーンは得意げにおれに向かって微笑んだ。おれに受話器を渡すとすぐに、すかさず食いついたカーミットの餌食になった。

「交換台で処理しきれない着信を受付でさばけたらいいなと思ったことはないかい？」カーミットが訊くのが聞こえた。

「もしもし？」おれは工場労働者らしく聞こえるように言った。どういう話し方が工場労働者らしいのかは本当のところよくわからないが。

「守衛です」

「やあどうも。レッカー車を呼びたいんだ。ブレーキ・シリンダーを壊しちまって」おれは警備員に言った。「レッカー車を呼んでくれないか？」

「自分で呼べよ。こっちはロードサービスじゃないんだ」警備員はぶっきらぼうに言った。

「そうか。でもこの電話から外線にかけるやり方がわからなくて」

「9をダイアルすればいいんだ。そんなの世界中どこへ行ったって同じだろ」

「そうか。じゃ、レッカー車が来たら入れてやってくれ。頼むよ」

「まったく世話のやけるやつだ」警備員はそう答えて電話を切った。

ここまでは順調。工場のなかから警備員にレッカー車を入れるようにと電話があったというシナリオだ。ここで少し時間をつぶす必要がある。カーミットはまだおしゃべり攻撃の手をゆるめそうになかったので、おれは壁に並んでいる写真に興味があるふりをした。写っているのはどれもオフィスで働く男女で、それぞれに金色のネームプレートがついていた。端からゆっくりと見ていってそのうちの一枚に目を留めたとき、顎が外れそうになった。

「おい、アラン」おれは写真から目を離さずに突っ立っていた。

「あいつだ」アランが息をついた。

手を伸ばして金色のネームプレートに触った。「フランクリン・ウェクスラー」おれは声に出して読んだ。

まちがいない、シャベルの男だ。

18

シャベルの男

カーミットが受付嬢に延々としゃべりつづけて身動きが取れないようにしているところへ、おれは大股で歩いていった。彼女のネームプレートには〝シャーリーン〟と書かれている。

「シャーリーン」おれはそこに割り込んで言った。「あの男のことで、ちょっと訊いてもいいかな?」

シャーリーンは、水から這いあがった犬のように、カーミットに浴びせられた大量のおしゃべりを振り払い、ゆっくりと頭を働かせようとしていた。誰のこと?

「フランクリン・ウェクスラーのことだが」

「だれ?」彼女がもう一度、訊いた。

「おいおい、シャーリーン。ちょっと気分転換したほうがいいな」アランが突っついた。「あそこに男の写真があるだろ。小さな金のプレートに〝フランクリン・ウェクスラー〟って書いてある。彼はここで働いてるってこと?」

シャーリーンは、受付から十フィートと離れていない壁の写真に、まるでいま初めて気づいたかのように顔をしかめた。「そちらは役員です」彼女はきっぱりと言った。

「なるほど。フランクリン・ウェクスラーについて訊きたいんだが」

「ですから、役員です」シャーリーンは繰り返した。

「役員会のメンバーなんだよ」カーミットが助けになろうとして言い換えた。

「わかってるよ。だけど、フランクリン・ウェクスラーのことを訊いてるんだ。ここにいるのか？」

「いいえ、ここで働いているわけではありません」

「役員だからね」カーミットがまた繰り返した。

「それはもういい。どういうことなのかって訊いてるんだ」おれは我慢の限界を超え、きつい口調で言った。アランが口を開いて〝つまり、役員会のメンバーってことだよ〟と言いだす前に。

「こちらには、いらっしゃらないんです。役員ってそういうものでしょ」シャーリーンが説明した。

「役員なのに、来ないのか？」おれは訊いた。

「そうだよ」カーミットが答えた。おれは彼を睨みつけた。

「ごく普通のことじゃないか」アランが、ビジネス基礎講座のような口ぶりで言った。「役員というのは企業を監視する立場で、実際に経営しているのはＣＥＯだ。より正確にいえば、ＣＥＯは役員会のために働き、ときに会長が大きな権力を握っている。だが、たいてい役員というのはほとんど何もせず、手当だけをもらっているものなんだ」

「私だって、お会いしたことはありません」シャーリーンが率直に言った。

「だけど、フランクリン・ウェクスラーに話があるんだ」

彼女の目に、疑っているような表情が見て取れた――レッカー車の運転手が役員に話があるってどういうこと？「いや、実は、向こうがおれに話があってだな」カーミットを親指で突いて合図し、言い直した。「彼は、おれのボスなんだ。非読み取り式アカウントのことで話があるらしい。カーミット、彼女に読み取り式と非読み取り式のちがいを話してやってくれ」

カーミットが大きく息を吸い込んだ。「待って！」シャーリーンは弁解するように言った。「私、役員のことは何も知らないんです。社内名簿にも載ってないし、どうしたら連絡を取れるのかわからないんです」

おれはじっと考えた。「わかった。ありがとう」

「フランクリン・ウェクスラーか」アランが耳の奥で繰り返した。「すぐ見つけられるはずだ。珍しい名前だからな」

そうだな、アラン。でも、いまは彼を捜す時間なんてないんだ。アインシュタインの車を回収しないと。おれはカーミットの腕をたたいた。「よくやった」心地良い日差しの下へ戻りながら、彼に言った。「これから言うことをよく聞いてくれ。おれは、助手席にからだをかがめて防水シートをかぶって隠れる。おまえは運転して従業員用駐車場の入り口に回り込んでくれ。で、さっき電話したレッカー車の運転手だ、と警備員に言うんだ。彼はおまえが来ると思っているから、すぐに入れてくれる。なかに入ったら、彼から見えないように従業員駐車場の奥のほうまで行ってくれ。そこでおれが飛び起きて運転席に入れ替わり、アインシュタインのトラックを乗っ取ろうという計画だ」

この計画は拍子抜けするほどうまくいった。警備員は、テレビから目を離さずに手を振って入れてくれた。おれは一分もしないうちに運転席に戻り、並んでいる車のあいだを徐行しはじめた。

「警備員が変に思ったらどうするんだい？」カーミットが心配そうに訊いた。

「落ち着け。大丈夫だろ？」おれはつぶやいた。やがて、捜していたピックアップ・トラックを見つけた。「なんてこった」

「え？　どうしたの？」カーミットがあせっている。

「ピクニックでもしているみたいだ。中止したほうがよさそうだな」アランが言った。

あまりにも天気が良くて外に出てきたのだろう。体格のいい工場労働者たちが、駐車場の一番奥のところで仲間とピクニックテーブルに坐り、いっしょにランチを食べ、日光浴を楽しんでいる。アインシュタイン・クロフトの車があるのはそのすぐ目のまえで、うしろのバンパーはピクニックテーブルから二十五フィートも離れていなかった。そしてアインシュタイン自身も、貴重品でも見張っているかのようにトラックの方を向いて坐っていた。

「あれがそのトラック？　テーブルのまんまえの？　それにみんなたくましそうな男じゃないか！　近づいたら、あの人たちに見られちゃうよ！」カーミットが怯えて大声を上げた。

「はい、はい。わかったよ」おれは少し考え、それから鋭くステアリングを切って一本手前の通路に入り、ピクニックテーブルとは反対の方へ向かった。

「帰るの？」カーミットがほっとしたように訊いた。

おれはまた切り返しをして停めた。区画の一番奥のスペースの端で、レッカー車の後部をアインシュタインのピックアップの前部に向かい合わせて駐車したのだ。「運転席側の窓が開いてる。ということは、トラックはロックされてないはずだ。マニュアル車だから――強く引けばニュートラルに入れられる」おれは、青ざめているカーミットに向かってにやりとした。

「ラディ」アランがたしなめるように言った。

「いいか、カーミット。レッカーケーブルの先につなげるスリングってわかるだろ？」

おれがうしろの窓に目を向けて頷くと、彼も同じようにしてうなずいた。クレーンブームの高い位置から太いケーブルがぶら下がり、その先端にはずっしりした厚いゴムバンドが左右に二つ取りつけられているのだが、それが低い位置のスチールロッドに取りつけられている――そのスチールロッドが〝スリング〟だ。「いいか。通常の回収で使うのは三つの部品だ。レッカーフック、スリング、それに安全チェーン。スリングをフロントバンパーの下に押し込んで引き上げる――それで車体がスリングの上に乗るんだが、それで接続が完了したわけじゃない。車体のフレームにしっかりつなげるにはフックが必要だ。安全チェーンってのは、いわゆるオプションだ。万が一フックが外れても、安全チェーンでまわりを固定しておけば車がスリングから落ちることはないから、この業界ではそう呼んでる」

「これは通常の回収じゃないだろ。すぐそこに人がいるんだ、ほんの二十フィート先のところに！」アランが反対している。

「でも、これは通常の回収じゃない」アランに合わせるように、おれはカーミットにそう言った。そして、キャブから素早く降りてサイドレヴァーを強く引き、スリングを下ろした。カーミットが口をぽかんと開け、うしろの窓越しにおれを見つめている。スリングが地面につくかつかないかのうちに、おれは戻ってきて運転席に坐った。「これから、アインシュタインのトラックの前面すれすれのところまでバックする。で、素早くスリングをトラックの下に押し込むからな」おれは彼に言った。「そのあと、おれが飛び出して車体のフレームにフックをしっかり取りつけたら、スリングを引き上げる。おまえは運転席に移って発車できるようにしておけ。おれはトラックのドアを開けてニュートラルに入れる。問題なくレッカー車とつながったのを確かめたら……」おれはギアをバックに入れながら、彼に向かってにやりとした。「おれがレッカー車に飛び乗るから、おまえはアクセルを目いっぱい踏むんだぞ。接続さえしっかりできれば、半分は終わったようなものだからな。簡単だろ。よし、準備はいいか？」

「えっ？　だめだよ、待って……」カーミットが弱々しく反対している。おれはすでに肩越しに目をやってバックをはじめ、軽くアクセルを踏んで小さな音を立てていた。

「相当まずいことになると思うぞ！」アランが危機感をあらわにした。

おれはピクニックテーブルにいる男たちをじっと見ていた。いまのところ、おれたちが近づいていることに誰も気づいていない。おれはアランの嘆く声を無視し、アクセルを踏み込んだ。

「待ってよ！」カーミットが甲高い声を上げた。

レッカー車がアインシュタインのトラックに物凄い勢いでぶつかり、トラックがスリングに当たって跳ね上がった。おれは飛び出して駆け寄り、レヴァーをつかんでまえに押し倒した。スリングが、腹立たしいほどゆっくりと持ち上がっていく。おれは息を止めていることに気づき、無理やり余裕の表情を作って息を吐いた。そしてピクニックテーブルの方に目をやりながら、トラックの運転席側のドアへ向かった。ロックされていない。ドアを開け、身を低くしてギアシフトをつかむと、大きな音がしないように徐々に動かした。ニュートラルに入れ、ハンドブレーキを外す。

ここまでは順調に進み、誰も動く気配はなかった。が、アインシュタインがサンドイッチを頬張ろうとしたところで驚いたように凍りつくのが見えた。おれが彼を見つめてうなずいてから、ものの五秒でフックに接続されたトラックの頭が持ち上がり、いよいよ牽引される体勢になった。よしできたぞ！

すると、いきなりレッカー車が動き出し、目のまえから離れていった。おれはあっけに取られて見つめていた。「待て、カーミット！」おれは怒鳴った。「まだだ！」カーミットが走り黒い排気ガスを放ち、アインシュタインのトラックを引っ張りながら、出す。その瞬間は彼を目で追っていたが、すぐに振り返ってアインシュタインを見た。彼と仲間たちが、突然目が覚めたようにピクニックテーブルから飛び出してきた。さっきまでの楽しそうな雰囲気は、もうこれっぽっちも感じられない。

今度はおれが凍りつく番だった。それから、スピードを上げるカーミットのあとをあわてて追いかける。「カーミット！　待て！」

アインシュタインのトラックがスリングの上で大きく揺れ、いまにもずり落ちそうになっているのに、カーミットはアクセルを踏んだままだ。おれは罵《のの》りながら彼に手を振り、あとを追って駐車場のなかを走りつづけた。

するともっと悪いことに、次のシフトで昼休みを取る従業員たちが、右手の大きなドアからどっとなだれ出てきた。仲間がそろっておれを追いかけているのに気づき、第二グループとしてキツネ狩りに放たれた猟犬のように、仲間と合流して追いかけてきたのだ。

カーミットはとうとう一番向こうの車列まで行って左折し、出口へ向かった。が、スリングの上には何もなかった。アインシュタインのトラックは直進の体勢のまま曲がり切れずにレッカー車からずり落ちてしまい、カーブで大きく跳ねて前に滑ってから止まった。

「気をつけろ！」アランが叫んだ。

従業員たちが車のあいだからおれのまえに飛び出し、行く手をふさいだ。おれは、フットボールを外側の腕にはさみ込んで素早く左に身をかわすように、彼らのなかへ切り込んでいって大勢を出し抜いた。あとから追いかけてきた三人の従業員は、おれがあっという間に逃げ切ったことに気づき、びっくりして目を丸くしていた。彼らはおれのうしろで崩れ落ち、まるで地区大会の試合に出ていた日のように、相手チームのディフェンスがどんどん遠のいていく感覚を覚えた。

ひとつだけ、行く手を阻むものが残っていた。警備員だ。詰所から飛び出し、少し上体をかがめ、おれに熱いハグをしようとするように両腕を大きく広げ、狭い進入路のまん中で立っている。

急に、彼がイースト・ジョーダン高校チームのディフェンス・エンドで、開けっ放しのバルブみたいに隙だらけだったことを思い出した。やれたことといえば、いまみたいに、少しだけ頭を動かしてフェイントをかけることぐらいだった。それに的外《まと》れなところへ手を伸ばしている。少しも触れられることなく、おれはするりと抜けていった。

道路に出ると、地獄の番犬にでも追われているように、カーミットがまだスピードを出しつづけていた。あとを追いかけているうち、脚がリズミカルにうまく上下するようになった。その瞬間、気持ちの良い天気のせいかもしれないが、長らく味わったことがないほど気分が晴れるのを感じた。カーミットがやっと路肩に車を停めたときには、むしろがっかりしたほどだ。おれの脚はそのままジムまで走っていき、ウェイトを持ち上げ、ピラティスを習いたがっているようだった。

ほとんど息も上がらず、脳内にはエンドルフィンがあふれて幸せな気分になっていた。カーミットは、判決を言いわたす裁判官を待っている被告人のように、おれが近づいてくるのをじっと見つめていた。「で、カーミット、どうして工場におれを置き去りにして出ようとしたんだ？」おれは膝を屈伸させながら訊いた。

「それは……」彼はそう言うのが精一杯のようだった。

「おれが運転する。しばらく待って時速五十五マイルになったら飛び降りろ」おれはうきうきした気分で言った。彼はことばを呑み込んでうなずいた。

「どうかしてるんじゃないか。トラックにフックを掛けるまえに、あの男たちに捕まっていてもおかしくなかったんだぞ」アランが苛立っている。

「カーミット、頭のなかの声が、おまえを森のなかに連れていって肝臓を食っちまえって言ってるぞ」カーミットの目が飛び出しそうになった。

「ラディ、なんてこと言うんだ。狂ってると思われるだろ」アランが文句を言った。

おれはミルトンに電話をし、アインシュタイン・クロフトの件は動産占有回復訴訟に持ち込むしかないと伝えた。「まあ、令状の送達はしますけどね、ミルトン」おれは言った。アインシュタインの眼前に書類を叩きつければ、少なくとも五十ドルの報酬は手に入る。

「それで、ジミーのほうはどうなってる？」ミルトンが訊いた。

「ミルトン、そりゃ、カネの回収は貸付とちがって楽じゃないんですよ」おれはチクリと言ってみたつもりだったが、彼が乾いた含み笑いすらしないので、ひとまず咳払いをした。

「今朝エクスプローラーを回収して稼いだ分から、五十ドル取っといてください」おれは提案した。

「本当にいいのか？」

「ジミーのことですから、ミルトン」おれは率直に言った。

晴れやかな天気のうえ、酸素が脚の筋肉のなかを駆けめぐっているせいか、おれはほとんど有頂天になったまま、まるでカーミットが昔からの友だちみたいに〈ブラック・ベア〉のドアを開けてやった。すると、ベッキーが冷たい視線をよこし、書類らしきものを振ってみせた。「カーミット、これ、何なの？」

ベッキーは三通の通知書を手にしていた。小切手用口座の利用が限度額を超えたときに銀行から発行されるものと同じタイプだった。カーミットが眉に皺《しわ》をよせて読んでいるあいだ、ベッキーは彼の肩越しにおれを見つめ、肩をすくめた。

「これは利用客の照会状だね。なんていうか、非読み取り式の手数料について利用客が納得していないみたいだ」

ベッキーとおれはぽかんとして彼を見つめた。「もっとわかりやすく言ってくれ」おれが訊いた。

「ほら、〈ブラック・ベア〉に手数料を払うことは、霊能者がお客さんに伝えているはずなんだけど、たまにそれを忘れてしまう客もいて、手数料という記載を見るとそれが何のことだかわからないから〝カルカスカの〈ブラック・ベア〉って何だっけ？　私はオマハだかどこかにいるのに〟みたいなことになっちゃうんだ。で、クレジットカード会社に訴えて銀行がこれを送ってきたってわけ」

「客が忘れるってことぐらい、霊能者のくせに前もってわからないのか？」おれは得意そうに訊いた。ベッキーとアランが不満そうに唸った。

「わかってるはずだよ」カーミットが言った。

「で、どうするの？」ベッキーが彼に訊いた。

「とにかく、非読み取り式アカウントは絶対に守らないと。だからこそ、異議を申し立てたりしないほうがいい。訴えてきた客には全額返金しよう。ぼくたちの取り分十三パーセントに、霊能者の八十七パーセントも合わせてだ。今日霊能者が受け取った分から、この八十七パーセントに当たる分を返してもらう。今日、ぼくたちはいくらもらったの？」

彼が〝ぼくたち〟と言ったことにイラっとしたが、何も言わずにいた。

「二千二百ドルよ」ベッキーが答えた。こんなふうに数字をきちっと管理できている彼女に、おれは敬意を込めた眼差しを向けた。

「そうか、じゃ、この照会状の客の支払いが合わせて六百二十ドルだから、問題ないね」自信満々で答えるカーミットを見て、急に心配になってきた。「これからもこういうのが届くと思うけど、同じように対処すればいいから」

カーミットには、ベッキーにやるべきことを指示するんじゃなくて、何をしたらいいか訊くべきだろ、と注意してやりたかったが、一生懸命がんばっているんだからいいじゃないか、とアランにあとからたしなめられるのがオチなので、唇を噛んでじっとこらえていた。

ベッキーに呼ばれた。裏口のドアから外へ出ていく。何だろうと思ってついていくと、真新しいコンクリートブロックの壁があった。おれは目をパチクリさせた。「何だよ、これ？」

ベッキーは興奮して顔が赤くなっている。「レンガとかブロックとか、そういうの並べたことってなくて。ちゃんと平らになってるかしら？」

そういうことか。まあ、店の裏に壁を作ることで妹が幸せになれるんだったら、それについておれがあれこれ言うことはないだろう？　駐車スペースだって、まだたっぷり残っているし。「いいじゃないか」おれは言った。

「平らになってるな」アランも褒めた。

ベッキーが笑った。「ねえ、飾りで作ったわけじゃないのよ。ちょっときて、ほら」彼女はおれの腕を取り、壁のまわりを歩いて見せた。実際のところ、囲いはコの字形になっていて、まん中には〈ダンプスター〉の大型のごみ箱がどんと置いてあった。

おれはすぐに、彼女のやらかしたミスに気づいたが、それをどう伝えたらいいかがわからなかった。「〈ダンプスター〉に小さな家をこしらえてやったんだね」おれはことばを濁した。

「ちがうってば、それは……郡で義務づけられたからよ。うちも囲いを作らなきゃって言ってたでしょ」

「でもさ、ベッキー……」おれはため息をついた。「壁のない面は、店の裏口に向いてないと。離れたほうじゃなくて。わかるか？　ごみ袋を持ってうろうろしなくちゃならないってのも厄介だけど、トラックが入ってきて一方向にしか進めないのはまずいだろ」おれは裏道を指さし、トラックが入ってきたらすぐに囲いの壁面に向かい合うという状況を身振りで示した。

「バックすれば〈ダンプスター〉に近づけるからいいのよ」

「そうか」ベッキーの目におれが一生懸命考えているように映っていればいいのだが、と思いながら、考え深げにうなずいた。ちらりと目を向けると、いつもの無表情な顔をしていてなんだか親しみを感じた。

二人で店内に戻った。「妹さん、いい子じゃないか。きみがバカげたことを言っても、食ってかかったりしないんだから」アランが言った。

クマのボブの近くに坐ると、ジミーが注文を取りにやってきた。本物のレストランみたいだ。「今日のスペシャルメニュー、知りたい？」彼が訊いた。

「えっ、何て言った？」おれはそう言って笑った。ベッキーの目が、砲塔が照準を合わせるようにおれにロックオンしているのを感じ、すぐに笑いを呑み込んだ。「いや、そうだよな、どんなメニュー？」

スペシャルメニューはホワイトフィッシュの厚板《プランク》バーベキューだった。「食べるのはプランクか？　それとも魚？」おれは冗談を言った。ジミーは不快そうな顔で肩をすくめた――なんでみんなそうなんだ？　ユーモアがわかるのはおれしかいないのかよ？

「みんな、どうしてあんなふうなんだ？」アランに向かってつぶやいた。

「〈ブラック・ベア〉の話題になると、きみがちょっと不機嫌になるのがわかっているからだよ。たぶんきみの反応を見るのが怖いんだろう」アランが言った。

「頭のなかの声に心理分析してもらう必要なんかないからな」

「ほかの誰ができる?」アランが切り返した。

ホワイトフィッシュが運ばれてくると、ベッキーとカーミットが、初めての子どもを幼稚園に送り出す両親のように、おれが食べるのをじっと見守っていた。親指を立てて見せると、二人ははた目にもわかるようにほっとして一息ついた。

「そんなに塩をかけることないだろう」アランがそう言ったので、おれはわざともう少し塩を足した。「野菜を食べないつもりか?」

「それはブロッコリーだ。ブロッコリーを食べるやつなんかいない」アランに教えてやった。

「ちゃんと野菜を食べるんだ!」

「食べたってば。フライドポテトを」おれは憤慨して答えた。すると、見たことのない女性がひとり、テーブルに坐って読んでいる《コスモポリタン》誌の上に目を出し、独り言をつぶやいているおれをじっと見ているのに気づいた。初めましてというように会釈したが、彼女は雑誌のうしろに隠れてしまった。

クロードがやってきておれの横に坐り、この店に百年前から受け継がれている伝統の料理でも頼むように、チキン・ブリトーを注文した。「なあ、クロード。空にすごくへんてこな物が浮かんでるけど、見たか?」

彼はうつろな顔でおれを見つめた。「ほんとに眩しいやつだよ、ほら？　そこから熱も出るだろ？　今日ずっとあそこにいたなんて、気味が悪いな」

「もしかして、太陽のことか？」彼が訊いた。

「おお、あれは太陽っていうのか？　長いこと見かけなかったから、気づかなかったぜ」おれは声高に笑った。

クロードはひどく戸惑っているようだった。ジミーがクロードのまえに皿を置き、ピコ・デ・ガロ・ソースをかけるかどうか訊いている。太陽の話がおかしな会話だとは、誰も思っていないようだ。「ジミー、最近ジャネルはきてるか？」クロードが訊いた。

ジミーの表情が暗くなった。「ジャネル？」彼の声音があまりにも険しいので、おれは面食らって瞬きした。

クロードはその様子にちっとも気づいていなかった。「実は、彼女、なんだか私のことを避けてるみたいでな」男同士の話をしようぜ、という目をおれたちに向けた。「彼女のことがわからなくなっちまって。知ってるか？　私ら、まだしてないんだよ。せいぜい愛撫どまりだ。女ってやつは」彼は鼻息を荒くした。「いっしょには暮らせないし、返品して払い戻しもできない」

ジミーの顔が赤くなった。「何か問題でもあるっていうのか、クロード？　あんたとウィルマはずっといっしょに暮らしてきたんじゃないか。彼女はあんたを愛してるんだ。二人には歴史があるだろう。どうかしてるんじゃないのか？　ジャネルだって？　あんたとウィルマが作り上げたものをおれも手に入れようとしたら、どれだけ犠牲を払うことになるかわかるか？」一瞬ジミーの口がよくわからない動きをしたが、クロードはびっくりしてただ見つめているだけだった。ジミーがこんなに怒ったところを、この店では誰も見たことがないだろう。

彼はいよいよ痛いところを突いてきた。「クロード、あんたは過去最大のまちがいを犯そうとしているんだ。いつかジャネルにもっと歳の近い男が現われても、あんたは捨てられないとでも思っているのか？」

〝もっと歳の近い〟という部分がクロードの気にさわったのは明らかだった。彼が何か言おうとした。

「まったく。もうかまうもんか。ハラペーニョ入りのグアカモーレでも持ってきてやるよ」

ジミーは踵を返し、嵐のようにすっ飛んでいった。

クロードとおれは、いまのは何だったんだろう、というように顔を見合わせた。

「大変だ、ラディ。いま入ってきたやつを見ろ」アランが言った。

おれの視界に入ってはいるものの、意識して見たわけではない物事をアランが把握しているというのは、考えただけで不快だった。彼が何のことを言っているのか見てみようと、顔を上げた。

ジミーが説教を垂れているあいだに、シャールヴォィ郡保安官助手が〈ブラック・ベア〉

に足を踏み入れていたのだ。その男は、アランの死体を掘り出した日にいっしょにいた警官のひとりだった。彼は薄ら笑いを浮かべ、こちらをじっと見つめている。おれが気づいているのがわかり、彼は指を曲げた。おれは息を呑んでテーブルから立ち上がり、保安官助手のあとについて外に出た。パトロールカーに乗り込むと、灰色の雲がたちこめて太陽を隠してしまった。

嘘発見器の時間だ。

19　友人の葬式

保安官事務所の狭い待合室で三十分待たされた。きっと、よくある〝誰がボスなのか教えてやる〟式の心理作戦なのだろう。おれを怖気づかせようなんて百年早い、とは思ったものの、緊張で貧乏ゆすりが止まらず、うしろのドアが開くたびにびくっとした。アランは次から次へとアドバイスをくれたが、四フィート先に事務担当官がいるのでとても返事ができるとは思えず、何を言われても一方通行だった。「あのフランクリン・ウェクスラーという男について調べてみよう」アランは言った。まったく、このからだを動かしているのは誰なのかを忘れている。おれは、誰の名前も出すつもりはなかった――保安官がまだ手に入れていない情報を与えれば、ますます面倒なことになるだけだ。

しばらくしてストリックランド保安官が現われ、指を曲げて合図した。このジェスチャーは保安官事務所の規則でも認められているらしい。窓がなく、一方の壁が鏡になった狭い部屋に通された。

「ひどく殺風景な部屋だな」木の椅子に坐るとアランがぶつくさ言った。「まったく、壁に絵を一枚掛けるくらいしたっていいだろうに」

取り調べ室を明るい内装にすべきだと本気で考えている人間なんていているんだろうか。それまでずっと、嘘発見器というのは何か脳波を測るしくみになっているのだろうと思っていたが、現物はそれほどハイテクなものではなく、上下する針が示すのは脈拍、呼吸、発汗、血圧だった。ジャスティンと呼んでくれと言った検査担当官はビル・ゲイツそっくりだった。「痛くありませんよ。からだに害を与えることは一切ありません。まず準備のための質問をいくつかします。そのあとは、保安官が用意した質問がここにありますので。この質問リストはもう見せられていますよね？」ジャスティンが訊いた。オタクっぽい抑揚の少ない話し方だ。

「はい」おれは息を呑んで答えた。そのなかの質問〝あなたはアラン・ロットナーを殺した人間を知っていますか？〟を見ただけでもう汗が出てきた。バービーとウェクスラーのことを、保安官には言いたくなかった。アランがおれの頭のなかに住んでいることを言いたくなかった。

アランはおれの緊張を感じ取ったようだ。「心配するな。私がそばについている」彼は静かに言った。あんたがそばにいるからこそ心配なんじゃないか、と伝える方法はなかった。

「では最初の質問です。あなたの名前はラディック・J・マッキャンですか？」

「はい」

「よし、いいぞ！」アランが褒めてくれた。

ジャスティンが顔をしかめた。「ミスタ・マッキャン、今日、体調は大丈夫ですか？」

「はい」おれはしかつめらしく答えた。

ジャスティンは首を振った。「いや、いまのは検査の質問じゃありません。純粋に訊いてるんです。いま何か薬を飲んでいますか？」ジャスティンはついさっきおれが記入した事前質問票を確かめた。そこに書いたとおりにおれは答えた。

「いいえ」

ジャスティンは唇をすぼめた。「別の質問にしてみましょう。あなたはカルカスカに住んでいますか？」

「はい」

ジャスティンは首をかしげて何やら考えている。

「何か問題があるようだな」アランが言った。

「こうしてみましょう。質問をしますから、わざと嘘を答えてください。このような質問を『回答指示質問』といいます。いいですか？」

「わかりました」

「ミスタ・マッキャン、あなたはイースト・ジョーダンに住んでいますか？」

「はい」

ジャスティンは驚いたように目を見開いた。顔を上げておれを見た。「本当はそうじゃないんですよね？」

「どういう意味ですか？」

「質問票に記入した住所はカルカスカですよね。イースト・ジョーダンにお住まいではない」

「はい。その、つまり、そうじゃなくて、カルカスカに住んでいます」

ジャスティンはうなずいた。「少しお待ちください」彼はドアを閉めて部屋を出て行った。

「どういうことだ？」アランが訊いた。

壁の鏡に目をやった。「ヴィデオに撮られてるんだろうな、ここから」おれはさも独り言のように言った。

アランはおれの意図を察したようだ。「ジャスティンの様子から考えて、機械に何か問題があるようだ」アランは言った。返事はしなくていいから、というような口調だった。

しばらくするとジャスティンが戻ってきて、嘘発見器を外した。「すぐに保安官のところに来てほしいそうです」彼は残念そうに言った。

おれのほうもうれしいとは言えなかった。〝すぐに保安官のところに来てほしい〟と言われるのは〝校長室に来なさい〟と言われるのと似ている。「というと？」おれは訊いた。

「検査は終わりですか？」

ビル・ゲイツのそっくりさんのジャスティンは、〝申しわけありません、コンピューターに問題が起きました〟とでもいうようなあいまいな表情で応じた。

それから間《ま》もなく保安官のデスクのまえの椅子に坐ったときには、今回の面談がファーストネームで呼ばれるような雰囲気にはならないことがわかっていた。保安官は冷たい目をし、コーヒーも勧めてくれなかった。口の端から突き出た爪楊枝がおれのほうを向いていた。

「グラブの話では、嘘発見器に問題があるようだ」

グラブというのはビル・ゲイツのそっくりさんのジャスティンの名字だろう。彼も今日は保安官からの評価ポイントを稼げなかったようだ。

「検査の質問は何もされてないですけど」おれはちょっとムキになって答えた。

「彼の話では、きみはずいぶん緊張していて、準備用の質問にも嘘をついているかのように反応したそうだ。それでいて嘘を言えと指示されたときは本当のことを言っているような反応だったと」

「その理由はわかるような気がする」アランが考え深げに言った。

「どうしてそんなことになるのかさっぱりわかりませんね。わざとそういう反応をしたわけじゃないですし」おれは文句を言った。

保安官はしばらくおれを見つめた。「アラン・ロットナー殺害に関して私が何をつかんでいるかわかるか?」しばらくして保安官はおれに訊いた。

おれは首を振った。

「きみだ。私がつかんでいるのはきみだよ。きみは彼の遺体がある場所を知っていた。あの遺体が誰なのかを、われわれが掘り返すまえから知っていた。いまから大量の人員を使って、州刑務所システムに登録されている受刑者のなかから、きみと知り合った可能性があり、かつ被害者の頭に弾丸を撃ち込むことができた人間をしらみつぶしに探すこともできる。ただし四年間に知り合った可能性のある受刑者全員をあたらなければならない。それよりも、いまここできみが知っていることを正直に打ち明けてくれたほうが、よほど安上がりで簡単なんだがな」

保安官の目は険しく厳しかった。おれは困り果ててため息をついた。

「夢で見たなんて言わなければよかったんだ」アランが説教した。

「新聞で読んだんです」おれは言った。

保安官は顔をしかめた。「新聞で何を読んだんだ？」

「アラン・ロットナーのことです。誰かが森に埋まっている夢を見て、誰だろうと思いました。それでイースト・ジョーダンの図書館に行って昔の新聞を調べてみました。アラン・ロットナーの記事を見つけて、この人だと思ったんです。このあたりで、あんなふうに行方不明になった人はそんなにいませんから」

保安官はこの話について考えているようだった。そのあいだじっと見つめられていたおれは、居心地が悪くなって身じろぎした。

「説得力ゼロだな」アランがわざわざ指摘してくれた。

図書館でマイクロフィッシュを調べた日時を訊かれて答えた。「ここで待っていなさい」保安官はそっけなく言って出て行った。

「アラン、そんなこと言って役に立つと思うのか？」ドアが閉まるとすぐに、おれは食ってかかった。

「建設的な意見を言っているだけじゃないか」アランはムキになって言い返した。

「ちがう！　建設的っていうのは、その意見をもとに何か作り出せるようなときに言うんだ。あんたは自分では何もしないでケチをつけてるだけじゃないか。名案があるというなら言え。そうじゃないときは黙ってろ、いいな？」

アランは気分を害したような音を出したが、おれは謝る気分にはなれなかった。手のひらの汗をジーンズで拭いた。

やがて保安官が戻ってきて椅子に坐り、油断のない目つきでおれを見つめた。「図書館員に確かめたところ、きみが二、三時間ほどマイクロフィッシュを調べていた事実の確認がとれた。なぜそのことをもっと早く言わなかったんだ？」

「信じてもらえないと思ったからです。だって、夢で見たなんて言ったら、ずいぶんおかしな話だと思われるに決まってますから」

保安官は鼻を鳴らした。こいつをいったいどうしたものかと考えているように、しばらくおれをじっと見つめた。「以前、行方不明になった子どもの件で霊能者に協力を求めたことがあったが、時間の無駄だった。結局その女の子は、われわれの推測どおり、叔父に連れ去られていたんだ。きみもその、そういう霊能者なのか？」

まるでミシガン北部の住民は全員頭のなかに霊能者がいるみたいじゃないか。「いえ、ちがいます」おれは答えた。もしかするとおれの妹が〈霊能者ホットライン〉をやっていることがどこかから保安官にばれたのかもしれないと怯えながら。だが保安官はその話には触れず、別の質問をしておれはびっくりした。

「頭のなかで声が聞こえることがあるのか、ラディ？」

おれは息を呑んだ。「いや、その、どうしてそれを——」

「ティムズ保安官助手の婚約者と会っているそうじゃないか」保安官はさえぎって言った。

「婚約者なんかじゃない！」おれとアランは同時に口走った。

おれの反応に、保安官は眉をひそめた。「ケイティからは、二人のあいだで結婚の話が出ているだけだと聞いてます」おれは努めて穏やかに言った。

保安官は立ち上がり、窓の外に目を向けた。灰色の霧が町中を覆い始め、木立が霞んで見える。「この郡の市民を守るのが私の仕事だ」少し経ってから彼は言った。

「自分も市民だと言えよ」アランが急《せ》かした。

「そうですね。でも、おれも市民です」おれは言った。

保安官が振り返った。「きみは前科者だ」彼は冷たく言い放った。「そのうえ精神疾患の問題もあるようだ。具体的にはわからないが、何かを企んでいるように見える。アランの遺族を利用しようとしているのかもしれない。ケイティ・ロットナーには近づかないでもらいたい」

「冗談じゃない！」おれは考えもせずに口走った。そのことばを保安官に向かって言った人はそんなにいないだろう。保安官は顔を曇らせた。

おれは興奮して立ち上がった。「おれが好きこのんでこんな状態になったと思うんですか？　アラン・ロットナーの夢を見させてくれと頼んだ覚えはありません。アランのことなんて知りもしなかったんですから！」

「知り合いだと言ってたんじゃなかったか」アランがつぶやいた。

「つまり、実は、知り合いだと言ってましたけど、そうじゃなかったんですよ。あの夢、あの怖い夢を見て……」両手を握りしめて拳を作った。「それでその話をしにここにきたんです。おれがその話をしてなかったら、そちらが遺体を掘り起こすこともなかったし、いまここでこの会話をすることもなかったでしょうね」

「私がいいと言うまでその椅子に坐っていなさい」

おれは腰を下ろした。保安官はしばらくおれを見つめていた。「マッキャン、きみは混乱している。そのせいで、こちらもきみに会うたびに混乱させられている。ただ、ひとつはっきりしていることがある。ケイティ・ロットナーの頭まで混乱させるのはやめてもらいたい。彼女は明日、父親を埋葬するんだ。いまの精神状態では、きみのことを恩人か何かのように思い込みかねない」

「私を埋葬する？　明日私の葬式をするということか？」アランが訊いた。

「リサ・マリー・ウォーカーのことをケイティに話したのか？」保安官が訊いた。

おれは黙り込んだ。

「話してないんだろうな。きみの頭のなかの声のことを、ケイティは知っているのか？」

おれは黙ったまま保安官をじっと見つめた。

「状況を整理しておこう。私はこの殺人事件の捜査をつづける。きみが重要な情報を隠していることがわかったら、きみは起訴されて刑務所に戻ることになる。きみのご自慢の馬糞《でたらめ》はもうたくさんだ」保安官はドアを開けて廊下に顔を出し、大きな声で助手を呼んだ。そしておれに向かって言った。「助手が家まで送る。話は終わりだ。これ以上きみと話す必要がないことを心から願うよ、マッキャン」

保安官助手についてパトロールカーに乗るまでのあいだ、おれはうつむいていた。空は暗く、一マイルも行かないうちにワイパーが動き出した。アランはようやくおれが質問に答えられる状況ではないことを理解したようで、まもなく眠り込んだのがわかった。保安官助手もとりたてて話すことはないようだった。

〈ブラック・ベア〉では、ビリヤード台に子どもが二人いて、ボールを手で転がしてぶつけて遊んでいた。状況を理解するのにしばらく時間がかかった。この店に子連れの客が来たのはいつ以来だろうか。

ジミーが隣にやってきた。「やあ、ラディ。これ」

おれはジミーが押しつけてきた札束をぽかんと見つめた。「何だ?」

「ミルトンと相談して返済計画を立てたんだけど、ラディが先に五十ドル払ってくれたって聞いたから。ほら、ぼくが引っかかったあの小切手詐欺の件で。だから返すよ」

「いいよ、だめだ、取っておけって」

「いいんだ。チップを貯めたおカネだから」おれはジミーの誠実そうな目を覗き込み、それから店内を見まわした。テーブル席に何組かの客がいて、〈ブラック・ベア〉ではほとんど前例のないことをしていた。食事をしていたのだ。ジミーが立ち上がった。「急いで仕事に戻らなきゃ。あとで少し落ち着いたらビリヤードでもやろうか？」

「あの子たちに勝てると思うならな」おれは子どもたちを指差して言った。ジミーはにっこりして肩をすくめた。

その晩は、家族間で抗争が始まって用心棒が仲裁に入るような事態にもならなかった。おれを用無しにするためにいろいろなことが仕組まれているような気分になって家に帰った。

玄関のドアを開けると、ジェイクがジミーもいっしょに帰ってきたのかと期待するようにおれのうしろに目をやった。

「このことは話し合ったよな、ジェイク。おまえはおれのことをもっと好きにならなきゃいけない。食べさせてやってるのはおれなんだから」

ジェイクは、わかってる、でもベッドには上がらせてくれないんだろ、と言うような顔をした。

おれは床に寝そべって犬のからだに腕をまわした。アランはまだ眠っていて、いつになく自分はこの世界でひとりぼっちだと感じた。おれの気持ちを察したジェイクがピンク色の舌を出して慰めるように舐めた。おれはため息をついた。アランには、どうして犬には優しいのに人間には同じようにできないんだと訊かれた——でもそれを言うなら、どうして誰もジエイクのようにおれに優しくしてくれないんだ？

　翌朝目が覚めると、すぐにアランが話し始めた。まず、おれがどうして嘘発見器に〝自己紹介をする〟だけのところでヘマをしたのかについて考えてみたという――おれとアランはなんらかの形で混じり合っていて、〝おれの真実〟と〝アランの真実〟がごっちゃになっているのではないか、というのがアランの仮説だった。それを聞いたおれは、そんなバカなことがあってたまるかと思った。

「ほんの少しだって、あんたとおれが混じり合うなんてごめんだ」おれは言った。それからアランは自分の葬式のことを話題にした。私たちは葬式に行くんだよな？　離婚していてもマーゲットはくるだろうか？　場所はバービーのところか？　それはそうだろうが、あいつ、いい度胸してるな。

「なぜ返事をしないんだ？」しばらくして苛々したようにアランは言った。

「ひとりでちゃんと会話を成立させてるみたいだからさ」おれは言った。

「ふむ。きみが何も言わないからかもしれないな」

おれは何も言わなかった。ミスタ・皮肉《アイロニー》とはおれのことだ。

「何が不満なんだ？」アランは言い立てた。

「何が不満かって？　頭のなかに死んだ男がいてしゃべりっぱなしだってことのほかにか？」

「なんと心ないことを」

「まったくあんたらしいよ、アラン。〝なんと心ないことを〟だなんて、イギリスのテレビドラマみたいな話し方をしやがって」

「何が問題なんだ？」

「問題は、たまには静かに過ごしたいときがあるってことだ。しばらくひとりになりたいんだ。そんなに理解に苦しむことか？」

「そうだな、どうすればそれが実現するんだろうか？」

「わかるもんか！」おれはクローゼットからスーツを引っぱり出し、苛々してジャケットの肩に積もった埃を手で払った。アランがあえて何も言うまいとしているのがわかった。「そう、これからあんたの葬式に行くんだよ」おれは言った。

そのあとすぐにアランは寝入ったが、おれが着替えるときになると目を覚ましてファッションチェックを始めた。アランはおれが前世紀以来新しいネクタイを買っていないことが不満のようで、そのうえ靴に艶《つや》がないと文句を言い、おれの気持ちを萎えさせるばかりだった。

「そんなに騒ぐほどのことじゃないだろ、アラン」おれはぼやくように言った。バスルームの床に立ち、かみそりで切った顎の傷に向かって血よ止まれと念じていた。「おれのことなんかより、遺体の顔が見える棺なのかどうかを心配したほうがいいんじゃないのか」

「ふん、笑えるな」

「ごめんな、ジェイク。おまえは行けないんだ」おれはふざけてわざわざ犬に言ってみた。

アランもジェイクも反応しなかった。

眩しい日差しに目を細めながら、イースト・ジョーダンまでトラックを走らせた。バービーの葬儀場にはかなりたくさんの車が来ていて、駐車場の奥のほうに駐めなければならなかった。「大勢がお別れを言いにきてるようだな、アラン」

「こんなにたくさん友だちがいるとは思わなかったよ」アランは少し圧倒されたように答えた。

アランには言わなかったが、興味本位で来ている人もいるだろうと思った。この町では、殺人事件の被害者の遺体が見つかることなどそうよくあるわけではない。人混みに揉まれて会場に入り、席は全部埋まっていたのでうしろの方に立った。こうして、アランが自分の葬式に出席できるようにしてやった。

マーゲットとケイティは黒い喪服を着ていた。巻き毛を肩に垂らしたケイティの美しさに目を奪われたが、いまは彼女の父親の葬式だ、神聖な場にふさわしくないことは考えるな、と自分に厳しく言い聞かせた。

牧師がまえに出て祈りのことばを唱え、そのあとアランがどんな人間だったかを語り始めた。「いったい誰のことなんだ」アランがつぶやいた。アランは善意にあふれた人で、よき父であり、手間を惜しまず休日の礼拝の飾り付けを手伝ってくれることもよくあった、という。「手伝ったのは一回だけだ」アランがケチをつけた。おれはきつく目を閉じた。アランはしゃべるのをやめた。

牧師の話を聞きながら、どうやらまわりの人たちがおれの方をちらちら見ているらしいことに気づいた。おれがそっちを見ていない隙をうかがっては盗み見している。遺体の発見者なのだから無理もない。この町でどんな噂を立てられているのだろう。霊能者？　マッドネスにやられたレポマン？

ケイティもまわりの視線に気づき、自分の席からうしろを振り返ってあの澄んだ青い目でおれの姿を捉えた。おれは真面目な顔でうなずいてみせ、ケイティは子どもがするように小さく手を振った。アランが唾を呑むのが聞こえた。ケイティの隣に坐っているティムズ保安官助手が振り向き、おれに目を留めると怒りで顔を赤くした。おれは無表情で見つめ返した。

話を終えると、牧師は両手を広げ、参列者のみなさんもどうぞ故人についてのお話をお聞かせください、と促した。長く気まずい沈黙が流れた。そこにいる誰よりもアランのことをよく知っているといえる自分がまえに出て話すべきだろうかと考えた。だが、口を開くまえに、というかどんなことを言えば頭がおかしいと思われずにすむかを考えつくまえに、ケイティが立ち上がった。からだの向きを変えて目にかかる前髪を払い、気持ちを落ち着けようとするように片手でしきりに服の腰のあたりをいじっている。

「父は……」ケイティは咳払いをして会場を見まわした。部屋の隅にネイサン・バービーが立ち、わざとらしく耳を傾けるようにしているのが目に入り、おれは怒りの炎で焼け落ちそうになった。「父は私のことをキャシーと呼んでいました。ランニングが好きで、仕事から帰るとよく二人で散歩に行きました。おまえは将来、何にだってなりたいものになれるんだよ、と言ってくれました」ケイティの唇が震えた。「父は私たちを置いて出ていったのではない、とずっと信じていました」ケイティはちらりと母親の方を見たあと、会場の参列者に視線を戻した。「父が出ていくはずはありません。私は心から信じていました。きっと父の身に何かとても悪いことが起きたのだと」涙が彼女の頬を伝い、息を吸うのが嗚咽《おえつ》のように聞こえた。「亡くなっていることを望んでいたわけではありませんが、父が私の成長をそばで見守ってくれなかった理由はそれ以外考えられません」ケイティはぎこちなく微笑みを作ってみせた。「世界でいちばんのお父さんでした」

ケイティの濡れた目が会場内を見まわし、おれの目と合ったとき、おれは涙を拭いていた。アランとおれは、どちらも泣きながらただそこに坐っていた。まわりの人たちはもう好奇心を隠さずにまっすぐおれに視線を注ぎ、おれの様子を観察し、おれという人間を品定めしていた。

マーゲットが立ち上がって娘を抱きしめ、二人でさめざめと泣いた。慰めてやりたい気持ちで居ても立ってもいられないというように人々が二人を取り囲んだ。

部屋の向こうからストリックランド保安官がこちらを見ているのに気づいた。いつものように無愛想で感情を読み取れない顔をしているが、おれがいるのを見てよろこぶはずがないことはわかっていた。

やがて参列者たちはグループに分かれ、それから一連の手順に沿って進む人の流れができた。列を作り、まず飾られた写真を眺め、ときにはアランの棺に触れ、それからケイティとマーゲットに声をかけ、最後にネイサン・バービーと握手して出口に向かう。おれはティムズが部屋の向こうで誰かと話し始めるのを待ってから列に加わった。ゆっくり写真を見ていった。

どの写真でもアランは背が高くスリムで、黒っぽい眉毛と巻き毛が娘とよく似ていた。八〇年代には髪型にボリュームがありすぎて〈チア・ペット〉みたいに見えるときもあったが、服はいつもアイロンがかかっていてこざっぱりしていた。引き締まった筋肉質の脚と腕。笑顔で写っている写真はほとんどなかったが、幼い娘を抱っこしているところを撮られたときはいつもきれいに並んだ白い歯を見せてにっこりしていた。

「それは娘の五歳の誕生日のときだ」アランは懐かしそうに言った。そこにはいつも泥だらけの服を着て顔にチョコレートをつけていそうな、茶色い髪の女の子が写っていた。

おれは棺のまえにいって手を置いた。「私はそのなかにいるんだな」アランは感慨深そうに息をついた。

本当はいないんだ、と言いたかった。あんたはそのなかにはいない、おれのなかにいるんだ、と。

それからマーゲットに挨拶した。マーゲットは痩せた青白い美人で、目には疲れた表情が浮かんでいた。お悔やみを言うと、心ここにあらずといった様子で頷いた。何年もまえに離婚した夫の未亡人として人まえに出るのは厄介なことにちがいない。

おれはケイティに手を差し出したが、ケイティはなんとおれをぎゅっと抱き寄せてハグをした。「きてくれて本当にありがとう。あなたがきてくれてどんなにほっとしたか。父もきっと感謝してると思うわ」

「このたびはお悔やみ申し上げます」おれはケイティに言ったが、われながら妙に聞こえた──亡くなったのはずいぶんまえのことなのに。いまここに人が集まっているのは気持ちに区切りをつけるために過ぎない。

ケイティがおれを人の輪から少し外れたところに引っぱっていった。「いまここにきている人たちのほとんどは、父は失踪したと言っていたのよ。それなのにまるでそんなことなかったみたいに、最初からずっと父の身に何か悪いことが起きたのを知っていたみたいな顔して」

何と言ってやればいいのかわからなかった。おれはケイティをうまく慰められない自分を心のなかで罵りながら肩をすくめた。この人を救うためなら竜《ドラゴン》だって退治するし、焼け落ちる城からだって助け出してやる。この人を救うヒーローになりたい。それなのにこんなふうにただの大木みたいに突っ立ってるだけだなんて。

「知ってる？　父は頭を撃たれたんですって」ケイティは口に手を当てた。「父は苦しんだのかしら？」彼女は、おれの目を探るように見た。

死んでる。

ちがう、死んでなんかいない。

「ちがう！　いや、その、苦しんでないよ、ケイティ。それは確かだ。お父さんはほとんど即死で何も感じなかったんだ」

「二回目は撃たれたことさえわからなかった。ばったり倒れてしまったんだ。痛みはまったく感じなかった」アランがおれに言った。

「ケイティ？」彼女の母親と同じくらいの年齢の女性がケイティの肩に触れた。おれは話を切り上げるときだと察して別れの挨拶をした。

出口のドアに向かう途中、ネイサン・バービーが手を差し出してきた。「よくいらしてくださいました」バービーはまるで初めて会うかのような態度で静かに言った。

「遺体が見つかったとなると、お墓はどうなるんですか？」おれは興味津々というような口調で訊いた。

バービーはその質問が気に入らなかったらしく顔をしかめた。「それについてはまだ決まっておりません」

「墓石の場所に案内してくれると言ってましたよね」

バービーの目が冷たくなった。「あなたは故人のいとこではないでしょう」

「ええ、ちがいます」

「遺体を見つけた方ですよね。なぜここにきて私に嘘を言ったんですか？」

「まったく、どんな神経してるんだ、この男は」怒りで息が詰まりそうな口調でアランが言った。

「わからないな、ネイサン、なぜ私に嘘を言ったんです？」おれはからかうように言った。

彼は、おれと会話を始めたことを見るからに後悔しているようだった。「ご参列ありがとうございました。お気をつけてお帰りください」

「気の毒なアラン。彼は苦しんだのかな？」

バービーは瞬きをした。

「頭を撃たれたことじゃない。その痛みは感じなかったはずだ。でも、あのシャベルで殴られたのは痛かっただろうな、そう思わないか？」

バービーは顔色を失った。おれはまえに乗り出した。「あんたがいま何を考えているか、おれにはわかるよ、ネイサン。おれは刑務所にいた。そのことはあんたも保安官事務所の誰かからもう聞いているだろう。だから、おれはあの現場にいたはずがないんだ。木のうしろに隠れて一部始終を見ていたなんてことはあり得ない。でもそれなら、どうしておれが知っているんだ？　ほら、あんたはそのことを考えてるはずだ。どうしてこいつが知っているのか？　とな」

「何のことをおっしゃっているのかわかりません」バービーは弱々しい声で答えた。

おれはバービーの肩を少し強すぎるほどぴしゃりと叩いた。突然の音に会場全体が静まり返るのがわかった。「わかってるくせに、ネイサン」おれは彼にウィンクしてみせた。「またな」

そして夕方の傾きかけた太陽のもとに出た。

「いやあ、ラディ、たいしたもんだよ。あいつに面と向かって言ってやったな」

「あいつはおれの友だちを殺したんだ。あいつを見ると胸クソが悪くなる」おれは言った。心臓の高鳴りが収まらず、血がからだ中を駆けめぐっているのを感じた。バービーがあとを追って出てきてひと騒ぎ始めてくれないか、と思ったくらいだ。バービーがやる気じゃないなら、ティムズが相手でもいい。

少し経つと気持ちが落ち着き、アランとおれは彼の墓石を見てみることにした。木立の下に休憩用のベンチが置かれた気持ちのいい場所だった。ベンチの脇に大きな石があり、真鍮のプレートがついていた。〈アラン・ロットナーを偲んで　あなたを忘れない〉おれは腰を下ろし、アランが気持ちを整理するのを待った。

「二日連続で日が出てるな。あっというまにそこらじゅう蚊だらけになるぞ」しばらくしておれは言った。

「葬儀場の支配人と工場の役員が私を殺す動機は何だ？　どんな理由があって、私から家族を、大事な娘を奪おうとしたんだ？」アランは悲しみに打ちひしがれたように訊いた。

「あんたがその日に何かを見たからだよ。それはまちがいない」おれは答えた。猛スピードで通り過ぎていく車に気づいたウェクスラーの、愕然とした表情を思い出していた。バービーはそれほど驚いたようには見えなかったが、職業柄、感情を覆い隠す訓練を積んでいるからかもしれない。

「しかし何を見たというんだ？　あいつらはあそこに立っていただけじゃないか！」

二人でそのことをしばらく考えてみた。ベンチから立ち上がったときには、駐車場は半分空いていて、少しずつ参列者が帰っているようだった。バービーとマーゲットが外に出て何か話し始めた。全員が帰るまえに費用の精算でもするのだろう。バービーと未亡人が低い声で語り合う様子は、ごく親密な間柄のようにも見えた。

それから彼女は顔を上げて微笑み、二人はキスを交わした。アランが驚いて息を呑むのが聞こえた。おれは口を開けてしばらくそこに突っ立っていた。

「アラン」しばらくしておれは言った。「あんたが殺された理由がわかった気がする」

20　二つの死に方

「どういうことだろう？」アランが小さな声で言った。ショックを受けているようだ。

バービーとマーゲットは腕を組んで建物のなかに入っていった。おれは、独り言を言っているのを見られないように、葬儀場から顔を背けた。

「人類のもっとも原始的な動機だよ、アラン」

「いや、待てよ――仮にきみの言うとおりだとしても、辻褄が合わないぞ。ウェクスラーが首を突っ込んでくる理由がないじゃないか。私をシャベルで殴ったのはウェクスラーだ。それに……銃で撃ったのも、間違いなくあいつだ。どうしてこれほど確信があるのかはわからないが、やつに違いないんだ。とすれば、やつがそんなことをした理由は何だ？」

「バービーになにか借りがあったのかも」

「真面目に考えてくれよな、ラディ」

言われたとおり、考えてみた。「さっぱりわからないね」おれは言った。「おれにわかるのは、あの二人がキスをするのは今日が初めてじゃないってことくらいさ」

「それは、ありがたいことだ」

「悪いとは思うよ、だけど、アラン、あんたは八年もまえにいなくなったんだ。しょうがないんじゃないか？」

「だからといって、こうやって目のまえに突きつけられるとね」

「ごめん」

「今日は大変な一日だったしな」

「ああ、そうだね」おれは素直にあやまった。「あんたの言うとおりだ」

「ラディ？」

声のする方に振り向くと、ケイティが不思議そうな顔で見つめていた。

「誰と話しているの？」

「ああ……」そのあとは力なく笑ってごまかした。彼女の目はいまだに赤く、腫れぼったかった。

「お願いできないかと思って……帰りたいのよ。母とネイサンといっしょに来たんだけど、もうこれ以上ここにいるのに耐えられなくて」

「ああ、いいよ。もちろんだ」連れだってトラックまで歩いていき、助手席のドアを開けてあげた。「どこまで？」

ハイウェイ六六号線をシャールヴォイ方面に向かって北上することになった。一分ほど走ったところで、ヘッドライトをつけて前方の道を照らした。ケイティは窓の外を見つめていた。

「おれたちの腕で娘を抱きしめてやらないと」アランがそう言ったが、明らかに、ちゃんと考えた上でのことばではなかった。〝おれたち〟は物理的に存在しているわけではない。したがって、父親が娘を抱きしめてやるのは当然だろうが、だからといって、おれが同じことをしてもいいことにはならないのだ。それに、いまのケイティの態度はぎすぎすしていて、冷たかった。

「ひどい葬儀だった」彼女はアームレストを握りしめながら、独り言のように言った。

「つらかっただろうね」おれは心を込めてそう言った。

彼女はおれをちらりと見た。「ごめんなさい。ただ、母といると、たまにとても嫌な気分になるの。父が……いなくなってすぐのころ、ネイサンを含めて近所の人や母の友達とか、大勢の人が心配して来てくれた。だけど、ネイサンだけはみんなが帰ったあともずっと残っていたわ。ある朝、彼の車がドライヴウェイを出ていくのを見たの」彼女の唇が悔しそうに歪んだ。「しかも、父がいなくなるまえから始まっていたようなのよ。つまり、ネイサンと母の関係がね」

おれは大きく息を吸った。パズルのピースがカチリと音を立ててはまったような気がしていた。

「思ったとおり、やっぱりほかに男がいたんだな」アランの声は怒っていた。「あやしい点はたくさんあったからな」

「離婚の手続きがすんで、ものの二週間かそこらで彼と結婚したのよ」

なるほど。あの葬儀屋が言わなかったことに何かあるはずだと思っていたが、それはこれだったのだ。おれがミネアポリスに住むいとこだと言ったときに、彼が強い反応を示したわけもこれでわかった。

「気に病むんじゃない、と娘に言ってくれ。結婚というのはうまくいかなることがあるし、お母さんだけのせいじゃない、おれにも責任があったんだから、とな」アランが言った。

そんなことを言う気はなかった。「彼は葬儀屋の店主なんだね」

ケイティは憂鬱そうにうなずいた。

「そういえば……墓地は、以前は別の場所にあったんじゃなかったっけ？　だけど、墓地なんて、どうやって移設するんだろう？」

「ええ、そう。たしか、プラスティックのパイプかなんかを作っている会社に売ったのよ。遺体をひとつずつ掘り起こして、新しい場所に埋葬し直したの。お墓ひとつにつき、一万ドルももらえたって、ネイサンが母に話しているのを聞いたことがあるわ。それが、さも自慢そうな口ぶりでね」彼女はからだごとこちらに向き直った。「私って恩知らずかしら？」

「えっ？」おれはギョッとして言った。

「ネイサンは、私にとてもよくしてくれるわ。正式に養子にしたいとまで言ってくれたんだけど、私は、父がまだ生きている可能性のあるうちは絶対にイヤだって断わったの。彼はそれでも、あれやこれやと心を配ってくれる。ねえ、あなた、どう思う？　彼が実の父親ではないっていうそれだけの理由で、私は彼を罰しているのかしら？　母はそうだって言うの。

彼と母の両方を罰しているんだ、って」ケイティはおれをじっと見つめた。どう答えたらいいか、悩む問いだった。

「恩知らずでなんかあるものか。ああ、キャシー」アランが呻くように言った。

「おれはこう思うんだ」おれはのろのろと話し出した。「お父さんがいなくなったとき、きみはとても微妙な年ごろだった。もう子どもではないし、自分の世界を持ち始めていた。日常生活のひとつひとつの判断を父親に頼ることもすでになくなっていた」おれは同じ年ごろのときの自分を思い出していた。「きみは、もう自分で何でもできていた。だけど、そんなときにお父さんがいなくなって、きみは見捨てられたように感じたんだ。それから何年か過ぎるうちに、お母さんとのあいだにわだかまりが生まれて、お父さんに対してはいなくなったことへの怒りさえ感じるようになった。だけど、彼が実は殺されていたことがわかって、いまは罪悪感にさいなまれているんだ」おれは、アランが話してくれたことを思い出した。「お父さんはね、何があろうときみのそばにいたかったはずだ。だけど、誰かに撃たれて、土に埋められてしまったんだ」

彼女の目から涙があふれてきた。「あのせいで、私の人生はすっかり変わってしまったわ」彼女は囁くように言った。アランはまた泣いていた。

おれは頷いた。「人には、ときとしてそういうことが起こる。あっと思ったときには、何もかもが変わっているんだ。普通につづいていた日常が、ある日突然終わってすべて取り返しがつかなくなってしまっている」おれはフロントガラスの外をぼんやりと見つめながら、自分の人生にそれが起こった日のことを思い返していた。

「あなたはどうなの？」おれの心を読んだかのように、彼女が小さな声で訊いた。心を探るような目をまっすぐおれに向けている。

「おれはどうって？」

「何があったの？　どうして服役していたの？」

めぐり合わせとしか言いようがないが、彼女がこの問いを発したのは絶妙なタイミングだった――ここなら、その答えを実際に見せることができる。スピードを落として素早くUターンし、車をミシガン州アイアントンに向けた。人口二十八人。このおれの手で、少なく見積もっても二つの人生を破滅させた場所。犯罪の現場だ。

シャールヴォイ湖は途中から二股に分かれる。そのうち、細長く伸びる〝腕〟の部分がいちばん細くなるところに、アイアントンはある。その幅数百ヤードの、このくびれがなければ、アイアントンという町も存在することはなかっただろう。郡はこのくびれ部分を行き来するフェリーを運営している。六六号線を南下してフェリーに乗るには、左に分かれるゆるいカーブに入っていく必要がある。おれは、いまウィンカーを出してこの道に入ったところだ。この地点から、フットボール場の縦の長さ分も走らないうちに、すぐ目のまえに湖が現われる。夜間の運転では、このフェリー乗り場までのランプを、まだハイウェイにいるものだと思い込んでしまうことがある。おれの裁判でも、弁護士がこの道の写真を証拠として裁判官に提出していた。間違って曲がってきた車があわてて減速してできた、黒々としたブレーキ痕がたくさん残る路面の写真だ。ただし、肝心な点は、おれの起こした過ち自体はごくつまらないことだったが、それがもたらした結果はそうではなかったということだ。あっという間にランプの終点に着き、車を停めた。車が湖へ飛び込まないようにと設置された華奢な金属製フェンスが、ヘッドライトに照らされていた。フェリーは、あの夜と同じく、対岸にあった。ケイティはおれに真剣な眼差しを向けていた。

「彼女の名前はリサ・マリー・ウォーカー。裁判では、彼女の年齢が大げさに取りざたされたよ。十七歳だったんだ」おれは、灰色の湖水を見ながら話し始めた。「だけどあの夜は、歳のことなんて話さなかった。おれだってまだ二十一歳だったしね。法廷であの人たちがほのめかしたようなことは何もなかったんだ。別に彼女をどうこうしようとか……出会ったばっかりだったんだ、ほんとにそれだけだった」おれは首を振った。「まあ、とにかく、バカなことをしたとしか言いようがない。運転するにはすでに飲み過ぎていたのに、彼女がビールを飲みたいと言って、それで、シャールヴォイのセブン-イレブンに向かったんだ。その帰り道だった。ここ、つまり、六六号線を通った」おれはため息をついた。「フェリーへのランプには何の意識もなく入ってきたんだと思う。わかるだろ？　ハイウェイはゆっくり右に曲がっていくんだけど、ヘッドライトはまっすぐしか照らさないからね。だから、瞬間的にこっちのほうがハイウェイに見えてしまったんだ」

ケイティは路面を見ながらうなずいた。

おれは肩をすぼめた。「あの時のことはよく覚えていない。時速五十マイルは出てたって言うんだけど」おれは力なく微笑んだ。「曲がりきれずに飛び出しても不思議じゃなかった。ただ、おれ、反射神経はいいほうだから、何とかカーブは曲がりきったんだ。すぐそこにヴァンを駐めて葉っぱを吸ってた連中がいて、彼らの証言によると、ブレーキライトは一度も点灯しなかったらしい。事故のあとに乗り場は改築されたんだけど、あの当時、フェンスはなくて、そこは跳ね橋みたいになってた。木製のゲートで、フェリーがこっちにいるときだけ倒して平らにしてたんだ。あの夜はスキーのジャンプ台みたいに斜めになっていて、おれはそこに突っ込んでいった」

ケイティの口が恐怖におののくように開いた。

「ヴァンの連中によると、二十フィート以上ジャンプして湖に飛び込んだらしい」

「なんてことだ」アランが息を飲んだ。

ケイティが大きくひとつため息をついたが、それはまるで嗚咽のようだった。彼女はフロントガラスのまえに広がる湖水を見つめ、おれの事故の情景を想像しているようだった。やがて彼女は、もう一度おれに顔を向けた。「死んだのね、彼女」

「ああ」おれは言った。「死んでしまった。彼女は後部座席にいたんだ。気分が悪いから横になりたいって言ってね。置いてあったブランケットをかぶってた。それがよかったのか悪かったのかはわからないけど、何が起きたのか、彼女にはわかっていなかったと思う。水は急に入ってきただろうし、車はものすごいスピードで沈んでいただろうしね。とにかく、おれは助かり、彼女は助からなかった。遺体が見つかったのは五日後だった。ボイン・シティの湖岸に打ち上がったんだ」

たっぷり一分間以上、二人は湖を見つめて黙っていた。やがて、ケイティがおれに目を向けた。「それで、あなたはどうなったの？　怪我したの？」

「おれ？　いや、たいしたことはなかった。ラッキーだったよ。シートベルトもしていたからね」目をつぶり、病院で目覚めたときのことを思い出した。最初に目に入ったのは、両親の心配そうな顔だった。両親は、リサ・マリー・ウォーカーのことを翌日まで黙っていたが、最初にその名前を聞いたときのおれの反応は、「それ、誰？」だった。この事故がおれの人生にもたらした衝撃をちゃんと理解するのに、その後しばらくかかったが、父親にはすでにそのときにわかっていた。おれを見つめる目は暗く、その奥にある気持ちはわからなかったが、彼の目には映っていたのだ。奨学金、選手としてのキャリア、NFLも栄光も何百万ドルという収入も、すべて夢と消えてしまったことが。

ラッキーだった？　いや、むしろ車のなかに留まっていたほうがどんなによかったか、そんな思いにかられる、あまりにも多くの日々がおれを待っていたのだ。

「それで、人殺しの罪で有罪判決が出たの？」彼女の声には、信じられない、といった響きがあった。この土地では、長くつづくがらがらの道に加え、長くつづく楽しみの少ない冬が、多くのティーンエージャーを車とアルコールに駆り立ててしまう。それほどよくある種類の事故で、これだけ重い罪というのは過剰とも思えるだろう。ただ、それまでにおれはリサ・マリー・ウォーカーの写真を何枚も見ていた。だから、彼女の両親がうしろに坐る法廷で、発言を求められたおれは言ったのだ。すべては自分の責任で、どんな重い罪でも進んで受けたい、と。州刑務所への収監命令が下されたとき、母は激しく泣いたが、父は軽く頷いただけだった。父とおれの関係には、これでひとつの決着がついたと思った。

「そう、自動車運転殺人罪だ」おれたちは、車を一台だけ載せたフェリーがゆっくりとこちらに向かってくるのを眺めていた。

「その話、あんまり人にはしないんでしょ？」ケイティが訊いた。

「ああ」

二人の目が合った。「あんまり、じゃないわね？　絶対に話さないのね？」彼女が突っ込んできた。おれはただうなずいた。

彼女は手を伸ばし、おれの手を握った。車がゴロゴロと音を立ててフェリーから降り、おれたちの横を通って暗闇に消えていった。フェリーの船長が、乗船してこいというようにおれに合図をしたが、首を振って断わると、小さな操舵室に戻ってほかの客を待ち始めた。ミニサイズのテレビの光が彼の顔をちかちかさせていた。

ケイティはまたため息をついた。「私はね、デトロイトで働いていたの。保険会社の設備コーディネーターとしてね。だけど、私って大都会のタイプじゃないみたいで。車のドアをいつもロックしておいたり、会社の人と金曜日にバーに行ったりするのが、どうにもイヤだった。おまけに、奥さんのいる男が言い寄ってきたりもするのよ。母に会えないのもつらかったし。そうしたら、会社が合併することになって、三カ月分の給料と引き替えに退社しないかって言うもんだから、喜んで辞めたわ。夏のあいだはいくつか副業もやってるのよ――YWCAでライフセイヴィングを教えたり、ビーチでライフガードをやったりね。だけど、いまはただの受付係」彼女はおれを見つめた。レポマンの相手を務めているのがこれほど平凡な女だったことを、知っていたのかどうか問うような視線だった。

「おれだって、車を盗むのが仕事だ。ただ、バーの用心棒もやってることが自慢だけどね」

「このあいだは初めてじゃなかったわ。クマのいる店よね。女友達と、この何年かに二、三回は行ったことがある」

「うれしいね。おれの娘はバイク野郎のたむろするバーで遊ぶんだ」アランが不満そうに言った。

「バイク野郎のバーじゃない」おれは答えた。

ケイティが目をぱちくりさせた。「知ってるわ……私のこと、バイク野郎だと思ったの?」

「まさか、そんな!」あわててそう言った。顔がほてるのを感じた――あんなことを言うなんて、バカ同然だ。「つまり、そうは思ってなかったってことさ」

「そうとはって?」

「きみが〈ブラック・ベア〉に来てくれてたなんて。だって、きみみたいな人が来たら、絶対に気がついたはずだから」

アランが呆れたような声を出した。

「いま思い出したんだけど、イースト・ジョーダンできみに初めて会ったとき、あの雨のなか……」そのあとが出てこなかった。なにかしらポエムのようなものがおれの頭を駆けめぐってはいたが、口からは具体的なことばが出てこなかった。

彼女の顔に悲しそうな表情が浮かび、無意識に髪の毛をいじり始めた。「ああ、ラディ、私ったら……」

待ってくれ、と言いたかった。その先を言わないでくれ、可能性に蓋をしないでくれ、と。だが、口を開くまえに、ピックアップ・トラックの運転席が光に包まれた。振り向くと、すべてを白く消し去る強烈なスポットライトが差し込んでいて、思わず目を伏せた。何者かの車が、知らないうちにすぐうしろに駐まっていたのだ。

「車から降りなさい」スピーカーから、増幅された声があたりに響いた。

ケイティも眩しい光に手をかざし、目を細めた。「何なの？」

パトロールカーの、耳をつんざくようなサイレンが短く一回鳴らされたので、おれたちは飛び上がった。「運転席のあなた、車から降りなさい」

「なかで待っていてくれ」おれは言った。おれがロットナーの葬儀に出席したことにストリックランドが腹を立てたのか、とも思ったが、先ほどの声は彼とは違うようだった。

「おれたちが何をしていたって言うんだ？」アランがそう言うのを聞きながら、おれはうんざりした気持ちでトラックを降りた。

「車に両手をついて、足を開いてまえかがみになりなさい」警官が命令した。このやりかたはわかっていた。まえにもやったことがあるからだ。言われたとおりの姿勢を取ると、じゃらじゃらと金属の触れ合う音がし、光のなかから制服警官が現われた。彼がからだを押しつけてきて肉付きのいい手でおれの手首をつかみ、背中にねじ上げたので、おれは思わず呻いた。

「おい、お手柔らかに願うよ」抗議の声を上げたが、抵抗はするまいとこらえた。

「黙れ。おまえ、ここで何をしてた？」

「ドワイト！」ケイティがトラックから降り、唇を固く結んでおれたちを見つめた。

「ケイティ。おれの車に行って、なかで待ってろ」ティムズが命令口調で言った。

「あの一言、娘には効くぞ」アランが言った。

ケイティの表情がこわばった。「あなた、なに言ってるのよ？　いったい、どういうつもり？」彼女の声は険しかった。

「きみをうちに連れて帰る」彼は言った。「お母さんから電話をもらったんだ。きみが、誰にも行き先を言わずに消えてしまったってね」

「だから、なに？　母に言うことなんて何もないわ。彼を放して！」彼女は嚙みつくように言った。

「貴様、ここで何するつもりだったんだ？」ティムズはおれの手首をさらにねじ上げ、耳元で囁いた。

「何をするつもりか、だと？　あんたの顎を砕いてやろうと思ったのさ」おれはなるべく冷静さを装って言った。

「おい、そんなことを言うには、相手が悪いぞ、ラディ」アランがあせったように言う。

「ドワイト。放してよ、さあ、早く」ケイティは彼の腕を引っぱりながら、食いしばった歯のあいだから絞り出すように声を上げた。彼がおれの手を放したので、おれはすぐにからだの向きを変え、拳を構えた。彼は一歩下がり、警棒を握った。

「さあ、こい、人殺し」彼はおれを挑発した。

「その制服を脱いだらどうだ？　自分の血で汚したくはないだろ？」おれは言った。

「やめて！」ケイティが叫んだ。「何をする気なの？」

彼女がどちらの男に対していまのことばを発したのかがわからなかったので、おれたちは黙ってはいたが、二人とも上げた拳を下げ、からだの緊張を解いた。彼女は保安官助手を指差して言った。「ドワイト。ちょっと待っててちょうだい」

彼は顔をしかめた。「ケイティ、きみの家族みんなが心配を――」

「待ってて言ったでしょ！」

彼はまだ何か言いたそうだったが、しぶしぶパトロールカーへ戻っていった。彼が運転席に坐るのを確認してから、彼女はうんざりしたような様子で息をひとつつき、おれに向き直った。

「あの、悪かったね……」おれは言いかけた。

彼女はそれをさえぎるように手を上げた。「だめよ。何も言わないで」

「ただ、おれ、少し頭にきて――」

「いいえ、そんなことじゃないの」燃えるような目をおれに向けた。「そもそも、私がいけなかったのよ。いっしょにいるべきじゃなかった」

「でも、どうして?」必死さがにじみ出ないようにと願いながら言った。言われるまえから、彼女の答えがわかっていたからだ。

「どうしてって、わかるでしょ。間違ってるからよ。それが理由」彼女は首を振った。「もう二度と電話なんかしないでね、わかった?」

そんな言われようはないだろう、と思った――電話をしてきたのは彼女のほうではないか? だが、おれは言い返したりはしなかった。

「行かなくちゃ」彼女はおれに背を向け、ドワイトの横の助手席に乗り込んだ。バックしていく車のなかから、彼はおれに脅すような目を向けていた。

「おまえはむざむざ、娘をあの筋肉頭の保安官助手と行かせるんだな」アランが冷たく言い放った。

おれはトラックを発進させ、家路についた。「なら、どうすればよかったんだ?」おれはイライラして言い返した。「彼女が言ったこと、聞こえただろ?」

「誰が見ても明らかなことを言ってやればよかったのさ。あのバカ野郎は娘にはふさわしくないってことをね」

「おれならどうだ?」おれは強気で言い返した。

アランは二、三分の間をおいてからこれに答えた。「いいか、怒らないで聞いてくれ、ラディ。娘は大学まで出た女性だ。彼女の相手として、おまえのような……」彼はそこで言い淀んだ。

「ミシガン州カルカスカのしがないレポマンは分不相応ってことだな」おれはつづきを言ってやった。

「バーの用心棒、と言おうとしたんだが」

「違うだろ、あんたが言おうとしてたのは、元犯罪者だ」

「ああ、実はそのとおりだ」

おれは思いをめぐらしながら路面を見つめていた。「おれ、覚えてすらいないんだ」しばらく黙り込んでから、話しだした。「そのことが、なによりもおれの心に突き刺さるんだよ。フェリー乗り場へのランプに入ったことも覚えてない。シャールヴォィに立ち寄ってビールを買って、車に戻ってきたら、彼女はブランケットをかぶって寝ちまってた——おれに見えるのは後部席の黒っぽい塊だけになった。それ以来、彼女の顔も見てないし、声だってひと言も聞いていない。そこからの記憶はなくて、気がついたら水のなかにどんどん沈んでいくところだった。何から何まで、まるで誰かから聞いたお話みたいに思えるんだよ。それが現実に起こったっていう実感がないんだ。あの森であんたの身に起こったことは、自分がそこにいたみたいにはっきりと思い出せるのに、おれ自身の人生最悪の夜のことは何にも覚えていないんだ」

おれが運転に意識を集中するなか、アランは何かを考えているようだった。「私のことを夢で見たのは、ひどい嵐のあった夜だと言っていたな。ものすごい風の吹いたときだ、と。もしかすると、あの大木はその夜になぎ倒されたのかもしれないな」

おれはしぶしぶ同意の相づちを打った。

「ウェクスラーとバービーにシャベルで襲われるまえ、私が普通の心持ちで最後に考えていたのは、あそこで見つけた指輪を持ち主に返してやらねば、ということだった。保安官がきみに見せるまですっかり忘れていたけどね」

「おれもだ」

「きみの指輪だ。そうだろ」

「ああ。だけど、それにどんな意味があるのかはわからないね」

「そうだな」それから十分くらいして、アランは言った。「私にも、それにどんな意味があるのか、わからないよ」

家に帰ると、ジミーはまだ起きていて、退屈そうな顔でテレビのチャンネルを次々に変えていた。おれを見ると彼はドキッとしたらしく、バツが悪そうな表情を浮かべた。「皿、散らかしてゴメンね」テーブルを指差した。「きちんとしているのが好きなんだよね。すぐ片づけるから」

「気にするな。おまえは充分やってくれてるよ」おれは冷蔵庫からビールを持ってきて、カウチに身を沈めた。靴を蹴るように脱ぎ捨てると、その片方が壁にぶつかってシミを作った。

ジェイクはその音に何の反応も示さなかった。

「そうやって部屋中に泥をまき散らすんだな。行儀のいいことだ」アランが言った。

「おれがいつどこに何をまき散らそうと、おれの勝手だ」おれは高飛車に言った。ジミーがちらりとこちらを見たが、何も言わなかった。

しばらくのあいだ、ジミーがぼんやりとチャンネルを変えるのを眺めていたが、やがておれはケイティとのことを話し出していた。「彼女はおれに腹を立ててるみたいだった。別におれが何かしたわけでもないのに」そこでことばを切った。

ジミーは考えているようだった。「たぶん、こういうことなんじゃないかな？　その娘《こ》は、人生の計画をすっかり整えたところだった、つまり、その警官との結婚とかでね。そんなときにあんたが現われたせいで、その計画が揺らぎはじめちゃったんだ。それで、怒ってるんだと思うよ。女ってのは、なんでもきちんと整理してあるのが好きなのさ。だから、せっかく立てた計画が、誰かと出会ったことでうまくいかなくなったりすると、とたんに機嫌が悪くなるんだよ」

おれはこの貴重な意見について考えてみた。「おまえはそれを経験から学んだってわけだな？」

「かもね」ジミーはうれしそうに言った。

おれはカウチから立ち上がった。「ありがとう、ジミー。参考になったよ」

自分の部屋へ行き、ベッドに入ってため息を漏らしたが、すぐには眠りにつかなかった。

天井を見つめながら、ピックアップ・トラックのなかでしたケイティとの会話、彼女の声を思い出していた。ドワイトが現われさえしなければ、一晩中でも話しつづけたかった。

「筋肉頭の保安官助手か、うまいこと言うな、アラン」おれは言った。彼は答えなかったが、寝ている感じはしなかった。おれはため息をつき、目を閉じた。

目が覚めると、おれは溶けかかった雪だまりに顔を突っ込んでいて、氷がおれの頬をダイアモンドのように突き刺していた。

21　ヘビと対面する

「ラディ、落ち着け、大丈夫だ、大丈夫だから」アランの声が聞こえた。

自分がわけのわからないことを叫んでいたことに気がついた。手足をバタバタ動かし、やっとのことで雪だまりから抜け出した。融けてはまた凍る、ということを何度も繰り返した雪は、手のひらにまるで小石のように感じられた。よろめきながら顔の雪を拭った。おれがいるのは、どこかの暗くて濡れた道ばただった。短パンにTシャツ、足にはランニングシューズを履いている。「いったいどういうことなんだ？」思わず大声が出た。

「あわてるな、大丈夫だから。ランニングをしていただけさ。ちょっと転んだんだが、大丈夫。どこも怪我してない」

「ランニングって、どういうことだ？」ますますわけがわからず、おれは訊いた。やっと、自分がどこにいるのかがわかった――クロードが働く中古車屋から百ヤードくらいのところで、家からは一マイル以上も離れている。凍りつきそうな夜気のなか、おれのまわりにかすかな霧が舞っているのだが、よく見ると、それは汗ばんだ自分の肌から立ち昇る熱気だった。

「どうして、おれはこんなところに？　いったい何が起こってるんだ？」

アランは答えなかった。おれは両腕をからだにまわしたが、実のところ、寒さを感じてはいなかった。厚手のパーカが腰に巻かれていたので、それを着込んで濡れた頭にフードをかぶった。

「おい、アラン」

「道に穴ぼこが開いていて、それで足を滑らせたんだ」彼はそう説明した。

「だから、それはどういう意味なんだ？　わけがわからないじゃないか！」おれは道路を渡り、家の方向に小走りで戻りはじめた。「まだ夜中だぞ、アラン」

「実は、その、言いにくい話がひとつあってな」

嫌な予感がした。「それで？」

「二週間くらいまえなんだが、きみが寝ているあいだに目が覚めてね――」

「あんた、寝ていたって言ったよな」おれは口をはさんだ。

「そうなんだ。ただ、ときには私が起きていてきみが寝ていることがあってね。それで、喉が渇いていたもんで……」

「なに？」おれは声を上げた。

「最後まで言わせてくれないか。　私はきみの話をそんなふうにさえぎったりはしないぞ」

アランが不満そうに言った。

「わかったよ。だけど、なんであんたの喉が渇くんだ？」

「だから、私の話を最後まで黙って聞くと約束してくれ」

「ああ、わかった、わかったよ、アラン。おれは目が覚めたらマフィアに捨てられたみたいに真っ暗な道ばたに転がってたってのに、あんたはじっくり自分のペースで話をしたいっていうんだろ？　お安いご用だ」

「それでいい。つまり、きみの喉が渇いていたんだ。ただ、きみは寝ていたので、渇きを感じていたのは私だけだったのさ。そこで、やってみてわかったのは、その気になれば私は起き上がって水を飲みにいくことができるってことなんだ。要するに、私は起きて水を飲んだってことだ」

「冗談だろ？」

「その日から、きみが寝ているときに、私にはいろいろなことができるということがわかった。動き回ったり、部屋を掃除したり。外に走りにいったり」

「おれが寝ているあいだに、おれのからだを使ってたってことか？」おれは大声を上げた。腹が立ってしょうがなかった。「あんた、頭おかしいんじゃないのか？」

「別にかまわないだろ？　寝ているあいだに運動ができるんだぞ。いまでは毎晩、腕立て伏せ五十回、腹筋三百回、それにランニングまでこなしている。それを寝たままできるんだぞ、誰に訊いてみても夢のようなことじゃないか？」

「あんた、それ本気か？　それじゃまるで肉体泥棒《ボディ・スナッチャー》じゃないか」思い起こすと、最初に頭のなかで声が聞こえ始めたときに感じた一番の怖れは、その声が自分に命令してきたらどうしよう、ということだった。だが実際は、声が勝手に自分で何かをしていたのだ。「いったい、どこまで行くつもりだったんだ？」

「いや、ただ、リーツヴィルまで行って帰ってこようと」

「まさか。リーツヴィルだと！　十マイルも先じゃないか！」

「たったの五マイルさ。走行距離計で測ったから間違いない」アランはなだめるように言った。

「走行距離計？」おれは叫んだ。「おれが寝ているあいだに運転までしてたのか？　それがどれほど危険なことか、わからないのか？」

「いいかげん、叫ぶのはやめてくれないか。誰かに聞かれたら、頭がどうかしたのかと思われるぞ」

「もうどうかしてるんだよ！　頭のなかで死んだ男の声がして、そいつにからだを乗っ取られようとしてるんだからな！　ゾンビになったような気分さ！」

「それはぜんぜん違う――むしろ、その逆だ」アランは腹立たしげに言い返した。「五マイルのラップが、この短期間にどれだけ縮まったと思ってるんだ？　私は撃たれるまえ、週に四十マイルは走っていたが、きみはすでに私のレベルをはるかに超えている。きみのからだの強さと速さはたいしたもんだよ」

「まるでフェラーリでも乗りこなしているみたいな話しぶりだな」おれはいきまいた。

「褒めているのさ」

「あんたは泥棒だ！」おれは吠えた。

自宅のある通りまでたどり着いたおれはようやく落ち着きを多少取り戻し、アランに対してはっきりとこう言い渡した。「もう二度としないでくれ。いいな、アラン。おれが太ろうが、喉が渇こうが、トラックにオイル交換が必要だろうが、おれが目覚めるまでは一切、何もしないでじっとしていてくれ。おれの言ってること、わかるね？」なぜかストリックランド保安官の口真似をしていた——命令を下すことにかぎっては悪くない見本だ。いっそのこと、アランではなく〝ロットナー〟と呼んでやろうか？　家のドアのまえで立ち止まった。アランからの答えがないのだ。「アラン？　おれの言っていることがわかったかって訊いたんだ」

それでも答えは返ってこない。「寝てないのはわかってるぞ。答えろ」

「何をそうカリカリしているのか、さっぱりわからないね」彼は不満そうに言った。

「知ったことか。おれのからだはおれのものだ。あんたのお楽しみにはもう二度と使ってほしくない」

家に入り、汗と泥をシャワーで洗い流した。おれが外に走りに行っていたことにジェイクはまったく驚いた様子はなく、ただ自分が連れ出されなかったことを喜んでいるようだった。「知っているのに、ひと言も教えてくれなかったな？　なんで吠えて起こしてくれなかったんだ？」ジェイクはただ退屈そうな視線を返すだけだった。

リーツヴィルへの途中まで走った疲れからか、アランは眠りに落ちた。だが、おれはベッドで天井を見つめ、ある悩ましい考えをめぐらせていた。もし、おれが寝ているあいだにアランがこのからだを使おうとしたら、はたしておれは止めることなどできるんだろうか？

うとうとするころには、空が明るくなってきていた。おれはミルトンのオフィスに行き、債権対象車視認（SFU）の仕事をひとつもらってきた。これは一件五十ドルの仕事で、客の親戚の家に行ってドライヴウェイにカナリア色のコーヴェットが駐めてあるかどうかを確認すればいいだけだった。この季節、そんな色の車は地平線の太陽くらいに目立つはずだ。

〈ブラック・ベア〉に行くと、ジミーがウェイターをしていた。おれはオムレツを注文した。アスパラガス入りにもできますよ、ということばに、皮肉交じりのひと言を返してやることもしなかった。アランはまだ寝ていた。

クロードとウィルマが連れ立ってやってきて同じテーブルにつき、悪口の言い合いをすることもなく食事をしていた。クロードがちらりとこっちに向けたその顔には、バツの悪そうな表情が浮かんでいた。ウィルマの表情は和らいでいる――どうやら、彼女の恩赦の対象におれも入れてもらえたらしい。二人に微笑みかけると、ウィルマがクロードの手を軽く叩いた。この夫婦に関しては、ジミーの言ったとおりになったわけだ。

コーヒーに口をつけながら、〈ブラック・ベア〉の大変貌を眺め回した。新しいカーテンやテーブルクロス以上の変化で、以前とはまったく違う雰囲気が漂っている。腐ったビールのような臭いは花の香りに変わり、キッチンからは新しく設置されたグリルで何かを焼く音が聞こえてくる。ビリヤード台がなくなったのはすこしがっかりだった。もう少しでマスターできそうだったのに。床はきれいに磨き上げられ、クマのボブも以前ほどは不機嫌そうに見えなかった。

変化は世の常だ。おれはこの店でケイティ・ロットナーといっしょにいるところを想像した。フロアの片隅に真新しい幼児用のハイチェアが積んであるここならば、どの会社のモーターオイルが一番かを決めるために大の男が殴り合いをするような店とは違って、彼女はゆったりとくつろぐことができるだろう。

SFUの仕事のために、トラヴァース・シティ郊外の外れにある家のまえを通り過ぎているときに、アランが目覚めた。この家のドライヴウェイは、轍がついた泥まみれの雪の山に埋もれていた——ここの住人は、きっと雪かきなどは腰抜けどもがやることだ、とでも考えたのだろう。コーヴェットをここに駐車するのは、クレーンで吊り上げでもしないかぎり無理だ。ミルトンには、この仕事はここまでだ、と連絡することにしよう。

アランは、イースト・ジョーダンに行ってバービーを見張り、ウェクスラーが現われるかどうか確認したいと言った。「でもね、おれには、あの二人が日ごろからつるんで遊んだり、不動産屋を森で撃ち殺したことを懐かしんだりしているとは思えないんだけどね」おれは言った。「別のやりかたを考えたほうがいいよ」

アランとおれは話し合い、取締役会があるような会社は株式公開をしているはずで、ならば、株式仲買人に頼んで上場目論見書を手に入れよう、ということになった。実際のところ、そう主張したのはもっぱらアランだったが、悪くないアイディアだと思ったのだ。街にただひとつ残る電話ボックスに立ち寄り、イエロー・ページで株式仲買人を探したのだが、ふと思いつき、住民欄のページを繰って〝F・ウェクスラー〟の名前がペニンシュラ・ドライヴの住所と共に記載されているのを見つけた。「やつかな？」アランが訊いた。

「確かめてみよう」

グランド・トラヴァース湾に突き出したオールド・ミッション半島は、十八マイルに渡って美しい湖畔が延びる、まるで氷河期が金持ち連中のためだけにわざわざ大地を削って作ってやったような土地だ。ウェクスラーの家は、湖畔に建つ、石柱や大きなポーチのある邸宅で、見たところ二エーカーはある一等地の敷地は、芝も生け垣もきちんと整えられていた。執事でも出てくるのでは、と思いながらドアをノックした。

出てきたのは執事ではなく、殺人者だった。彼は、おれを上から下までその冷たいグリーンの目で眺め回した。夢で見たよりも背が低い印象だったが、それも当然だった——おれのほうがアランより背が高いのだ。「なんだ？」

「ミスタ・ウェクスラーですか？」何も言うことが思いつかず、とりあえずそう訊いた。アランはショックのあまり、ことばを失っているようだ。

「なんだ？」

ウェクスラーは薄茶色の髪を短く切り揃えた角張った顎の男で、からだつきもたくましい、ハンサムの部類に入るほうだったが、おれはヘビと対面しているような気分だった。

「イースト・ジョーダンのプラズマーク製造会社に立ち寄ったときに、壁にあなたの写真があるのを見まして」

彼の口の両端がいかにも迷惑そうに下がった。「それで？」彼は苛だたしげに言った。

「雇っていただけないかと思いまして。夜勤とか。私、アインシュタイン・クロフトの友人なんです」

ウェクスラーは首を振った。「私は、そんなことにはまったく関係ない。人事部があるだろう。そっちに訊いてくれ」

「役員に頼めば、融通を利かせてくれると思った、と言え」アランが指示してきた。

「まあ、そうなんですけど、役員の方《かた》から口をきいてもらえれば、すんなり話が通るんじゃないか、と思いまして」

「おい……きみ、なんて名前だ？」

「ラディ・マッキャンです」

彼の表情に何らかの反応が表われはしないかと探っていたが、どうやらネイサン・バービーからおれのことを聞いてはいないらしい。「そうか。言ったように、私はあの会社とは何の関係もないんだ。工場の敷地を売った関係で役員報酬をもらってはいるが、会議に出たり何かしたりするようなヒマはない」

「敷地、ですか？　あそこは以前、古い墓地があったところですよね？」

彼は一瞬考え込んだが、その表情は読めなかった。おおかた、早くおれを追い返してゴルフのスウィング練習か、あるいはほかの金持ちっぽい日課に戻りたいとでも思っているのだろう。ただ、おれはこの男の裏の顔を知っている。こいつは人殺しで、何か人に言えない秘密を持っているのだ。彼がこっちの狙いに気づいたはずはないが、いまの問いかけは何らかのうしろめたい真実に迫るものだったらしい。彼はこれまでにも何度となくついてきたであろう嘘を、おれにも聞かせなくては、と思ったようだった。

「そのとおりだ。墓地については、市とは別の交渉が必要だったようだ。ただ、あれは敷地全体のごく一部でな」

「その取引はどのように行なわれたんですか？　あなたと墓地の責任者から会社に持ちかけたんですか？　それとも話は向こうから？」

「向こうからだ。だが、私は墓地の持ち主とは会ったことはない」

「なにっ？　会ったことがないだと？　どうしてそんな嘘をつくんだ？」アランが語気を荒らげた。

「一度も？」

「だから、わかっただろ。私は土地を売りはしたが、工場の経営にはいっさい関わっていないんだ。やっているのはメンフィスから来た連中だよ」

「墓地の持ち主の名前をご存じですか？」

彼はおれに向けた冷たいグリーンの目を瞬いた。「言っただろ」感情を押し殺したような声だった。「会ったことはないんだ。仕事、見つかるといいな」

彼はドアを閉めようとしたが、おれは笑顔で片手をまえに出し、それを押しとどめた。男の顔に一瞬何か表情が浮かびかけたが、またすぐに読めなくなった。きっと、シャベルを握りたくてうずうずしているのだろう。

「まだ何かあるのか？」彼は低い声ですごんだ。

「お訊きしたいんですけどね、いまはこちらにお住まいですが、以前はイースト・ジョーダンにいらっしゃいましたよね？」

「ドアから手を離してもらえないか？」

「ここは実にきれいなところですね？　向こうの谷には小川も流れているし。秋のいい季節には、紅葉を見に森のなかの小道をドライヴとかすることはありますか？　お友達のネイサン・バービーと立ち話をしていたら、そばをでっかいオールズモビルのステーションワゴンが通り過ぎたりすることはありませんか？」

彼はおれを睨みつけた。

「おい、ラディ」アランが息を呑んだ。「いったい何をするんだ？」

「あの車、まだ見つかっていないんです。どうなったんだと思いますか？　警察は廃車置き場の捜索すらしなかったんです。ロットナーは失踪したものだと思っていましたからね。彼が見つかったの、ご存じですか？　アラン・ロットナーのことですよ。土のなかから死体が見つかったんです」

いまや、男の表情は簡単に読めるものになっていた。なぜなら、その目がアランをシャベルで殴り倒したときと同じだったからだ。「おまえ、自分が何に足を突っ込んでいるのかわかってないな」彼は小さな声で言った。

「いや、わかってるよ、フランク」おれはそう言い、鼻から息を大きく吸った。「臭いでわかる」

踵を返して石敷きの小道を戻った。煉瓦で縁取られたドライヴウェイからトラックをバックさせながら目を上げると、彼はまだ戸口に立っていた。

「いったいぜんたい、何を考えてたんだ？」すぐにアランが訊いてきた。

「あのセリフ、よかったろ？『臭いでわかる』ってやつ？覚えてるか？」

「もちろん、覚えてるさ」アランは苛ついたように言った。「あれでは、やつが私を殺したことをきみが知っている、と教えたも同然だぞ。なんであんなまねをした？」

「それはね、何が何だかさっぱりわからなくて、もういいかげんイライラしてるからさ。バービーはあんたの奥さんと寝てたんだから、あんたに死んでほしかった理由はわかる。ウェクスラーのほうはバービーのことなんか知らないって言ってる。バービーがウェクスラーにカネを払ってあんたを殺させたという可能性もあるけど、ただ、どっちかというと、人をカネの力でどうこうできそうなのは、バービーではなくてウェクスラーのほうだ。バービーは、工場建設のための墓の改葬で五十万ドル儲けたというけど、ウェクスラーがあの家を買ったのはそのおかげじゃない。あの二人はいったいどういう関係なんだ？　あいつらがつながってることは確かなのに！」

「だが、きみはバービーとウェクスラーの両方に、きみがあの日何かを目撃し、どういうわけか殺人についても何か知っているようだ、と思わせてしまったんだぞ。そんなことをして、何の得がある？」

おれは考えた。「わからない」しぶしぶそう答えた。

「正しかったと思うのか？」

「いまさらそんなこと言っても遅いと思わないか？」

「ずっと忠告しつづけていたのに。どうして、きみはいつもそうけんか腰になるんだ？ 〝ほのめかし〟ということを知らないのか？」

「アラン、おれの商売は人の車を盗むことだ。ほのめかしなんかやってるヒマはないよ」

「で、どうする？」

おれは肩をすくめた。「さあね」

二人ともしばらく黙り込んでいた。やがて、おれは息を吐いた。「さて、街にも近いことだし、またアリス・ブランチャードの家に行ってみるとするか。何度も訪ねれば、そのうちに音《ね》を上げて小切手を切ってくれるかもしれないし」

戸口に立つおれの姿を見たミセス・ブランチャードの視線は、ウェクスラーのそれよりも冷たかった。「なにか？」

「ミセス・ブランチャードですね？ 私を覚えて――」

「ええ」彼女はさえぎった。「もちろん、覚えています。お役には立てないと言ったはずですが」

「そうです。ですが、それは本当ではないですよね？　あなたは嘘をついている」

「あなたにする話などありません」

「あなたは、廃棄した口座の番号で小切手を切った。それは犯罪行為になりませんか？」おれはこう言ってやった。

バカにしたような笑みが、ほんの一瞬、彼女の口元に浮かんだ。「そうでしょうか？　それは商品やサービスを購入した場合にかぎられるのではないですか？」

「たぶん、彼女の言うとおりだ」アランが言った。

「とにかく、面倒なことは避けたいでしょう？　私だって、ご主人に告げ口みたいなことは、したくありませんしね」

ほんのつかのま彼女の顔が曇り、これでいけそうだと思ったが、彼女はすぐに何とか切り抜けられる、と思い直したようだった。

「主人とお話になりたいなら、銀行のほうへどうぞ」

「ミセス・ブランチャード……」

「もう二度と来ないでください」彼女はぴしゃりとドアを閉め、あとにはかすかに花のような香水の香りが残った。

「実にうまくいったな」アランが言った。

「どうもよくわからない」おれはからだを反らせてこの家を眺めた。ウェクスラーの邸宅には劣るが、それでも立派なアッパーミドルの暮らしだ。ミセス・ブランチャードはどこかがおかしいのだろうか？　ほかに納得のできる説明はあるのか？

もう一度ドアをノックしようと手を上げたが、すぐに下げた。彼女に言うことばなど、見当もつかなかったからだ。

「行こう」アランが小声で言った。

「わかった」

ポーチの上で踵を返したとき、ミセス・ブランチャードがジミー・グロウに小切手を送りつづけたその理由が、おれの目のまえに現われた。

22　積み上がらなくなる数字

歳は八つくらいだろう。袖を短くちぎって捨てたようなトレーナーを着た少女の頬は、からだを動かしたことと、ほんの少しの日焼けのせいで赤く染まっていた。まっすぐ伸びた首などに母親の面影を保ってはいるが、その鮮やかなグリーンの瞳や額にかかる黒髪、顔全体の形まで、ジミー・グロウをそのまま少女にしたようにそっくりだった。少女は不思議そうにこっちを見つめながら玄関への階段を駆け上がり、襲撃隊のような勢いでドアを開けた。

「ママ、誰か男の人がいる！」

母親はドアのすぐ内側にいた――おそらく覗き穴からこちらを見ていたのだろう。彼女とおれの目が合った。

「ジミーそっくりだ」アランが不必要なことを言った。

まるでその声が聞こえたかのように、アリス・ブランチャードの顔から挑戦的な表情が消え、諦めに変わった。彼女は、うしろ手にそっとドアを閉めて大人たちの会話から娘を守れるようにし、おれに木製の椅子に坐るように合図して、自分はハンギングチェアに腰掛けた。

おれはパズルのピースを嵌《は》めようとしてみた。「あなたは、銀行からあの小切手帳を盗み

――」

「違うわ！」おれをさえぎり、険しい視線で睨みつけた。「口座の開設手続きでミスをしてしまったのよ。だけど、人に言うのは恥ずかしかった。だから、家に持ち帰っただけ。あとでわかったんだけど、台帳にサインが必要だった。それで、結局はみんなに知られてしまったの」

「ですが、それでは……」

「銀行での最後の日に、彼の名前を見たの。ジミー・グロウ。クレジットカードの申請書だった。それを見たときは信じられなくって、じっとその紙を見つめたわ。申請書を家に持ち帰って、口座の書類と同じ引き出しにしまったの。そのときは、それをどうするかなんて何も考えていなかったし、そのあと思い直して何もしないって決めたのよ。だけど、二階に上がって申請書を捨てようと思ったそのとき、スターター・チェックが目に入った。それで、千ドルの小切手を切って送ってやることにしたのよ」

「わけがわからん」アランが言った。

「つまり、あなたは彼に小切手を送ることで……」言いかけて両手を広げた。おれにもそのつづきがわからなかった。

「聞いてもらえるかしら、ええと、ミスタ……？」

「マッキャンです」気まずい間《ま》のあと、おれは言った。バカらしいことだが、こんなにきれいな女性に名前を覚えてもらえなかったことにがっかりしていた。

「ヴィッキーの養育に、ジミーからは一セントももらってないわ。家族からは、妊娠がわかったときに完全に見捨てられた。たったひとりで子どもを育てることがどんなに大変か、あなたにわかる？　私に住むところと育児施設での仕事を世話してくれたのは、教会だった。それがなかったら、生活保護を受けることになっていたでしょうね」

「ジミーは娘のことを知っていたんですか？」

「まさか！　あいつには妊娠がわかるまえに捨てられたわ」

いったいこうした事実がどうつながっているのか、おれ以上にアランが頭を悩ませているのがわかった。

「要するに、あなたがあの小切手を送った理由は……」おれはもう一度そこを攻めようとした。

彼女の瞳は冷たかった。「あの小切手とあいつは同じ、どちらにも何の価値もないわ。あの男が小切手を受け取るたびに、あいつが私にした仕打ち、逃げつづけている責任を思い知らせてやったのよ」

「まったく意味をなしていないな」そういうアランの声には、ほとんど畏怖の念さえ感じられた。

「ミセス・ブランチャード、こう言っては失礼ですが、そんなやりかたでは、あまりにまわりくどいとは思いませんか？　ジミーにその本当の意味を見抜く力があるとは、ちょっと思えないんですけどね」

彼女の目は遠くを見つめていた。「ジミーのために送ったんじゃないわ」「この女はジミーを本当に愛していた」アランが突然、ひらめいたように言った。「娘のことは関係ない。捨てられた腹いせなんだ」

おれの意志が揺れた。「まあ、わかるような気もしますが」そうは言ったが、実はまったくわかった気はしなかった。アランのひらめきも助けにはならなかった。咳払いをして言った。「だけど、彼は小切手を現金化しようとしてひどい目にあったんです」

彼女の両の眉が上がった。「あの人がどうなろうと、私の知ったことではないわ」

おれは唇を噛んでしばし考えた。彼女はそう言ったが、本当は嘘で、ジミーがトラブルに巻き込まれたことを聞き、この奇妙な仕返し作戦の成果があったことをほくそ笑んでいるのに違いない、と思った。

「ミセス・ブランチャード……」

おれをじっと見つめる様子から、女が次の問いをすでに予期していることが見てとれた。

「ジミーには、自分の娘のことを知る権利があるとはお思いになりませんか？　この何年かで、彼もだいぶ大人になりましたよ」

「いいえ、そうは思わないわ」彼女はよどみなく答えた。「いま、私と娘には家族がある。ウィリアムとは三年前に結婚したわ。ヴィッキーについても、いつか正式に養子にすることを考えよう、と言ってくれているの。順風満帆なのよ」彼女は背後の家を指し示した。何年かまえの状況からは、明らかに大きなステップアップなのだろう。「ウィリアムは、自分自身の子どもも欲しいと言っているわ」彼女は耳たぶを引っ張りながら、私の肩ごしに何かをぼんやり見つめていた。

「そうは言っても、ジミーはだいぶ高いツケを払わされることになったんですよ」

そう言ってから、こっちの狙いが伝わるように間《ま》をおいた。それに気づいて、彼女の目が少しだけ見開かれ、やがて軽蔑するような濁った目つきに変わった。「いくらなの?」

「三千五百ドルといったところです。買ったバイクを売りに出せば少し戻ってくるので」

「あなたのほうは?」

「えっ?」

「あなたの報酬はいくらなの?」

「ああ。いえ、これはそういうことではありません。私はただ、ボスが被った損失分を回収しているだけですから」ミルトンからすでにこの回収業務のために五百ドルの報酬をもらっていることは、あえて言うつもりはなかった。

彼女はバッグから小切手帳を取り出し、素早く、怒りにまかせたような筆跡で金額を書き込んだ。「これで、二度とあなたの顔を見ることはないわね。それに、ジミーにはヴィッキーのことを黙っててくれるわね」

「もう小切手を送らないとお約束いただければ」

「まったく見下げ果てたお仕事ね、ミスタ・マッキャン」彼女は小切手を放るように手渡し、おれをポーチに残して家のなかに入っていった。

「いつもの回収仕事とは、どうもひと味違ったようだな」ブランチャード家を離れる車のなかでアランが言った。

おれは黙っていた。「どうした?」アランが訊いた。

「あんた、父親について彼女の言ったこと、どう思った? ウィリアムはヴィッキーを養子にすることを〝考えよう〟と言っている。〝自分自身の子ども〟も欲しいと言っている」

「なるほど」アランは唸るように言った。「きみの言うとおりだ」

「どうやら銀行の頭取は嫌なやつらしい」

「だとしても、やっぱり小切手を送りつけた理由には結びつかない」アランは不満そうに言った。「どういう目的だったんだろう?」

「わかったって言ったじゃないか!」

「いや。私が言ったのは、彼女が自分を傷つけたジミーに対して恨みを抱いている、ということだ」

おれはため息を漏らした。

「どうした? なんでそんなに憂鬱なんだ?」

「ジミーはおれのいちばんの親友なんだ」

「ラディ、彼にヴィッキーのことを話すんじゃないぞ。関係ないことなんだからな」

「関係ない、だって? あいつの娘なんだぞ! あんたの口からそんなことばを聞くとは夢にも思わなかったよ!」

「私が言いたいのは、他人の人生に手を突っ込むようことはしちゃいけないってことだ」彼は諭すように言った。

「おお、それはたいしたご説だな、アラン。あんたは勝手におれの頭のなかに入ってなれなれしく〝おれたち〟なんて言いかたをした上に、おれが寝ているあいだにトラックまで乗り回した。そのあんたが、他人の人生に手を突っ込むのはよくない、なんて言うのか？　なんとも皮肉なことだとは思わないか、アラン？」彼は傷ついたようにだんまりを決め込んだ。

「なんでおればかりがこんな面倒を抱えなきゃいけないんだ？」おれは世界に向けてその問いを発した。

カルカスカに着くころには、アランはまた精神分析モードに戻っていた。おれの頭のなかにいるせいで、ほかの誰かの頭のなかに入っていくこともできる、と思っているようだ。

「ウェクスラーのほうが悪者に違いない。私をシャベルで殴ったのも、銃で撃ったのもあいつだからな」

それでは辻褄が合わないように思えた。「だけど、やつに動機があったか？　バービーにはあった」

「バービーにあんなことができたとは思えないんだよ」

「まるで、やつが気に入ってるような口ぶりだな」

「ラディ、バカを言うな。やつは人殺しの共犯だ。殺されたのは誰でもない、この私だ。むろん、憎んでいるさ」

「それに、やつはあんたの奥さんと寝ているわけだしね」おれは念を押した。

「ありがとう、思い出させてくれて。ほんとに、涙が出るよ」

〈ブラック・ベア〉に足を踏み入れたおれは、思わず立ち止まってあたりを見回した。まるでネイサン・バービーの葬儀店を思い起こさせるような、暗く、沈鬱とも言えるような雰囲気が漂っていたからだ。カーミットとベッキーがバーカウンターのうしろに並んで立ち、近づいてくるおれを怯えたような目で見つめた。「どうしたんだ？」おれは訊いた。

ベッキーは手に握った銀行からの問い合わせ票の束を差し出した。「今日来たのはまだほかにもあって、新規分じゃ追いつかないわ」

おれはカーミットとベッキーの顔を交互に見た。「払い戻しの額が、新規の請求処理で稼げる額より多いんだ。損失が出たんだよ」アランが解説してくれた。

「カードの仕事のせいでカネを失ってるんだな」おれは翻訳した。二人はうなずいた。カーミットに一歩詰め寄った。「どうしてこんなことになったんだ？」

彼はベッキーに身を寄せるようにして退がった。「今日の収入は二千だけで、払い戻し額は四千八百になる」彼は言いにくそうに言った。

「計算してくれって頼んだんじゃない、カーミット」おれは噛みついた。「何がどうなってるんだ？霊能者のところに文無しの団体さんがやって来たとでも言うのか？」

カーミットは肩をすくめた。「どんな事情かを知るすべはないんだよ」

「番号を送ってくるやつに確かめてみなかったのか？」

「それが、したくてもできないのよ、ラディ」ベッキーが助けに入った。「向こうからはプリントアウトがファックスされてくるだけなの」

おれはカーミットを睨みつけた。「おまえが電話しろ。いますぐにだ。何が起きたのかはっきりさせないとダメだ」

「やめてよ！」ベッキーが金切り声を上げた。「そうやって誰彼かまわず、ああしろ、こうしろって言うのはやめてよね」

「何言ってんだ？　これは、こいつの責任だ。こいつに何とかしてもらわなきゃ」

「この仕事のボスは兄さんじゃない。私のボスでもないわ！」妹の目が怒りに燃えた。

「そんな……ベッキー、おれはおまえの兄貴だぞ」

「だから、何よ？」

「彼女、相当怒っているな」アランがつぶやいた。おれにそれがわからないとでも思っているのか？

おれは大きく息を吸った。「ただ、おれは、きっと母さんと父さんは、おれにおまえの面倒をみてほしいと願っている、そう思っただけだよ」おれはなるべく冷静に言った。

「面倒をみる、ですって？」ベッキーの顔に血が上った。「どうして二人が私に店をまかせることにしたと思ってるの？　兄さんにはとてもできないと考えたからよ。だって、兄さんは刑務所にいたんだから」

心を突き刺すことばに、おれは首を振った。

「ほんとのことを教えてあげるわ、ラディ。二人が死んだのはね、兄さんがあんなことをしでかして、その絶望感のせいだったのよ」

ついに来た。いままでおれが考えをめぐらせたなかでももっとも恐ろしい疑い、生涯最悪の後悔のもと、それが妹の口から発せられたのだ。おれが見つめる妹の顔に哀れみはみじんも感じられず、あるのは怒りと冷たい残酷さだけだった。おれはカーミットに向き直り、銃身のように指を突き出した。「すべておまえのせいだぞ！」

「出てって、ラディ。いいから、出てってよ！」ベッキーの声は悲鳴のようだった。

おれは踵を返し、腹いせに目のまえの椅子を蹴り倒して出ていった。トラックに乗り込み、アランに怒りをぶちまけた。「言ったよな、カーミットの企みはバカげているって？　番号を打ち込むだけでカネが儲かるなんて、何かおかしいって？」おれはまくし立てた。

「きっと今日はたまたま調子が悪かったんだよ。どんなビジネスにも悪い日はあるさ」

「冗談じゃない、アラン。この仕事のせいで妹とおれの仲にひびが入っちまったんだぞ！」

彼はしばらく黙っていた。「両親はおまえが刑務所にいるときに亡くなったのか？」

「そうだよ」怒りの熱が少しずつ冷めていくのが感じられた。いつの間にか車はイースト・ジョーダンへ向かっていたが、そのまま進んでいくことにした。この際だから、あっちに引っ越してしまおうか。「まず父が、それにつづいて母が」

「知らなかったよ」

「ふん――いまは知ってる」

「きみとベッキーのあいだには、何かわだかまりがあるみたいだな」

おれは答えなかった。

「ちゃんと話し合ったほうがいいんじゃないかって言ってるんだ」少し間《ま》をおいて、アランは自分の言ったことばを説明した。「聞こえたか？　なぜ何も答えないんだ？」

「いまは話したくないんだ、アラン」おれはかすれ声で囁いた。ステアリングをぐっと握ってまえだけを見つめた。

ほかにすることもないので、おれはイースト・ジョーダン図書館に行き、マイクロフィッシュの機械のまえに陣取った。アランについての記事を〝失踪者捜索中〟の欄に新たにひとつ発見したが、これにはあいまいな記述ながら、警察がアランを老人ホームの爆弾死亡事件の参考人として捜索していることが書かれていた。アランは怒り心頭だった。おれはさらにさかのぼり、プラズマークの工場についての記事がないかどうか探してみたが、当時の新聞紙面のほとんどは、郡が始まって以来の大惨事だった老人ホーム火事のその後に割かれていた。火事の犠牲となった人たちの横顔を紹介する記事を眺めると、ほとんどが老人だったが、そのなかのひとつの名前に目が止まった。リディ・ウェクスラー。

「こいつはびっくりだ」おれは息を飲んだ。

リディ・ウェクスラーはひとり息子のフランクリンを遺して亡くなっていた。彼女の一家は一九四〇年代に取得した広大な牧場地の持ち主として知られていた。土地の多くは人手に渡ってしまったが、それでもまだ二四〇エーカーほどが一家所有のまま遺っていた。

これもパズルのピースのひとつだ。

「そのことと私にどんな関係があるのか、さっぱりだ」アランは、自分のいる全世界の中心で不満を口にした。

「妙だとは思わないか? リディ・ウェクスラーが火事で死んでいなければ、息子がその土地を相続することはなかったし、そうなれば、工場に売ってカネにすることもできなかったんだぞ」

「そこにどうネイサン・バービーが結びつくんだ?」

「わからないよ」

「それに、どうしてそれが私を殺す動機につながるんだ?」

「いいかい」おれはイライラして言った。「これはひとつの手がかりだ。あんたが殺されて一カ月後に老人ホームが爆発して焼け、そこで死んだ犠牲者のひとりがあんたを殺した男の母親だった。しかも、彼女の遺産にはかなりの土地が含まれていて、それが六カ月後にはある会社に売却されて工場が作られるんだぞ」

「ウェクスラーが老人ホームに爆弾を仕掛けたというのか?」

おれは両手で頭をこすった。「わからない」

「そんなふうに目のまえに手を持ってくるときは、ひとこと言ってほしいな。びっくりするじゃないか」彼は言った。

おれは手のひらで額を引っぱたいた。

「おい！」彼は声を上げた。

「おれが自分の顔をどう触ろうと、おれの勝手だ」きっぱりと言ってやった。図書館にいた何人かの人がその音に驚き、ぶつぶつ独りごとを言うおれをじっと見つめていることに気がついた。おれは微笑んでマイクロフィッシュの機械を指差した。それが自分の顔を引っぱたく理由として申し分がない、とでもいうように。人々の視線が離れてから、立ち上がった。

「次は何だ？」アランが責めるように言った。これ以上アランについての新聞記事探しに無駄な時間を費やさないことが、気に食わないようだった。無言でじっと見つめてくる視線に追い立てられるようにして図書館のドアを閉めるまで、答えなかった。

「いままでに役に立ちそうな情報をくれたのはただひとり、ケイティだ」おれは淡々と言った。「だから、いまできるベストな方策は、ウェクスラーとバービーの関係について彼女が何を知っているか、訊いてみることだ」我ながらうまくやったと思った――これで大手を振ってミス・ロットナーに電話をかけることができる。

トラックのエンジンをかけ、図書館の駐車場からバックして出るまで、アランは黙っていた。「ラディ、どう言ったらいいか、ことばに困るんだが……」

「だけど、過去の例から判断すると、あんたは結局言うんだろ？」おれは言った。

「まえに会ったとき、ケイティはきみに対して、その、あまり好意的ではなかったように思うんだが」

「アラン、おれに会いたくてたまらない人だけを相手にしていたら、レポマンはつとまらないだろ?」

グローヴ・ボックスから携帯電話を取り出し、ケイティに電話をかけた。二つ目の呼び出し音で女性の声が返ってきた。「もしもし、ケイティと話ができますか?」おれはていねいに言った。

「どちらさまですか?」警戒するような声が返ってきた。

「ラディ・マッキャンといいます。ええと……」そこで言い淀んだ。自分が誰かを示す肩書きをはっきりとは言えないとは、なんとも心強いことだ。回収屋のラディ? カルカスカの酒場のラディ? それともムショ帰りのラディ?

「こんばんは、ラディ。私よ。あなただと思ったわ」

「ケイティ! やあ!」つづいて出たのは乾いた笑いだけだった。脳細胞が耳の穴からずるずると融け出していくのを感じ、ついには言うべきことばをまったく失っていた。おれはただバカみたいにただ鼻を鳴らすだけだった。

「何か言え、ラディ」アランが応援してくれた。

「きみのお母さんかと思ったよ。つまり、その、最初に電話に出たのが」どうだ。立派に二つの文章を言うことができたぞ。

「いいえ。母はネイサンといっしょに旅行に行ったわ。色々あったからって言ってね」

「それはそうだろうよ」アランがぶつぶつ言った。

「ええと、それで、このあいだは、その、すまなかったね」

「すまないって、何が?」彼女の声にぎすぎすした感じが戻ってくるのを感じ、しまった、と思った。

「いや、だって、きみの様子が……なんか気まずい感じで別れたから」

「だから、あなたがあやまるの?」信じられない、といった口調だ。「あなたを車に突き飛ばして腕を折る一歩手前だったのは、ドワイトのほうよ。なのに、あなたがあやまるっていうの?」

おれは眉を寄せた。「いや、突き飛ばされはしなかったよ。自分で車にもたれたんだ。別に抵抗もしなかったしね」

長い間《ま》があった。が、突然、彼女がどっと笑い出したので、おれはすっかり面食らってしまった。「おれは男だ、っていう感じの言いぐさね」

「まあ、そうかもね」

「あやまらなくちゃいけないのはこっちのほうだわ。それに、わたし、別にあなたに腹を立ててたわけではないのよ。ドワイトと私は……」彼女はため息をついた。「わたし、彼に言ったの……いいえ、やっぱりやめとくわ。とにかく、あの人とはうまくやっていけないってことよ。最初からね」

「そのとおりだ!」アランが歓声を上げた。「ほら見ろ。おれの言ったとおりだ」

「婚約が破棄になったなんて、とても残念だよ。つらいよね」おれはその場にふさわしいことを言った。これで、思いやりポイントをひとつ稼いだぞ。

「ええ、そうでしょうね」彼女は皮肉たっぷりに返した。

おれの心臓は、いまこそがその鼓動音のボリュームを一段上げるべきタイミングだ、と考えたらしく、そのあとしばらくつづいた沈黙のなか、おれたち三人が立てる物音はそれだけだった。彼女のいまのことばの意味は何だ？　おれの彼女への気持ちに気づいているのか？しかも、それを受け入れてくれるというのか？

「バーからかけてるの？　だいぶ静かだけど」彼女がやっと口を開いた。

「いや、そうじゃなくて、実はイースト・ジョーダンにいるんだ。それで、電話をしてみようと思って」

「ここにいるの？」

おれは思わずあたりを見回した。「そうなんだ。図書館の近くにね」

「そうなの」彼女は一瞬、考えた。「だったら、こっちに来て」

23　ケイティとおれ……そして、彼女の父親

トレーラー・ハウスにいるのかと思ったが、ケイティは母屋の戸口に立っていた。黄色い明かりにうしろから照らされる彼女の姿は、実に優雅で女らしく、トラックを家のまえにつけるおれの口はからからになった。いたずらっぽく輝くその瞳は、家のなかに入っていくおれの目をじっと見つめて離れなかった。「あなたって、カルカスカのバーとイースト・ジョーダンの図書館で一日を過ごすのね」彼女はからかうように訊いた。

自分の頬が赤らむのを感じた。「いや、その……きみのお父さんがいなくなったときの状況について調べてたんだ」

そのことばを聞いた途端に彼女の瞳から輝きが消えてしまい、おれは思わず、戻ってきてくれっと叫びたくなった。

「この家は売ったことがある。キッチンは改装したみたいだが」いかにも不動産屋、といった口ぶりでアランが言った。

「どんなことを調べてるの？」ケイティは、感情を抑えたような声で訊いた。

おれはただ肩をすくめた。この話題は一刻も早くやめにしたかった。「キッチンを改装し

たんだね？」

「えっ？」彼女は当惑したようにまわりを見た。

「見るからに新しいから、改装工事をしたんだと思ったのさ」おれはしどろもどろに言った。

「調理台と食器棚もだ」アランはおれがそれも気にしていると思ったのか、こう言った。また自分の額を叩いてやりたい衝動に駆られた。

ビールでいいかと訊くケイティのことばに喜んでうなずいた。だが、ビールを二本手にして戻ってきた彼女の表情は硬かった。おれはカウチに腰掛け、彼女は椅子に両脚をたたんで横坐りになり、探るような視線をおれに向けた。

「父のことについて調べるなんて、なぜそんなことをしてるの？」

「何か他のことについて訊くんだ。おれたちが見つけた以外にも改装しているところがあるはずだ」アランが指図してきた。この男のことがだんだん嫌いになってくる。

おれはひと息吸ってから答えた。「きみのお父さんについて知りたい、それだけだ。あの夢を見てから、彼のことが頭から離れないんだ」

このジョークをすでに一度聞いているアランは、今回は笑わなかった。ケイティは相変わらずおれをじっと見つめている。

「老人ホームの火事との関連性について書かれた記事もあった」

「ああ、あれね」ケイティは吐き捨てるように言った。「そうよ、父がいなくなって一ヵ月後に火事が起きた。だから、父が容疑者ってことになったのよ。どうかしてるわ」

「亡くなった人のなかに知り合いは？」

「いえ、いなかったと思う」彼女はぼんやりと遠くを見つめた。「とにかく、腹が立ったことを覚えているわ。みんな、父のことなんかすっかり忘れて、爆弾のことやあの人たちがどんな無残な死に方をしたか、そんなことばかりに夢中になって」少し落ち着きを取り戻してつづけた。「もちろん、気の毒なことだった。それは認めるわ。だけど、父はいまだに行方不明だっていうのに、もう誰も心配してくれないのよ。声をかけてきた人と言えば、あのATFとかいう役所から来た爆弾事件の捜査官くらいだった。それと、もちろん、ネイサンとね」

おれは一瞬、緊張した。「ネイサン・バービー？」

「ああ、さぞ優しく声をかけたことだろうな」アランが腹立たしげに言った。

「ええ。彼はいつも私のことを気にかけてくれたわ」彼女は何かを振り払うように手首を捻った。「でも、それもすんだこと。いまさら何を言ってもしょうがないわ」

「そのあと、彼は土地を売ったんだね」おれは一歩踏み込んだ。

「えっ？」遠くを見つめていた彼女の視線が戻ってきた。

「あの工場に、だよ」

「ああ。いえ、そうじゃないわ」ケイティは首を振った。「あれはほんとうにショックだった」

「どういうこと？」

「市からは、彼にひと言も連絡がなかったのよ。市にしてみれば、その義務はなかった。土地はリース契約していただけだから。市の評議会と土地を購入した会社が売却の交渉を進めていたんだけど、ネイサンがそれを知ったのは売却が決まったあとのことだったの。だけど、これは彼にとっては決して悪くない取引だった。だって、移す棺ひとつごとに一万ドルの移転費用をもらえたし、移転先の新しい土地はまえよりだいぶ広かったしね。とはいえ、彼は事前に何も知らされなかったのよ」彼女はため息を漏らした。「なんで、そんなことを？」

「別に、何でもない。ただ、どういうことだったのかな、と思って」

ケイティは腕時計にちらりと目をやった。それを見て、おれの胸は痛んだ。「もう夜も遅いしな」アランが言った。

「このあいだ、この町で回収の仕事があったんだけど」思わず、そんなことばが口をついて出た。この場に少しでも長くいたい一心で引っ張り出してきた話題だった。彼女の微笑みに力を得て、おれはアインシュタイン・クロフトの仕事について話しだした。最初の訪問、番犬代わりのガチョウのドリスとの遭遇から始めて、その後の苦労についてまくし立てた。カーミットがレッカー車から回収車を振り落としてしまったところまでくると、ケイティは身をのけぞらせて大笑いした。

「あとはやつに裁判所からの召喚状を手渡すだけ、それでおれの仕事は終わりさ」おれはそこでことばを切った。

「でも、どうやってやるの？　その男、見つからないように隠れているみたいじゃない」

「まだ、そこのところは考えてない。ただ、やつの家のまえで一日じゅう張り込んで、スーパーの買い物に出てくるのを待つ、なんてことは割に合わないね」それとも、おれが寝ているあいだにアランにやってもらうとするか？

「だったら、保安官事務所にやってもらったら？　どう、このアイディアは？」彼女は目をきらきらさせて言った。その問いの意味することがおれに伝わったのを見定めると、彼女はまた笑った。

「そうだね。警察なら武器を持ってるからね。アインシュタインを路上で見つけて、止めることもできるし」

「ただの冗談よ」

「それに、彼らが乗るのはパトロールカーだ。ほんとうの回収作業とは言えないよ」おれはさらに言った。

「そうね」彼女はにんまりしながら首を振った。「ビール、もう一本飲む？」

返事するまもなく、彼女は飛び上がってキッチンに行った。おれは、歩いていく彼女のジーンズの尻を見つめていた。

「おい、こら！」アランが声を上げた。

おれは思わず視線を外した。

「飲酒運転はだめだぞ」彼が忠告した。

キッチンから戻ってきたケイティの顔はまだ微笑んでいた。「湖を見にいきましょうよ」

彼女はそう言い、茶色いボトルを寄こした。

「ああ、いいね」おれは言った。彼女の言うことなら、何だってしたい気分だった。あとについて裏口から外へ出た。トレーラーの明かりは消えていたが、銀色の車体が月明かりに光り、枯れた芝が白く輝いていた。彼女の横に並んで歩くおれの息が、渦巻く霧を作り出した。「トレーラーには入らないからな」アランが厳しい声で言った。ケイティは普段トレーラーで寝起きしている、ということを思い出した。

彼の言ったとおり、目的の場所はトレーラーではなかった。トレーラーの横を過ぎ、土木業者が平らに造成した裏庭に進んでいった。裏庭は先の方で急に傾斜になっていて、湖に近くなればなるほど、より急な傾斜で下る丘のようになっている。おれたちは、丘のへりの部分に立ってパトリシア湖を見下ろした――百エーカーほどの静かで真っ黒な湖面が眼下できらめいていた。

「階段を作ったのよ」ケイティが言った。

「階段？」

彼女が指差す方へ、おれは目を凝らした。丘の傾斜が歩いては下りられないほど急になっている部分に長い階段が作られていて、一番下の細長い湖岸にまで達している。「ねえ、信じられる？ ここにまえ住んでいた人は、一度も湖に下りていったことがなかったのよ。だって、ここを下りていくなんて、崖を飛び下りるのとおんなじだものね。だから、お母さんが人を雇って階段を作らせたのよ」

こんなことをしゃべるのは、とにかく何かについて話をつづけるためなのだ、ということに気がついた。「なかなかいい仕事をしている」おれは自信なさげに言った。「ちょっと傾斜がきつすぎるようだ」アランが不満そうに言った。「踊り場も作らなくちゃだめじゃないか」

もし、アランが頭のなかでなく横に立っていたとしたら、間違いなく彼を丘の下へ投げ飛ばしていた。

ケイティに目を向けると、飲みたい気分になったのか、ボトルを大きく傾けて一気に喉に流し込んでいる。この女性は何かを抱え込んでいるようだ。だが、おれは比喩的にも、また実際にも闇のなかにいた。暗闇のなかで彼女の方を盗み見ながら自分のボトルを傾け、清く正しいアランのため息を無視しつづけた。

「さてと」彼女が口を開いた。「寒くなってきたわ」

その夜の湖面鑑賞の時間はこれで終わりだった。おれたちは丘のへりを離れ、そろって家のなかに戻った。ケイティは空《から》になったボトルを持ってキッチンに行き、それをリサイクル用のかごに投げ入れる音がしたと思ったら、新しいボトルをまた二本持ってきた。

「まだ飲むのか？」アランが非難がましく言った。

戻ってきたケイティは、まるで何かのゲームでも仕掛けるように、カウチに坐るおれの横に勢いよく坐り込み、その反動でおれの腰が少し浮いた。二人はボトルの首をかちりと合わせて乾杯した。バカみたいな一瞬の行為だが、これが実に楽しかった。

「そろそろ帰ったほうがいいんじゃないか」アランが厳しい声で言った。

彼はそれからの九十分間、ことばを変えながら同じことを言いつづけたが、おれのほうは、ビールをなるべく少しずつ飲むようにして、彼女といっしょのこの時間をできるだけ引き延ばそうとしていた。ケイティといると、自由で心が楽になり、自然な気分でいられた。そして、そんなときにかぎっておれはヘマをやらかすのだ。「ドワイトとは結婚しないって聞いて、うれしかったよ」

彼女の表情が硬くなった。彼女はおれをじっと見つめたが、その顔からは微笑みが消えている。

「つまり……」つまり、おれは何を言おうとしているんだ？

「彼、悪い人じゃないわ」彼女は言った。

「そ、そうだ。もちろん、そんなつもりで言ったんじゃないよ。彼はすごくいいやつだ」

彼女は目にかかった髪の毛を掻き上げた。「私はね、あなたたち二人が争って勝ち取る賞品じゃないの」

「娘の言うとおりだ」アランが見下すように言った。

「えっ？　いや、そんなこと思うわけないだろ？」

急に、ケイティがカウチから立ち上がった。手を伸ばしてカウチに引き戻したい衝動を、全身の力で抑えた。

「あなたも彼も……」そこでことばを切ったが、その目には怒りがこもっていた。

私の父の足もとにも及ばない、そう言いたかったのだろうと思った。そのことが示す真実の重みに、全身の力が抜ける思いだった。彼女が少女のころから捜しつづけた父の想い出に、太刀打ちできる男などどこにいるだろう？

「おれの父親は、おれが刑務所にいるときに死んだんだ」おれはもつれる舌で言った。この話の先がどうなるのか、自分にもわからなかった。これ以上のことはいままで誰にも話したことがなかったから。だが、いまはつづけてみることにした。「父にとって、おれは自慢の息子だった。おれの人生は、そのまま父の人生だったんだ。いつも、あたりが暗くなってフットボールが見えなくなるまで、ボールを投げてくれた。もう長くないって聞いたときには、父がいない世界なんて想像もできなかった。あのときは自分がなかにいるのが幸いだとさえ思ったよ――つまり、刑務所のなかにいれば、父がいるべきところにいない、ということをこの目で見ないですむと思ったから」

　ケイティの表情は読めなかった。

「妹には……」そのつづきを話すには、覚悟を決めるための間《ま》が必要だった。「父が死んだのは絶望感のせいだと思う、って言われたんだ。もちろん、そんなこと、おれは信じちゃいない。だけど、おれのフットボールへの夢が絶たれたことで、父の生きがいを奪ったことに間違いはないと思う」おれは歪んだ笑みを彼女に向けた。「人生の計画はすべて整えられた、という気分は、おれにもわかるよ」病院のベッドで、自分の人生が完全に脱線してしまったことを感じながら、ミランダ条項を告げられたときのことを思い出していた。「きみも、ドワイトとの結婚に向かって着々と進んでいたわけだろ？　自分の計画がうまくいかなくなると、人はときとして腹が立つもんなんだよ」これは、ジミー・グロウの教えだ。「だけど、きっと最後にはすべてうまくいくんだ。きみだって、きっとそうだよ」

彼女はおれを熱く潤んだ瞳で見つめていたが、次の瞬間、カウチに戻ってきてその温かい唇を重ねてきた。おれは、世のなかにこれ以上自然なことはないかのように、彼女に両腕をまわした。

「おい、ラディ」アランがあえぐように言った。

おれは彼女のキスから身を離した。ケイティは戸惑ったように目を瞬いた。「ちょっと飲み過ぎたようだね？」おれは弱々しくそう言ったが、自分で自分の行動が信じられなかった。

「いいえ、ご心配なく」彼女はそう言い、また上体を寄せ、その唇でおれの唇を捜した。

「ええと……」おれは身を引いてカウチの背もたれに背中をつけた。彼女は微笑みながら立ち上がった。

「来て」

「えっ、ど……どこに？」

彼女は視線を横に動かした。「母が留守にしているときは、この廊下の先にあるゲストルームで寝ているのよ」

「いったい何をするつもりだ、ラディ？」アランの声はいまや怒りを含んでいた。

何をするつもりか、だって？　おれは何もしていない――この男は見ていなかったのか？

ケイティが差し出す手を取り、そのあとをついていった。それ以外の行動を取ることなどまったく不可能だった。

「まさか、本気でおれの娘を誘惑するつもりじゃないだろうな？」アランが吠えた。

おれは震えるように息を吐いた。「ケイティ……」

返ってきたのはいたずらっぽい笑顔だった。彼女はセーターのまえボタンを外し始め、やがてそれは、下に着ている滑らかな生地のキャミソールの上を滑って落ちた。以前、ゲストルームはケイティの寝室だったらしく、ベッドには天蓋がついていて枕の上には縫いぐるみが並ぶ、女の子らしい部屋だった。その縫いぐるみたちはむりやりみんな飛び降り自殺をさせられ、大人たちにベッドを明け渡した。この家の他の部分に比べると、いまいる部屋はきちんと整頓されている。そのせいで、ケイティがジーンズを脱いで床に落とす姿が、よけいになまめかしく見えた。レースの下着だけを身につけて目のまえに立つ彼女は、いままでに見たこともないようないい女だった。

「だめだ。いますぐ、この部屋から出ていくんだ」そう命ずるアランの声には、絶望感さえ感じられた。

これ以上気まずい状況は考えられないほどだった。ケイティはキャンドルに火をつけ、ベッドの上で横になった。その顔はまだ微笑んでいる。おれは彼女に近づいた。

「頼みがあるんだけど……」

「なに？」彼女はそう答えておれに手を伸ばした。

「こんなことを言うと、すごく変だと思われるかもしれないけど」

彼女の動きが止まった。〝すごく変〟などということばは、これから初めてセックスをしようとする相手から聞いて気分のいいものではない。「なんなの？」彼女はまえより少し緊張した声で訊いた。

「二人でただ横になって休む、というのはどうだろう？　それではダメかな？」

彼女の沈黙は、キャンドルの炎が勢いを増していくパチパチという音まで聞こえるほどだった。

「あなた、もしかして……」彼女はおれの股間に指を向けた。その問いへの明らかな答えが彼女の目に見えなかったことに、おれは少しだけ傷ついた。

「もちろん、そんなわけない」おれは力を込めて言った。「そっちの問題はないよ。それどころか、とても問題はない。ものすごく問題ないんだ」

彼女は笑った。

「ただ、きみを抱きしめていたいんだ。いいかな？」

「本当にそれだけでいいの？」

「そうだな」おれはもう泣きだしそうだった。「そう、本当にそれでいいんだ。そのほうがいいと思う。そうしてくれよ」

わけがわからない、といった表情で彼女はベッドの端に寄り、おれはあいたところにもぐり込んで仰向けに寝た。彼女はおれの胸に頭を載せた。「こんなふうに？」彼女の声の振動が心臓に響いた。

彼女の髪に触れ、両腕をそのからだにまわし、ため息をついた。「そう、こんなふうに」

そのあとはひと言もしゃべらなかった。おれはベッドに横たわって天井を見つめ、キャンドルの優しい光がダンスするのをながめていた。


目が覚めると、窓の外で鳥たちが、そろそろ陽が射しそうだ、とおしゃべりをし合っていた。おれはベッド脇の柔らかい肘掛け椅子に坐っていたが、いつどうやってケイティの抱擁から抜け出したのか、まったく覚えていなかった。彼女は顔をこっちに向け、丸くなって眠っていた。おれは何分かじっとその顔を見つめてから、廊下に出てバスルームに入った。照明をつけて鏡を覗き込んだ。「アラン、どうしてる？」おれは囁いた。

「娘をずっと見ていたかった。とても美しい娘に育ってくれた」

「ああ、実に美しい」蛇口を捻って小さな紙コップに水を注いだ。「なあ、アラン。昨夜は本当にすまなかった」

「気にするな。きみが眠ってから、私はずっと起きていて娘を胸に抱きつづけることができた。子どものころ、そうしていたようにね。一生に一度のすばらしい夜だった」

おれはゆっくりとうなずいた。「同感だ」

「私は人生で色々なことをしてきた。そのなかで、自分という人間を決定づけるものは何かと問われたら、以前なら迷うことなく、それは不動産屋であり、ビジネスマンであることだ、と答えただろう。だけど、間違っていたよ。父親であること以上に大切なことなんて、ありはしないんだ。あのウェクスラーとバービーの二人は、私からいろんなものを奪ったが、最悪なのは父親でいられなくなったことだ」

「彼女はすばらしい人だけど、それはあんたのおかげなんだ、アラン。彼女が成長するいちばん大切な時期、あんたはそばにいた。それに、いまだって彼女はあんたをそばに感じている。彼女を見ればわかるさ」

「訊いていいか、ラディ？」

ついにそれを訊かれるのか、となかば怯えながら、おれは鏡に映る自分を見た。が、アランの問いは意外なものだった。「どうして出所してからフットボールをやらなかったんだ？いい選手だったんだろう？　刑期を終えたんだから、それから何百万ドルか稼げたんじゃないか？」

「何百万？　いや、そうだね。それができたら、よかったよな」

「できたら？」

「考えてもみてくれよ、アラン、リサの両親がどう思う。ある日、テレビをつけたら、おれがスポーツ・チャンネルに出てインタビューを受けてるんだ、人生絶好調って感じでね。だけど、自分の娘は十七歳のときに土に埋められたまま、残りの人生を奪われてるんだぞ。おれは何百万ドルも稼いで、リサ・マリー・ウォーカーには何もない。それは両親にとってどんな気分だと思う？」

アランは長いこと黙っていたが、口を開いたとき、それは耳元の静かな囁きだった。「そんなことではないかと思っていたよ。きみはいいやつだ、ラディ」

「それはつまり、あんたの娘がミシガン州カルカスカのレポマンとつき合うのを許す、そういうことか？」

「そんなところだ」

「ありがとう。それなら、今後どうやっていったらいいと思う？　あんたとこんな話をすることすら、本当は気まずいくらいなんだ。あんたがずっと見ているとしたら、いったいどんなことになっちまうか、想像できるか？」

ドアが小さくノックされた。「ラディ？」

ケイティの髪の毛は寝乱れていた。厚手のローブを身にまとった姿があまりに愛らしく、おれは思わず彼女を抱きしめたが、その抱擁はできるかぎりファミリー向け映画のレベルに抑えた。

「おはよう！」彼女は笑った。彼女は、おれの肩越しに小さなバスルームのなかに視線を向けた。「いつもそうやって独り言を言うの？」

「ああ、レポ・マッドネスってやつさ」

「そうなの。それはよかったわね。ねえ、まだだいぶ早いけど、本当に起きるの？」

「そうだよ、別にいいだろ？」

「でも……」彼女はおれの顎のラインを指でなぞった。おれはもう少しで震えるところだった。「それより、私といっしょにベッドに戻りたくない？」

「ああ、そうしたいところだけど」

「だったら、どうして？」

微笑む彼女の目を見つめた。「やらなきゃいけないことがあるからさ。いまやっとかないと、二度と勇気を振り絞れない気がするんだ」

24 やっぱり、まわりくどい

家に帰ると、ジミーはすでに起きていた。ドーナツを食べながらテレビのマンガを見て顔をしかめている。隣にはジェイクが坐ってそのドーナツに真剣な眼差しを注いでいた。「最近のマンガはつまんないな」ジミーが言った。

「なんだって?」

「なんか、嘘っぽいんだよね」

「ジミー、おまえの言いたいことがさっぱりわからないよ。マンガが嘘っぽいだって?」

「彼の言うとおりだ。このアニメはひどい」アランが言った。「『科学少年J・Q』を覚えてるか?」

「こんな話をしていると吐き気がしてくる」おれは言った。

「ごめんなさい。チャンネルを変えようか?」罪のないジミーが言った。

「あれは実にすばらしいマンガだった」アランがなおもつづけた。

「ジミー!」アランのおしゃべりを打ち消すように、おれは声を上げた。ジミーが驚いて立ち上がるのを押しとどめるように、手をまえに差し出した。「ごめん、ジミー。おまえに話したいことがあるんだ」

「いいよ、ラディ」

おれは椅子に身を投げ、親友のジミーに目を向けた。立ち入った話になることを察したのか、彼はテレビに目を向けてチャンネルを変えつづけた。こんな場面なら、おれだって同じことをしただろう。そんな彼を五分ほど見つめてから、咳払いをした。

「なあ、それ、ちょっと消してくれないか？」

彼はおとなしくテレビを消し、リモコンを差し出した。それを受け取って横に置いた。

「ジミー、これはちょっと話しにくいことなんだが」

「ラディ、何をするつもりだ？」アランがギョッとしたように言った。

ジミーはおれを信じ切ったような目を向け、先を促すようにうなずいた。「まえに、アリス・ブランチャードという女を知っているか、と訊いたことがあるよな？　おまえは、知らないと答えた」

ジミーは考え込むような表情を浮かべた。「そうだよ」

「だけど、実はおまえは彼女を知っているんだよ、ジミー」

「えっ？　そうなんだ」ジミーは肩をすくめた。

「そこでやめておいたほうがいいんじゃないか？」アランが請うように言った。

「おれの言いたいことはね、ジミー」厳しい口調で言った。「ある友達がおれに教えてくれたんだが、世のなかに父親になること以上に大切なことはない。それに、子どもから親を引き離す権利なんて、世界中の誰ひとり持ってはいない。言ってること、わかるか？」

ジミーは、何が何だかわからない、といった表情だった。「そうだね、わかるよ」

「ジミー、きみには娘がいる。トラヴァース・シティに住んでいる。おれはその子に会ってきた。いま、七歳か八歳くらいだ」

アランが諦めたようにため息をついた。

ジミーはおよそ三十秒、おれに向かって目をしばたたいていたが、いきなり背中をぴんと伸ばした。彼の神経細胞が伸びて、やっとつながったのだ。「えっ？」

「そうなんだよ」

ジミーは立ち上がった。あたりを歩き回り、また椅子に腰掛けた。

「やれやれ、これはアニメの低俗化よりもよほどショックなことだろうよ」アランが言った。

「それってほんと？　だって、どうしてそんなことを？」

「母親に聞いたんだ。アリス・ブランチャード、彼女が母親だ」

「だって、アリス・ブランチャードなんて、おれ、知らないんだよ」ジミーが言い返した。

「それは結婚後の名前だ、ジミー。まえの名前は知らない」

「アダムズだ。結婚まえはアダムズだった」アランが助け船を出した。

「そう、アリス・アダムズだ」

「アリス・アダムズなんて知らない！」ジミーがわめいた。

「おい」おれは短気を起こして言った。「黙るんだ。間違いない、あの子はおまえの娘なんだ」

　ジミーは坐ったまま、その顔からすっかり元気がなくなっていた。おれは彼の目のまえで指を鳴らしてやりたい気持ちを抑えた。

「なんて名前なの？」彼はやっと口を開いた。「おれの娘」

「ええと」

「ヴィッキー」アランが囁いた。

「ヴィッキーだ」

　彼は、まるでその名前ならすべて納得がいく、とでもいうようにうなずいた。「おれ、どうしたらいい？」

「シャワーを浴びろ」

　彼の目の焦点がやっとおれに合った。「は？」

「シャワーを浴びてこい。娘に会うんだ、そんなかっこじゃ恥ずかしいだろ？」

　ジミーが部屋を離れたあと、何かいいマンガはやっていないか、と思ってテレビをつけたが、アランは話したいことがあるようだった。

「こんなことをしたら、アリス・ブランチャードがどんなに怒るか、わかっているんだろうな？」

「まあ、予想はつくよ」

「こんなことに首を突っ込むなんて、きみらしくないな」

頭にかっと血が上った。「何言ってんだ、アラン？　おれが首を突っ込んでるって？　今朝、バービーとウェクスラーが自分にした最悪の行為は、娘との時間を奪ったことだって言ってたじゃないか。そのあんたが、おれの親友に対して同じことをしろって言うのか？」

アランは言い返すことができなかった。

シャワーから戻ってきたジミーは、まるで頰からすべての色を洗い落としてしまったように見えた。おれのあとについてとぼとぼと歩いて外に出て、トラックに乗り込んでからはただぼんやりとフロントガラスの向こうを見つめていた。外はこの地域にしては比較的穏やかな日だったが、彼は北極探検にでも行くかのように、分厚いセーターの上にパーカを着込んでいた。

ガレージから車をバックさせる途中、一台の車が通り過ぎるのを待つためにいったんブレーキを踏んだ。真夜中のような色の塗装が光るSUVだった。運転席の男がちらりとこっちを見てすぐに向き直ったが、アランとおれはその一瞬に、それが誰だか気がついた。

「いまのはフランクリン・ウェクスラーだ」アランの声に緊張が走った。「いったいここで何をしているんだ？」

おれは突き止めることにした。アクセルを踏み込むと、ジミーの首がうしろにがくんと揺れた。町に向かってゆっくりと進むSUVにはすぐに追いついた。前方の信号が黄色に変わり、ウェクスラーは車を止めた。おれはまえの車のルームミラーを睨みながらゆっくりとそのうしろに近づいたが、男は視線を上げなかった。クラクションを鳴らしたが、ウェクスラーは依然として前方だけを見つづけた。

ジミーは落ち着かないようだった。「あの男、知ってるの？」

「ああ、いい友達でね」ブレーキから足を離し、じりじりと車をまえに進めた。フロント・バンパーがSUVの後部に触れて車体を揺らしたが、それでもウェクスラーからは何の反応もなかった。

「何をしてるんだ？」アランが訊いたが、何をしているかは一目瞭然だ。

SUVと接触した状態で、おれはアクセルを踏み込み、エンジン音が上がった。しっかりブレーキのかかったウェクスラーの車は、勇猛果敢に攻めるおれのトラックに押され、大きく上下に揺れた。低い間欠音がして、おれの車のエンジンが止まった。

ついに、やつは折れた。ウェクスラーはルームミラーを通しておれを睨み、おれも眉を少し上げて冷たく睨み返した。さあ、やる気なら相手になるぞ、でくの坊。

信号が青に変わり、まえの車はタイヤを鳴らして急発進した。こちらもトラックを発進させてあとを追ったが、ウェクスラーの運転は容赦なく、そのスピードに合わせる勇気はおれにはなかった。そうやって、二台の車は〈ブラック・ベア〉のまえを滑り抜けたが、やがて、SUVは時速九十マイルくらいで視界から消えていった。おれはのろのろ運転にまでスピードを落とし、くすくすと笑った。

ジミーは自分の苦悩と闘っていて、何が起こったのか訊いてさえこなかった——何が起こったのか気づいてもいなかったか。トラヴァース・シティに半分まで近づいたところで車を停め、路肩に嘔吐するジミーを見守った。「だいじょうぶか?」彼の様子が心配だった。彼自身、自分が大丈夫なのかどうか、わからないようだった。「おもちゃでも買ってってあげたほうがいいよね」街の中心部に入ったところで、彼はそうつぶやいた。スーパーマーケットに立ち寄り、一時間も悩んだあげく、無邪気で疑いを知らない瞳をした小さなウサギの縫いぐるみを買った。ブランチャード家に行くまでのあいだ、その縫いぐるみが自分に力を与えてくれるとでもいうように、固く握りしめていた。

「家にいるかな?」ジミーが言った。

「今日は土曜日だぞ」

「そうだよね」

「あの子が生物学的父親に似ているなら、きっとマンガを見ているよ」アランが予言した。

トラックのドアを開け、おれのあとについてブランチャード家のポーチに向かうジミーの両手は震えていた。大きな真鍮製のノッカーを二、三回鳴らすと、家のなかから誰かの歩く小さな振動が近づいてきたので、おれはジミーにウィンクした。

ドアを開けたアリス・ブランチャードがレポマンを見て浮かべた怒りの表情は、その横に立つ人物に視線が移った途端にショックに変わった。

「ああ、アリス」そう言うジミーの声で、彼がこの女のことを思い出したことがわかった。

アリスはまえのときと同じように、外に出てきてすぐうしろ手にドアを閉めた。前庭の左右に視線を走らせてから、その燃えるような目でおれを睨んだ。

「あなた、いったいどういうつもりなの？」

「あんたには悪いが、おれには、父親と子どもを離ればなれにしておくことなどできないんだよ」偉そうに言ったが、アランと言い争ったときよりはかなり自信がなかった。

「父親と子どもですって？」彼女はなじるように言った。

「だから言ったんだ、やめておけって」アランが言った。

彼女はおれを殴ろうとでもするように手を上げたが、急にジミーに向き直った。「あんたもいったいどういうつもりなのよ？」

「あの……」彼は縫いぐるみを差し出そうとしたが、結局、やめて肩をすくめた。

そのとき、にわかに家の角のほうから音がして、小さなヴィッキーが全力疾走で飛び出してきた——どうやら、ここが彼女のいつもの通り道らしい。大人たちの姿を見て立ち止まった少女は、おれを見てまえに来た人だとわかったらしく、それからジミーの顔を興味深そうに見つめた。ジミーがハッと息を飲んだ。ヴィッキーの目が母親の目と合うと、その子は何かを感じ取ったようで、それからは二人の男を交互に見ながら、いったい何が起こっているのだろう、というような表情を浮かべていた。

朝の爽やかな空気のなか、だいぶ長いことそうやって立っていたが、実際にはほんの一瞬のことだったのかもしれない。ジミーが震えるような笑顔を作るのが見えた。生まれて初めて女性を目のまえにして、自信喪失しているかのようだ。

「ヴィッキー」ミセス・ブランチャードが言った。か細い声だった。「覚えているわね、あなたのお父さんは遠くに行ってしまって二度と戻ってこないって話してあげたこと？」

ヴィッキーは目をぱちくりさせ、その意味を理解しようとした。が、突然、彼女の両目が大きく見開かれた。少女は怯えきったような目をおれに向けたが、おれが首を横に振るのも待たずにその視線をジミーに移した。ウサギの縫いぐるみを見つけたのだ。

「こんにちは」ジミーは首を絞められたような声を出した。

少女は爆弾のような勢いで走り出し、階段を上がっておれたちの脇をすり抜け、ドアを開けた。そのあまりの勢いに、その反動でドアが閉まった。三人はその姿を追っていたが、やがて、ミセス・ブランチャードがため息をついた。

「これで」彼女はおれに目を向けた。「気はすんだかしら？」

「おれ、カネとか送るように……」ジミーがもつれる口で言いかけた。

「いいえ！　あなたのおカネなんていらないわ」彼女がぴしゃりと言った。

ジミーがすがるような目をこっちに向けたが、おれはただ肩をすくめた。おれにできることは何もない。彼はもう一度がんばった。「なら、大学とか、大学資金とかは？　何かしてあげたいんだ」

「いまさら？　いまになってそんなことを言うの？」ミセス・ブランチャードは見下げ果てたというような口調で言った。

「アリス、おれは知らなかったんだ」ジミーは泣きつかんばかりだった。

「真剣につき合う気はない、とか言ってたわよね」そうやって、ジミーの言ったことばを投げ返す口調は辛辣だった。「どうやらことを急ぎすぎてしまったようだ、なんてこともね。他に誰かいるのって訊いたら、あなたは言った。『一回だけだよ』って。〝一回だけ〟って、それ、どんな答えよ？」

ジミーは唾を飲み込んだ。「その、おれは……」彼は自分の情けなさに、首を振るしかなかった。「ごめんなさい……」

「いいかげんにしてよ、いまさら〝ごめん〟って言われたってどうにもならないわ」ミセス・ブランチャードの声は怒りに満ちていた。「あなたなんかには、もう何も言ってほしくないわ、ジミー」

彼はがっくりと頭を下げた。

「あなたのことなんて、とっくの昔に乗り越えたのよ。あなたがいまさら何かをしたいなんて素振りを見せることすら、私にとっては屈辱でしかないわ」

おれたちはなおもしばらくそこに立っていたが、そこには、これ以上どんな罰が残されているのかを見届けたいというような雰囲気が漂っていた。やがて、彼女は大きく息を吸い、閉まった正面ドアに目を向けた。「あなたはここへ来るべきじゃなかった。ヴィッキーはあなたを必要となんかしていないわ」

「わかったよ」ジミーは言った。

おれたちは踵を返し、ムチで打たれたイヌのようにうなだれ気味にポーチの階段を下りた。セメントの小道をトラックに歩いていくあいだ、ジミーは唇を噛んで焦点の合わない目をまえに向けていた。

「待って！」背後から声が聞こえた。

おれたちは振り向いた。ヴィッキーがこちらに向かって歩道を駆けてきて、おれたちのまえで止まった。こちらを見上げる少女の無垢な顔は、ジミーそっくりだった。「わたしの写真、見たい？」

少女が手にしていたのは、写真を一枚一枚ていねいにビニールのスリーブに収めた小さなアルバムだった。父と娘は縁石に坐り、写真を一枚ずつ見ていった。その間、ヴィッキーは自分の生物学的父親に、実に自然におしゃべりをつづけた。奇跡のようなことだが、こんな状況もまったく気にしていないようだった。ジミーは上体を支えるように膝を抱え、信じられない、といった面持ちで娘の顔を見つめていた。

おれは二人をそっとしておいてあげたいと思い、その場を離れてぶらぶら歩き、立ち止まって敷地の端にあるブランコを眺めた。この場所からは敷地全体を見渡すことができ、視線を横にずらすと、ポーチに立つアリス・ブランチャードが、縁石に坐るヴィッキーとジミーを見つめているのが見えた。その目には、予期したような憎しみはみじんもなかった――むしろ、かすかな満足感さえ感じられた。

「これが狙いだったんだ。復讐心でも、何か別のややこしいものでもなかった。彼女はジミーにヴィッキーを見つけてほしかったんだ。だが、直接連絡を取ることはできなかった。だって、そんなことをしたら、夫が許さないだろうからね。だが、こうすることで、彼にはヴィッキーの居場所がわかったんだ」アランが自信ありげに言った。「ミスタ・銀行頭取はヴィッキーがいっしょに住むことは受け入れたが、自分の娘と認めることは絶対にないからな」

「だけど、子どもには父親が必要だ」おれはつぶやいた。

「そうだ。彼女は娘のためにすべてを仕組んだんだよ」

「だけど、やっぱり、なんともまわりくどいことをしたもんだと思うけどね」おれは正直に言った。ジミーは自分を傷つけたひどい男だが、それでも娘にとっては安全で、しかも不可欠な存在だ、そうアリス・ブランチャードは考えたのだ。彼女がそう決断した理由はわかる気がした。ジミーは、世のなかの誘惑に抵抗することとなると実に情けない男だが、本当は心優しく友達思いの人間だ。彼を知る者なら少しも疑わない。

トラックに乗り込むときにアリスと目が合ったが、その表情はまったく読めなかった。跳びはねたり手を振ったりするヴィッキーに、ジミーも満面の笑みで手を振っていたが、アリスはこれからこのことについて夫と向き合わなければならず、それはたやすいことではないだろう。おれは敬意を表わしたいと思って手を上げかけたが、どんな仕草もこの場にふさわしいとは思えず、ただ小さくうなずくことにした。九分九厘、ミセス・ブランチャードはいまだにおれのことを見下げ果てた男と思っているのに違いないのだから。

アランは眠りに落ち、ジミーはひとりでもの思いにふけっていたので、おれは一時間思う存分ケイティ・ロットナーのことについて考えることができた——こんなに楽しい時間の過ごし方はない。

おれたちはそのまま〈ブラック・ベア〉に直行し、ジミーはランチタイムのシフトに間に合うことができた。店に入ると、ベッキーが奥から出てきておれに抱きついた。

「ああ、ラディ」彼女はため息を漏らした。「テレフォン・セックスの回線だったの」

25　霊能者は頭がおかしい

支払い拒否の連続で出費が重なって追い詰められたベッキーは、ついにクレジットカード番号を送ってくる人物への連絡法を考え出した——教えられた問い合わせ番号ではなく、その客がかける番号を使うのだ。そこにかけてみると、あえぎ声混じりのなまめかしい声が、一分一ドル九十九セントであなたのお望みどおりに〝ホットで熱いセックス・トーク〟ができる、と教えてくれたのだという。

「〝ホットで熱い〟はなかなか効果的なうたい文句だ」アランが合いの手を入れてきたが、おもしろくなかった。

「それで、どうなった？」おれは訊いた。

「クレジットカード番号を訊かれたわ」

「問い合わせ番号にはかけてみたのか？」

「向こうからはカーミットに一回だけ連絡があって、クレジットカード番号をもっと送るからって言われたの。だけど、それ以来、こっちの連絡には応えてくれないのよ」

「クレジットカード番号をもっともらえば、問題は解決するのか？」

「わからないわ。だけどね、ラディ、ほとんどの番号が支払い拒否になって戻ってきてるのよ！　カードの持ち主たちが請求書に異議を唱えてたなんて知らなかったわ。だって、請求作業を一からやらないと通知が来ないから。この損失から抜け出すには、とんでもない量の番号を処理しないとならないわ。だけど、そのまえに銀行が差し押さえにくるだろう、ってカーミットが。ラディ、わ……わたし、そろそろカウンターを新しいシーザーストーンのに変えようかな、なんて思ってたのに」彼女は振り向いて店内を見渡した。きっと自分の改装計画が目のまえから消えていっているのだろう。

おれはベッキーにもらった番号にかけてみた。サービス内容を唸ったり囁いたりする録音音声が終わるのを、足踏みしながら辛抱強く待つと、やっと電話口に肉声が聞こえた。

「クレジットカード番号を」その女の声はセクシーというより退屈そうだった。

「きみが相手をしてくれるのかな？」おれはきつい口調で言った。

「違うわ。あたしはクレジットカード番号を聞くだけ。あんたのお相手はうちのモデルがやるわ」彼女は答えた。

「どうやら、こういうやりとりは一度や二度じゃなさそうだな」アランが言った。

「だったら、おれが話したいのはあんただ。銀行からこっちに問い合わせがじゃんじゃん来てるんだ。あんたが送ってくる請求はクズだ。ぜんぶ支払い拒否で戻ってくる」

長い沈黙があった。「あんた、だれ？」女はやっとそう言った。

「あんたらの請求を処理している者だよ」

「請求を処理？」彼女はおれのことばを繰り返した。「クレジットカード番号だ。非読み取り式カードリーダーでね。」おれは受話器を手でおおった。「カーミットはどこだ？」ベッキーに囁いた。キッチンの方を指さす彼女に、頭を振って彼を連れてくるよう指示した。「もしもし、聞いてるか」電話に言った。

「聞いてるわ」女はしぶしぶ答えた。

「いいか、このままにはしておけない。これがテレフォン・セックスの回線だとは知らされてなかった。霊能者だとばかり思ってたんだ。あんたらの請求はどれもこれも拒否されまくってるんだぞ」

「あたしと話してもムダよ」

「なに？」

「あたしと話してもムダ。問題があるなら、ミスタ・ドレイクと話して」

「ミスタ・ドレイク？　誰だ、それは？」

「うちのビジネス・マネジャーよ」

「だったら、そいつに代われ」

「ドレイクはいまいないの」女はバカにしたように言った。「伝言を伝えるわ」

「おれの言ったこと、わからなかったのか？」

「もういいでしょ？」

「もういい、だと？　ミスタ・ドレイクに伝えろ、今後、請求処理はいっさいしない、とな。

今日だってかなりの商売があったんだろ？　ただ、それはぜんぶ破り捨てたほうがいいな、なぜなら、おれはそのうちの一枚だって銀行には届けないからな。そのかわり、おれはこれから弁護士と地方検事に連絡する。徹底解明してやるからな！」

「ダメよ、そんなことしちゃ」

「なに？」

「そんなことをしてはダメ、って言ったのよ」女はまえよりもはっきりと言った。「契約があるんだから」

「こっちの番号は知ってるな？」ベッキーに目を向けると、彼女は大きくうなずいた。「知ってるはずだ。ドレイクにおれの言ったことを伝えろ。十分待つ。それが過ぎたら、おれは地方検事に電話をかける」

おれは電話を切った。「カーミットに、出てこい、と言え」

「チリを作ってるのよ」彼女は顎を突き出した。

「ベッキー、これはすべてあいつのせいなんだぞ！」

「彼は知らなかったのよ！　霊能者の相談電話だと思ってたんだから」

「いや、それで許されることじゃない――そもそも、あいつが持ってきた話なんだからな。カーミット！」おれは叫んだ。「さっさと出てこい！」

カーミットがエプロンで手を拭きながら柱の陰から顔を出した。電話が鳴り、すぐさま受話器を取った。

「〈ブラック・ベア〉、ラディ・マッキャンです」電話に出るときにはこうするのだ、という両親の教えどおりに、おれは言った。本当はもっとタフに〝なんだ？〟とか言いたいところだった。

「おれと話したいって？」怖そうな声で話すということに関しては、ドレイクのほうが一枚上だった。

「ドレイクか？」

「そうだ。まず言っておくが、うちの女の子たちに二度とあんな口をきくんじゃない、わかったな？　問題があれば、おれが相手だ。それが守れないようだと、ちょっとしたおしゃべりをすることになる」

「言ってることが支離滅裂だ」アランが不満そうに言った。「いまこうやって、おしゃべりをしてるじゃないか？」

「おれの言いたいのはこうだ、ドレイク。おれたちは霊能者の相談電話の請求処理を肩代わりするはずだった。だが、実際はテレフォン・セックスじゃないか」

「それがどうした？　霊能者より、こっちのほうがよっぽど儲かるぜ。霊能者なんていう連中はみんな頭がおかしいんだ」

「どうしたか教えてやろう。客が料金を支払ってくれないんだよ。なんと額にして……」ベッキーに目を向けると、彼女が声を出さずに〝一万〟と言った。おれは目を丸くした。「一万ドルも払い戻ししなくちゃならないんだぞ」

「そうかい」ドレイクは不機嫌そうに言った。「よくあることさ。クレジットカード番号を盗んだやつらが真っ先にやりたがるのが、テレフォン・セックスだ。そいでもって、本当の持ち主が請求明細を見て、こんなの知らないって言うのさ。おれたちにとっちゃ、あとの祭りだ。おれの人生の尽きない悩みさ」

「あんたの人生？　払い戻しをするのはこっちだぞ！」

「カッカするなよ、マッキャン。小っちゃな機械に番号を打ち込むだけであれだけのカネをごっそり稼げるとでも思ったのか？　この商売は厳しいんだ」

この男の商売のことなど気にしないことにした。「言いたいことはな、もうやめるってことだ。それと、あんたから一万ドルを返してもらう」

ドレイクは低い声で笑った。「それはどうかな。この手のことはまえにもあったがな、相棒、言っておくが、抜け出す唯一の方法はやり遂げることだ。処理する番号をもっと送ってやるから。インターネットの分も足してやろう」

「あんた、バカか？　やり遂げることなんてできやしない。その先にあるのは破滅しかないんだ！」

ドレイクはしばらくことばを発しなかった。「いまのは聞かなかったことにしてやるよ、相棒。おれたちはビジネス・パートナーだからな」

「それももう終わりだ。あんたからは、この苦境から抜け出すためのカネ以外、いっさい送ってもらいたくない」

「そんな簡単に抜けられると思ったら大間違いだ。おれはビジネスをやっていて、クレジットカード処理にあんたが必要なんだ。そういう約束だった。以上だ」

「そんな約束は知らない。おまえは一万ドルを返す。さもないと、地方検事に連絡する。以上だ」

「そんなことを言うもんじゃない。約束は約束だ。おれたちは契約を結んでるんだぞ。それとも、おれがそっちに出向いて強制的に契約を履行させてやろうか？」

「望むところだ」

「言っておくがな、相棒、そのわびしい町でおれの顔を見た日を、あんたは一生後悔することになるぞ」

「どうして？　あんたの顔は、その汚い声よりひどいとでも？」

彼は電話口で大きく息を吐いた。「どうやら、あんたには一度会いに行くことになりそうだな」

「いいね。小切手帳を持ってくるのを忘れるな」

「おれが持っていくのは、この世のものとは思えないような苦痛だ」

「楽しみにしてるよ」おれは電話を切った。「カーミット！」

「何て言ってた、ラディ？」ベッキーが心配そうに訊いた。

「やつは移動式の苦痛に乗ってここを訪ねてくれるらしい。カーミット！」

カーミットがおどおどと出てきた。ベッキーは、おれが彼を殴るのを押しとどめるかのように、おれの腕に手を置いた。「おれと妹にとって、この店がどんなに大切かわかるか？」

おれは怒りを込めて言った。「店がなくなったら、おれたちは終わりだ。一万ドルだぞ！」

「おカネを返してくれるって？」ベッキーが訊いた。

おれは二人を見つめた。希望を捨てきれず、同時に怯えきったその目は、まるで子どものようだった。胸のなかから怒りが消え、おれは疲れたように首を振った。「相手はカネを借りても返すような連中じゃないんだよ、ベッキー」

「何でそんなこと、言い切れるの？」

「それは、おれの仕事がいつも、まさにそういう連中を相手にしているからさ」おれは髪を搔き上げた。「ベッキー、おまえに話したいことがある」妹の手を引いていき、クマのボブが広げる両腕に守られるような位置に立った。

「どうしたらいい、ラディ？」こんなに怯えたベッキーは見たことがなかった。おれは妹の肩を抱いた。

「大丈夫だ、ベッキー。ミルトンに相談するよ。家を担保にすれば、カネを貸してくれるだろう」

妹はうなずいた。「私、必ず返すから、ラディ、絶対に――」

「ああ、わかってるよ」おれは彼女をさえぎった。「そんなことは心配してない。ただ、ひとつ条件がある」

ベッキーは探るようにおれの目を見つめた。「ラディ、まさか」

おれはうなずいた。「カーミットには出ていってもらう。あいつが来てからというもの、トラブルばかりじゃないか。そうだろ？　今回の件は何から何まで大失敗だった。あいつは、ただこの店のカード決済口座を利用したかっただけだ。自分の三分の一の取り分が欲しかっただけなんだよ」

「違う、彼は私を愛してるわ」ベッキーの声はか細い囁きだった。

「ベッキー、おまえはカーミットみたいなやつにはもったいない！」

彼女は立ったまま何かを考えているようだったが、やがて顔を上げ、からだを離した。

「いいえ、ラディ。それが条件だというなら、兄さんの言うとおりにはしないわ」

妹はおれから顔を背け、カーミットがいるキッチンに向かって去っていった。おれは、そのうしろ姿を、口をあんぐり開けて見送っていた。

「はったりを見透かされたようだな？」アランが皮肉っぽく言った。

アランと話をしようと、おれは店の外に出た。「はったりなんか言ってない」

「そうか？　だったら〈ブラック・ベア〉が潰れるのを、ただ指をくわえて見ているんだな」

おれは答えなかった。自分自身、どうすればいいかわからなかったから。

月曜日の朝、おれは夜明けまえに起きてあわただしく服を着込み、アインシュタイン・クロフトへの裁判所からの書類を手に取った。ジェイクは、こんな時間に散歩することなど罪深いとでもいうように、戸口を出ていくおれに一瞥すらくれなかった。さあ、五十ドルを稼いできてやる。

ハイウェイを走っているときにアランが目覚めた。「イースト・ジョーダンに向かっているのか？」彼が言った。

「ああ」

「トラヴァース・シティに行ってウェクスラーを見つけたほうがいいんじゃないか？」

「そんなことしなくても、ウェクスラーのほうでおれたちを見つけてくれるさ。だいいち、見つけて何をする？　一日中やつを見張るのか？」

「やつが何を企んでいるかつかむんだ」アランは乗り気のようだった。

「おれに言わせれば、そんなのはまったく時間の無駄だね。それに――あんたには想像もつかないことだろうけど――おれの人生にも、たまにはあんたとはまるで関係のない部分があるんだよ」

「なるほど、週末のいい気分がいまもつづいているようだな」アランが言った。

おまえに何がわかる。おれは誰かを殴りたい気分だった。アランを殴りたかった。肌がかゆくなるような感覚があった。あるいは、チームが負けているのに自分はベンチに坐っているかのような感覚が。

薄曇りのグレイの空が次第に明るくなってきた。ミシガン北部の春は、こうやって夜が明けるのだ。ヘッドライトを消してから、いつもの癖で回収スイッチに指をかけたが、入れはしなかった――今日はその必要はない。唇を嚙みながら、アインシュタイン・クロフトの家の真新しいフェンスから二十ヤード手前のところで車を停めた。

「つまり、どういうことだい？　やつが仕事に出てくるのを待つのか？」アランが訊いた。

「そうだ」

「それで？　あとをつけるのか？　どうやってやつの車を止めて書類を手渡すつもりなんだ？」

「さあね」

「プラズマーク社の敷地に、またやすやすと入れてくれるとは思えないがな」

「たぶん、無理だろうね」

「だったら、どうするんだ？」

アインシュタインの家に明かりがついた。やつが起きたのだ。

「車を走らせながら書類を渡すのは難しいぞ」アランはなおも言った。「それに、やつは家でも工場でもフェンスに守られている」

おれはトラックのギアを入れた。「そこだよ」アクセルを踏み込んだ。

「何をする気だ？」アランが叫んだ。

「気分を上げるのさ！」

全速でトラックのフロント・バンパーをフェンスに突っ込ませると、その勢いでフェンスが支柱から引きちぎられた。傾斜のきついドライヴウェイを上がり、アインシュタインのトラックのうしろで車体を揺らせて急停止した。

車の外に出ると、口のなかに血を感じた。どうやらハンドルにキスしたらしい。

「頭がおかしくなったか？」アランが言った。

アインシュタインの家の正面玄関へ階段を上がっていくと、急にドアが開けられた。バスローブ姿で駆け出してきた彼はライフルを構えていた。怒りに歪む顔で銃をこっちに向けてきたが、おれは突進してその銃身をつかみ、上から横に捻り上げて彼の手から奪った。横を向き、ライフルをドリスの住みかの方へ放り投げる。怒ったアインシュタインは、おれの顔めがけて拳を繰り出してきた。それをかがみ込んでよけ、一歩踏み込んで彼の胸に一発パンチをかました。やつは腰から地面にくずれ落ちた。

「おはようございます、ミスタ・クロフト」召喚状を取り出し、やつのバスローブのポケットに押し込んだ。「裁判所からの召喚状です」

ドライヴウェイをバックし、壊れたフェンスを乗り越えて通りに出るあいだ、やつはじっとそこに坐ったままだった。

「あんなことしていいのか？」アランが語気を荒くした。

「もうやっちゃったよ」

「個人の所有物を壊したり、殴ったりしても？」

「やつがおれの頭に向けてたライフルは目に入らなかったのかい、アラン？」

「〈ブラック・ベア〉の一件での怒りを、アインシュタイン・クロフトに八つ当たりして発散させたようだな」

「あんたの精神分析にはもうあきあきだ」

アインシュタイン・クロフトの仕事でフェンスへの器物損壊があったことを報告すると、ミルトンも大喜び、というわけにはいかなかった。「客から苦情が出ていないかどうか、シェリフに連絡を取ってみるよ」彼は言った。「実は、今朝の新聞に出ていたんだが、彼の連帯保証人が二日まえに死んだらしい」

「アインシュタインの父親ですか？」

「そうだ。それがこの案件にどう影響するかはわからない。今日、銀行に連絡して確認してみるよ。もし、土地でも遺していたら、銀行は訴訟の照準をそっちに変えて、動産占有回復命令書のことなんてどうでもよくなってしまうかもしれない」

「つまりきみは、つい二日まえに父親を亡くした男を殴ったわけだ」ミルトンのオフィスを出てから、アランが解説してくれた。

「知らなかった」おれは弱々しく答えた。「知ってたら、素直に撃たれてやってたよ」

その日の午後は、ある男を自宅から尾行し、彼が金物店に入ったところで、男の乗ってきたピックアップ・トラックを奪って逃げることに専念した。だが、回収報告書に記入してミルトンに連絡を入れたときにも、空虚感がおれの心を離れなかった——なぜか、車を盗むことに、もはや何の喜びも感じなくなってしまったようだった。

いまいるところが、ケイティのいるイースト・ジョーダンからそう遠くないということに気がつき、おれの気分は一瞬で晴れた。勤務先に電話をかけ、食事に誘う。戸口に現われた彼女はジーンズと赤いセーターを着ていて、アランが眠っていることに気がついたおれは、抱き寄せて四十八時間溜めつづけた想いを込めてキスをした。

「ワオ」そう言って彼女は笑った。「私に会えて、そんなにうれしいのね！」

シャールヴォイの〈グレイ・ゲイブルズ〉は〈ブラック・ベア〉より相当うまいホワイトフィッシュを出す店で、おれはそこでの夕食を楽しむなかで、ケイティ・ロットナーを笑顔にすることこそ、自分がいままで成し遂げてきたどんなことよりも大切だ、と心に刻んでいた。一千枚のフェンスに突っ込むより、いい気分だった。コーヒーとデザートまでゆっくり楽しんでいると、店員が清掃員のために照明を明るくした。

「どこへ行く？」トラックの運転席に乗り込みながら訊いた。

ケイティはいたずらっぽい笑みを浮かべていた。「母はまだネイサンといっしょに出かけたきりなの」彼女は言った。

しかも、アランはまだ眠っている。

「それはいい」そう言い、おれはトラックを発進させた。彼女は高校生の恋人のようにからだをすり寄せてきて、おれは自分の心臓の音が彼女の父親の目を覚まさないようにと願った。

イースト・ジョーダンの町の境界線を過ぎたところで、背後にパトロールカーが現われて回転灯を照らした。おれは大きく唸った。

「制限速度を超えてたかしら？」ケイティが訊いた。

だ。

「うん……まあ」正直に言った。彼女は笑った。おれが急いでいた理由がわかっていたから

必要とあらば、またティムズ保安官助手とやり合ってもいい、と思ったが、出てきた警官は見たことのない男だった。彼は違反切符を取り出しもしなかった。「ミスタ・マッキャン？」

「そうですが」

「ストリックランド保安官が話したいことがあるそうです。パトロールカーのほうへ来てもらえますか？」

保安官助手は、保安官に連絡するのに携帯電話を使った。無線を使うのかと思っていたおれは、少々がっかりした。彼が差し出した携帯を、おれはぎこちなく耳に持っていった。

「今夜はきみをずっと捜していたんだよ。いったいどこにいたんだ？」保安官は前置きもなしに訊いた。

「シャールヴォイです。彼女と食事をしていました」

「彼女？　それは誰だ？」

「ケイティ・ロットナーです」おれは仕方なく答えた。

長い沈黙があった。「彼女と少し話がしたい」彼が言った。

ますますいい調子だ。「保安官が話したいって」そう言って、携帯を彼女に差し出した。

「私に？」ケイティは携帯を手に取った。「保安官？」彼女は電話の声をじっと聞き、うな

ずいた。「ええ、そうです。夜はずっといっしょでした。そうですね、七時ごろから。そうです、ずっとです。わかりました」

彼女は当惑した目で携帯をおれに返した。

彼女が保安官と話している時間を使って、おれが誰とデートしようと勝手だろう、ということをわからせるセリフを考えていた——短いセリフでなければならない、なぜなら、彼女の母親が留守でアランが眠っている、というタイミングは限られているのだから——しかし、保安官のことばは予期しないものだった。

「自宅に戻ってきてくれないか、ミスタ・マッキャン？」そう言いながら、彼の口調は明らかにお願いではなかった。

「明日にできませんか、保安官？」おれは、泣いて頼みたい気持ちをぐっと抑えて訊いた。

「残念だが、それはできない」

「どうしてですか？」

「ラディ、きみの家のリヴィングルームで殺人があった。今夜九時ごろのことだ。二十代後半の男性が頭を撃たれている。ここに来て彼の身元確認と、何が起こったのかいっしょに考えてほしい」

おれは息を飲み、携帯を強く握った。

ジミー。

26 無瑕疵担保責任

保安官助手にケイティを送ってもらい、おれは、息を止めつづけたような胸の痛みを感じつつ、暗い夜の道をカルカスカへ向かって走った。「アラン！ アラン！」彼を目覚めさせようと、叫びつづけた。これほどの孤独を感じたことはなかった。妹でも誰でもいい、声を聞きたいと思って自分の携帯を手に取ったが、圏外だった。わけのわからない怒りにかられ、おれは携帯を窓の外に放り投げた。こんなバカなまねをしたことがあるのは、世界中でおれひとりではないはずだ。

自宅は、立入禁止のテープとパトロールカーが織りなすサーカスになっていた。ストリックランドは家のまえの歩道でおれを待ちかまえていた。

「ジミーですか？」口からこのことばが飛び出してきた。

彼は首を振った。「誰かはわからない」

まえに進もうとしたが、彼の力強い手で押しとどめられた。

「おれのうしろから家に入るんだ。何も触っちゃいけない。いいな、ラディ。ビニールシートの上を歩くようにしろ。被害者を確認したら、すぐに家から出る。わかったな？」

おれはうなずいた。

「こころの準備はできているか？」彼は口調を柔らかくして訊いた。

おれは唾を飲み込んだ。「はい」そうは答えたが、もし、殺されたのがジミーだとしたら、こころの準備などできているわけはなかった。

ストリックランドのあとについて家に入った。まずぼんやりと目に入ったのはカーペットに散らばったガラスの破片で、それにつづいて手足を広げた死体が見えた。顔は向こうを向いていて、後頭部は血だらけだった。

「こっちに来てみろ」ストリックランドはおれの腕をつかみ、顔が見える位置まで慎重に移動した。「誰かわかるか？」

それは筋肉質の大きな男で、首の裏側にシャツの下から巻きひげのような模様の青いタトゥーが覗いていた。おれは首を振った。

「いえ、見たこともない男です」ホッとするあまり、目から涙がこぼれた。あわてて震える手でその涙を拭いた。これがジミーだったら、自分が何をしでかしたかわからない。

ストリックランドが心配そうに眉を寄せた。「大丈夫か？」

「ええ、てっきり……ジミー・グロウだと思ったんです。彼はこの家の二階に住んでいるので」おれは息をついた。

「それなら、そのジミーにも話を聞いてみないといけないな。彼と連絡はつけられるか？」

「いえ、いまは都合が悪くて」おれは突然、もうひとつの恐ろしい考えに捕らわれた。「おれのイヌ。誰か、私のイヌを見ませんでしたか？　家にいたはずなんですが」

「ちょっと待て」ストリックランドはベルトから無線を取り出し、顔に持っていった。「ストリックランドだ。誰かイヌを見なかったか？」

無線の向こうから〝誰もイヌは見ていません〟という返事が返ってくるまえの長い沈黙が、おれの問いへの答えを示していた。

「ジェイク？」おれは叫んだ。ビニールシートを離れて寝室に向かうおれに、ストリックランドが小さな抗議の声を上げた。開いたままのドアを入っていくと、そこにおれのイヌがいた。いつもなら決して許されないベッドの上で足を伸ばしてじっと動かない。

愛犬の様子を見るのが怖かった。廊下からのかすかな明かりのなかで、その目は見開かれ、呼吸もしていないように見えた。ドレイクはどうしてイヌまで殺していったのだろう？　人のイヌを殺すなんて、どこまでひどいやつなんだ。

「ああ、ジェイク」おれは優しく声をかけた。背後で、ストリックランドの影が戸口を塞いだ。「ジェイク、ジェイキー」おれは囁いた。手をそのからだに置いた。まだ温かい。

ジェイクの目はおれに向いていた。

「ジェイク？　ジェイク！」

イヌは弱々しく尻尾を振った。おれは顔を愛犬の首にくっつけ、くぐもった声で笑った。ジェイクの気持ちを想像してみた。ドレイクが家に押し入り、銃を発砲し、やがて、大勢の警官が家じゅうを歩き回り始める。ジェイクにしてみればいつものルールなどかまっている場合ではない、おとなしくしているかぎりベッドで寝たっていいはず、そう考えたのだろう。

「まったくおまえってやつは。たいした番犬だな？　家のなかに二十人はいるんだぞ」

ジェイクの表情は、番犬を務めるほどいい扱いは受けてない、とでもいうようだった。

「さあ、来い、ジェイク」おれは言った。ジェイクはこれ以上ないほどいやいやそうにため息をつき、ベッドを離れてリヴィングルームに戻るおれについてきた。

ストリックランドはおれを連れて裏口から外に出た。「裏側の窓が壊されて裏口が開いている。死体の位置から見て、おそらく男はそこの表側の窓際に立ち、外を通る車か何かを見ていたんだろう。壁の羽目板から銃弾が見つかっている。貫通したあとでそこに達したようだ」ストリックランドはおれの反応を探るようにじっとこちらを観察していた。おれはうなずいたが、内心はジミーのことが心配でたまらなかった。きっといまごろ、またどこかの女といっしょなのだろうが。

「かなりの大男だな」ストリックランドが言った。

「そうですね」

「部屋の明かりは男の背後から照らしていた。このへんからやつを鹿撃ち銃で狙ったやつは、恐らくおまえだと思って撃ったんだろう」おれは保安官と目を合わせた。「誰かおまえに銃弾を撃ち込もうってやつに心当たりはあるか、ラディ？」

おれはその問いには答えずに、両手をポケットに突っ込んで家に向かって歩き始めた。

「調べればわかると思うけど、そいつの名前はドレイクです。ファースト・ネームは知りません。デトロイト出身だそうです。近所を探したら、やつの車がきっとどこかに駐まってますよ」

ストリックランドはうなずいた。「すでに部下にやらせているよ。そのドレイクという男とおまえの関係は？」

保安官には、商売の取引がうまくいかなくなり、おれにカネを返せと迫る男から、カルカスカに出向いておしゃべりをしたい、と言われたことだけを話した。

「それで、その男が家に侵入してきた、というんだな？」

「やつの口ぶりからすると、それがやつの言う〝おしゃべり〟の意味ですよ」

ストリックランドはおれの話にまったく納得していないようだった——このままでいくと、また〝ミスタ・マッキャン〟扱いに逆戻りしそうだ。アランが目覚めるのがわかった。彼は、おれが話している相手が誰かわかると、ギョッとしたように声を上げた。

「ほかに言うことはあるか？」保安官が訊いた。

「いいえ。このドレイクという男は私を脅迫し、今日やってきてそれを実行に移したんです。彼が私の家に侵入したところを、誰かが外から撃ったんです。だけど、それは私ではありません。私はケイティ・ロットナーといっしょだったんですから」さあ、これでアランにもすべての事情が伝わった。

「それだけか？」

「それと……」おれは息を大きくひとつ吸った。「銃弾の線条痕検査をするときには、アラン・ロットナーの死体から摘出した弾丸とも照合してみてください。同じ銃から発射されたものかどうか」

「ラディ、おまえ！」アランが驚いて声を上げた。

ストリックランドがおれを睨みつけた。「いったい全体、どう意味だ？」

「ただの勘です」

「勘、ね」

「はい」

ストリックランドはかがみ込み、くわえていた爪楊枝を芝生の上に吐き出した。「例の夢と同じってわけか？」

「はい」

彼は陰気な顔で首を振った。「もういい、行け、マッキャン。いつ自宅に戻れるかは事務所から連絡させるようにする。たぶん、明日だ」

ジミーとおれはこの日からふた晩、〈ブラック・ベア〉の裏の控え部屋に簡易ベッドを置いて寝ることになった。ジェイクは満足そうに二人のあいだの床で寝ていた。子どものころ、ベッキーとおれにとって店でのお泊まりは特別なご褒美で、二人は夜更けまで起きてお互いに怖い話をし合ったものだった。ただ、おれは怖くはなかった。クマのボブが守ってくれると信じていたからだ。しかし、いまは――フランクリン・ウェクスラーに命を狙われる身ではあるが――他のみんなを守るのはおれの仕事だった。

ガタガタ揺れるスティールパイプの折り畳みベッドに、監獄で支給されるような薄っぺらなマットレスを敷き、その上でふた晩つづけて身をよじったり転がったりすれば、背中にどんなダメージが残っても不思議ではなかったが、意外なことに毎朝、何の痛みも感じなかった。

「ヨガだよ」おれがこのことを話すと、アランからそんな答えが返ってきた。

「ヨガ、ね」おれはオウム返しに言った。「アラン、この件については話し合ったよな」

「おまえが寝ているあいだ、おれは何をすればいいって言うんだ?」

「そのまま寝ていてくれ」

「つまり、こういうことか? あの簡易ベッドとか称するひどいガラクタの上でからだが麻痺しないように、ストレッチや運動をすることはルール違反だ、と?」

「何をしようと、ぜんぶルール違反だ。もし、ヨガをしているところをジミーに見られたらどうする?」

「見られたら、何だと言うんだ?」

「おれみたいな男はヨガなんてしないんだ」おれは言い放った。

おれはまた、町でいちばんの話題の中心に返り咲いた。ドレイクとは何者か、なぜおれの家に押し入ったのか、どうして彼は撃たれたのか、誰もが知りたがった。「警察の調査中ですから、何も話せないんです」おれは陰気な声で言った。群衆をなだめるために火をつけたようなものだった。おれが沈黙を守ったことが、かえって町中にありとあらゆるゴシップを広めることになったのだ。

「噂では、カーミットが私を守るために撃ったって話よ」金曜日になって、ベッキーがそう言った。

「そうかもな」おれはいいかげんに答えた。そこに立っていたカーミットは、これを自慢に思っていいのか決めきれないような様子だった。アランは寝ていた。

「今日の損害は？」おれは訊いた。郵便配達が来るたびに、さらに支払い拒否の山ができたが、それを挽回する新規のカード番号はもう来なかった。

「たったの八百ドルよ」ベッキーはかすれるような声で答えた。

「あとで、ミルトンと会って相談してみるよ。一万五千ドルくらい借りれば足りるか？」

うなずくベッキーの目は潤んでいた。

カーミットが咳払いをした。「新規の案件を調べてみたんだが、それだけの不足金を一割《デシ》補塡《メイト》するようなものは見つからなかったよ」

おれの堪忍袋の緒が音を立てて切れた——カーミットのすばらしい語彙力はもうたくさんだ。「デシメイトは〝破壊する〟って意味だ」怒りに震える声でそう言った。

カーミットは、おれの激した反応に少し驚いたようだった。「いや、全体の十分の一の利益を確保するっていう意味で言ったんだ」

「デシメイトと言っただろ？　それは〝破壊する〟っていう意味だ。爆弾とかでな」おれは叫んでいた。

カーミットはベッキーに目を向けた。「ラディ……」妹が言いかけた。

「黙ってろ、ベッキー」おれは彼女に指を向けた。「このミスタ・語彙力にはもう我慢ならないんだ。辞書を見てみようじゃないか。この際だから、一切合切ぜんぶけりをつけておこう。いま、ここで、だ」

「一切合切って、いったい？」妹は弱々しく言った。

「黙れ！」おれは大声を上げた。控え部屋に猛然と歩いていき、辞書をつかんで〝D〟のページをもどかしげに繰った。「あったぞ、デシメイト！」手を止め、口を少し動かして読んだ。

〝デシメイト〟の意味のひとつに、〝全体の十分の一を除去する〟というのがあった。

音を立てて辞書を閉じた。「ああ、そうかい！　いいだろう！　おまえの勝ちだ、カーミット！　さぞ満足だろうな！」足を踏み鳴らして店の外に出た。

ぬかるむ歩道をとぼとぼ歩いているときに、アランが目覚めた。「何をそんなに怒っているんだ？」彼は訊いた。

「なんで怒ってると思うんだ？」おれは言い返した。

「歩き方、それに手で拳骨を作っている」

「なあ、訊いていいか、アラン？　〝デシメイト〟っていったら、どんな意味だ？」

「デシメイト？」

「いいから、答えてくれ」

彼はしばし考えた。「何かを〝破壊する〟っていう意味だと思うが」

「やっぱり、そうだ！」

「ただし、十人ごとに一人を殺す、とか、全体の十分の一を除去する、という意味もある」

彼はいかにも冷静にそうつづけた。

「なるほど。あんた、どうしていつもいきなり居眠りを始めるんだ？　どういうつもりなんだよ？　おれが必要とするときには、いつもいないじゃないか！」おれは激しい口調で言った。

「何のことかな？」

「こういうときには、ちょっと黙っていてくれないかな？」おれは言った。

事務所に行くと、ミルトンは自分のオフィスにいた。「おまえが壊したアインシュタインのフェンスだがな」これが彼の挨拶だった。

「壊した、という申し立てがある、です」おれがそう言うと、アランが鼻を鳴らした。

ミルトンは手を横に振った。「どうでもいい。実は、〈クロフト〉があれを許可も受けずに設置したことがわかったんだ。しかもな——設置したのは自分の敷地でもなかった、公道にはみ出していたんだよ。おまえにその気があれば、やつを告訴することもできるぞ」

ミルトンからは二件の仕事をまかされた——冬場の厳しい閑散期からようやく少し抜け出して、商売繁盛の季節に向かっているようだった——回収シーズンの到来だ。

業績が上向いているいまが絶好のタイミングだと思い、おれは彼にカネを貸してほしい、と頼み込んだ。とりあえず一万五千ドルか、あるいはもう少し。おれの自宅は抵当権など何も付いていない、瑕疵担保責任のない家だから、それを担保に取ってくれてもいい、と。

「〈ベア〉のためか？」彼に訊かれて、おれはカネの使い道を説明した。「どうもわからないんだがね。昨日、店に行ってみたが、平日の夜にもかかわらず、まえには見たこともないほど賑わっていたぞ。甥っこの話では、調理人が足りなくて新たに誰か雇わなくちゃならない、とまで言ってたがな」

「そういうことじゃないんです。おれのせいで、ちょっと悪質な取引に引っかかってね。そこから抜け出すには、これしか手がないんですよ、ミルトン」

ミルトンは必要な手続きを進めると請け合ってくれた。レッカー車に乗り込んでも、アランは黙ったままだった。「さあ、アラン、何が言いたい？」おれは探るように訊いた。

「カーミットのカード番号詐欺について、何で黙っていたんだ？」アランが言った。「自分の甥がどんなことをしているか、教えてやるいい機会だったじゃないか？」

「そういう悪意のこもった言い方は気に入らないな、アラン」

「できなかったんだろう？　あいつが好きなんだな」

「え？　カーミットをか？　あいつは大嫌いだ。だけど、妹はあいつを愛している。だから……」おれは肩をすくめた。

「だから、言わなかったんだな。ミルトンに話せば、カーミットは叔父さんから大目玉を食らうことになる」アランがおれの考えをぜんぶ話してくれた。「ラディ・マッキャン。レポマンにして、広い心の持ち主」

「ああ、そうさ。あんまり触れまわらないでくれよ」おれは言った。

その日の午後は、ウシの放牧地のどまん中からシヴォレー・マリブを引っ張ってくることに費やされた。渡されたファイルによると、この客はある夜、酒場から自宅に帰るとき、あまりに酔っていたので、とても道路に沿って走るなんてことはできないと思い、大地を駆け抜けることにした。有刺鉄線のフェンスは無事に突っ切ることができたのだが、ぬかるみにはまってしまい、こんな欠陥車にこれ以上一セントでも払うものか、と考えた。彼は銀行に電話をかけて車を乗り捨てた位置を連絡してきた。銀行の債権回収部はロサンジェルスにその本部があり、そこでは〝ウシの放牧地〟は〝サメの水槽〟とほとんど変わらないところだと判断された。その結果、レッカー車を直接派遣するのではなく、レポマンに、危険な動物の住みかからの担保資産回収を依頼したのだった。

実際のところ、ウシに危険性があるとすれば、それはこの動物の好奇心くらいなものだ。シャベルで土を掘り出し、悪態をつきながら泥のなかで身をよじり、車にしっかりとウィンチの先を引っかける作業をするあいだ、ウシたちはまわりにじっと立っておれの動きを見つめていた。その無表情は、ウシたちがおれのやっていることの意味をまったく理解していないことを表わしていた。やっとのことで車体の下にからだを入れることができたときにふと目を向けると、そのうちの三頭が、おれの作業をよく見ようと頭を下げていた。自分たちより高等な種のこの行動にも、特に感心した様子はなかった。

「雄牛がいたらどうするんだ？」アランが怯えたような声を出した。「角《つの》が見えるか、アラン？　心配しなきゃならないのは、特等席を取ろうとするやつがおれたちのからだを踏みつけないように気をつけることさ」

金曜の夜、店は大忙しだった。そのせいで、ジャネルのバーボンをベッキーが注いでも、おれが彼女を避けているとは思えないほどだった。ただ、ジャネルは何度もこちらに目を向けてきた。そこで、なんとか暇を見つけてジャネルのテーブルに行った。

「やあ、ジャネル」

「とっても素敵なお店になったじゃない。床の感じがとてもいいわ」彼女は言った。「エンジニアリングウッドね。いい趣味だわ」

「ぜんぶベッキーがやったんだ」おれは答えた。

彼女は美しかった――というか、今夜は格別だった。からだの曲線にぴったりと沿いながら上品さを保っている黒のセーターと黒のスカートを含め、すべて見事な着こなしだった。彼女は背もたれにからだを預け、おれを長いことじっと見つめた。おれは彼女のまえに立ったまま、だんだん居心地が悪くなってきた。こういうときにかぎって、アランは寝ているのだ。

「わたし、カンザス・シティの妹のところに一ヵ月くらい行くのよ」彼女は甘い声で言った。「あっちで仕事を探してみるつもりよ。この町を出ようと思って」

「ワオ、ほんとう？　それはよかったね」

「明日、発つのよ。だけど、冷蔵庫にたくさん食べ物があってね。捨てるのももったいないから、あなた、仕事が終わってから取りにこない？　帰ってくるまではとてももたないから」

彼女の目は相変わらずおれにじっと向けられている。

「そうだな、それはとてもうれしいな。だけどね、ジャネル……」おれは咳払いをした。

「おれ、何というか、つき合ってる人が、いるんだ」

彼女がそれを嘘と思ったかどうかはわからなかった──ただ、自分が聞いても、嘘っぽく響いたのは確かだ。

「ただ、冷蔵庫の食べ物をもらってほしいだけよ、ラディ」彼女の声には、かすかにからかうような響きがあった。

「すまない」

彼女は顔を背けた。「なら、勝手にすればいいわ」

彼女はその夜、〈ブラック・ベア〉ではいまだかつて誰も履こうとはしなかったようなハイヒールを鳴らし、店を出ていった。それを見送りながら、ジャネルに対しての自分の行動について、これが初めてではなかったが、小さな後悔の念を抱いた。だが、すべてのものを手にすることはできないし、ケイティに対しては、自分の全知全能をかけて何かひとつでも手にしたいと思っていた。

　翌日は土曜日で、ケイティとおれはミシガン湖畔でピクニックをすることにしていた。イースト・ジョーダンに行くのなら、ついでに仕事もひとつ片づけておこうと思い、おれはアインシュタイン・クロフトの家に立ち寄った。フォルダーから薄い封筒を取り出し、フェンスがきれいに片づけられた、きつい傾斜のドライヴウェイを歩いて上がった。玄関への石段を上り、ドアをノックするおれを、ドリスは地面を突っつきながらわざとらしく無視した。アインシュタインは、家のなかの乱雑さと臭いをそのまま身にまとって出てきた。口を開くとすえたビールの臭いもした。おれに気づいてニヤリと笑ったのを見て、一瞬、ベルトにピストルでも提げているのではないかと思った。

「なにかあるぞ」アランがつぶやいた。「おれたちを見てこんなにうれしそうな顔をするなんて」

「ミスタ・クロフト？」

　彼はドアから外に出てきた。「ちょっとこっちに来てくれよ」

「なんですって？」

　彼はおれを押しのけて階段を下りていった。「見せたいもんがあるんだよ」

「ついていったらダメだ」アランが慎重に言った。

「私は届け物を持ってきただけです」おれは言った。

「こっちも、あんたにあげたいもんがあるんだよ」アインシュタインは答えた。彼はどんどん先へ歩いていった。

おれは気になってあとについていった。

「ラディ……」アランが心配そうに言った。

アインシュタインはうしろを振り返ることもなく、敷地の裏側のほうへ歩いていった。ちらりと横を見ると、おれが放り捨てたライフルがそのままの場所にころがって泥にまみれていた。武器をこんなふうに扱うなんて、おれだったら父に殺されていただろう。

「ほら、どうだ、レポマン。持ってけ、泥棒」アインシュタインは満面の笑みで、彼のトラックのなれの果てを派手な身振りで示した。そこはかつてガレージがあったところらしく、地面にコンクリートが残っているのだが、彼はそのまん中にトラックを置いて火をつけたのだ。タイヤはホイールからすっかり融け落ち、インテリアは灰になり、アルミかプラスティック製の部分もすべて融けて地面に落ちていた。

「これは保険金詐欺だ」アマチュア弁護士のアランが言った。

「自分で火をつけておいて保険金を申請することはできませんよ、ミスタ・クロフト。そんなことをしたら、詐欺罪になります」おれは言った。

彼はからだをのけぞらせて笑った。「ホケンだって！　おれはホケンみたいなもん、入っちゃいねえよ。だから、持ってってくれって言ってんのさ。ちっと燃えちまったけどな」彼は当惑するおれの表情を見てますます笑った。楽しくてしょうがないといった感じだ。

おれはため息をついて封筒を手渡し、彼は訝しげにそれを受け取った。「なんだ、これ？」

「無瑕疵担保責任です、ミスタ・クロフト」

彼はぽかんとして目をしばたたいた。

「あなたの連帯保証人は死亡保険金を担保にしていました。つまり、あなたの父親です。お亡くなりになったことにより、ローンは完済になりました。トラックはあなたのものです。担保も借金もありません」

アインシュタインはおれをうつろに見つめていた。

「では、さようなら、ミスタ・クロフト」

うしろを振り返ってみたい気持ちをぐっと抑えた。だが、きっとアインシュタインは凍りついたようにずっとその場に立ち尽くしているのだろう。木々のあいだを抜けてドライヴウェイを下りた。「ドリス、元気かい」そう声をかけると、ガチョウは顔を上げておもしろくなさそうな表情でおれを見送った。

プラズマーク社の工場のそばを通り過ぎるとき、背後のパトロールカーが回転灯を点灯した。「イースト・ジョーダンに来るといつもこうだ」おれは車を停めた。

乗っていたのは、ドレイクが殺された夜と同じ保安官助手で、おれに告げるメッセージもあの夜と同じだった。保安官が話したい、と。

「私のあとについて、保安官事務所までご同行いただけませんか？」保安官助手は言った。

「どこに……まさか、留置場？」おれは言った。

「保安官のオフィスにです」

「携帯で話すというのではダメですか？」

もちろん、ダメに決まっていた。「ストリックランドはいったい何の用があるんだ？」保安官助手のうしろを走り出してから、アランが訊いた。

「行ってみるしかないよ、アラン。彼にしてみれば、今年はすでに二件の殺人事件が管内で起きてて、その両方におれが関わってるんだ。そろそろ郡保安官事務所におれ専用のデスクを用意してくれても不思議ではないね」

保安官はオフィスの窓際に立っていたが、おれが連れられて入っていくと、疲れたようにため息をついて自分の椅子に沈み込んだ。彼はファイルを取り出した。「よし、訊くぞ。ドレイクを殺した銃弾の線条痕が、ロットナーから摘出されたものと一致するなんて、いったい何から思いついたんだ？」

「一致したんですね？」思わずことばが飛び出した。

ストリックランドは冷たい目でおれを睨んだ。「ドレイクを殺した弾丸の線条痕が、ロットナーから摘出された弾丸のものと一致するなんて、いったい何から思いついたんだ？」

「それは、フランクリン・ウェクスラーとネイサン・バービーが共謀でアラン・ロットナーを殺したからですよ。それにおそらく、老人ホームに爆弾を仕掛けたのも、私と間違えてうちのリヴィングにいたドレイクを撃ったのも、その二人です」

このあと長い沈黙がつづいたが、ストリックランドはずっとおれを睨みつけていた。

「おお、ラディ」アランが悲しそうに言った。

27　ストリックランド保安官との話し合い

ストリックランドがあまりに長いこと黙っているので、銃を抜いておれを撃ってしまおう、と考えているのかと思った。やっと口を開いた彼は咳払いをし、囁くような声でこういった。

「その二人がそんな罪を犯した、そう考える根拠は何だ？」

「夢で見たんですよ。まあ、老人ホームの事件やドレイクのほうは夢で見たんじゃありませんが、でも、二人がアランを殺すのは見ました」

「彼らがそんなことをした動機は何なんだ？」

おれは首を振った。「わかりません。もしかすると、マーゲット・ロットナーと不倫をしていたネイサン・バービーが、邪魔な夫を片づけようとしたのかもしれません」

「ということは、ミセス・ロットナーも一枚嚙んでいるということか？」ストリックランドが無表情で言った。

「違う！」アランが大声を上げた。

おれは首をかしげて考えた。「そうですね。かもしれませんが、たぶん、そうではないと思います」

「ラディ、わかってるだろ、そんなはずはないって」アランが有無を言わせぬような口調で言った。

「というか、そんなはずはないとは言いませんよ。その可能性もありますね」おれは苛立ちが声に表われないように注意した。

ストリックランドは何かを考えているようだった。「老人ホーム爆発事件のファイルは、それこそ百回も読んだ。あの爆発で、エリザベス・ウェクスラーという女性が亡くなったことは知っていたか？」

「リディ・ウェクスラーですね。ええ、知ってます」

「ホームに親族がいた人間はひとり残らず調べたが、フランクリン・ウェクスラーはあの日、ラスヴェガスにいた。ファイルのなかに、彼が歌手のウェイン・ニュートンと握手している写真があってね、それで覚えているんだ」

おれはもどかしさに首を振った。「とにかくですね、つまり、こういうことなんです。うまくは説明できませんけどね、保安官。死んでいく人間に、その……残像みたいなものがあるとしたら、と考えてみてください。人間の何かが、死んだあともこの世に残ることがあるんです。説明することも、ましてや証明だって誰にもできませんが、でも、それが生きている人間にメッセージを伝えてくるんです」

「つまり、こういうことか？　アラン・ロットナーが墓のなかからおまえに話しかけてくる、とでも？」

「そうではないんですが、ただ、私の夢は彼から送られてきたものだと思うんです。保安官、バービーとウェクスラーの家を捜索したら、必ずアランとドレイクを撃ったライフルが見つかりますよ」

「お願いだから言わないでくれよな、ラディ」アランがすがるように言った。

彼は首を振った。

「どうしてですか？」「そんなことはしない」おれはなかば怒り気味に訊いた。

「同じ銃ではなかったからさ。おまえは間違っていた」

「そんな」

「捜索を行なう相当な理由があるのは、おまえの家だけだ——たしか、死体が見つかったのはリヴィングルームだったな」

「そうです。だけど、あれはバービーとウェクスラーが、彼と私を間違えたんです」

「ティムズ保安官助手が調べたところによると、ネイサン・バービーはあの日、市外に出かけていた」ストリックランドは言った。

「ええ、ええ、知ってましたよ。なら、やったのはウェクスラーだ」

彼はため息をついた。

「ウェクスラーを引っぱってきて尋問すれば……」

ストリックランドは凍りつきそうな視線をおれに向けた。

「おっと」アランがつぶやいた。「これはだいぶ怒っているぞ」

しかし、再び口を開いたストリックランドの声は冷静だった。「二十年まえ、マスキーゴンの警察に勤務し始めた最初のころ、女性が寝室で射殺される事件があった。おれたちは現場周辺の聞き込みをしながら、ガレージや裏庭なんかを探した。もしかしたら、犯人がまだその辺に隠れているかもしれないと思ってな。近所の一軒のドアベルを鳴らし、出てきた男を見た瞬間、おれにはそいつが犯人だということがわかった。どうしてかはわからない。ただ、勘としか言いようがないが、おれにはわかったんだ。この男が殺人犯だとな。

そのころのおれは、まだパトロール担当の巡査だった。だが、殺人課の担当刑事にそのことを話してみたら、その刑事はおれの勘に従って調査を進めてくれて、ついには鑑識が決定的な証拠を見つけることになった」

ストリックランドは立ち上がり、ポケットに手を突っ込んで窓の外を見た。そして、首を振った。「夢なんかを根拠に誰かを引っぱってきて尋問するつもりはないぞ、マッキャン。残像、とか言ったな、そんなものも何の役にも立ちはしない。地方検事に持っていくことはおろか、警察官としてそんなものをあてにして捜査することもできない。おまえの家のリヴィングで、ある夜、人が殺された。そして、そのおまえは元犯罪者だ——おれがあてにするのはそういったことだ」

「おまえを逮捕する気だ！」アランが悲鳴のような声を上げた。

おれは唾を飲んだ。どうかしていると思うが、そのときおれが考えていたのは、いま逮捕されたら、ケイティとのデートに行けなくなり、二人で陽が沈むのを見ることができなくなる、ということだった。

だが、ストリックランドにおれを逮捕するつもりはなく、無視することに決めたようだった。「おれの勘は最初からずっと、おまえはシロでアラン・ロットナーを殺してはいない、と囁いている。おまえは一生ついてまわる取り返しのつかない過ちを犯しはしたが、マスキーゴンで被害者の隣に住んでいた殺人犯と同じような犯罪者ではない。それに、おれは、世のなかには人の理解を越えたものが存在することもわかっている。二十年まえ、こいつが犯人だ、と直感したときのようにな。だが、あのときも、そして、いまも変わらぬ真実がある――それはな、犯罪を解決するのには警察の捜査が必要だってことだ」窓からこちらに向き直り、おれを真剣な眼差しで見つめた。「家に帰ったほうがいいな、ラディ」

保安官事務所をあとにするおれは、無罪宣告を受けた被告のような気分だった――ただし、判決の理由は合理的な疑いが排除できない、というただ一点だ。

ケイティと二人で、太陽が巨大なオレンジ色の玉となってミシガン湖に沈んでいくのを、お互いのからだに腕をまわして眺めた。そのあと、バーでベッキーを手伝うおれをぜひ見たい、ということになった。

カルカスカに車を走らせ、〈ブラック・ベア〉の近くまで来ると、道路が渋滞していて――この季節、カルカスカに渋滞など起こることはなかった――まったくまえに進まなくなった。渋滞は店の真んまえが一番ひどくなっているようだった。

「どうして、こんなに？」ケイティが不思議そうに言った。

おれは彼女に目を向けた。「わからない。なにか変だぞ」

車を自宅に駐め、〈ブラック・ベア〉まで歩いて戻ることにした。店は満杯で、からだを斜めにしなければ入っていけないような状態だった。

「これほど人気の店とは知らなかったわ！」ケイティは、店内の騒がしさに負けないように声を張り上げた。

おれは首を振った。「おれもだ！」

何とかカウンターまでたどりつき、やっと千客万来の理由がわかった。ベッキーが客全員にシャンパンをただで振る舞っていたのだ。「ラディ！」おれの姿を見たベッキーは、そう叫んで大きなハグとキスをくれた。

ベッキーにケイティを改めて紹介すると、妹はケイティも熱烈にハグした。「ここは酒を売る店じゃなかったのか？」おれは言った。

ベッキーがおれの袖を引っぱるので、ケイティに、ちょっと待っていてくれ、というように合図した。裏の控え室に入るとだいぶ静かになった。

「今日は人生最高の日よ、ラディ」ベッキーが言った。「今日、郵便で何が届いたと思う？」

「通販のカタログ？」

「はずれ！」ベッキーは大げさに首を振った。どうやら、酔っ払っているらしい。こんな妹を見るのは初めてだった。「例のおカネよ」

「例のカネ？」オウム返しに言った。

「テレフォン・セックスがおカネを返してくれたのよ。支払い拒否になったやつ、全部よ。これで赤字はすっかり解消して、お釣りまで出たわ！」

「まさか」

「きっとビジネス・マネジャーが死んだのは、おまえの仕業だと思ったのさ」アランが言った。「カネを取り戻しに、おまえがじきじきに乗り込んでくるまえに、すっぱり返すことにしたんだろう」

「最終的には、請求の二十パーセントは問題なかったって、カーミットが。だから、結局、利益が出たのよ！」ベッキーがうれしそうに言った。

「それはよかった、ベッキー。ってことは、店は絶滅危惧の状態から脱したんだね？」

「そうよ！」

「なるほど。だからって、町中にシャンパンを振る舞う必要はあるのか？　少々やり過ぎじゃないかい？」

「ああ、ラディ。それだけじゃないのよ」彼女は拳骨にした片手を上げ、おれに見せた。

「指輪だ」アランが気づいて言った。おれは、その指に光るダイアモンドと妹の輝く目を交互に見つめた。

「わたし、婚約したのよ、ラディ！　結婚するの！」

おれは口をあんぐり開けた。

「言うんじゃない」アランが釘を刺した。

「〝おめでとう〟以外のことばを言うんじゃないぞ、ラディ。お願いだ」

「おめでとう、ベッキー」砂を嚙む思いでそう言った。

妹はおれのからだに両腕をまわし、力いっぱい抱きしめた。「ああ、ラディ。わたし、一生のうちでいちばん幸せだわ」

「わかった。わかったよ、ベッキー」そう言って、妹の背中を軽く叩いた。「だけど、ただ酒はもうやめにしような。さあ、行って客に言うんだ、いつもどおり、飲んだ分を払ってもらう商売に戻すってね」

妹はうれしそうにうなずき、スキップをせんばかりの勢いで部屋を出ていった。

「カネが戻ってきたのと、突然にカーミットが妹に結婚を申し込んだのと、あまりにタイミングが良すぎるとはおもわないか？」おれは語気を荒らげた。

「落ち着け、ラディ」

「おれの許しを求めるのが筋じゃないのか？　もちろん、答えはノーだけどな」

「おまえ、ゴッドファーザーにでもなったつもりか？　どうして、おまえの許しが必要なんだ？　ベッキー本人に訊けばそれで充分だ、とおれは思うがね」

「そんな態度をつづけるのなら、もうあんたとは口をきかないぞ」

「妹を幸せにしてくれるかぎりは、カーミットを大目に見てやるんじゃなかったかな？」

「ああ。だからといって、あいつと親戚になるなんてまっぴらごめんだ！」

デート相手と過ごす時間を見つけるのは不可能だった。ただ酒の振る舞いはやめたものの、店は相変わらず大賑わいで、おれは休むことなくバーカウンターで働きつづけ、手根管症候群にでもなってしまいそうだった。ケイティはたまたま来ていた女友達に合流し、結局、彼女たちが家に送ってくれることになった。あやまるおれの頬に、彼女は笑って軽くキスをしてくれた。

「電話くれるわね？」彼女はそう訊いたが、二人ともその答えはわかっていた。彼女が許してくれるなら、おれは毎日でも電話するつもりだ。

閉店を告げてから、おれは用心棒モードになって客を追い出した。椅子に坐るジミーの黒髪は汗でべったり額に貼りつき、妹とカーミットは隅のほうでいちゃついていた。そこかしこに千本はあろうかという空《から》のビール瓶が散らかっていて、床もモップをかけてワックスを塗り直さなくてはなりそうだった。

「明日が日曜日でよかったよ。これを片づけるのは時間がかかりそうだから」フットボールのシーズンが終わると、〈ブラック・ベア〉はメモリアル・デイまで日曜を定休にすることにしていた――ただ、食事を出すようになったいま、このやりかたも見直す必要があるかもしれない。

ジミーといっしょに歩いて家に帰った。冷たい空気が顔に心地よかった。「なあ、ラディ」ジミーが言いにくそうに口を開いた。「実はおれ、明日、ヴィッキーに会う約束をしたんだ」

「ということは」おれは立ち止まり、信じられないという顔をジミーに向けた。「店の片づけよりも、娘と過ごしたいっていうのか？」

彼は困ったような表情になった。「うん……まあ」

おれは彼の肩を引っぱたいた。「心配するな」生きていてくれただけで、ありがたいのだ。

翌日、重い足を引きずって店に戻ると、太陽が降り注ぐ外の景色との落差もあって、店内は一層ひどい有様に見えた。この日は、もしかするとこの土地はこの世の楽園なのではないか、とうっかり騙されそうになる、そんな特別に気持ちのいい陽気だった。おれのあとについてきたジェイクは、床にこぼれたビールの臭いをさげすむように嗅いだ。耳のうしろを掻いてやると、ジェイクは小さく呻いた。

ベッキーが疲れた顔でゴミや空き瓶を拾っていた。「昨夜は遅くまでお祝いをしてたのか？」

彼女は顔にかかる髪の毛に息を吹きかけ、ゆっくりと満ち足りた微笑みを浮かべた。「少しね」

そのとき、ふいにわき起こった強い感情のために、涙があふれてきた。見られないように、おれはうしろを向いた。妹のベッキーが結婚するのだ。幸せなのだ。妹の幸せを長いあいだどれほど願ってきたことか。その妹がいま、口元を隠すことなく笑っているのだ。

「ちゃんと言ってやれ」アランが囁いた。「人生は短い。こういう大切なことは隠しておいちゃだめだ。ちゃんとおまえの気持ちを伝えておくんだ」

おれは咳払いをして向き直った。「ベッキー」

妹は掃き集めていたガラスの破片から顔を上げた。

「愛してるよ」おれの声は詰まった。唇が少し震えた。耐えられなくなり、頭を落とした。

「私もよ、ラディ」妹はそれだけ言って仕事に戻った。

おれたちは並んで仕事をした。子どものころ、いまと同じように、よく日曜日の午前中に店の掃除を手伝ったものだ。あのころは、テーブルクロスや〝本日のスープ〟やちゃんと外が見える窓などはなかったが、それでもこの店はやはり〈ブラック・ベア〉であり、おれたち兄妹の家なのだ。

一時間ほど働いてから、掃除用具の補充をするために買い物に出かけて戻ってくると、ベッキーが伝言を持って待っていた。「ストリックランド保安官から電話があったの」妹は言った。「不動産屋の死体が見つかった場所に、一時に来てほしいそうよ」

「理由は言っていたかい？」おれは訊いた。

彼女は首を振った。「とにかく、来るようにって」

腕時計に目をやった。「だったら、もう行かないといけないな。これ、自分ひとりで片づけなくていいからな。帰ってきてから、おれがやるから」

「そんなこと心配しなくていいわ」

「カーミットはどこにいる？」おれはなるべく冷静に聞こえるように言った。

「すぐ戻ってくるわ。ミルトンのお使いで、トラヴァース・シティの空港に何か取りにいったのよ」

おれはピックアップ・トラックを取りに、ジェイクを連れて自宅に歩いて戻った。警察は片づけをしていなくなっていた。ジミーとおれのあいだに寝るのがすっかり気に入ったジェイクは、店から離れることになり、見るからに落ち込んでいた。悲しそうな目で床のブランケットを見つめる愛犬を見ていると、まるで年老いたこのイヌの足腰の痛みまで伝わってくるような気持ちになった。人生は短いのだ。「よし、こっちに来い、ジェイク」

イヌを連れて寝室に行った。おれはベッドの上を叩いた。「さあ、上がれ」

ジェイクは驚いたような顔をおれに向けた。

「さあ、いいから、ジェイク」

イヌはベッドに飛び乗って尻尾を振った。「いい子だ」その声に応えるように、イヌは三周走り回ってからいかにも満足そうに息をひとつついて坐り込んだ。新しいルールは即座に承認され、実行に移されたのだ。耳のうしろを掻いてやると、愛犬は目を閉じてうれしそうに唸った。「ここで気の済むまでゆっくり寝てろ。すぐ戻るからな、ジェイキー」

北へ向かって車を走らせると、すぐにジョーダン・ヴァレーに沿って曲がっていく道路に出た。木々は緑の葉をまとい、草は若々しく柔らかそうだった。雪さえ降らなかったら、あと何週間かで季節は夏になるだろう。

いまではすっかり見慣れた風景となった、あの未舗装の小道を事件現場の方に曲がっていくと、アランの不安が伝わってきた。冬から抜け出ようとしているいまと、冬に突き進んでいたあのときと季節は違いこそすれ、枝のあいだから射す陽が地面の上で踊るきらめきとなっている様子は、アランが殺されたあの日とほとんど同じだった。オークの木が倒れたところの脇を走り抜けた。根元の巨大な穴はそのままで、大勢の人間が歩き回った周辺の土もまだ黒々としていた。

「ここで待っているのかと思ったけど」おれはそう言って眉を寄せた。時間は一時を十分過ぎていた。遅れてくるなど、ストリックランドらしからぬことだった。

「川の畔の、小屋があったところにいるのかもしれない」

先に進み、小屋の基礎部分が残るそのすぐまえに車を駐めた。エンジンを切ると、森はしんとしていた。保安官の姿はどこにもない。

川縁まで下りていった。雪融け水のせいで、普段はごく浅い早瀬に過ぎないこの川も、このあたりでは水深四フィートくらいにまでなっている。川の水が倒木などのあいだを抜けていくときに立てる、大きな笑い声のような音が耳に心地よく、この場に漂う恐怖感をいくらか和らげてくれていた。アランがおれの指輪を拾った場所が目に入った。彼が手を入れたときの冷たい水の感触までが、まざまざとおれの頭によみがえってきた。

「まだ何か、私たちが見落としていることがあるはずだ」アランがつぶやいた。「私たちがまだ知らない何かのつながり、私が殺された本当の理由が」

「アラン、そんなに難しく考える必要はないんじゃないか？　結局、ネイサン・バービーがマーゲットと結婚したくて、あんたが邪魔になっただけなんじゃないか？」

「だが、シャベルを持っていたのはウェクスラーだ。なぜ、やつが私を殺す必要があった？　ケイティの話を聞いただろ？　あいつらは知り合いですらなかったんだぞ」アランが反論した。

「でも、それは嘘なんだ、そうだろ？　あの日のやつらの口ぶりからすると、見知らぬ同士ではなかった」

おれは川の流れを見つめた。この敷地はいまだに買い手がついていなかった。この土地で、桟橋の上に坐ってフライフィッシングの竿を垂れ、夕食の仲間入りをしてくれるマスを待つ自分の姿を想像してみた。そのとき、ある考えが浮かんだ。あの二人はぐるなのにもかかわらず、今日に至るまでずっと互いを知らないふりをしている。だが、二人のあいだに何らかの関係があると断言できる人物が、ただひとりいる。

アラン・ロットナーだ。

「アラン、あの日、あんたを呼びつけたのは誰だったんだ？　この土地を見せてほしいと頼んできたのは？」

「言っただろ、覚えていないって」

「思い出してくれよ。もしかして、ネイサン・バービーじゃなかったか？」

アランが記憶を探る一方、おれは背後に物音がするのを聞き、振り返った。ネイサン・バービーとフランクリン・ウェクスラーが丘を下ってきた。

二人とも手にライフルを持っている。

28　溺れる恐怖

「こんにちは、お二人さん」おれは内心を押し殺し、明るい声を出した。頭のなかではアランの不安が頂点に達していた。無理もない。前回、この二人に森で出会ったときは、あまりいい結末にはならなかったのだから。

ウェクスラーとバービーはひと言もしゃべらず、決然とした表情で近づいてくる。

「ここで会えてよかったよ。ストリックランド保安官もすぐ来るはずだから。あんたたちに何か質問があるらしいよ」

二人がお互いに目をやり、バービーの顔にうっすらと微笑みが浮かんだのを見て、おれの心は凍りついた。「ああ、ネイサン。また、誰かのふりをしたのか？　アラン・ロットナーを殺した日と同じように？　あんたは不動産に興味があるふりをしてアランを呼び出した。そうしてやってきた彼に、あんたたち二人がいっしょにいるところを見られたんだったよな？」おれは、すでに十フィートまで近づいてこちらにライフルを向けているウェクスラーに目を向けた。「あんたは知ってたのか、フランク？　それとも、アランが現われたのは何かの偶然とでも思ったのか？」

ウェクスラーの表情がほんのつかのま揺らいだのを見て、おれはうなずいた。「そうだよ、フランク……」

「ラディ！」アランが叫んだ。

バービーの持つライフルの台尻で後頭部を思い切り殴られ、おれは自分がどこにいるのかわからなくなった。目のまえに星が舞い、地面についた両手が痛んだ。

だが、おれはすぐに起き上がり、バービーめがけて突進した。相手がライフルを振り下ろす隙も与えずに両腕の下にもぐり込み、かつてアランに言われたとおり、できるかぎりの抵抗を試みた。バービーの腹や胸にパンチを浴びせると彼は呻いて身をかがめたが、今度はウェクスラーの銃床が襲ってきて、おれは倒れた。

やられたのは首の根元のあたりで、今度は簡単に起き上がれそうになかった。頭ががんがんして手足に力が入らなかった。突き上げてくる吐き気を抑え、呼吸するのも苦しいなか、泥のなかを転がって呻くほかなかった。

「おれはまだ死んでない」舌がもつれた。

両腕の下をつかまれたおれは、言うことを聞かない両脚を何とか動かしてからだを支えようとしたが、できたのは弱々しくばたつかせることだけだった。二人が何をしようとしているのか見極めようとしたが、両目の焦点を合わせることすらできなかった。

次の瞬間、おれのからだは水に包まれた。

「これはまずい！」アランが悲鳴を上げた。「水はまずいぞ！」

水の冷たさがショックとなってからだにいくらか力は戻ってはきたが、相手は二人だし、彼らが押さえているのはウェクスラーに殴られたところで、その痛みは全身が麻痺しそうなほど激烈だった。空気を吸うこと以外まったく考えられなくなり、おれはあえいだ。渾身の力を込めて顔を水面に出し、ひと息吸い込んだが、彼らはおれの頭をつかみ直してもう一度水のなかに押し込んだ。右腕は背中にねじ上げられていたので、空いている左手で相手の金玉でも目玉でも、何でもいいからつかんでやろうともがいたが、届かなかった。

「ラディ」アランが苦しそうに声を上げた。「おれたち、このままだと溺死だぞ、溺死！」

彼に何かを言いたかったが、考えるだけでは伝わらなかった。

両脚がだんだん重くなり、腕も言うことを聞かなくなってきた。アランも何も言わなくなり、目のまえにうねる泥混じりの水より何倍も濃い暗黒が視界をおおってきた。おれの思いはベッキーに飛んだ。そして、ケイティに、ジミーに、ジェイクに。

さようなら。

「さあ、ラディ、もういいぞ」アランが言った。胸の圧迫感が増してきて、最後が近いことがわかった。断末魔の抵抗として脚を蹴り出したが、何にも当たりはしなかった。

「ラディ、もういいんだ、これはおれの夢なんだよ」彼は慰めるように言った。「ここから先のことはおれがよく知っている。だから、おまえは眠るんだ、いいな。おれは経験済みだから、安心してまかせてくれ。さあ、もういいから、解き放て、ラディ。おまえのからだをおれに委ねろ。眠るんだ」

怒りの叫びと共に肺の力をゆるめると、川がなかに流れ込んできた。

「さようなら、ラディ」アランがつぶやいた。「さようなら」

29　タイマーは時間切れ

気がつくと、おれは暗闇のなかで空気を求めて痙攣《けいれん》していた。口と鼻から水が流れて息ができず、パニックに襲われた。咳き込みながら腕を振り回すと、ごわごわした毛布に手が触れ、それを顔の上からどけたところで、ようやく、ぐっしょり濡れた感触の残る胸のなかに息を吸い込むことができた。また痙攣が全身を襲い、胃のなかから川の水を吐き出した。

そこはトラックの荷台で、タイヤが舗装道路を走る振動が金属の床に伝わってきていた。嘔吐がおさまると、今度は寒気が襲ってきた。こんなに寒さを感じたことはないほどで、まるで骨まで凍っているかのようだった。頭はがんがんし、からだに力は入らず、おれはそのまま何分間か横たわったまま、このまま死んでしまうのだろう、と思っていた。

アランはいなかった。この沈黙はどこかまえとは違っていて、彼がときおり眠ったときに感じたものより深い喪失感があった。彼は川で死んだのだ。どうやったのかは知るよしもないが、おれの代わりに死んでくれたのだ。自分が恐れていたとおり、溺死してしまったのだ。おれは独りぼっちになってしまった。膝を抱えて震えながら、おれは大切なものを失ったことの痛みを噛みしめた。

しばらくして、やっと落ち着きを取り戻した――すると、アランの声がいまでもそこにいるかのように聞こえてきた。〝早くそこを逃げ出すんだ〟おそるおそる防水布の端から顔を出して運転席後部の窓を見た。薄れゆく陽のなかでバービーとウェクスラーの姿と、頭のうしろのラックにかけた二挺のライフルがはっきりと見えた。

いまいる場所もどこに向かっているのかもわからなかったが、もう何もかもたくさんだったし、ただ逃げ出したかった。とはいえ、車はかなりのスピードでハイウェイを走っていたので、いまは何をすることもできなかった。

おれの身をどうするのか、やつらには何か考えがあるのだろう。防水布をめくって様子を確認しにくるのは時間の問題で、そうなればこちらは身を守る手段を持たない簡単な獲物だ。

チャンスは数分後に訪れた。急ブレーキの音と共におれのからだが前方に投げ出され、急停車した車のなかでウェクスラーがクラクションを鳴らした。「このバカ野郎！」彼が怒鳴りつけた車が、ドライヴウェイからハイウェイに下りてきてこちらの車のまえを塞いだので、もう少しで衝突するところだったのだ。

車はまたすぐに走り出すだろう。一刻の猶予もなかった。おれは唾をごくりと飲み込み、トラックのサイドパネルをつかんで外へ飛び出し、ハイウェイ脇の泥だらけの側溝に転がった。息を殺してウェクスラーのブレーキライトを見送ったが、何も起こらなかった。

まわりの景色から、ウェクスラーのトラックはカルカスカへ向かっていることがわかった。いまいるところから市の境界線まではほんの二マイルほどだ。その方向に走り出してみたが、両脚はゴムのようで役に立たなかった。息を吸うたびに胸のなかで泡が立つような感覚があり、最初の一マイルは息をするというよりも咳をしているような具合で、それが肺のなかから痰《たん》混じりの水を吐ききるまでつづいた。だが、おれのからだは徐々に調子を取り戻していった。最初のうち、両足はすっかり感覚を失っていて一歩一歩踏み出すのも大変だったが、やがて千本の針につつかれる感覚が訪れ、震えもおさまった。吐く息も長く漂う霧となっていった。

アランの深夜の訓練計画のおかげで、おれはいっぱしのランナーになっていたのだ。

車は一台も走っていなかったが、日曜日の夜としては珍しいことではない——それに、もし、車が来たとしても、どうしていいかわからなかった。おれは頭からつま先までぐっしょり濡れ、シャツは裂けて両足の靴もなくなっている。こんな身なりの男を誰が拾ってくれるというのだ？

とにかく〈ブラック・ベア〉までたどり着いて暖かい服装に着替え、ストリックランドに電話をしようと考えていた。カルカスカの境界線を越えてからは何台かの車を見かけたが、もうここまで来たら、誰かに事情を説明するよりもそのまま走ったほうが早いと判断した。

店の正面ドアは鍵がかかっていた。もどかしげにポケットに手を突っ込んで鍵を取り出し、震える手でドアを開けた。「ベッキー？」おれは声を上げた。

誰もいなかった。照明をつけると、いまの自分にはどうでもいいことだが、店はすっかりきれいに掃除されていた。テーブルにきれいなタオルが置いてあったので、それを手に取って顔を拭いた。タオルはぐっしょり濡れて泥だらけになった。

物音がしたので、ハッとして顔を上げた。ベッキーがひと言もしゃべらずにじっとカウンターのうしろに立っていた。「ベッキー」おれは息を飲み、二歩近づいて立ち止まった。「いったいどうしたんだ？」

妹は答えなかった。

「ベッキー？」

フランクリン・ウェクスラーが妹の頭に銃口を向けながら、控え室から出てきた。「なかなか死なないやつだな、小僧」彼は言った。

「妹から銃を下ろせ。さもないと、そいつを取り上げておまえにぶち込むぞ」おれは陽気な声で言った。

「そのまえにこっちに来て坐ったらどうだ？」ウェクスラーが命令した。そのことばを補強するように、彼はまえに乗り出し、銃口をベッキーの頭に触れんばかりにした。

「ラディ、ごめんなさい」ベッキーが小さな声を出した。

「おまえは何も悪くないよ、ベッキー」

「こいつらを店に入れてしまったわ。兄さんの友達だって言うから」

ウェクスラーが吠えた。「おしゃべりはそれくらいにしろ。来い」

店の奥に歩いていきながらも、彼はライフルをベッキーに向けつづけた。それを見ておれのなかから怒りが消えていった。まるで叫びが囁きを打ち消すように、恐怖が怒りを押し流したのだ。ベッキー。

「妹は何も知らないんだ、フランク。おれが何も教えていないから。だから、逃がしてやってくれ」

ウェクスラーの表情には何の感情も人間らしさもなかった。彼は、決めたことを実行する、それだけの理由で妹を殺そうとしている。やつにとって人を殺すことなど、それ以上でも以下でもないのだ。

店の奥ではネイサン・バービーが待っていた。彼はおれを椅子に坐らせてガムテープでぐるぐる巻きにした。ベッキーにも同じことをし、おれの向かいに坐らせた。妹の顔は恐怖で歪んでいたが、おれには彼女を慰めることばがなかった。

おれたちを椅子に固定したあと、バービーはテーブルに置いた何かに向かって作業を始めた。彼は背中をこちらに向けていて、ベルトに差した拳銃が目に入ったが、それをどうやったら奪うことができるか見当もつかなかった。ウェクスラーはライフルの銃口を下に向けたが、手からは放さなかった――おれを溺死させることに失敗したので、椅子にテープでぐるぐる巻きにされたのを見ても安心はできない、とでも思っているのだろう。

バービーが作業しているものが見え、おれは目を見開いた。それはストリックランドが教えてくれたとおりのものだった。ダイナマイト、ガソリンが入った一ガロン入りのプラスティック・ボトル、それにデジタル・タイマーでできた簡単な仕掛けだ。

時間を稼がなくてはならなかった。「あんたが老人ホームに爆弾を仕掛けたんだな、ネイサン？　何の動機もないあんたなら、誰も犯人だとは思わない。フランクにはできなかった。なぜなら、お袋さんが住んでたからね。あんたがご老人を殺しているあいだ、フランクはウェイン・ニュートンと写真を撮っていたんだ」

ベッキーがおれをまじまじと見つめた。

「アランは、あんたは人を殺すような人間じゃないって言ってたけど、本当はとんでもないモンスターだったんだな、ネイサン。おまえは大量殺人者だ」

二人から答えはなかった。

「おいおい、どうしたんだ？　あんたたち、新聞読まないのか？」おれはなおも挑発をつづけた。「自分たちがどんなに賢いか、自慢したいんだろ？　どうやってあれだけの犯罪をやってのけたかを？　だったら、いまがそのチャンスだぞ。どんな小説にも最後にはそんな場面があるじゃないか？」

「黙れ」バービーが言った。ウェクスラーは思ったとおり、何も言わなかった。

「だから、あんたたちはアランを殺さなければならなくなったんだろ、ネイサン。あんたたちは見知らぬ者同士でいる必要があった。どういうわけなんだ、フランク、お袋さんは牧場地を売ることに反対だったのか？　そこで、このネイサンと相談して、お互いを助け合うことにしたのか？　こいつはそのおかげで、墓ひとつ改葬するごとに一万ドルずつ手にすることができたわけだしね。ガソリン爆弾は閉店セールスみたいな大盤振る舞いだったんだろう？　だけど、まだ計画を練っている段階でアランが現われたもんで、あんたたち二人を結びつける証人ができてしまった。だから、あんたはシャベルで殴ってうしろから撃ち殺したんだ」唾を吐きかけてやりたかった。

「そろそろ準備はいいか、ネイサン？」ウェクスラーが訊いた。

「もう少しだ」バービーが答えた。「あんたのパートナーが被害者の妻と結婚したと聞いたとき、すごい偶然だと思ったことだろうね、フランク？　こいつはあんたをまんまと裏切り、わざとアランをあの場所に呼び寄せたんだぞ。さぞびっくりした顔をしてみせたことだろうね？　どうして、あのタイミングでアランが来たのか不思議だったろう？　それはね、こいつが電話したからだよ。あんたはハメられたんだ、フランク」

バービーが上体を伸ばした。「よし、できた」

「聞いてるのか？　あんたの友達のネイサンは、婆さんたちを一気に焼き殺すことはできるが、目のまえにいる誰かを殺す根性は持ち合わせていないんだ。こいつはアラン・ロットナーに死んでほしかった。そこで、あんたを利用して殺させたんだ。この男はあんたを裏切った。また必ず裏切るぞ、フランク」

バービーが唇を噛んだ。「黙れ、といったはずだ」

「あんたたちが共謀してアラン・ロットナーを殺したことは、ストリックランドにもう話してある。フランクがシャベルで彼を殴り、トラックに乗ってあとを追っかけて脚を撃ち、最後にはうしろから頭を撃ったこともね。彼はすべて知ってるぞ」

バービーはガラス玉のような目でウェクスラーに視線を送り、それを受けた彼は、おれをまばたきもせずに見つめてガムテープを手に取った。

「今日はどんな筋書きになってるんだ？　おれが姿を消し、爆発が起きる。それで、アランのときと同じように、おれが犯人だということになるってわけ？　あんたたちほど間抜けな殺人犯なんて聞いたこともないね」

ウェクスラーは黙々とベッキーの口にガムテープを巻き付けた。鼻から息をする彼女の目が恐怖で満ちた。こちらに向き直った彼のその表情は、シャベルを振り上げたときと同じく、冷血そのものだった。

「こんなのうまくいきっこない。辻褄が合わないじゃないか」怒りのあまり、おれは叫んだ。が、その口もすぐにガムテープで塞がれた。一分後、二人は店を出ていった。

タイマーの文字盤の赤い数字は五分からカウントダウンを始めていて、最初の一分間、おれは力いっぱい両腕を広げてテープを引きちぎろうと、ムダな努力をつづけていた。左右の足も椅子の脚にしっかりと固定されていたため、立ち上がることもできなかった。おれは椅子をうしろの壁に向かって動かそうと、足を下に蹴ってみた。

ベッキーはそんなおれの奮闘を見開いた目で見つめていた。どういうわけか、妹はこんな状況でも、おれなら何とかしてくれると信じ切っているようだが、おれはまったく無力だった。泣き出したい気持ちだった。

二分三十秒。何とか古いワイン棚のところまで椅子を揺らしていくことができ、ガムテープを棚の角に引っ掛けようと四苦八苦していた。そのとき、突然、〈ベア〉の裏口のドアが開く音がした。ベッキーとおれは思わず血走った目を合わせた。

「誰かいる？」

カーミットだ。

おれは椅子を揺らしたり、倒せる物はすべて倒したりして音を立てた。タイマーの数字が逆に進んでいくなか、カーミットがやっとフロアの端にやってきて薄暗い店内を覗いた。

「何をやってるんだい？」彼は当惑したような声で言った。

おれたちがガムテープの下で叫び声を上げると、彼はなかに入ってきたが、テープでぐるぐる巻きにされたおれたちを見てびくっとのけぞった。彼は足早にこちらに来て手を伸ばし、おれの口のテープを少しずつはがしにかかった。

「ごめん」彼は顔をしかめた。「大丈夫かい？　ごめんよ」

やっとのことで、ことばを出せるくらいのすき間ができた。「引っぱがせ！　急いで！」

彼は一瞬たじろいだが、すぐにテープを引きはがした。

「爆弾があるんだ！――テーブルの上！」

彼はうしろを振り向き、ぼんやりとキッチン・タイマーに目を向けた。一分三十秒。あと九十秒しかない。

「ベッキーを助けろ！　ここから連れ出すんだ！」おれは叫んだ。

カーミットはベッキーのところにすっ飛んでいき、ガムテープに爪を立ててあわててはがしにかかった。彼はまず口のテープをはがした。

「ああ、カーミット！」妹は泣き声で言った。

彼は椅子ごと彼女を持ち上げようとしたが、それでは遠くまで運んでいくことはできないことに気がついた。

「包丁を持ってこい！カーミット、包丁だ！」おれは言った。

彼はうなずいて引き出しに向かったが、開けるときに勢いがつきすぎてなかの物を床にぶちまけてしまった。残りは四十秒だ。彼は小さな包丁を拾い上げ、震える手でテープを切り始めた。テープは少しずつちぎれ始めたが、作業の進捗はあまりにも、あまりにも遅かった。

あと三十秒。

カーミットが手を止め、肩を落とした。

「カーミット！急げ！」おれは叫んだ。

彼とベッキーがお互いの目を見つめ合った。彼は手を伸ばして妹の頬を撫でた。

「カーミット、ダメよ！」妹はすすり泣いた。

カーミットは包丁を投げ捨て、テーブルに走った。バービーの仕掛けを両手でつかみ、フットボールのように抱いて後方に駆け出した。あとにはガソリンのボトルだけが残された。

「カーミット！」ベッキーが絶叫した。

頭のなかに、ベッキーが作らせた〈ダンプスター〉用の囲いのことが思い浮かんだ。あのなかに爆弾を投げ込めば、ブロック積みの壁が爆発から彼を守ってくれるかもしれない。

「ダンプスターだ！」おれは大声を上げた。

彼はフロアの端でいったん立ち止まり、おれに複雑な表情を向けたが、すぐ外に出ていった。

泣きわめくベッキーがテープを振りほどこうと身もだえし、片腕が完全に自由になるのと同時に、店の裏口が力まかせに閉められる音が響いた。

「ベッキー」そう言うのが精一杯だった。

妹の上げた目がおれの目と合った。次の瞬間、世界が崩壊した。

爆発のショックはいままでにまったく経験したことのないようなものだった。永遠につづくかと思われた振動は、おれの肺を押しつぶし、店のフロアから光を奪っていった。手足の感覚と力がなくなり、脳味噌には霧がかかった。

カーミットは、爆弾を囲いのなかに投げ込むことができなかったのだ。

徐々に、自分がいつわりの沈黙に包まれていることがわかってきた。天井や壁の破片があたりかまわず落ちてきているのに、耳に聞こえるのは高周波の澄んだうねり音だけだったからだ。

おれが坐っていた椅子も、からだを縛り付けていたガムテープも、ぼろぼろになっていた。最初に気になったのはガソリンのことだったが、プラスティック・ボトルは横に倒れてはいたものの穴は開いておらず、中身も漏れてはいなかった。咳き込み、喉を詰まらせながら、おれは妹のいるほうへ這っていった。〈ブラック・ベア〉の裏側の壁がすっかりなくなっているのが目に入った。そこから差し込んでくる明かりは、なぜか無傷で路地に残っていた街灯の裸電球からのものだった。

「ベッキー！」そう叫ぶ自分の声も聞こえなかった。

妹は仰向けに倒れていて、眼鏡はどこかになくなっていた。彼女の上にかがみ込むと、その目がまっすぐおれに向けられたので、ちゃんと見えていることがわかった。妹のからだの下に滑らかで暗い何かが広がっていて、血に違いないと思った。

「ベッキー、カーミットのことはおれが間違ってたよ！」そう叫んだが、やはりその声は聞こえなかった。

「わかるかい？ カーミットのことを誤解していたよ！」

ベッキーが手を持ち上げておれの腕をつかんだ。妹はうなずいていた。何かを言ったようだが、おれには聞こえなかった。

「カーミットのこと、誤解してたよ！」おれはもう一度言った。

ベッキーは微笑んで腕をつかむ手に力を込め、ゆっくりと目を閉じた。

30　路地の死体は身元確認したか？

フットボールの選手時代に何度か脳震とうを起こしたことがあるので、その症状はからだで覚えている——脳神経が空回りしたり狙いを外したりして時間の感覚を失い、その結果、コマ落としで映画を見ているような奇妙な感覚になるのだ。地面が動いているように感じるのに、ぼんやりとした視界に見える光景では明らかに動いていない、ということもある。おれは木の床についた両手を見つめ、耳鳴りのする頭のなかで、世界よ、止まれ、と念じていた。

つかのま意識を失っていたのはわかっていたが、どれだけの時間が経ったのかは見当もつかなかった。肩を誰かにつかまれたときも、それが敵なのか味方なのかも気にならず、ただ機械的に顔を上げただけだった。

仰向けにされたおれの目に、どういうわけか七年生のときの科学の先生、ミスタ・バーネットの顔が飛び込んできた。思い出した、彼はボランティアでカルカスカの消防士をしているのだった。

「聞こえるか？」彼が訊いた。「ラディ？」

「はい」横を向くと、妹が担架に乗せられるところだったのでびっくりした――いったい、彼らはいつ到着したのだろう？　麻痺した脳に恐怖が走り、おれは視界をはっきりさせようとまばたきをした。ミスタ・バーネットに顔を向けた。「ベッキーは大丈夫ですか？」

彼は手で口ひげを撫でた。

時代の記憶がよみがえった。これは、彼が訊かれた質問が気に入らないときの癖だ、と学校〈マンソン・メディカル〉に着くまではそのままにしておくしかない。「背中に木切れが突き刺さっているんだ。ただ、出血は抑えたよ」

おれは手を持ち上げてミスタ・バーネットをつかんだ。「まさか、死んだりは？」

「死ぬ？」彼はその問いに驚いたようだった。「もちろん、そんなことはないさ。おまえと同じで、かなりの怪我だが、命に関わるようなものじゃない」

「耳から血が出てましたが」

「おまえだって出てるよ。左の耳からね」

おれは左耳のそばで指を鳴らしてみたが、ほとんど何も聞こえなかった。

バーネットは息をひとつつき、あたりを見回した。〈ブラック・ベア〉には次々に人が入ってきていた。そのなかには完全装備の消防士もいたが、何も燃えている物がないのが残念そうだった。「ガス爆発でもあったのか？」バーネットが言った。

おれは目を閉じたが、まぶたの裏に浮かぶ、カーミットがバービーのホームメイド爆弾を抱える姿がそれで消えることはなかった。ただ、そのおかげで、おれは胸に刺さったトゲのことをはっきりと自覚し、目を開けた。「店の裏側を調べるように言ってください。路地に人がいたんです」

ミスタ・バーネットはおれの顔を見つめ、無言のまま以前壁のあったところに視線を移した。おれの考えが伝わったようだった。路地こそが爆発の中心点だ、ということが。彼は無線機を口に持っていったが、すぐにそれを下げた。消防士はすぐまわりにいたのだ。「おい、みんな。裏を見てくれ。爆発が起きたとき、人がいたらしいんだ」

彼らはお互いを見交わしたが、すぐに三人が裏に向かって駆け出し、瓦礫を踏み越えて出ていった。

ベッキーが無事に助け出されたことに安心した途端、新たな不安が胸を突いた。ケイティのことだ。横に転がって四つん這いになると同時に、吐き気が襲ってきた。ウェクスラーより先に彼女のところに行くには、あとどれくらいの時間が残されているのだろう？

「おいおい、無理するな」ミスタ・バーネットが心配そうに言った。「トラヴァース・シティに応援を頼んだから、もうすぐ来るはずだ」

「応援？」

「救急車だよ」

「私なら大丈夫です」

「大丈夫なわけがあるか」

立ち上がり、大きく深呼吸した。「大丈夫だと言ったら、大丈夫です」裏側のほうに目をやると、壁のあったところにできた大きな穴と、奇跡的に残った街灯の裸電球以外には、何も見えなかった。カーミットが無事でいるとはとても思えなかった。

おれは正面ドアに向かった。ミスタ・バーネットもついてきたが、彼は数多くのディフェンス・ラインマンには周知の、あることを知ることになった。つまり、おれが進むと決めたときに、それを押し止めるのはかなり難しい、ということだ。店のまえの歩道に足を踏み出したとき、まだ彼の手はおれの腕をつかんでいた。

ストリックランド保安官が小走りで近づいてくるところだった。彼のパトロールカーは道のまん中に駐められ、回転灯が光っている。どうやら店の周辺は各方向何ブロックかにわたって交通をストップさせているらしい。すでに、それだけの時間が経っているということだ。道路にあるのは保安官の車だけだった。彼は〈ブラック・ベア〉をふらふらと出てきたおれの姿を目にし、ギョッとして身を引いた。

「ラディ、起きたのか」まるでおれが昼寝でもしていたかのような言い草だった。彼が差し出す手を握った。ほんのつかのま、おれたちは奇妙な微笑みを交わした。

「トラヴァース・シティからの救急車を待っているんです。あと二十分くらいだと思います」バーネットが言った。

ストリックランドがおれをちらりと見た。「なら、話をする時間はあるな」

おれは、彼にすべてをまかすという選択肢について考えてみた。それにはいくつものメリットがあった。ストリックランドにすべてを話す。ケイティの家にサイレンを鳴らして駆けつける。ウェクスラーとバービーがそこにいればすぐに逮捕し、いなければ捜して逮捕する。

しかし、カーミットの名を叫ぶベッキーの姿が思い浮かんだ。さらに、おれの話がどれだけ込み入ったものになるか、しかも、陪審員のことだって気にしなければならない、と考えた。事件の真相解明はただひとり、このレポマンなどという信用のおけない仕事をし、人を殺した罪での服役歴があり、おまけに頭のなかで声が聞こえる男の証言にかかっているのだ。全部を総合して考えると、おのずと結論は違ってきた。

ウェクスラーとバービーは、おれひとりで始末をつける。今夜じゅうに。

「ラディ！」その声に全員が振り向くと、ジミーが青ざめた顔で走り寄ってきた。彼はおれに飛びつき、力いっぱい抱きしめた。それから、申しわけなさそうにからだを離した。「やあ、その、ごめんよ」

「大丈夫だ、ジミー。会えてうれしいよ。ほんとうに」

「そこらじゅうパトカーだらけだよ。ここに来るのもひと苦労だった」ジミーはストリックランドに非難がましい目を向けた。

「当然だ」ストリックランドは言った。「犯罪現場だからな」

そのことばが、おれたちを再会の喜びから現実の問題に引き戻した。ここからの展開は想像がついた。ストリックランドに救急車は要らないと納得させることができたとして、そうなれば事情聴取のためにここに足止めされることになる。一方、救急車でトラヴァース・シティに送られることになれば、おれの目的地とは反対方向になってしまい、これもまずい。何とかして警察と消防局の手を逃れてケイティの家に駆けつけなければならない。

ストリックランドはおれから目を離さず、その表情はおれを怪しんでいることがありありだった。「おまえとはいくつか話さなきゃならないことがあるな」彼は言った。

消防士がひとり近づいてきた。ゴム・ブーツに分厚い耐火服を着込み、いかにも偉そうで強そうだったが、実はこれは電気屋のラリーだった。

「あの、連絡がありまして、トラヴァース・シティの救急車がほかにまわされたそうです。一三一号線で車が横倒しになる事故があって、そちらに向かったそうです。トリアージってやつですね」彼はこの情報を誰に伝えていいのかわからないらしく、あいまいな方向を向いて話した。

「ジミーに連れてってもらいます」おれは突然思いついてそう言った。

ジミーは、自分にもできることがあるとわかり、大きくうなずいた。

「救急車で行ったほうがいい」バーネットが言い返した。「シャールヴォイから来てもらえば、一時間とかからないだろう」

「どうして？ 横になるだけで吐き気がするんですよ」おれはねばった。

「おれの車はバケットシートだから、あんまりリクライニングしませんよ」ジミーがありがたい手助けをしてくれた。

「病院に行くのに一時間も待つ必要はありませんよね？」おれはストリックランドに出血しているほうの耳を向けて訴えた。「誰に運転を頼むかだって、自分で決めていいですよね」

「わかった」ストリックランドは意を決したように言った。「ジミーに送ってもらえ」

おれは、してやったりとも、うまくいったとも、表情に出ないように注意しながらうなずいた。

「保安官、いますか？　どうぞ」脇に下げた無線機が耳障りな音を立てた。彼はそれを口へ持っていった。

「ストリックランドだ」

「路地に男がいました。どうぞ」

無線機の通話ボタンを押しながら、彼はおれをじっと見つめた。「了解。現場を封鎖しろ。すぐそちらに行く」

「カーミット・クレイマーですよ」おれは言った。説明のできない何かが胸に込み上げてきた。おれは深く息を吸ってまばたきをした。「彼が裏にいたんです」

「あいつがやったのか？　この爆発を？」

「違います。そんなわけないでしょう。彼が命をかけて、おれたちを守ってくれたんです」

ストリックランドは無線機に向かって言った。「路地のホトケは《テン・セブン》、何か身元のわかるものを持っているか？」

「何ですって、保安官？」

彼の苛つきがほんのわずかなまぶたの震えに表われていた。「路地の死体の身元はわかっているのか、と訊いたんだ。財布か何か持っていないか探せ」

「ああ、男は死んではいません。ダンプスターに隠れていて出てこないんです。どうぞ」

なんだって？　さんざんな目にあったあとだったが、飛び上がりたい気持ちだった。カーミットはダンプスターの囲いに爆弾を投げ入れたのではなく、自分自身が分厚い壁を乗り越えてなかに逃げ込んだのだ。

「いったい全体、何が起こったんだ、ラディ？」ストリックランドの声は静かだったが、その目は疑いに満ちていた。

おれは、できるだけ苦しそうなふりをして首を振った。「病院に行かないと」おれはつぶやいた。

ストリックランドはその答えに満足はしていないようだったが、最後に一回睨みつけてから、カーミットに事情聴取するために去っていった。

「さあ、行くぞ、ジミー」

「了解だ、どうぞ」ジミーが答えた。おれは笑いを押し殺すしかなかった。ジミーの車まで歩いていった。「寒くないかい？　ラディ、何がどうなってんだよ？　爆発って、いったい何が？　ベッキーは無事なのかい？」

おれは立ち止まった。「ここでお別れだ。おまえはこのまま車に乗ってどこかへ行け——ストリックランドがやって来たときに、おまえの車がまだここにあるとまずいんだ。彼の部下から、おまえはいなくなったと報告が行くようにしておきたいんだよ」

「ちょっと待ってくれよ。それ、どういう意味？」

「時間がないんだ、ジミー。言うとおりにしてくれ」

彼の表情は混乱し、少し傷ついたようでもあったが、結局は、生まれてこのかたずっと兄のように慕ってきたおれの言うことに従ってくれた。

おれのピックアップ・トラックは、知るかぎり、まだ森のなかにあるはずだ。今夜はもうすでにいやというほど走っていたが、おれはまた暗闇のなかへ駆け出していった。なるべく物陰を選んで進み、二、三分後にはミルトンの回収車置き場のフェンスのなかにすべり込んだ。レッカー車の左側の後部タイヤに隠してあったキーを手に取り、スロットに入れて捻ると、おれが急いでいるのがわかったかのようにエンジンが唸りを上げた。

カルカスカの裏通りは、慣れない道に迂回してきた車で混雑していたが、レッカー車の警告灯を点けると律儀に道を空けてくれたので、そこを突っ切っていった。

ヘッドライトをハイビームにして走りながら、赤い目で道路を横切るシカに出くわさないようにと祈った。もし、見かけても止まることなどできないのだから。速度計の針は絶えず八十マイルのあたりで震えていて、カーブでは車が横に吹っ飛びそうになったが、おれはかまわずに走った。

ウェクスラーとバービーが本当にケイティに危害を加えるつもりなのかどうか、実は確信を持ってはいなかった。彼らと何らかの犯罪を結びつける事実をケイティは何も知らないし、それに、彼らはいまのところ、ラディ・マッキャンはカルカスカ消防団が用意した死体袋に入れられたと思っているはずだ。ただ、おれは彼女の無事を確認したかった。やつらをどうするかはそれから考えればいい。どうするか、ではない。どう始末をつけるか、だ。やつらがもう二度と、おれの愛する者を傷つけることができないようにしなければならない。

しかし、ケイティが母親と住む家に通じる長いカーブに入っていくと、おれの甘い期待は見事に裏切られた。裏庭にあるケイティのトレーラー・ハウスの窓に、外をうかがうウェクスラーの姿がはっきりと見えたのだ。彼は両腕でライフルを抱えていた。

トレーラーのなかは明るく電気がついていて、ほかにも人がいる気配がした。そこで、おれはアクセルから足を離さずに、そのまま家のまえを通り過ぎた。レッカー車の運転席が回収仕様で真っ暗になっていることは幸運だった。ここまで来れば向こうの目も耳も届かないだろう、という場所まで走り、一気に車を反転させ、来た道を向いて車を駐めた。心臓がばくばくいっていた。

何をする気だ、ウェクスラー？

無論、その答えはわかっていた。「やつは、今夜、危険材料を一掃するつもりなんだ」おれはアランに向けて言ったが、もちろん、彼はもうそこにいなかった。ケイティ、彼女の母のマーゲット、それにたぶんネイサン・バービーも。バン、バン、バン。

回収スイッチを入れると、すべての電子部品の光が消えた。月明かりだけを頼りにゆっくりと下り坂を家に向かっていった。二十ヤードまで近づいたところでエンジンを切り、あとはパワーステアリングだけを操作してドライヴウェイに入っていった。時速十五マイルで音もなく裏庭を抜けてトレーラーに近づいていくと、キッチンシンクにもたれて立つケイティの全身が見えた。意外なことに、彼女はリラックスした様子でおしゃべりをしていて、怖がっている様子はまったくない。ウェクスラーは見えなかったが、ネイサン・バービーとその妻はいて、彼の禿げ頭と、それとは対照的に毛先が踊るようなプラチナブロンドが並んでいるのが見えた。幽霊のように闇夜にうごめくトラックには誰も気がつかなかった。

車の勢いがなくなってきたが、なんとか裏庭の丘が湖に向かって急に下り始めるところに前輪がかかり、あとは自然に前進していった。おれはブレーキを軽く踏みつづけたが、パワーブレーキが切れた車の操作は難しかった。これが初めてというわけではないが、おれはブレーキ・ライトも回収スイッチで切れるようにしてくれたミルトンに感謝した。

勾配がいよいよきつくなってその先はパトリシア湖までまっ逆さまになる地点から、二、三ヤード手前で車を駐めた。慎重に運転席から降り、丘の上のトレーラーに目をやった。おれの計画らしきものといえば、トレーラーに行ってウェクスラーからライフルを奪い、それでやつを殺す、ということくらいしかなかった。

丘を登り始めるとき、習慣から腕時計に目をやった。ちょうど深夜をまわったところだった。

レポマンの稼ぎどきだ。

31 レポマンの深夜の仕事

重い足を引きずり、坂を半分まで上ったところであることを思いつき、レッカー車に駆け戻った。急な勾配のせいで、軽く走ったつもりがスーパーマン並みの大ジャンプの連続になった。トレーラーに行ってウェクスラーからライフルを奪うと言うのは簡単だが、ウェクスラーがそれを快く許してくれるわけはない。やつはすでに二回もおれを殺そうとしているのだ。次の一回をやめてくれるように、うまく説得できる自信はあまりなかった。状況をこちらの有利になるように一転させられる何らかの仕掛けが必要だ。

おれはグローヴを嵌め、ウィンチのブレーキを外した。車のうしろに回ってフックに手をかけると、何の抵抗もなく滑車から引っ張り出すことができた。必死になってスティール・ケーブルを大きな輪っかにして引き出しながら、頭のなかではどのくらいの長さが必要か計算していた。相当の長さがいるはずだ、かなりの長さが。ケーブルはおれの足もとにたまっていき、とぐろを巻いたヘビの群れのように黒光りしていた。ようやく、これだけあれば充分というところで、なるべく音を立てないようにウィンチのスイッチを入れた。電動モーターが低い回転音を上げ、ゆっくりとケーブルを巻き上げ始めた。

おれはフックをつかみ、重いケーブルを引きずりながら、重力に抗って丘を這い上った。トレーラーの分厚く堅牢な連結器は、ある程度しっかり積み上げられたコンクリート・ブロックの上に載っていた。ブロックがなければ、トレーラー全体が沈みゆく船の甲板のように前方に傾くのは間違いない。それが突然起きれば、トレーラーの奥に突進してライフルを奪うチャンスが生まれるかもしれない。ウィンチがトレーラーをブロックの台から引っ張り下ろせば、一気に傾くだろう。

フックを連結器に取り付けたところで、ケーブルにあそびがあり過ぎたことに気づき、暗澹たる気持ちになった。必要な長さを大幅に超えて出してしまったのだ。おれの陽動作戦の決行は、かなり待たされることになる。

ケーブルがぴんと張られてトレーラーをブロックから引きずり落とすまで、時間稼ぎが必要だ。そのまえにウェクスラーがおれを撃たないよう、やつに言ってやることを何か考えておかなければ。

開いた窓からなかの会話がはっきりと聞こえてきた。「きみが何を話したのか知りたいんだよ」バービーの、いかにも葬儀屋らしいそつのない話し声だった。

「ねえ、たとえばドワイトには、何が起こっているのか話したりしたの？」今度は女性の声だった。ネイサンの妻、マーゲットに違いない。

ちょっと待て、彼女はどうしてそんなことを訊いているのだ？

「思い出してよ、ケイティ」マーゲットが言った。

「何でもいい、マッキャンから何か聞いてないか？」じれったそうなウェクスラーの声だ。

ドアを開けると、全員がこちらを振り向き、おれをまじまじと見つめた。おれの登場はかなり強烈なインパクトだったことだろう――顔は油にまみれ、首筋には乾いた血がべっとりついていたのだから。それに、何よりも、部屋にいるうちの二人は、おれのからだはとっくの昔にネイサンの爆弾でバラバラになっているものと思っていたのだから。

いちばん驚いた様子なのがそのネイサンで、いまにも気絶しそうだった。しかし、彼のベルトの背中側にはいまもピストルが差してあり、危険性がなくなったとはとうてい言えなかった。彼は向かって右側の、おれから一番近い場所にいて、ダイニング・テーブルを畳んで壁に寄せて作ったスペースに立っていた。マーゲットはそのすぐそばのベンチシートに坐り、ウェクスラーは左側にあるシンクにもたれていて、ケイティがいちばん奥に立っていた。ただ、お互いにほとんど距離は離れていない。ライフルは銃床を下にしてウェクスラーのすぐ横にあるシンクのカウンターに立てかけてある。あたかも、武器を持って友達の家を訪ね、〝さあて、楽しくおしゃべりをするまえに、シカ撃ち銃をキッチンに置かせてもらうよ〟などという会話をすることはごくあたりまえだ、とでもいうように。

「あなたも一枚嚙んでいたんですね、ミセス・バービー」おれはマーゲットに言った。

ケイティはいまにもおれの胸に飛び込んできそうな様子だったが、おれの冷たく言い放った口調にハッとして止まった。彼女の目には当惑の色が浮かんでいた――しかし、マーゲットの目にそれはない。この女のことは何も知らなかったが、冷たく睨みつけてくるその青い瞳が、おれの考えが正しいことを物語っていた。

「あなたが考え出したことだったんですね？」おれは言った。「ネイサンがアランに電話をかけて、彼がフランクと密談をしようとしていたジョーダン川のほとり、その同じ場所にアランも呼び寄せる。これはぜんぶ、あなたの立てた計画だったんですね？ 離婚にはカネも時間もかかる。殺人だって面倒なことですが、あんたがた三人が積み上げようとしていた死体の数からすれば、あと一体増えたところでたいしたことはない。そうだったんですね？」

このことばがウェクスラーを動揺させた。何かを考えるような様子で、彼はおれから夫婦の二人に視線を移した。

ケーブルがトレーラーを引きずり落とすまで、あとどのくらいだろう？

「お母さん？」ケイティが声を出した。

バービーが落ち着かなそうに唇を舐めながら、明らかに怯えた目を妻に向けると、彼女も夫に何かを訴えるような視線を向けた。マーゲットの考えを読んだおれは言った。

「ネイサン、ベルトに差したその銃、使うならいまだぞ。ぐずぐずしているひまはない」おれは抑えた声で言った。

誰もが凍りついた。ケイティは目を見開いた。

「あんた、死にたいのか？ フランクを撃て、ネイサン」おれは声を上げた。「撃つんだ！」

バービーが息を吸ってその腕がぴくりと動いた瞬間、ウェクスラーがライフルを手に取り、そのまま振り上げてバービーに狙いをつけた。安全装置を外す音が全員の耳に響いた。おれとウェクスラーのあいだは十フィート離れていて、どうがんばっても届かない。陽動作戦は間に合わなかったのだ。

「おい、フランク」バービーが泣きそうな声を出した。

ウェクスラーが発砲した。耳をつんざく音と共にバービーの頭がうしろに吹っ飛び、彼は崩れ落ちた。ケイティとマーゲットが悲鳴を上げた。しかし、ウェクスラーは表情ひとつ変えなかった。彼はまだ煙の上がる銃口をおれに向けたが、ちょうどそのとき、トレーラー全体が大きく揺れ、おれたち全員の足もとがすくわれた。

いまだ。

連結器がブロック台から外れると同時に、おれはまえに飛び出した。そのショックはおれが願ったとおりの効果をもたらし、そこにいる誰もがいまいる場所の感覚を失っていた。下がった銃口から二発目が発射されたときには、おれはすでにウェクスラーに飛びかかり、全体重で彼を床に押し倒していた。彼がおれの下でのたうちまわるうちに、左肩に燃えるような痛みが広がった。撃たれたのだ。

「ケイティ、逃げろ！　外へ逃げろ！」おれは叫んだ。右手ではライフルの銃身をつかんで遠ざけようとしたが、左腕のほうは血の吹き出す肩からだらんと下がり、使い物にならなかった。おれは顎を胸につけ、その頭をウェクスラーの顎の下に押し当てて彼を床に固定した。だが、彼が自由になった右手でおれの銃創にパンチを加えてきて、思わず息が止まった。

ケイティの悲鳴、マーゲットが娘を引きずって傾いた床を上っていく音、そして、二人がドアを出てその声や音が急に変化したこと、そのすべてをおれは背中に感じていた。「ラディ！」ケイティの叫びが聞こえた。

これで残されたのはウェクスラーとおれの二人だけになったが、この勝負に勝てる気はまったくしなかった。ライフルの銃口を遠ざけることはできたが、それ以外の攻撃はまったくすることができず、ウェクスラーにいま一度肩を殴られたときには、大きく深呼吸して意識を保たなくてはならなかった。床がからだの下から離れていくような感覚がした。

激しい痛みが起こす目眩《めまい》のせいで、床が実際に落下していることに気がつくのにしばらくかかった。トレーラーが動き出したのだ。いい働きをしてくれたケーブルは、依然としてその仕事をつづけていて、おれたちを巻き取り器に向かって冷酷に引っぱっていった。平らな地面が終わると、トレーラーは急勾配の餌食となり、跳ねたり傾いたりしながらどんどんスピードを上げ、ケーブルを追い越して湖に突進していった。

戸棚が開いて皿やらグラスやらが飛び出し、ネイサン・バービーの死体は宙返りし、ウェクスラーとおれがライフルを奪い合っている上に降ってきた。次の瞬間、トレーラーは湖に下る階段に当たり、車内にいるおれに胃を押し上げるような嫌な力がかかった。トレーラーが横転を始めたのだ。

トレーラー・ハウスの構造的剛性というのは、そのほとんどが車体下部の重い金属フレームで確保されている。それに比べて、車体の壁や天井はやわにできていて、ハイウェイを走るときの風圧に耐えられればよし、という設計になっている。そのため、横転が始まると、壁は崩れ、天井は落ちてきた。そんななか、ウェクスラーもライフルもどこに行ったかわからなくなってしまった。つかの間、夜空が見えたと思ったら、何かの破片がからだに当たり、おれは遅ればせながら身をかがめた。

最後に、すべての前進エネルギーを帳消しにする衝撃と共に、トレーラーは逆さまになって湖に突っ込んだ。トレーラーの残骸をおおうように、凍りつきそうなほど冷たい水が入ってきて、すべての音を吸収した。息を吸う間もなく、おれは水中に没した。脚に鋭い痛みが走った。

まわりに泡が流れていた。おれはまばたきをして自分のいる状況を確認した。さまざまな物の破片が見渡すかぎり散らばっていた。不思議なことに、いまは足の下のほうにある天井のライトがショートすることもなく点いていて、そのおかげで脚の痛みの原因がわかった。湖に落ちたときには頭上にあった重い車体フレームが崩れ落ち、おれの脛《すね》をはさみ込んで動けなくしていたのだ。

ウェクスラーはさらにひどい状況だった――同じフレームに胸をはさまれていて、さながらピンで留められた虫のようにからだをよじらせていた。彼は、おれがようやく把握し始めた事実をすでに知っているようだった。つまり、おれたちは水のなかで車体のフレーム全体の重さで押さえつけられている、ということだ。逃げ出せなければ、確実に溺死する。抜け出そうと力いっぱいもがく彼の動きで、フレームがきしんだ。そのせいでおれの脚にフレームがさらに食い込んだが、その痛みより、フレーム全体が二、三インチ動いたことの衝撃のほうが強かった。このままでいくと、彼が先に逃げ出してケイティを狙うかもしれない。

もし、彼とおれが協力をしたならば、二人の命を脅かすこの重しから逃げ出すことはできたかもしれない。しかし、おれはそうする代わりに、フレームの上にできるかぎり寄りかかり、万力に力を加えるように天井の残骸方向に押し込んでいった。おれのやっていることに気がつくと、彼はびくっとして顔をこちらに向け、信じられない、といった目でおれを見つめた。おれは無表情で彼を見返した。

ウェクスラーの動きはますます死にものぐるいになり、目も飛び出しそうなくらいに見開いていた。彼も最後のひと呼吸をするひまがなかったのに違いない。

やつの苦しみは手に取るようにわかった。肺の痛み、そして絶望感。なぜなら、つい何時間かまえ、彼の手で水中に頭を沈められ、その同じ苦しみを感じていたのはこのおれなのだ。おれは、それを、いまやつにお返しをしているのだ。

何と皮肉な。

彼の口から大きく息が漏れるのを見て、フレームを押すのをやめた。もうどうでもよかったのだ。彼から目を離し、自分の胸に広がる痛みを感じた。肩の痛みは薄れていた。冷たい水のせいか、あるいは、おれの脳がより緊急性の高い酸素不足に神経を集中させたせいかもしれなかった。

そのとき、耳に泡の音が聞こえてきた。どこか近くに水槽用のエアポンプでもあるかのように、絶えまなくつづく泡の音だ。あわてて周辺を見回した。すぐ横に逆さまになったオーヴンがあり、そのうしろ側から泡がひと筋、天井ライトの明滅する黄色い光を映して楽しそうに踊っていた。

もしかすると……

逆さまのオーヴンに手を伸ばし、底になっている戸をまるで家のガレージのドアのように開けた。下を向いたオーヴンの奥のほうに、確かにくさび形に残った空気があった。目と鼻の先だ。

ドアをつかんでからだをできるだけ伸ばし、オーヴンに顔を入れようと試みた。顔を入れるには踵の角度を変える必要があり、脛に痛みが走ったが、何とか我慢した。少しずつ、少しずつ近づき、ついに顔が水面の上に出た。爽やかでおいしい空気をひと息、またひと息と吸った。

おれは全体重を右腕だけで支えている状態で、この体勢を長くつづけることはできなかった。最後のひと息を肺いっぱいに吸って力を抜き、沈んだ。とりあえず、これで大丈夫だ。

からだが空気を求めて悲鳴を上げることがなくなったので、おれは自分の位置を改めて確認した。わかったのは、おれのいる場所の水深はせいぜい六フィートほどで、立ち上がりさえすれば何とかなる、ということだった。踵を反転させてフレームが足首に当たるようにすることができれば、水面の上に顔を出し、助けを呼ぶことができるかもしれない。息をすることができる。生きることができるのだ。

もう一度オーヴンに顔を突っ込んだが、そこには恐るべき事実が待っていた。ものの三十秒ほどのうちに、たまっていた空気のほとんどが泡となって消えてしまっていたのだ。おれはしかたなく口先だけを水面に突き出し、吸っては吐き、吸っては吐き、を繰り返し、血中に酸素をできるかぎり取り込んだ。

頭を引っ込めたおれは、プランBに移ることにした。だが、トレーラーのフレームは、そうやすやすとおれの思いどおりにさせてはくれなかった。足を引っぱったり、蹴ったり、捻ったり、痛みをこらえるために感覚をすでになくした唇を噛んだりすることに、貴重な時間をかなり費やすことになってしまったのだ。が、その結果、ついにフレームの下で足先を上に向け、足首あたりまでずらすことができた。これで立ち上がることができる。おれは期待を込めて顔を上に向け、水面目指して立ち上がった。

届かない。水面まであと五インチというところだが、届かない以上、五マイルと変わらない。はさまれた足は抜くことができず、水深は顔を出せるほど浅くない。

もう、これで最後だ。

おれの身代わりになってくれたアランはもういない。あとは、肺から空気がなくなり、代わりに冷たい水が入ってくるとどうなるのかを、実感するほかない。

これとほぼ同じ経験をつい何時間かまえにしたばかりではあったが、それでもおれは諦めきれなかった。このまま死ぬことが信じられなかったのだ。いまのおれには生きたい理由がたくさんあった。それをすべて失ってしまうなどということは、とても現実と思うことができなかった。いまは死ねない、いまは。

そのとき、大きな水音がした。振り向くと、ケイティが泳いできた。彼女は頭を下にしてもぐってきて、おれの顔を両手で包んだ。

おれは彼女の意図をまったく誤解していた。てっきり最後のお別れのキスをしてくれるのだと思い込んでいたので、唇が触れ合ったときには胸が熱くなった。しかし、すぐに流れてくる空気を感じた。彼女が強く息を吹き込んできたのだ。

そうだった。彼女はYWCAでライフセイヴィングを教えているのだ。

このときは、おれのほうの受け入れ体勢ができていなかったせいで、うまくいかなかった。だが、おれは一生懸命に首を縦に振って合図し、彼女も応えてうなずいた。よし、わかったよ。

ケイティは水面上に顔を上げ、外から見てもわかるくらい大きく肺を広げた。今度は彼女がおれのところに来るまえにわざと息を吐き出しておき、二人の唇をしっかり重ね合わせてから、顔の表面に泡を感じながら息を吸った。

吸えた量はわずかで、必要とする酸素量のほんの一部だけだった。おれがまえより苦しそうにしているのを見て、彼女はすぐに上がり、素早く戻ってきてまた同じ動作を繰り返した。こんどはおれのほうでもうまく合わせることができて肺をほぼ満たすことができた。

彼女はまた上がって息を吸い、戻ってきた。三回か四回かごとに、彼女が戻るのに合わせて息を吐いた。これを繰り返すうちに、血中の酸素不足は徐々に解消されていった。死の恐怖が去り、おれは何度も戻ってきてくれる彼女の顔をやさしく触る余裕まで出てきた。ああ、おれはケイティ・ロットナーを一生愛しつづけるだろう。

だが、水の冷たさが徐々におれの全身から力を奪っていき、目のまえのことに集中するのがだんだん困難になってきた。そして、それはケイティにしても同じだろう、ということに気がついた。これを永遠に繰り返すことはできないし、それどころか、あと五分と持たないだろう。からだの震えが止まらなくなってきた。おれは彼女に目でそのことを伝えようとした。それではダメだと気づくと、こんどは指でさし示した。

おれは、〝助けを呼べ〟という口真似をした。

彼女はそれを見て大きく首を振った。

お願いだ、ケイティ！

彼女は顔を上げておれをまっすぐ見つめた。おれは大きくうなずき、彼女もうなずいて応えた。彼女はもう一度水面に上がり、戻ってきて最後の命の息をくれてから、波と泡を残して岸へ泳いでいった。

彼女がいなくなると同時に、天井のライトが消えた。まるで、トレーラーの電気回路がようやく水中に没したことに気づき、とっくのむかしにショートするべきだった、と反省でもしたかのようだった。おれはまっ暗な水のなかでなるべく自分を落ち着かせて脈が遅くなるように念じた。とにかく、エネルギーと酸素の消費を極力抑えなければならない。

彼女が丘を駆け上がるのにかかるのは二十秒、あるいは三十秒だろうか？　それから、家に駆け込んで９１１に電話をかける。電話がつながり、係官に救急車を寄こすよう叫び、電話をそのまま放り出して引き返す、ここまででさらに三十秒。電話番号さえわかれば住所は向こうで調べられる。ということは、一分三十秒息を止めていればいい──だが、はたして、そこまで持つだろうか？

頭のなかの血管が脈打ち始め、肺の圧力も高まり始めていた。どのくらい経っただろう？　せいぜい二十秒というところか。

もう、これまでだ。自分で作り出した人工的な落ち着きのなか、おれはそのことを取り乱すこともなく受け入れた。浮かぶのはケイティへの想いだった──彼女は、おれをここに残していった自分を責めはしないだろうか？　無論、おれがそう頼んだことだ。だが、トレーラーのフレームの下から引きずり出されるおれの冷たい遺体を目にするとき、それがどんな慰めになるだろうか？

突然、赤い閃光が見えた。あれは何だ？　しかし、その光はすぐ消え、白い光があたりの水を満たした。トラックのエンジンも聞こえる。ミルトンのトラックだ。ケイティが回収スイッチをオフにし、レッカー車を動かし始めたのだ。

再び赤い光が見えたとき、おれは彼女が何をしようとしているのかに気がついた──これはブレーキランプだ。彼女はトラックの方向を変えて丘の上に向かっているのだ。

丘を登っていけばケーブルのあそびもいずれなくなり、フレームをおれのからだから引っ張り上げてくれるだろう。これならうまくいく。彼女がスピードを上げすぎてぴんと張ったケーブルを切ってしまわないかぎりは。いいか、あわてるなよ、ケイティ。ゆっくりいけばいい。おれは心のなかで彼女にそう声をかけた。

そのとき、脚が引き裂かれたかと思うような強烈な痛みが脛《すね》に走った。しかし、それは、ボルト留めされたままのさまざまな破片と共にフレームが動き出したせいだった。おれはかがみ込み、苦しみをこらえて両手でフレームをしっかり握った。フレームに引っぱられて岸に上がっていくおれのからだを、湖水が流れる川のように洗っていった。脚の骨が折れたかと思ったが、気がつくとおれの身は自由になっていて、二、三インチの水のなかであえいでいた。フレームは逆さまのまま丘の勾配をのろのろと上っていた。ドアの閉まる音がしたので顔を上げると、ケイティがかすかな赤い光を浴びて丘を駆け下りてきた。

「ラディ？」彼女は叫んでいた。「ラディ？」

おれは疲れ切り、ほとんどからだを動かすこともできなかったが、やっとのことで仰向けになり、大きく息を吸った。彼女はおれのからだにおおいかぶさり、すすり泣きながら我を忘れたようにキスの雨を降らせた。おれも彼女にキスを返したが、その唇は感覚を失い、自分のものとは思えなかった。

「ラディ、ほんとに、どうしてこんなことに」彼女は言った。「死なないで、死んじゃダメよ、お願いだから」

彼は死んでいる。

「いや、死んではいないぞ」おれは言った。「生きてるんだ」

「えっ？　なに、何なの？」彼女は激しく首を振り、濡れた髪の毛を振り乱した。

「おれは死んでないよ、ケイティ。きみが救ってくれたんだ。愛しているよ」

「私も愛してるわ。ラディ、ほんとに怖かった」

「きみのやったことはすべて正しかったんだ、ケイティ。すべてだよ」

自分にはこの女性しかいない。心から信頼し、抱きしめ、一生をかけて愛せる女性だ。おれは彼女の美しい瞳を見つめながら、さらに深く恋に落ちるというよりも、愛に向かって引き上げられ、昇っていくように感じていた。

彼女の手を借りて立ち上がった。はさまれた足は完全に破壊されたように感じられ、膝から下も血だらけでひどく痛んだ。肩の傷の痛みのほうも、そろそろ戻ってきてもよさそうだと思ったらしく、トラックに向かって足を引きずるおれに不意打ちを食らわせた。

「運転はきみにまかせるよ」おれは言った。

これを聞いて彼女は初めて笑ってくれた。おれは大きく息を吸った。彼女に話したいことはたくさんあったが、そのなかでどうしても話しておくべきことは何か、あるいは、彼女がすでに知っていることは何か、はっきりとはわからなかった。ただ、彼女の母親が父親の殺人に関わっていたこと、マーゲット、バービー、ウェクスラーの三人は大量殺人の犯人だという事実、それだけはストリックランドに話すつもりだったし、であれば、彼女にはおれの口から伝えなければならない。

「よし」おれは言った。「ドライヴに出かけよう」

エピローグ

おれは怖かった。

いや、怖かった、というのは正しくない。ただ、どういうわけか、かなり緊張していた。アランの遺体は、記念碑が埋め込まれた大きな墓石の下に埋葬されていて、おれはすでに何回かここを訪れ、石のベンチに坐って彼に話しかけていた。彼の声は頭のなかから消えてしまったが、まだその存在は感じることができ、彼に向かって声に出して話しかけたいという気持ちは抑えがたかった。実際、思わず声を出し、まわりの人から不思議そうな目で見られたことも何度かあった。いまでは、彼との会話はこの場所、このベンチにかぎることにしている。だって、ここなら変なことではないだろう？　亡くなった友達に声をかけることは？　普通の人でもね。

「やあ、アラン」おれは話しかけた。

返事を待つためというよりも、ただ、ごく普通の会話のように間《ま》をとるつもりで、おれは空気の匂いを嗅いだ。六月初旬のミシガンはこの日、あたかもこの土地はこれからハワイになる、と宣言でもするかのような陽気だった。空は信じられないほど青く、木々の葉は隠れ家からいっせいに飛び出して太陽にその顔を向けていた。鳥は歌い、虫は羽音を立て、人々はオートローンの返済を滞納する。そんな完璧な一日だ。

「今日はお願いがあってきたんだ。あの川辺であんたに命を救ってもらってから、もう一年以上経つ。あれから色々あったよ。おれの妹は……」おれは言いかけたことばをいったん止めた。ベッキーのことを話し出すとは、自分でも意外だった。「妹はすっかり変わったよ。あんたがきっと見違えるくらいにね。結婚生活が本当に幸せらしいんだ。〈ブラック・ベア〉は建て直したんだ。いまでは、ジミーが店を切り盛りしているよ。帳簿だけは別で、それはいまでもベッキーがやってる。だけど、わかるだろ、ジミーがどれだけ人に好かれるか？　誰にだって気持ちよく挨拶をするんだ、それをあいつは楽しんでいるのさ」

おれはため息をひとつついた。言いにくいことを言わなくてはならない。

「ケイティのことを聞きたいよね。彼女はとても元気にやってるよ、だいたいはね。母親とは絶縁状態だけど、当然だね。地方検事は充分な証拠がないということで訴追しなかったけど、ケイティは一連の事件のことも、マーゲットがあんたにした仕打ちも知っているし、絶対に許すつもりはない。あんたがそのことをどう思うか、聞いてみたいよ。

で、そのケイティのことなんだけど、彼女はおれが人生で得たなかでいちばんすばらしい宝だよ、アラン。彼女といっしょにいるその瞬間、瞬間がおれにとっては最高の幸せなんだ。

それに、彼女にとっても、おれは大切な存在なんだ、アラン、嘘じゃないよ。だから、聞いてくれ。おれは彼女に結婚を申し込もうと思うんだ。それが今日、ここに来た理由だよ。あんたにちゃんと知らせておきたかったんだ。男同士の友情の証としてね。あんたの娘は、もし、イエスと言ってくれたらだけど、レポマンのお嫁さんになるってことさ」

おれはそのことばの重みを感じていた。バカみたいににやけていた——この気持ちを口に出して言うのは今日が初めてだったのだ。「おれはあんたの娘のいい夫になれると思うよ、アラン」しばらく考えてから、そう付け加えた。「結婚生活は、おれのことも幸せにしてくれると思うんだ」

おれは立ち上がった。不思議に、ホッとした気持ちだった。「さてと」おれは言った。ジェイクが墓石をクンクン嗅ぎ回っているのが目に入った。「ジェイク、死者の魂には畏敬の念を持つもんだぞ」おれは注意した。ジェイクはこちらをじっと見返してから、言われたとおりのことをした。うしろ脚を上げ、畏敬の印の小便を振りかけたのだ。「上出来だ」おれはつぶやいた。

墓石に向き直った。「あんたは正しかった。人生は短い、自分にとって大切なことははっきりと口にしたほうがいい、だったよな。あんたがいなくて寂しいよ、アラン。あんたはおれのいちばんの親友だった。また、いつか会えるといいな。さようなら、アラン」

おれは車に向かって歩き出し、ジェイクに向かって手を叩いた。さあ、家に帰るぞ。

謝辞、お詫び、そして、あとがき

ラディ・マッキャンは実在の人物をもとに描かれている。つまり、私のことだ。といっても、私はミシガン州立大学でフットボールの選手をしていたことも、その選手としてのキャリアを刑務所の服役でダメにしてしまったことも、高校でフットボール選手だったこともない。それどころか、フットボールをやったことすらない。身長も六フィート以下で、以上ではない。私が用心棒をできるのは、せいぜいドーナツ店くらいのものだ。だが、レポマンの仕事は、ミシガン州北部で何年かしていたことがある。私はミシガン州ペトスキーの生まれで、イースト・ジョーダンからシャールヴォイの地域にも毎年必ず行っている。レポマンの仕事をしている頃はトラヴァース・シティに住んでいて、カルカスカにも多くの顧客がいた。だから、本のカバーにある私の写真を見て、これは二十年くらいまえにおれのピックアップ・トラックに乗って逃げていった男になんだか似ている、そう思った読者がいたら、それはきっと私だ。その方に対しては、どうにも気まずいところだが、昔のことと思い、どうか笑ってお許し願いたい。

ラディ・マッキャンは、まだ題名をつけていない続篇で帰ってくる予定だ。〈ブラック・ベア〉の面々や、それにもちろん、イヌのジェイクも一緒に。

小説の題材やその舞台となる土地柄をよく知っているということは、いいことばかりとは限らない。なんでもすべてわかっていると思い込んでしまうからだ。そのくせ、自分は昨日の昼に何を食べたかすらはっきりとは思い出せないのに。物語に出てくる場所の距離や地形、歴史などにまちがった記述があったなら、この場を借りてお詫びしたい。ひとつ例を挙げると、パトリシア湖は小説に書いたように切り立った湖岸に囲まれていて、実のところ、湖面まで降りていける場所を見つけることはできなかった。だから、湖の具体的な描写は完全に私の想像によるものだ。また、シャールヴォイの保安官事務所にも、幸いなことにいまだ行ったことはないし、森のなかで死体を発見した人を逮捕する手続きについても、かなりいい加減に書いてしまったきらいがある。

ラディ以外の登場人物には実在のモデルはいない。まあ、ジェイクの性格は私の愛犬タッカーによく似てはいる——タッカーも散歩が大嫌いなのだ。散歩の嫌いなイヌなんているか？ タッカーが好きなことといえば、家にこもってEメールを読むことくらいだ。

小説中の多くの場面で、ミシガン北部を、特にその気候をこき下ろすような書き方をしたが、ほんとうは、私はこの土地を愛している——ミシガンは私のこころとからだの芯を形作っているのだ。いまのところ、カルカスカに〈ブラック・ベア・バー&グリル〉という店は存在しない。だが、いつの日か開店できたらどんなに素晴らしいことか！ それも、小説に出てくるのとまったく同じ店だ！　私がいくら〝！〟マークをつけようが、妻の心が動くことはない。私が何と言おうと、ロサンゼルス暮らしの彼女がスノーブロワ（小型除雪機）の必要な土地に住んでくれることなど、絶対にないだろう。

妻についても書いておきたい。キャスリン、きみのアイディアと助言にはいつも助けられている。この小説も、きみのおかげで下書きを重ねるごとにどんどん素晴らしいものになった。きみの手助けは私の仕事に欠かせないものだ。心から感謝している。それに、私と結婚してくれてほんとうにありがとう。朝起きてきみの顔が見られなかったら、どうしていいかわからないだろう。

出版社に提出した原稿に編集者のチェックが入って返ってくることは、子どもを小学校に送り出したあとに一年生担当の先生から連絡が入り、お宅のお子さんは片方の足にテニスシューズ、もう片方に宇宙服のブーツを履いている、とお叱りのことばを受けるのに似ている。経験した者だから言えるが、これはかなりきついものだ。クリスティン・セヴィック、あなたの気配り、アイディア、そして明晰さに感謝する。

マクミラン出版社の事業局、フォージ社のインプリント（出版社が用途に応じて使用するブランド名）、その代表者のトム・ドハティと仕事をすることができるのは、実に幸運なことだ。きみの肩書きは実にややこしいが、これで正しかったかな？　そして、リンダ、トム、カレン、キャスリーンをはじめ、私を作家として採用し、私の小説を最優先して出版してベストセラーにしてくれたすべての皆さん、ありがとう。

トライデント・メディアのスコット・ミラー、私の代わりにニューヨークに住み、私がユーモア作家から小説家に生まれ変わる手助けをしてくれてありがとう。

ハリウッドの三人衆《トリプル・トリート》、ヤンガー、フィッシャー、そしてアイワニックの三人《ヤンガー》のスティーヴに感謝。おかしなことに《アイワニックリー》、アイワニックのほうがフィッシャーよりも歳が若いのだ。デブ、私のために二倍《ダブル》も働いてくれてありがとう。

ガヴィン・パローン、剣《つるぎ》となり、盾となってくれてありがとう。きみと仕事ができることが実に誇らしい。

トレイシー・ナイバーグとロドニー・フェレル、素晴らしいクリスマス・プレゼントをありがとう！

モニカ・パーキンス、私のオフィスをきちんと整頓し、常にカフェインを供給してくれてありがとう。きみが来てくれてから、執筆に専念できるようになったよ！

物書きだけでは食えない時代が長くつづいたため、私にはいつでも副業をする癖がついてしまっている。現在の副業はインディペンデント映画を製作することで、この本が出版される頃までに、そのうちの少なくとも一本が劇場およびヴィデオ・オン・ディマンドで公開されることを願っている――タイトルは *Muffin Top: A Love Story* だ。私がするべき仕事の大半をエリオット・クロウがやってくれた。ありがとう、エリオット、きみは文字通りこの映画を救ってくれた。それに、この映画公開を実現するための〝キックスターター〟キャンペーンに尽力してくれた皆さんに感謝する。とても多くの人々に助けてもらったが、特に名前を挙げたい人たちがいる。キャサリン・ファゲイト、リズ・キャメロン、リンダ・スレイター、ジェイ・コーガン、ジョイス・ケンプ、ロジャー、ヴィヴィアン、バーク、ケリー、ローラとディックのフラニガン夫妻、バーバラとロビンのフォスター夫妻、スーディ・ハースト、ニッキー・マクダウェル、ティム・ギリン、ジンジャー・トルーイット、ジェフリー・ジェニングズ、トレイシー・ベッカーマン、デイヴィッド・トーシック、エレン・ゴールドスミスヴェイン、ジジ・レヴァンギー・グレイザー、モンジー・キャメロン、ジェニファー・アルタベフ、ニタニー・パリス・ローソン、ジェフ・ジェイコブソン、パメラ・ノリス、ケイティ・ジョンストン、アイリス・ダート、リサ・コリンズ＝グディム、アレックス・グディム、メリッサ・ベリーマン、ダイアン・エドワーズ。

レポマンの仕事のことで、私が忘れてしまっていた重要な事項について調べてくれたコネクション・ハウス社にも感謝を述べる。私が覚えていたことと言ったら、汗をかき、息を切らし、心臓が勝手にドキドキすることだけだったのだから。

私のウェブサイト（http://www.brucecameron.com/ と adogspurpose.com）を制作し、きれいにおめかししてくれたフライHCとヒラリー・カーリップにもお礼を言う。

私が日頃から助言を求め、叱咤激励をいただき、ときにはこころのカウンセリングまでしてくれる作家がいる。クレア・ラゼブニックとサマンサ・ダン、ありがとう――二人とも私より優れた作家だ。

ありがとう、カロライナ、私がくだらないことを口走っていても、黙って耳を傾けてくれて。ありがとう、アニー、私をクラスの人気者たちの仲間に入れてくれて。ありがとう、パム・ノリス、〈カサ・デ・スキロ・イル・テレフォノ〉（電話発明者ベルの家）を訪ねさせてくれて。ジョディとアンディのシャーウッド夫妻、ダイアンとトムのランストロム夫妻にも心からの感謝を送る。きみたちが二〇一三年の秋に私の家族にしてくれたことは決して忘れない。

私の妹で受賞歴のある教師でもあるエイミー・キャメロン、私の著作、『野良犬トビーの愛すべき転生』、*A Dog's Journal*、*Emory's Gift* の学習ガイドを執筆してくれてありがとう。多くの学校で教材として使われ、好評を博していると聞いている。読者のなかに、私たちの学習助成金プログラムに興味を持っていただける教育者をご存じの方があれば、ぜひ私たちのウェブサイトをご覧いただき、学習ガイドを読み、助成金プログラムへの参加申込書をダウンロードしてくれるように話していただきたい！

ドクタ・ジュリー・キャメロン、患者の皆さん全員に、いまも変わらず私の本を薦めてくださってありがとう。近々お話ししましょう！

チェイス、きみは天才だ。チェルシー、G-Bruをどうもありがとう。ジョージア、タッカーの面倒をみてくれてありがとう。エロイーズ、きみがいてくれることが喜びだ——〝ノー〟と言うことを忘れるな、おまえはそれが得意なんだから。ゴードン、おまえのからだのどこかにもキャメロンのDNAがあるはずだ——きっとそのうち父親そっくりになり、私のように早く走ることができるようになるぞ。

私の母は出会う人一・〇人につき、私の著作を平均して一・四五冊売りさばいてくれる。

お母さん、ありがとう、あなたは私の最大のサポーターであり、いちばん優秀なセールスマンだ。

八十年ほどまえ、私の祖父がシャールヴォイ湖のほとりに建つ石造りの小屋を買わなかったなら、私はミシガン州について何ひとつ知ることはなかっただろう。この小屋が父に引き継がれてからは、夏が来るたびに両親の車で、カンザス・シティの家からこの湖畔の小屋に休暇を過ごしにいったものだ。そのおかげで、父が少年時代を過ごしたその同じ環境を体験することができた。私が大学を卒業してすぐにこの土地に移り住んだのも、ミシガン以外に住むことなど想像もできなかったからだ。父は二〇一三年十月五日に、彼がいちばん幸せだった場所で亡くなった。父の生涯にわたり、いつでも家族の居場所であったあの石造りの小屋だ。キャメロン家のみんな、あの小屋でのすべての大切な想い出をありがとう。そして、子どもたちのために一生懸命に働き、素晴らしい我が家を育んでくれた父に、心から感謝したい。いなくなってしまったことが寂しくてたまらない。いまも、あなたのことを思わない日はない。

――W・ブルース・キャメロン

二〇一四年三月十日月曜日、カリフォルニア州マリーナ・デル・レイにて

訳者あとがき

この作品、なんとも奇妙な物語です。

同じ〝奇妙〟といっても、世の中にはサイエンス・フィクション作品から幻想文学まで、じつに様々な奇妙な作品がたくさんあります。

では、この作品の奇妙さとは……

主人公ラディの頭のなかに別人アランが棲みついてしまい、「自分は殺されたのだ」と言ってラディと対話をし、ラディの一挙一動を監視（？）し、ラディにああしろこうしろ、ああ言えこう言えと命令し、いわば共生生活をつづけていく、とても説明すればいいでしょうか。

ラディは、ローンを支払えなくなった人物からレッカー車で車を回収するレポマンと呼ばれる仕事を生業としています。そして、妹のベッキーは親から相続した〈ブラック・ベア〉

というバーを経営し、ラディはその店の用心棒的な仕事もしています。そんなわけで、ラディのまわりにはさまざまな職種の人々がいて、蜘蛛の巣のように複雑な人間関係ができています。

そうした人々に加えて、ラディの頭のなかに棲みついたアランも、当然、生前のさまざまな人間関係をもっています。しかも、ふとした偶然でラディとアランの人間関係が絡み合ってしまうのです。読むほうの頭も、それこそパニック状態に……

こんな奇妙な作品を産み出したのはW・ブルース・キャメロンという作家で、簡単に紹介すると――

米国ミシガン州生まれ。ウエストミンスター・カレッジ卒業後、十五年間ゼネラル・モータースに勤務。一九九五年、ネットで日常生活を題材にしたコラムを書き始めたところ、最初はたった六人の読者から口コミで人気が広がり、ついには四万人の読者がつくに至った。一九九八年からは《ロッキーマウンテン・ニュース》紙に寄稿。NSNC（全米新聞コラムニスト協会）により、最優秀ユーモア・コラムニストに選出された。二〇〇一年の『ウチの娘に手を出すな！』はテレビドラマ化され、「パパにはヒ・ミ・ツ」のタイトルで日本でも放送されている。また二〇一〇年に発表した『野良犬トビーの愛すべき転生』は、ラッセ・ハルストレム監督により映画化された（映画化名「僕のワンダフル・ライフ」二〇一七年九月に日本公開)。現在はカリフォルニア在住。

——と、こんな人物です。

では、この奇妙な世界をご堪能ください。

二〇一七年九月

暗殺者グレイマン

The Gray Man

マーク・グリーニー

伏見威蕃訳

身を隠すのが巧みで、〝グレイマン（人目につかない男）〟と呼ばれる凄腕の暗殺者ジェントリー。CIAを突然解雇され、命を狙われ始めた彼はプロの暗殺者となった。だがナイジェリアの大臣を暗殺したため、兄の大統領が復讐を決意、様々な国の暗殺チームが彼に襲いかかる。熾烈な戦闘が連続する冒険アクション

ハヤカワ文庫

ティンカー、テイラー、ソルジャー、スパイ〔新訳版〕

Tinker, Tailor, Soldier, Spy

ジョン・ル・カレ

村上博基訳

英国情報部の中枢に潜むソ連のスパイを探せ。引退生活から呼び戻された元情報部員スマイリーは、かつての仇敵、ソ連情報部のカーラが操る裏切者を暴くべく調査を始める。二人の宿命の対決を描き、スパイ小説の頂点を極めた三部作の第一弾。著者の序文を新たに付す。映画化名『裏切りのサーカス』解説／池上冬樹

誰よりも狙われた男

A Most Wanted Man

ジョン・ル・カレ

加賀山卓朗訳

弁護士のアナベルは、ハンブルクに密入国した痩せぎすの若者イッサを救おうと奔走する。だがイッサは過激派として国際指名手配されていた。練達のスパイ、バッハマンの率いるチームが、イッサに迫る。命懸けでイッサを救おうとするアナベルは、非情な世界へと巻きこまれてゆく……映画化され注目を浴びた話題作

訳者略歴　1947年生，明治大学英文科卒，英米文学翻訳家　訳書『インヴィジブル・シティ』ダール，『細い線〔新訳版〕』アタイヤ，『邪悪の家』『ポアロ登場』クリスティー，『ホッグ連続殺人』デアンドリア（以上早川書房刊）他多数

HM=Hayakawa Mystery
SF=Science Fiction
JA=Japanese Author
NV=Novel
NF=Nonfiction
FT=Fantasy

真夜中《まよなか》の閃光《せんこう》

〈NV1420〉

二〇一七年十月　十日　印刷
二〇一七年十月十五日　発行
（定価はカバーに表示してあります）

著　者　W・ブルース・キャメロン
訳　者　真《ま》崎《さき》義《よし》博《ひろ》
発行者　早川　浩
発行所　株式会社　早川書房
郵便番号　一〇一 - 〇〇四六
東京都千代田区神田多町二ノ二
電話　〇三 - 三二五二 - 三一一一（大代表）
振替　〇〇一六〇 - 三 - 四七七九九
http://www.hayakawa-online.co.jp

乱丁・落丁本は小社制作部宛お送り下さい。
送料小社負担にてお取りかえいたします。

印刷・中央精版印刷株式会社　製本・株式会社川島製本所
Printed and bound in Japan
ISBN978-4-15-041420-7 C0197

本書は活字が大きく読みやすい〈トールサイズ〉です。